suhrkamp taschenbuch 4674

Die Kommissarin Cornelia Weber-Tejedor ermittelt in einer Serie von Expressentführungen in Frankfurt, sie macht sich kaum Sorgen, irgendwann machen diese Stümper einen Fehler und dann werden sie eingebuchtet, da ist sie sich sicher. Beim nächsten Lösegeldanruf wird sie verständigt, gibt Instruktionen, doch als plötzlich ein Schuss zu hören ist und dann viel zu lange nichts, ist sich die deutsch-spanische Kommissarin nicht mehr so sicher. Es folgen: interne Ermittlung, Entzug des Falls, Zwangsurlaub. Und um sich selbst zu retten, muss Weber-Tejedor auf eigene Faust ermitteln, in einer Stadt voller Geld und Menschen, die einfach alles dafür tun.

Rosa Ribas, geboren 1963 in Prat de Llobregat, studierte Hispanistik in Barcelona und lebt seit 1991 in Frankfurt am Main. Mit *Kalter Main*, dem Auftakt der Serie, gewann sie den spanischen Krimipreis für das beste Debüt.

Rosa Ribas

# SONST IST ER TOT

Der vierte Fall für
Kommissarin Cornelia Weber-Tejedor

*Kriminalroman*

Aus dem Spanischen von
Kirsten Brandt

Suhrkamp

Die Originalausgabe erschien 2016 unter dem Titel
*Si no, lo matamos*
bei Grijalbo, Barcelona.

Erste Auflage 2016
suhrkamp taschenbuch 4674
Deutsche Erstausgabe

Umschlagmotiv: FinePic®, München
Umschlaggestaltung: ZERO Werbeagentur, München
Druck: CPI – Ebner & Spiegel, Ulm
Printed in Germany
ISBN 978-3-518-46674-2

# SONST IST ER TOT

*Für zwei wunderbare Freundinnen,*
*die ich mit der Kommissarin teile:*
*Pili und Cornelia*

Frankfurt ist anders, jeden Tag. Wenn Sie das lesen,
hat es sich schon wieder verändert.
Auch das ist eine Art Verlässlichkeit.

*Eva Demski*

# LOTS WEIB

Drei verschwommene Silhouetten. Drei Männer. Mehr sah er nicht.

Thorsten Hagendorf richtete seine ganze Aufmerksamkeit darauf, seine Hemden ordentlich auf der Rückbank seines Wagens abzulegen, nachdem er den wolkenlosen Himmel betrachtet und gedacht hatte, dass das Wetter sich an diesen ersten Frühlingstagen an den Kalender zu halten zu schien. Sie tauchten plötzlich auf. Drei Männer. Vielleicht hatten sie in einem Auto gewartet in der Seitenstraße, die um diese Uhrzeit üblicherweise menschenleer war und in der er immer parkte, wenn er auf dem Weg zur Arbeit seine Kleidung aus der Reinigung holte.

Mit einem kräftigen Stoß beförderte ihn einer der Männer bäuchlings auf die Hemden, während der andere die offene Wagentür nutzte, sich hinters Steuer zu setzen. Der, der ihn gestoßen hatte, setzte sich auf seine Beine, und noch ehe er begriff, wie ihm geschah, hatte der Mann ihm eine Kapuze übergestülpt und ihm geraten, sich nicht zu wehren oder gar zu schreien. In diesem Augenblick nahm der Dritte auf dem Beifahrersitz Platz und schloss die Tür.

Der Mann auf der Rückbank warf sich über ihn, damit er sich nicht aufrichten konnte. Gegen den Sitz gedrückt, spürte Thorsten Hagendorf, wie ihm die Luft ausging, und begann zu keuchen. Durch den Stoff der Kapuze hindurch nahm er den Geruch der dünnen Plastikfolie wahr, in der die Hemden steckten. Der Haken eines Kleiderbügels bohrte sich in seine rechte Schulter.

»Die Schlüssel«, sagte der, der ihn gestoßen hatte, und schlug ihm mit der flachen Hand ins Genick.

Hagendorf drehte den Unterkörper leicht zur Seite, um

die Schlüssel aus seiner Hosentasche zu fischen. Seine Beine waren angewinkelt, die Füße stießen gegen die Wagentür, und der Mann saß schwer auf seinen Waden. Als er ein wenig den Kopf hob, stieß er gegen die Hand, die ihn geschlagen hatte. Endlich fand er die Schlüssel und händigte sie aus.

»Fahr los! Und du hältst schön still. Wo ist dein Handy?«

Ein erneuter Schlag in den Nacken.

»In meiner rechten Jacketttasche. Was wollen Sie? Was ist los?«

»Nichts ist los, und es wird auch nichts los sein, wenn du uns keinen Ärger machst.« Der Mann tastete ihn ab, bis er das Telefon gefunden hatte. Er nahm es an sich.

In dieser Enge war es Hagendorf unmöglich, sich vom Körper über ihm zu befreien. Ein dritter Schlag in den Nacken ließ ihn erstarren.

»Wie heißt deine Frau?«

»Elke.« Er wandte den Kopf zur Seite, wie ein Schwimmer, der Luft holt.

»Steht sie unter ihrem Namen hier drin?«

»Ja. Aber was wollen Sie?«

Die Antwort war ein Fausthieb in die Niere. Sein Schrei vermischte sich mit dem Rascheln der Plastikfolie unter seinem Körper. Trotz der Schmerzen und der Angst ertappte er sich bei dem Gedanken, dass er seine Hemden zerknitterte. Der dritte Mann warf ein Stück Stoff über ihn, wahrscheinlich eine Jacke, um ihn vor anderen Autofahrern zu verbergen. Das Kleidungsstück roch nach Schweiß und Tabak. Er drehte den Kopf zu den Hemden hin, langsam, aus Furcht vor einem weiteren Schlag.

Gemächlich fuhren sie durch die Straßen Frankfurts. Seine Entführer wollten keine Aufmerksamkeit erregen. Als es Thorsten Hagendorf einfiel darauf zu achten, wie viele Abbiegungen der Wagen nahm, durch wie viele Schlaglöcher er fuhr und ob er vielleicht etwas Auffälliges hörte, hatten sie schon zu viele Abbiegungen und zu viele Schlaglöcher hinter sich. Und die einzigen Geräusche, die er außer dem Motorenlärm wahrnahm, waren das Scharren der Schuhe des Mannes auf der Fußmatte und das Rascheln des Plastiks bei jeder seiner Bewegungen. Er konnte nichts tun.

Die drei Männer schienen alles unter Kontrolle zu haben. Und doch passten sie einen Moment lang nicht auf. Der Wagen war eine steile Rampe hinuntergefahren und hatte angehalten. Während sie ihn grob aus dem Auto zerrten, gaben Hagendorfs Beine, die durch das auf ihnen lastende Gewicht des Mannes eingeschlafen waren, nach, und er fiel zu Boden. Als sie ihn aufhoben, verrutschte seine Kapuze ein wenig. Durch den Spalt, der sich aufgetan hatte, konnte er den Boden erkennen; offenbar befanden sie sich in einem Parkhaus. Einer der Männer packte ihn fest am rechten Arm und zog ihn zu einer Treppe. Sie ließen ihn zwei Stockwerke hinaufstolpern, bis sie an etwas anhielten, was die Rezeption eines Büros zu sein schien. Durch den Spalt, den die verrutschte Kapuze freiließ, konnte er den unteren Teil eines Tresens und das halb abgerissene Stück eines Firmenlogos erkennen. Sie durchquerten einen leeren Raum, der nicht länger nach Raumerfrischer, sondern nach Staub und Feuchtigkeit roch. Dann hielten sie an. Thorsten Hagendorf vernahm das Ächzen und Stöhnen eines der Männer, der offenbar unter großen Mühen etwas aufschob. Das nächste, was er spürte, war ein Stoß, der ihn gegen eine Metallwand schleuderte; dann erklang in seinem Rücken das Zuschlagen einer Tür. Noch bevor er Zeit hatte, sich die Kapuze herunterzureißen, hörte er die Stimme des Mannes, der ihn festgehalten hatte:

»Ganz ruhig, in ein paar Stunden bist du frei.«

Die Männer gingen und ließen ihn in der dunklen Kabine eines Fahrstuhls allein, ohne auf seine Bitten und sein Geschrei zu achten, mit dem er ihnen in wachsender Panik zurief, dass er unter Klaustrophobie litt. Er glaubte noch ein leises Lachen zu hören, aber vielleicht bildete er sich das auch nur ein.

***

»Ja, ja, ja.«

Die drängende Melodie des Handys setzte sie in Bewegung. Elke Hagendorf suchte überall dort nach dem Gerät, wo sie es üblicherweise ablegte: in ihrer Handtasche, auf der Kommode im Flur, auf der Lehne der Fernsehcouch, in der Tasche der letzten Jacke, die sie angehabt hatte. Dort fand sie es genau in dem Augenblick, in dem es verstummte. Sie betrachtete das Display. Ihr Mann. Noch bevor sie auf den grünen Hörer drücken konnte, begann das Telefon erneut zu klingeln.

»Hallo.« Sie dehnte das »a« in gespielter Ungeduld. Ein Anruf so früh am Morgen hatte wahrscheinlich irgendeinen banalen Grund; bestimmt wollte ihr Mann sie an eine Erledigung erinnern oder sie fragen, ob sie seine Lesebrille gefunden hatte.

»Frau Hagendorf?«

»Ja.«

»Nennen Sie Ihren Namen.«

»Wie bitte?«

»Nennen Sie Ihren Namen, wenn Sie ans Handy gehen.«

Der Anrufer legte auf.

Sie lehnte sich an die Wand.

Das Telefon klingelte wieder.

»Elke Hagendorf«, meldete sie sich.

Nun presste sie ihren Rücken so heftig an die Wand, dass sie fühlte, wie sich jeder einzelne Wirbel durch die Haut bohrte.

»Gut gemacht.«

Ihre Verwunderung wurde zu Angst, als sie den ausländischen Akzent der Stimme am anderen Ende der Leitung vernahm.

»Wer sind Sie?«

»Wir haben Ihren Mann.«

Der Anrufer machte eine Pause, vielleicht um ihr Zeit für die Erkenntnis zu lassen, welche der zahlreichen Bedeutungen des Wörtchens »haben« hier gemeint war. Inzwischen hatte die Panik von Elke Hagendorf Besitz ergriffen und ließ sie verstummen.

»Aber ihm wird nichts geschehen, wenn Sie tun, was wir Ihnen sagen.«

Der Mann sprach schleppend. Elke Hagendorf öffnete und schloss geräuschlos den Mund wie ein gestrandeter Fisch.

»Haben Sie mich verstanden?«

Da rief sie ja, drei Mal und aus vollem Halse, während ihre Beine unter ihr nachgaben und sie an der Wand herunterrutschte, bis sie auf dem Boden im Flur saß.

»Ihm wird nichts passieren, wenn Sie Folgendes tun: Packen Sie sämtliche Wertsachen, die Sie im Hause haben, in eine Einkaufstüte aus Plastik.«

»Wertsachen?«

»Ja, Schmuck und Geld. Keine Handys oder elektronischen Geräte.«

Wieder sagte sie drei Mal ja, ein Mal für jeden Punkt auf der Liste.

»Dann gehen Sie mit allen Karten, die Sie haben, zur Bank und heben so viel Geld ab, wie Sie können.«

»Wie viel?«

»Alles, was Sie abheben können, das sagte ich doch. Es müssen keine kleinen Scheine sein. Wir nehmen auch große und mittlere.«

Sie stellte die ebenso verzweifelte wie überflüssige Frage.

»Warum wir? Wir sind doch nicht reich ...«

»Frau Hagendorf.« Der Mann sprach mit ihr wie mit einem unartigen Kind. »Halten Sie uns für blöd? Glauben Sie, wir hätten uns für ein paar lumpige Euro all diese Mühe gemacht? Wir wissen, wo Ihr Mann arbeitet und welchen Posten er in der Anwaltskanzlei hat.«

Sie waren es! Es waren die gleichen! Das Hämmern des Blutes in ihrem Kopf machte sie einen Augenblick lang taub. Unwillkürlich stöhnte sie auf. Sie wusste, was diese Typen ihrem Mann antun würden.

Der Mann fragte:

»Was, glauben Sie, wird Ihr Mann denken, wenn er erfährt, dass Sie versucht haben zu feilschen?«

Trotz seines ausgeprägten ausländischen Akzents sprach er fließend Deutsch.

»Aber nein. Ich wollte doch nicht ...«

»Na, na, keine Sorge, von uns wird er es ganz bestimmt nicht erfahren«, sagte der Mann beinahe flüsternd, in vertraulichem Tonfall, als wären sie Freunde, die ein Geheimnis teilen.

Nun hatte die Panik sie endgültig gepackt.

»Was muss ich tun? Was muss ich tun?«

»Das mit der Tüte haben Sie verstanden, nicht wahr?«

»Ja, ja, ja!«

»Gut. Dann erkläre ich Ihnen jetzt das mit der Bank, denn da waren wir stehen geblieben. Sie gehen zur Bank und heben alles Geld ab.« Der Mann räusperte sich, dann fuhr er fort: »Und dass Sie nicht etwa auf die Idee kommen, die Bankangestellten um Hilfe zu bitten.«

»Nein, das tue ich nicht«, brachte sie heraus.

»Natürlich werden Sie das nicht tun. Und Sie werden auch nicht die Polizei anrufen.«

»Nein, ich werde nicht ...«

»Nein, das werden Sie ganz bestimmt nicht. Und wissen Sie, warum?« Der Mann machte eine Pause. Er wartete auf ihre Antwort.

»Weil Sie meinen Mann haben.«

»Genau. Aber Sie kriegen ihn zurück, wenn Sie alles richtig machen.«

Der Mann schwieg. Ihr schneller Atem, den er sicher hörte, konnte ihm als Beweis dafür dienen, dass er sein Ziel erreicht hatte. Trotzdem hakte er nach:

»Soll ich deutlicher werden, oder haben Sie mich verstanden?«

»Alles klar.«

»Großartig, ich glaube, wir verstehen uns. Also packen Sie Ihre Wertsachen ein, gehen Sie zur Bank, heben Sie das Geld ab, stecken Sie es in dieselbe Tüte und fahren Sie dann mit dieser Tüte zum Supermarkt in der Ferdinand-Happ-Straße.«

»Ist das in Frankfurt?«

»Jawohl. Im Ostend. Ich sehe schon: Sie verirren sich nie in die ärmeren Viertel. So geht's weiter: Sie fahren zum Supermarkt, gehen aber nicht hinein, sondern setzen sich auf die Bank am Parkplatz und sehen die ganze Zeit auf die Tür. Stellen Sie die Tasche links von sich ab, nach wenigen Minuten wird jemand sie mitnehmen. Wenn das passiert, kommen Sie bloß nicht auf die Idee, sich umzusehen, wenn Sie nicht wollen, dass Ihre Neugier Sie so teuer zu stehen kommt wie Lots Weib.«

»Wessen Weib?«

»Lot. Aus der Bibel. Altes Testament. Die Frau, die zu einer Salzsäule erstarrte, weil sie sich umwandte, um sich die Zerstörung von Gomorrha anzusehen. Oder war es Sodom?«

»Ehrlich gesagt, weiß ich nicht …«

»Ach, ist auch egal. Auf jeden Fall ist sie zur Salzsäule erstarrt. Und Sie werden zur Witwe. Wir sollten jetzt keine Zeit mehr verlieren. Sie wissen ja nun, was Sie zu tun haben. Und Sie wissen auch, dass wir Sie im Auge behalten.«

Der Mann legte auf. Langsam richtete Elke Hagendorf sich auf. Wie ein Roboter ging sie in die Küche, holte eine Plastiktüte, entfaltete sie und sah nach, dass sie keine Löcher hatte; dann nahm sie die Ohrringe mit den kleinen Perlen ab, die sie trug. Sie waren das erste, was in der Tüte landete.

* * *

Thorsten Hagendorf tastete umher, um die Maße seines Gefängnisses abzuschätzen, die von der Dunkelheit vergrößert, von seiner Klaustrophobie verengt wurden. Er berührte das Paneel mit den Knöpfen für die Stockwerke. Aber er wusste, dass sie nicht funktionierten und er daher keinen Notdienst würde rufen können.

Die erste Panikattacke ließ ihn gegen die Aufzugwände hämmern und brüllen, bis ihm von seinem keuchenden, abgerissenen Atem schwindlig war. Als ihn die Kraft verließ, sank er auf den staubigen Boden.

Er hatte das Logo am Tresen erkannt und wusste, dass er sich in den ehemaligen Geschäftsräumen einer Sparkasse befand. Die Entführer hatten ihn allein in einem zwanzigstöckigen Gebäude zurückgelassen, das die neuen Bürogebäude, die beiderseits der Mainzer Landstraße sprossen – einer der Finanzarterien der Stadt – überflüssig gemacht hatten. Zwanzig Stockwerke leerstehende Büros, die demnächst abgerissen würden, um einem moderneren und teureren Bau Platz zu machen. Er stellte sich die Gesichter der Bauarbeiter vor, wenn sie nach zwei, drei, vielleicht sechs Monaten seine Leiche fanden. Das rief eine zweite Panikattacke hervor, und sein von Adrenalin durchfluteter Körper hörte nicht länger auf die schwachen vernünftigen Argumente, mit denen er sich zu beruhigen versuchte, und überließ sich ganz den frenetischen Zuckungen des verängstigen, von blindem Fluchtverlangen erfüllten Reptils, das in seinem Kleinhirn hauste.

Später würden seine blutigen Fingerkuppen den Beweis dafür liefern, dass er die beiden Metalltüren, die ihn gefangen hielten, mit bloßen Händen auseinandergedrückt hatte. Mit der gleichen, bei seinem eher schmächtigen Körper fast unerklärlichen Kraft war es ihm gelungen, die Glastür zur Straße mit einem schweren, fast einen halben Meter langen Zementaschenbecher einzuschlagen, der im Gebäude vergessen worden war. Hagendorf wankte auf die Straße hinaus, und als er endlich frische Luft atmete, verließen ihn die Kräfte. Zusammengekrümmt brach er vor einer Gruppe von drei Männern zusammen. Einer ließ seine Aktentasche fallen, kniete sich neben ihn und versuchte, ihn aufzurichten. Die anderen beiden zückten reflexartig ihre Handys. Der Mann zur Rechten rief einen Krankenwagen; der Linke verlangte nach der Polizei. Gebeugt wie Klammerzeichen flankierten sie eine männliche, mit Anzug bekleidete Version der *Pietà*.

## ERZÄHLEN SIE

Thorsten Hagendorf berichtete ihnen zum zweiten Mal alles, was geschehen war, angefangen bei dem Hinterhalt bis hin zu dem Augenblick, als er es auf die Straße hinaus geschafft hatte. Nicht, weil Cornelia und Reiner ihn gebeten hätten, es zu wiederholen, sondern weil er nicht aufhören konnte zu reden und ihnen seine verbundenen Finger zu zeigen.

Zuvor, noch unter Schock, hatte er auf die Fragen des Arztes im Krankenwagen, der seine verletzten Hände verband, nur ein paar zusammenhanglose Substantive und Verben hervorgebracht. Den herbeigerufenen Polizisten hatte er schon eine grobe Fassung der Ereignisse schildern können. Und im Polizeipräsidium hatte er Cornelia einen ersten vollständigen Bericht geliefert.

Nun erzählte Hagendorf die Geschichte noch einmal Reiner, den Cornelia geholt hatte, damit er sie sich anhörte. Sie hatte schon beschlossen, dass dies ihr Fall war, dass sie ihn an niemanden abtreten würde.

Wie schon oft zuvor beobachtete Cornelia auch diesmal, welche beruhigende Wirkung ihr Untergebener auf die Opfer eines Verbrechens hatte. Vielleicht lag es an seinen leicht schläfrig wirkenden Augen unter den dichten Brauen oder am massigen Körper eines alternden Boxers, der sich trotz seiner scheinbaren Schwerfälligkeit mit der Leichtigkeit eines Kämpfers bewegte. Oberkommissar Reiner Terletzki war der gutmütige Bär aus den Märchen, der mit seiner Versicherung, alles würde gut, die schlimmsten Ängste vertrieb. Er hatte auf ihrer Seite des Schreibtischs Platz genommen, und ihr war bewusst, wie unterschiedlich sie auf Hagendorf wirken mussten, aber obwohl sie die Jüngere war, hatte Hagendorf nicht vergessen, dass Cornelia Weber-Tejedor die Vorgesetzte und Kriminalkommissarin war, die blonde Frau mit der leicht gekrümmten Nase, die ihm, die Arme auf einen Aktenstapel gestützt, aufmerksam lauschte. Bei Hagendorfs Ankunft hatte sie den Ordner geschlossen. Nun lehnte sie sich mit ihrem ganzen Gewicht darauf, wie um zu verhindern, dass ein Blatt herausrutschte oder er eines der Fotos des brutalen Elternmords zu sehen bekam, bei dem ein Kollege sie um Rat gebeten hatte. Der Inhalt dieser Akte war nichts für den Vierzigjährigen, dessen hagerer Körper in dem schmutzigen, zerrissenen Anzug winzig wirkte und dem sie nun ihre gesamte Aufmerksamkeit widmete; ihm und seinem wiederholten Bericht.

Sobald Hagendorf loslegte, hatte Reiner wie üblich seinen Notizblock gezückt und angefangen mitzuschreiben. Und er schrieb weiter, den Kuli fest in seiner gewaltigen Pranke, als Hagendorf zum zweiten Mal von vorne begann. Von Cornelia hatte er gelernt, dass Wiederholungen wertvoll waren, dass es sich lohnte, auf die kleinen Abweichungen zwischen den verschiedenen Versionen zu achten. Cornelia wusste das von Celsa, ihrer Mutter, die auf so typisch galicische Weise erzählte, mit zahlreichen Abschweifungen und Unterbrechungen, die aber stets in einen breiten Strom mündeten; eine Art zu erzählen, die sie gelehrt hatte, ihre deutsche Ungeduld im Zaum zu halten, bei der die Geschichte in einem geradlinigen Fluss direkt auf den Punkt kam.

Der Bericht über das Vorgefallene schien das Letzte zu sein, was Hagendorf noch gefehlt hatte, um wieder in die Wirklichkeit zurückzukehren, denn als er geendet hatte, sah er Cornelia und Reiner an, die aufmerksam jedes neue Detail registriert hatten, und fragte ängstlich:

»Haben Sie meine Frau gefunden?«

»Wir sind noch dabei, aber zu Hause haben wir sie nicht angetroffen.«

Als man ihn um kurz nach zehn ins Polizeipräsidium gebracht hatte, hatte Hagendorf seinen Namen nennen und seine Anschrift und Telefonnummer stammeln können. Sie hatten mehrmals bei ihm zu Hause angerufen, aber es war niemand drangegangen, obwohl seine Frau seiner Aussage nach um diese Tageszeit normalerweise zu Hause war. Cornelia hatte eine Streife losgeschickt, doch die war noch unterwegs.

»Erinnern Sie sich jetzt?«, fragte sie nun, bemüht, nicht drängend zu klingen. Ihre Mutter pflegte zu sagen: »Es wird dir schon wieder einfallen, wenn du aufhörst, daran zu denken.«

Hagendorf schüttelte den Kopf. Er konnte sich einfach nicht an die Handynummer seiner Frau erinnern.

»Das ist, weil ich sie in meinem Adressbuch hatte ... « Niedergeschlagen schüttelte er den Kopf.

Es hätte ihnen kostbare Minuten erspart. Für alle Fälle hatte Cornelia einen Beamten beauftragt, die Nummer über die Telefongesellschaft zu ermitteln. Indem sie alles organisierte und Anweisungen erteilte, machte Cornelia deutlich, dass das ihr Fall war. So verfuhr sie häufig: Erst handeln und anschließend die Erlaubnis einholen.

»Trinken Sie noch einen Schluck Wasser«, sagte sie zu Hagendorf.

Es fiel ihr schwer, den Blick von seinen Händen abzuwenden, von den Verbänden, die seine gebrochenen Nägel und aufgeschürften Fingerspitzen wie Fingerhüte umgaben.

In diesem Augenblick öffnete ein Beamter die Tür und winkte sie zu sich. Sie stand auf und verließ den Raum.

»Die Streife ist bei den Hagendorfs angekommen. Da niemand die Tür geöffnet hat, sind sie mit seinen Schlüsseln hineingegangen und haben die Wohnung durchsucht. Es war niemand da.«

»Gibt es Anzeichen von Gewalt?«

»Nichts. Aber am Wohnungseingang haben sie ein Handy auf dem Boden gefunden.«

Ein weiterer Beamter kam durch den Flur auf sie zu.

»Ich habe die Nummer, um die Sie mich gebeten hatten, Frau Weber.«

Ein Anruf bei der Beamtin, die in Hagendorfs Wohnung war, und ein zweiter bei der Nummer, die sie vom Telefonbetreiber bekommen hatten, bestätigten ihnen, dass es sich um Elke Hagendorfs Handy handelte. Vielleicht hatte sie in aller Eile das Haus verlassen und dabei vergessen es mitzunehmen.

»Bleiben Sie in der Wohnung und achten Sie auf Frau Hagendorfs Handy«, wies Cornelia die Streifenpolizistin an.

»Was mache ich, wenn es klingelt?«

Gute Frage.

Das Opfer war in Sicherheit, aber sie wussten nicht, wo seine Frau sich befand und wie es ihr ging.

»Dann gehen Sie dran und tun so, als wären Sie eine Freundin der Familie. Wenn die Entführer etwas sagen oder etwas fragen, können wir vielleicht irgendwelche Informationen aufschnappen. Und bringen Sie so schnell wie möglich den Wagen außer Sichtweite.«

Sie hoffte, dass sie nicht schon einen ersten Fehler begangen und durch den Streifenwagen vor dem Haus die Entführer gewarnt hatten.

Sie kehrte ins Büro zurück. Hagendorf wirkte etwas ruhiger, fast sah es aus, als würde er mit Reiner plaudern.

»Unsere Tochter ist in London auf Klassenfahrt. Am Freitagabend kommt sie zurück.«

Cornelia unterbrach das Gespräch, um ihnen mitzuteilen, dass sie das Handy hatten.

»Das darf doch nicht wahr sein! Immer lässt sie es irgendwo liegen«, erregte sich Hagendorf. »Sie verbringt mehr Zeit mit Suchen als mit Telefonieren.«

Plötzlich verzog er sein Gesicht in Angst.

»Und wenn sie sie auch haben?«

Obwohl diese Möglichkeit durchaus bestand, wiegelte Reiner ab:

»Wollen wir hoffen, dass sie Lösegeld gefordert haben – und das muss ja schließlich jemand überbringen.«

Bei jedem anderen hätte diese Bemerkung vielleicht sarkastisch geklungen, nicht aber bei Reiner.

Cornelia betrachtete ihren Kollegen. Reiners verschlafene Miene täuschte jeden, der glaubte, er sei manchmal geistesabwesend. Hinter den schweren Lidern verbarg sich ein hellwacher Verstand. Er sah alles und jeden. Sein Haar war schon grau, und seit er vor einem Jahr festgestellt hatte, dass seine Barthaare dunkel sprossen, hatte er sich einen Bart wachsen lassen, der zwar grau gesprenkelt, aber dunkel war. Seine athletische Figur bewahrte er durch eiserne Disziplin. Dass er mit über fünfzig zum ersten Mal Vater geworden war, half ihm dabei. »Ich will nicht, dass man mich für den Großvater der Zwillinge hält.« Seine späte Vaterschaft hatte die Gutmütigkeit des Oberkommissars noch verstärkt, und seine gelassene Art und sein gemächlicher Tonfall trugen dazu bei, dass Hagendorf sich wieder beruhigte.

»Bei welcher Bank haben Sie Ihr Geld?«, fragte Cornelia.

»Wir haben zwei Konten: eines bei der Commerzbank und eins bei einer Sparkasse.«

»Sehen wir nach, welche Filialen am nächsten an Ihrer Wohnung liegen«, sagte Cornelia und machte sich gleich am Computer auf die Suche.

Hagendorf verstand, worauf ihre Frage abzielte.

Cornelia fand die Adressen und forderte telefonisch mehrere Streifenwagen an, die sich so schnell wie möglich in der entsprechenden Gegend auf die Suche nach Frau Hagendorf machen sollten.

»Haben Sie ein Foto Ihrer Frau?«

Hagendorf öffnete seine Brieftasche und klaubte mit seinen verbundenen Fingern mühsam zwei Fotos hervor. Er gab ihnen das erste, das eine blonde Frau Anfang dreißig in einem Sommerkleid zeigte, unter dessen Ärmeln schmale, braungebrannte Arme hervorlugten. Sie umarmte ein fünf- oder sechsjähriges Mädchen in T-Shirt und kurzen Hosen, dessen Lächeln und die breite, ein wenig platte Nase deutlich erkennen ließen, dass es sich um Mutter und Tochter handelte.

»Hier sehen die beiden sehr hübsch aus.«

Das stimmte, aber das Foto war schon ein paar Jahre alt, und das Gesicht der Frau war nicht gut zu erkennen, weil sie sich zu ihrer Tochter hinunterbeugte. Bevor Hagendorf das andere Foto wieder in die Brieftasche stecken konnte, bat Cornelia ihn darum:

»Ich glaube, das ist uns nützlicher.«

Es war ein biometrisches Passfoto.

»Das ist aber nicht sehr schmeichelhaft.«

Cornelia lächelte ihn an, während sie das Foto nahm, das er ihr zögernd entgegenstreckte.

»Es geht nicht darum, dass sie gut darauf aussieht, sondern dass wir sie wiedererkennen. Ich gebe es meinen Kollegen, die sollen es scannen und an die Streifen schicken, die auf der Suche nach ihr sind.«

Als ob sie ihm mit dem Foto auch die Seele aus den Händen gerissen hätte, sackte Hagendorf auf seinem Stuhl in sich zusammen.

»Ich möchte nach Hause«, sagte er, ängstlich und bedrückt wie ein kleiner Junge, der eine verhasste Schulstunde verlassen will.

»In ein paar Minuten«, entgegnete Cornelia.

Sie bot ihm an, es sich auf dem alten Sofa bequem zu machen, das Reiner und sie in ihrem Büro stehen hatten und auf das sie selbst oft nach stundenlangen Ermittlungen erschöpft gesunken war. Und Reiner hatte hier in den ersten Monaten schlafloser Nächte nach der Geburt seiner Kinder häufig mittags ein Nickerchen gemacht.

Sie ging hinaus, um die Suche nach Elke Hagendorf zu koordinieren, und ließ Hagendorf in Reiners Obhut. Er hatte ihnen die Namen mehrerer Freunde und Angehörigen genannt, aber bisher hatten sie niemanden ausfindig machen können. Der Mann schien mutterseelenallein auf der Welt zurückgeblieben zu sein.

* * *

Aus den Minuten, die Cornelia Hagendorf versprochen hatte, wurde schließlich eine Stunde, weil sie das Präsidium erst verließen, nachdem sie alles Nötige veranlasst hatte, um Elke Hagendorf zu schützen und die Entführer ausfindig zu machen. Mehrere Beamte überwachten das verlassene Gebäude, in dem Hagendorf im Aufzug eingesperrt gewesen war. Cornelia hoffte darauf, dass die Entführer – sollte Hagendorfs Frau das Lösegeld schon aufgetrieben haben und auf dem Weg zur Übergabe sein – ihr Versprechen hielten, den Gefangenen freizulassen, und dass man sie dort schnappen konnte. Die Leute von der Spurensicherung würden warten müssen, bis sie den Tatort untersuchen konnten. Diskretion war jetzt wichtiger.

Sie nahmen Reiners Wagen. Hagendorf, der hinter Cornelia saß, sprach während der ganzen Fahrt kein einziges Wort. Vom Beifahrersitz aus musterte sie ihn von Zeit zu Zeit im Rückspiegel, während er aus dem Fenster sah. Kurz darauf waren sie in Bockenheim, wo die Hagendorfs ganz in der Nähe des so genannten »Diplomatenviertels« lebten, einer Reihe ruhiger, baumbestandener Straßen mit niedrigen Häusern und Vorgärten. Von unterwegs aus hatte Cornelia die Beamtin angerufen, die sie in Hagendorfs Wohnung postiert hatten. Nein, Frau Hagendorf war noch nicht zurückgekommen. Es hatte sich auch sonst niemand der Wohnung genähert, und keines der beiden Telefone hatte geklingelt, weder das Festnetz noch das Handy. Der Kollege in Zivil, der mehrmals die Straße auf und ab patrouilliert war, hatte keinerlei Anzeichen dafür entdeckt, dass die Wohnung unter Beobachtung stand. Also betraten die drei das zweistöckige, von einem sorgfältig gepflegten japanischen Garten umgebene Haus, in dessen erstem Stock die Hagendorfs wohnten, durch den Haupteingang.

Thorsten Hagendorf lief durch die ganze Wohnung und rief immer wieder nach seiner Frau, als hoffte er, dass sie sich irgendwo versteckt hielt, außerhalb der Sichtweite der Beamtin, die er mit einem mechanischen Händedruck begrüßt hatte, bevor er sich in allen Zimmern auf die Suche machte. Cornelia folgte ihm unauffällig, und obwohl er bemerken musste, dass sie hinter ihm ging, öffnete er hemmungslos alle Schränke und lugte unter sämtliche Betten. Schließlich wandte er sich zu ihr um:

»Sie ist nicht da.«

Sie legte ihm eine Hand auf die Schulter und führte ihn sanft ins Wohnzimmer, wo er sich erschöpft auf ein Sofa plumpsen ließ. Eine leichte Staubwolke stieg von seinem schmutzigen Anzug auf.

»Möchten Sie einen Kaffee?«, fragte er plötzlich, doch sein vorgebeugter Oberkörper mit den auf die Schenkel gestützten Armen und sein halb in den Händen verborgenes Gesicht verrieten, dass es sich um eine reine Höflichkeitsfrage handelte.

Cornelia bot an, Kaffee zu kochen, und ließ Hagendorf mit Reiner allein. Als sie hinter ihm her durch die Wohnung gegangen war, hatte sie bemerkt, dass die Hagendorfs offenbar wohlhabend, aber keinesfalls reich waren, jedenfalls nicht reich genug, um sie zu einem lohnenden Ziel für Entführer zu machen. Eine riesige, blitzende Kaffeemaschine, die eher in ein Café gepasst hätte als in diese Küche, die zu klein für sie schien, bestätigte ihre Vermutung: Die beiden gaben sich reicher, als sie waren. Das Gerät erwies sich als so kompliziert, dass sie ihr Vorhaben beinahe aufgegeben hätte, wenn sie sich nicht an den Satz erinnert hätte, mit dem ihr Vater in seiner Zeit als Vorarbeiter bei Opel immer neue Kollegen willkommen geheißen hatte: »Keine Maschine ist so kompliziert, als dass man sie nicht mit gesundem Menschenverstand bedienen könnte.«

Sie betrachtete die Maschine, die Knöpfe, die Anzeigen für Druck sowie Kaffee- und Wasserstand und die Röhrchen, und als sie glaubte, alles verstanden zu haben, suchte sie eine Tasse und schaltete das Gerät ein. Das glänzende Monster begann zu brüllen, und kurz darauf war die erste Tasse Kaffee fertig.

Sie kam nicht dazu, ihn zu trinken. Durch das Fenster hindurch sah sie, wie jemand das Tor zum Vorgarten öffnete. Eine blonde Frau schritt rasch auf die Haustür zu. Das musste sie sein. Cornelia stellte die unberührte Tasse auf dem Küchentisch ab und ging ins Wohnzimmer.

Als Thorsten Hagendorf die Schlüssel im Schloss und die Schritte im Flur hörte, sprang er auf, rührte sich jedoch nicht vom Fleck, sondern wartete, bis seine Frau hereinkam. Sie betrat das Wohnzimmer, blieb stocksteif stehen und starrte verblüfft ihren Mann an, als wären die anderen drei Leute gar nicht vorhanden.

»Was machst du denn hier?«, fragte sie und trat einen Schritt vor. Sie klang wütend.

»Ich bin abgehauen«, sagte Thorsten Hagendorf entschuldigend.

Ein nervöses Lächeln zeichnete sich auf dem Gesicht seiner Frau ab und erlosch sofort wieder, als sie die uniformierte Polizistin entdeckte, die an einer Seitenwand lehnte.

»Nein! Nicht die Polizei!« Ihre Stimme brach.

Thorsten Hagendorf, der begonnen hatte, ihr zu erzählen, was vorgefallen war, verstummte. Reiner ging auf sie zu, stellte sich vor und forderte sie mit einer Handbewegung auf, Platz zu nehmen. Sie setzte sich nicht neben ihren Mann, sondern auf das Sofa, das dem anderen gegenüberlag, durch einen Couchtisch getrennt, auf dem wohl eher zu dekorativen Zwecken ein paar Kunstbücher lagen. Ohne den Blick von seiner Frau zu wenden, nahm Hagendorf wieder Platz, und Cornelia ließ sich neben ihm nieder. Reiner setzte sich neben Elke Hagendorf. Die Beamtin blieb in einiger Entfernung stehen, als wollte sie die Gruppe im Auge behalten. Einen Augenblick lang fühlte Cornelia sich in die Sitzung in der Anwaltskanzlei zurückversetzt, wo sie sich von Jan hatte scheiden lassen, aber sie riss sich gleich wieder zusammen und konzentrierte sich.

»Warum hast du die Polizei gerufen, Thorsten?«

Ihr Mann war über die Reaktion seiner Frau dermaßen verdattert, dass ihm keine Antwort einfiel. Cornelia beschloss einzugreifen:

»Das war nicht Ihr Mann, sondern die Leute, die ihn nach seiner Flucht gefunden haben. Man hatte ihn in einen Aufzug gesteckt …«

»Aber er hat doch Platzangst«, entgegnete Frau Hagendorf, immer noch im gleichen vorwurfsvollen Ton.

»Das interessiert Entführer im Allgemeinen wenig«, erwiderte Cornelia leicht gereizt.

»Aber sie haben von mir verlangt, dass ich die Polizei

heraushalten soll ... und jetzt sind Sie hier ... und das wissen die ganz bestimmt.«

Mit einem Mal verstand Cornelia, dass Frau Hagendorfs scheinbarer Ärger in Wirklichkeit Angst war.

»Haben Sie dir was angetan?«, fragte Elke Hagendorf ihren Mann.

»Du meinst, abgesehen davon, dass sie mich entführt und in einem dunklen Aufzug eingeschlossen haben?«

Sie nickte; ihr Mann schüttelte den Kopf.

»Haben Sie schon das Lösegeld gezahlt?«, fragte Cornelia.

»Ja; wie sie gesagt hatten.«

Cornelia bat sie, ihr zu erzählen, was vorgefallen war.

»Der Anrufer war Ausländer«, berichtete Frau Hagendorf, sichtlich bemüht, alles richtig wiederzugeben.

»Haben Sie den Akzent erkannt?«

»Nein. Nur dass er ausländisch war. Ich habe kein gutes Gehör für so was.«

»Und Sie?«, wandte sich Cornelia an Thorsten Hagendorf.

»Der, der mir Anweisungen erteilt hat, hat mit Akzent gesprochen, aber ich könnte nicht sagen, mit was für einem. Er hat auch nicht viel gesagt.«

Cornelia wandte sich wieder an Elke Hagendorf.

»Und was haben Sie dann getan?«

Sie berichtete ihr in allen Einzelheiten von den Anweisungen, die sie erhalten hatte. Während sie sprach, ließ sie ihren Mann nicht aus den Augen, als erwarte sie, etwas in seinem Blick oder an seinem Körper zu finden. Er ließ sich mustern wie ein braver Patient.

»Haben Sie den Kassierern in der Bank nichts gesagt? War keiner von ihnen neugierig?«

»Na ja, beide haben fast den gleichen Witz gemacht. Ob ich mich aus dem Staub machen wolle. Der eine hat mich gefragt, ob ich nach Brasilien wolle, der andere nach Kuba.«

Jeder hat seinen eigenen Traumort, dachte Cornelia, dann fragte sie:

»Haben sie Ihnen große Scheine gegeben?«

»Ein bisschen von allem. Ich wollte um nichts Bestimmtes bitten, um keine Aufmerksamkeit zu erregen.«

»Wie viel Geld haben Sie abgehoben?«

»Vom Bankkonto zwanzigtausend, vom Sparkassenkonto zwölftausend. Den Rest haben wir in Fonds und Aktien angelegt.«

»Und du hast alles den Entführern gegeben?«, fragte ihr Mann. Cornelia hätte nicht sagen können, ob sein Tonfall ängstlich oder bewundernd klang.

»Natürlich. Ich konnte doch nicht feilschen. Schließlich warst du in Gefahr.«

»Du hast recht. Es ist ja bloß Geld.« Hagendorf lächelte seine Frau verzagt an.

»Und den Schmuck. Aber die guten Stücke sind versichert.« Zum ersten Mal lächelte Elke Hagendorf ebenfalls.

»Haben Sie Fotos davon?« Die Stimme Reiners, der die ganze Zeit über schweigend mitgeschrieben hatte, löste Cornelia für einen Augenblick ab.

»Die Versicherung hat welche.«

»Wir brauchen eine vollständige Liste und Kopien der Fotos, falls sie auf die Idee kommen, den Schmuck zu verkaufen.«

»Klar, klar«, sagte Thorsten Hagendorf und lehnte sich im Sofa zurück. Er war erschöpft, aber sie konnten ihn nicht ausruhen lassen, bis sie von beiden alles erfahren hatten.

»Wie sind Sie dorthin gekommen, Frau Hagendorf?«, fuhr Reiner fort. Er legte den Notizblock auf seine Oberschenkel und wandte sich ihr zu. Das leise Quietschen seiner Schuhsohlen auf dem dunklen Parkett lenkte Elke Hagendorfs Blick ab.

»Ich habe ein Taxi genommen. Ich war zu aufgeregt, um zu fahren.«

»Und was haben Sie dort getan?«

»Das, was man mir gesagt hatte. Ich habe mich auf die Bank gesetzt und gewartet.«

Nun, da der Blick seiner Frau nicht länger auf ihm ruhte, versank Thorsten Hagendorf immer tiefer im Sofa.

»Hat es lange gedauert, bis sie die Tasche geholt haben?«

»Fünf Minuten. Oder weniger. Ich weiß es nicht. Ich habe mich nicht gerührt, und ich glaube, ich habe nicht einmal mehr geatmet, als ich merkte, wie jemand hinter mir die Tasche an sich nahm.« Sie sah ihren Mann an, dann Cornelia, und sprudelte hervor: »Und was passiert jetzt? Was werden die tun, wenn sie merken, dass er nicht mehr im Aufzug steckt?«

»Ich glaube nicht, dass sie irgendetwas tun werden. Sie haben ja, was sie wollten«, versuchte Reiner sie zu beruhigen.

Sie stand auf, ging so eilig um den Couchtisch herum, dass sie sich heftig das Knie an einer der spitzen Kanten anstieß und ihren Strumpf zerriss, doch der Schmerz ließ sie nur einen Moment lang wanken, dann schloss sie ihren Mann in die Arme. Cornelia stand auf. Thorsten Hagendorf legte den Kopf auf die Schulter seiner Frau.

»Ich habe getan, was sie gesagt haben, genau, was sie gesagt haben.« Sie strich ihrem Mann übers Haar. »Ich habe die Anweisungen haarklein befolgt, genau wie die anderen, und jetzt haben sie das Geld und alles, was sie von mir verlangt haben, sogar mein Geburtstagsgeschenk.« Sie lehnte sich zurück, um ihrem Mann die schmucklosen Ohrläppchen zu zeigen.

Thorsten Hagendorf hob den Kopf und sah sie mit Tränen in den Augen an. Sie nahm vorsichtig seine rechte Hand und begann, sachte die Verbände um seine malträtierten Finger zu küssen.

Reiner war gerührt. Cornelia nicht. Sie hatte zwei Wörter aufgeschnappt, die sie veranlassten nachzufragen:

»Wer sind die anderen, Frau Hagendorf?«

## DIE ANDEREN

Elke Hagendorf leugnete die anderen nicht drei, sondern nur zwei Mal, dafür aber heftig. Bevor sie dazu kam, ein drittes Mal zu leugnen, fragte ihr Mann:

»Wer sind die anderen?«

Sie wich seinem Blick aus, traf aber rechts auf Reiners fragende Miene, in der Mitte auf die Neugier der Polizistin und links auf Cornelias forschenden Ausdruck. Also sah sie wieder ihren Mann an:

»Simones Mann wurde auch entführt.«

»Paul?«

»Raoul«, verbesserte sie.

Cornelia vermutete, dass es sich um eine Freundin Elke Hagendorfs handelte. Sie schloss es aus der Tatsache, dass diese Simone ihr anvertraut hatte, was geschehen war, und sie das Geheimnis eisern gehütet hatte, bis die Anspannung sie jetzt dazu verleitet hatte, sich zu verplappern. Nun gab es kein Zurück mehr, und Elke Hagendorf wusste das, also fuhr sie fort, ohne dass sie weiter in sie dringen mussten:

»Das war vor zwei Wochen. Sie haben ihn überfallen, als er aus dem Haus ging, dann haben sie Simone angerufen und ihr mehr oder weniger das Gleiche gesagt wie mir. Sie hat gezahlt. Ein paar Stunden später hatte sie ihn zurück zu Hause«, erzählte sie mit müder Stimme unter dem fassungslosen Blick ihres Mannes.

»Wurde Ihre Freundin an denselben Ort zitiert wie Sie?«, fragte Cornelia.

»Das habe ich sie nicht gefragt.«

»Und mit dem Mann war alles in Ordnung? Hatten sie ihm etwas angetan?«

Elke Hagendorf schüttelte den Kopf.

»Das sollte sie Ihnen besser erzählen.«

»Oder er.«

»Er ist verreist. Geschäftlich.« Sie gab die Informationen nur zögerlich preis. »In den USA. Soweit ich weiß, kommt er bald zurück.«

Mehr wollte sie zu der Angelegenheit nicht sagen. Nur ein halbe Bitte brachte sie noch hervor:

»Wenn die Entführer sie überwachen und Sie sehen ...«

»Darum kümmern wir uns, aber wir müssen mit ihr reden. Und mit ihrem Mann, wenn er zurück ist.«

»Ich hätte Ihnen nichts sagen dürfen.«

»Frau Hagendorf, wir reden hier über eine Straftat.«

»Ja, aber ... Nein. Das soll Ihnen lieber Simone erzählen.«

»Was soll sie mir erzählen?«

»Das wird sie Ihnen selber sagen.«

»Elke ...«, versuchte Thorsten Hagendorf zu vermitteln. Er legte ihr eine Hand auf den Arm, doch sie schüttelte sie ab, als ob ihr die Berührung mit einem Mal lästig sei.

»Nein. Sie wird es Ihnen sagen.«

»Gut, dann soll es so sein«, lenkte Cornelia ein. »Können Sie uns den vollständigen Namen Ihrer Freundin nennen?«

»Simone Karentzos.«

»Anschrift?«

»Aber Sie haben gesagt, dass Sie nicht ...«

»Ja, dennoch brauche ich die Adresse.«

Die Frau sah sie argwöhnisch an.

»Das ist das, was Sie eine ›reine Routinefrage‹ nennen, damit man nicht misstrauisch wird, und die sich dann doch als wichtig erweist, nicht wahr?«

Cornelia war drauf und dran, ihr zu sagen, sie solle nicht so viele Krimiserien sehen, aber das wäre grausam und grob jemandem gegenüber gewesen, der gerade die Entführung seines Ehemannes miterlebt hatte. Außerdem sah sie selber Fernsehkrimis. Trotzdem war ihr die Missbilligung offenbar anzusehen, denn Elke Hagendorf schlug die Augen nieder und entschuldigte sich. Sie tat ihr leid.

»Hören Sie, ich muss so bald wie möglich mit Frau Karentzos sprechen. Heute noch. Was halten Sie davon, wenn Sie sich irgendwo mit ihr verabreden, wo Sie sich auch sonst treffen, um etwas zu trinken? Und ein paar Minuten später stoße dann ich dazu.«

»Und wenn sie heute keine Zeit hat?«

Auch wenn es unfair war, ihre Anspannung an Elke Hagendorf abzulassen, verlor sie allmählich die Geduld mit der Frau.

»Dann gehen wir zu Ihrer Freundin nach Hause. Sie haben die Wahl.« Sie vermied es, Reiner anzusehen, der ihr Verhalten sicher nicht guthieß. »Sie entscheiden, wie Sie sie dazu bewegen werden, aber versuchen Sie, überzeugend zu sein. Also, wo treffen wir uns?«

Elke Hagendorf überlegte kurz.

»Im Holbein's. Dem Café beim Städel.«

»Sehr schön. Sagen Sie Frau Karentzos, dass wir uns um fünf dort sehen.«

Sie blieben noch eine ganze Stunde bei den Hagendorfs, ohne Rücksicht darauf zu nehmen, dass erst ihn und dann sie die Kräfte verließen. Unerbittlich stellte sie ihnen eine Frage nach der anderen, bis sie überzeugt war, dass sie ihr alles gesagt hatten, was sie wussten.

»Sollte Ihnen noch etwas einfallen, irgendetwas, auch wenn es Ihnen noch so unwichtig erscheint, rufen sie uns an«, sagte Cornelia zum Abschied.

»Versuchen Sie jetzt, sich ein wenig auszuruhen«, fügte Reiner hinzu. »Die Polizistin muss gehen, aber wir werden zu Ihrer Beruhigung einen Streifenwagen dalassen.«

Er merkte nicht, dass diese letzte Bemerkung Elke Hagendorf eher beunruhigte.

Die drei verließen das Haus. Die Polizistin verabschiedete sich von ihnen. Sie wirkte so jung und unerfahren, dass Cornelia sich kaum vorstellen konnte, wie sie die Hagendorfs vor drei Entführern hätte schützen sollen.

Schweigend gingen sie zu ihrem Wagen, der zwei Straßen weiter geparkt war. Als Cornelia sah, wie Reiner auf die Fahrertür zusteuerte, wusste sie, dass er ihr etwas zu sagen hatte. Am Steuer konnte er eine Gardinenpredigt vom Stapel lassen, ohne sie dabei ansehen zu müssen. Er wartete bis zur ersten roten Ampel.

»Du warst ganz schön brutal der Frau gegenüber.«

»Kann sein.«

Grün. Sie fuhren wieder an.

»Irgendwas ist los mit dir.«

»Was soll mit mir los sein? Ich habe nur einem Zeugen ein bisschen Dampf gemacht.«

»Verdammt, Cornelia! Die Frau war gerade von der Lösegeldzahlung für ihren entführten Mann zurückgekommen!« Reiner hob die Hand vom Lenkrad, um seinen Worten Nachdruck zu verleihen.

»Achtung, der Radfahrer!«

»Den habe ich schon gesehen. Und versuch nicht, abzulenken. Du warst zu hart.«

»Na gut, vielleicht hast du ja recht.« Sie faltete übertrieben demütig die Hände, in der Hoffnung, er werde das Thema fallen lassen und sie könnten weiter über den Fall reden.

Aber Reiner war noch nicht fertig:

»Und dann war da noch die Sache heute morgen, als Sven gekommen ist, um eine Akte aus der Zeit einzusehen, als er noch in unserer Abteilung gearbeitet hat.«

»Na hör mal, führst du eine Liste, oder was? Stellst du

mir am Ende der Woche eine Betragensnote aus? Was habe ich diesem Idioten Juncker denn angeblich getan?«

»So richtig getan eigentlich nichts. Aber du hast ihm ziemlich barsch geantwortet, und damit hast du doch etwas getan, du hast ihn nämlich gekränkt.«

»Also weißt du, ich glaube kaum, dass man Sven Juncker kränken kann, der ist ein Holzklotz mit Augen, ein rassistischer, faschistoider Holzklotz.«

Sie sagte nicht »Nazi«, weil sie der Ansicht war, dass es Worte gab, die man nicht leichtfertig verwenden durfte, wie sie es bei einigen hirnlosen Äußerungen erlebt hatte, die sie manchmal in der deutschen und – in einem Ausmaß, das nur durch Ignoranz zu erklären war – in der spanischen Presse las.

Aber Sven Juncker war ein Faschist.

Seit ihrer ersten Begegnung vor einigen Jahren konnte sie diesen fast zwei Meter großen Kerl mit dem kurzgeschorenen Haar nicht leiden, dessen stahlblaue Augen bösartig aufblitzten, wann immer sie den ihren begegneten. Es war eine gegenseitige Abneigung, die durch den täglichen Umgang miteinander nur noch stärker geworden war. Zum Glück hatte Juncker vor einem halben Jahr die Mordkommission verlassen und gehörte nun zum Bereich 60, der für das organisierte Verbrechen zuständig war, sodass sie einander nicht mehr so häufig begegneten.

»Juncker kann mich mal«, sagte sie scharf. »Außerdem haben wir wichtigere Dinge zu bereden, wie die Entführung. Was ist mit der Firma, bei der Thorsten Hagendorf arbeitet?«

Während sie die Überwachung des Gebäudes veranlasst hatte, in dem Hagendorf gefangen gehalten worden war, hatte sie Reiner beauftragt, alles Mögliche über ihn in Erfahrung zu bringen.

»Er hat mir erzählt, dass er in einer internationalen Anwaltskanzlei arbeitet. Seine Kunden sind ausschließlich Großunternehmen. Aber trotzdem steht er dort nicht wirklich ganz oben, eher in der Mitte, würde ich sagen.«

»Wenn sie also jemanden entführen wollen, wäre er nicht die verlockendste Beute, es sei denn, es gibt da noch etwas, was die Hagendorfs uns nicht erzählen wollten. Aber jetzt lassen wir sie sich erst mal ein wenig von dem Schreck erholen und sehen, was mir Frau Hagendorfs Freundin heute Nachmittag erzählt.«

»Aber entschärf deinen Ton ein bisschen.« Ein Lächeln ließ die konzentrierten Gesichtszüge des Oberkommissars weicher erscheinen.

»Ja doch, Mann!«

»Siehst du? Siehst du, wie reizbar du bist?« Reiners Lippen waren wieder eine schmale Linie. Verbissen schaute er nach vorne, um sie nicht ansehen zu müssen. Cornelia wusste, was das bedeutete; endlich kamen sie zum Kern der Sache.

»Zwischen dir und Leo ist doch alles in Ordnung, oder?«

Sie lachte auf.

»Ist es das, was dir Sorgen macht?«

»Ich sehe, dass du seltsam drauf bist.«

»Wenn es das ist: Darum brauchst du dir nun wirklich keine Sorgen zu machen. Es geht uns gut, sehr gut.«

Trotz der Wiederholung, die sie persönlich zumindest misstrauisch gemacht hätte, stimmte, was sie sagte. Es ging ihr so gut, dass sie schon anfing, sich Katastrophenszenarien auszumalen, wenn Leo und sie sich voneinander verabschiedeten, um zur Arbeit zu gehen. Sie arbeiteten nicht mehr zusammen. Zwar hatten sie sich im Frankfurter Polizeipräsidium kennen gelernt, aber um Gerede und Konflikte zu vermeiden, hatte Leopold um seine Versetzung ins Bundeskriminalamt nach Wiesbaden gebeten. Die Bilder, die sie in ihrer jahrelangen Polizeiarbeit zu Gesicht bekommen hatte, verbanden sich mit denen aus Filmen und Fernsehserien und ließen sie fast jeden Morgen pathetische Abschiedsszenen zusammenphantasieren. »Bevor er ging, sagte er noch …«, »Ich werde mir nie verzeihen, dass ich ihm nicht öfter gesagt habe …«, »Am meisten quält mich, dass wir uns an diesem Morgen noch wegen einer Kleinigkeit gestritten hatten.« Und dann der Autounfall, die Schießerei, der entgleiste Zug … Aber diese Phantasien, die sie selbst mit Adjektiven wie »idiotisch« oder »krankhaft« versah, hielten nach dem Abschied nur wenige Minuten an, dann schüttelte sie sie ab, und wenn sie im Präsidium ankam, waren sie stets vergessen. Was sie traurig stimmte, waren andere Sorgen, die sie nie ganz loswurde. Sie wusste selbst, dass es nichts nutzte, sie nicht einzugestehen, aber über das Unvermeidliche zu reden, war auch kein Trost. Was sollte sie Reiner schon sagen! Sie konnte ihm das nicht erklären. Mitanzusehen, wie ihr Vater immer mehr abbaute; wie sehr sie unter der Ohnmacht litt, etwas dagegen unternehmen zu können und die wachsende Angst ihrer Mutter zu spüren; wie diese immer ängstlicher wurde, je mehr die Kräfte ihres Vaters schwanden, sie, die immer so entschlossen und tatkräftig gewesen war. Auch eine Art schlechtes Gewissen machte ihr zu schaffen. Weil es ihr gut ging. Und auch das wollte sie ihm nicht erzählen. Glück ist schwerer zu schildern als Unglück. Es gibt weniger Worte dafür, und das Publikum ist weniger interessiert.

Also vergaß sie, dass sie befreundet waren. Sie waren einfach nur zwei Polizisten in einem Wagen.

»Blitzentführung«, sagte sie zu Reiner. »Wie die Expressentführungen in Lateinamerika.«

Jede Gesellschaft hat ihre charakteristischen Verbrechen, genau wie jede Kultur ihre Lieblingskrankheiten hat. Während ihr deutscher Vater sich zum Beispiel mit zunehmendem Alter immer mehr um seinen Kreislauf sorgte, zeigte ihre Mutter die für die romanischen Länder typische Besorgnis um ihre Leber, ein Organ, das die Deutschen so komplett ignorierten, als würden sie ohne es geboren. Aber so wie die Sorge um das Cholesterin inzwischen fast überall verbreitet war, passten sich auch die Formen des Verbrechens immer mehr aneinander an.

»Was?« Reiner packte das Lenkrad fester und sah mit hochgezogenen Brauen kurz zu ihr hinüber.

»Ich sagte, ich glaube, die Expressentführungen sind in Deutschland angekommen.«

»Glaubst du wirklich?«

* * *

»Glauben Sie wirklich?«, fragte Matthias Ockenfeld, ihr Chef.

»Viele Merkmale passen: das gewählte Opfer, wohlhabend, aber nicht so reich, dass es auf Sicherheitskräfte angewiesen wäre. Auch die Vorgehensweise, die Schnelligkeit, mit der das Lösegeld festgelegt wird. Dass es von jemandem gefordert wird, der zu Hause ist, und dass derjenige bringen soll, was er innerhalb kurzer Zeit auftreiben kann.«

Ockenfeld nickte zu jedem Punkt ihrer Aufzählung mit dem Kopf, einem großen, blassen Schädel, in dem die kleinen und zu eng beieinanderstehenden Augen saßen wie Löcher in einem holländischen Käse. Er hörte auf zu nicken und gab zurück:

»Aber diese Art Verbrechen ist typisch für Gesellschaften mit korrupten Behörden, in denen große Unsicherheit herrscht. Solche Straftaten werden in Städten wie Buenos

Aires, Mexiko City oder Caracas und in anderen Teilen Lateinamerikas begangen. Es ist ... gewissermaßen ein Drittweltverbrechen. Die Vorstellung, dass hier so etwas stattfinden könnte, gefällt mir nicht.«

Beinahe zärtlich strich er mit den Händen über die polierte Fläche des eleganten Schreibtischs, der sein helles, weiträumiges Büro im obersten Stock des Polizeipräsidiums beherrschte. Die schweren Möbel seines Vorgängers, den Tisch mit der ledernen Schreibunterlage, die dunklen Holzregale und die Polstersessel, hatte er abgeschafft und nur den alten Sekretär mit Tintenfass und Löschwiege behalten, auf dessen Ablage ein silberner Federhalter ruhte. Alle anderen Möbel waren nüchterne, kalte und teure nordische Stücke.

Cornelia warf einen raschen Blick aus dem Fenster. Hinter den breiten Schultern ihres Chefs waren einige der Wolkenkratzer zu sehen, die die Skyline der Stadt bildeten. Das Fenster verleitete den Blick dazu, in die Ferne zu schweifen, weg von der trostlosen Hässlichkeit der Kreuzung zweier der verkehrsreichsten Straßen der Stadt, an der das Präsidium stand, und den niedrigen Nachkriegsbauten direkt gegenüber.

»Nun, ich fürchte, genau so ist es. Obwohl wir es natürlich anders nennen können, wenn Sie wollen.«

»Auch wenn Sie das anscheinend für eine Dummheit halten, Frau Weber, werden wir in der Tat diese Bezeichnung vorerst vermeiden.«

»Um die Öffentlichkeit nicht zu beunruhigen«, sagte Cornelia, die die Argumente ihres Chefs kannte.

»Genau. Und aus dem gleichen Grund werden wir die Sache im Augenblick nicht an die große Glocke hängen. Sagen sie das den Opfern klar und deutlich.«

»Das ist nicht nötig. Offenbar haben sie nicht die geringste Absicht, es hinauszuposaunen.«

»Wir wissen aber immer noch nicht, warum niemand die Entführung angezeigt hat«, erklärte Cornelia kurz darauf den Mitgliedern ihres Ermittlungsteams.

Sie hatte sie in einem Sitzungsraum zu einer Besprechung einberufen, bevor sie zu ihrem Treffen mit Elke Hagendorf und Simone Karentzos gehen würde.

Im Augenblick waren sie zu viert: Außer Reiner war noch Jörg Sonnenberg mit von der Partie, ein Oberkommissar in den Dreißigern, der mit seinem dichten dunklen Bart und der Nerdbrille aussah wie ein Hipster, sowie die kürzlich zur Oberkommissarin beförderte Andrea Sauter, die Leopolds Platz eingenommen hatte und in der Reiner ganz offenbar eine künftige Cornelia sah, was der gegenwärtigen Cornelia gewaltig gegen den Strich ging.

»Nur zehn Jahre jünger und fünfzehn Zentimeter größer«, hatte sie ihrem Kollegen entgegnet, als der einmal den Vergleich gewagt hatte.

Das Gewicht hatte sie nicht erwähnt, um sich jeglichen Kommentar darüber zu ersparen, warum Frauen ständig ihr Aussehen miteinander vergleichen mussten, aber Andrea Sauters stämmige Gestalt stand im Gegensatz zu ihrer eigenen schlanken, sehnigen Erscheinung. Ein weiterer Unterschied war, dass Cornelia – wenn auch nicht immer mit Erfolg – versuchte, mit allem, was sie sagte, vorsichtig zu sein, um voreilige Schlüsse zu vermeiden, während Sauter ein besonderes Talent für unpassende Bemerkungen zu besitzen schien. Vielleicht war sie sich dessen bewusst, dachte Cornelia, und bekam deshalb beim Reden die Zähne nicht auseinander, als wollte sie eine letzte Barriere errichten.

»Sie ist gut. Sieh doch nur, wie schnell sie aufgestiegen ist«, hatte Reiner bei ihrem Gespräch gesagt.

»Ja, ich glaube, die weiß ihre Ellenbogen zu gebrauchen.«

»Ich merke schon, du magst sie nicht.«

»Ich mag es bloß nicht, wenn du mich mit ihr vergleichst. Das Einzige, was wir gemeinsam haben, ist, dass wir beide Frauen sind.«

Jetzt hörte Andrea Sauter aufmerksam zu, wie Cornelia ihre Idee mit den Expressentführungen darlegte, angespannt und mit leicht vorgeschobenem Unterkiefer.

»Vielleicht ist das ein wenig voreilig bei nur einem Fall«, wandte sie mit ihrer Sopranstimme ein, die nicht so recht zu ihrem fülligen Walkürenkörper passen wollte.

»Zwei, wir haben zwei Fälle«, berichtigte sie Cornelia.

»Den zweiten Fall kennen wir nur vom Hörensagen.«

Es war eine Art Automatismus von Sauter, ihr immer widersprechen zu müssen, aber diesmal hatte sie recht.

»Mal sehen, was mir Frau Karentzos erzählt.«

»Wie auch immer wir es nennen wollen, wir haben zwei Entführungen, vielleicht sogar mehr«, fügte Reiner hinzu.

»Wenn dem so ist«, schaltete sich Sonnenberg ein, »finden wir hoffentlich heraus, weshalb sie niemand anzeigt.«

Wie immer, wenn er vor Leuten sprach, zupfte er an einer seiner Koteletten, was Cornelia an die kokette Geste erinnerte, mit der die Demoiselles des neunzehnten Jahrhunderts ihre Korkenzieherlocken um einen Finger wickelten.

»Bis wir Genaueres über Karentzos wissen, konzentrieren wir uns auf Hagendorf«, sagte sie.

Sie wandte sich zu dem großen Stadtplan um, der an der Wand hing, und zeigte auf die Stelle, an der die Lösegeldübergabe stattgefunden hatte. Sie würde einen neuen Stadtplan anfordern müssen, sagte sie sich, als sie die Reißzweckeneinstiche sah, die einige Teile der Stadt durchlöcherten. Und einen anderen Sitzungsraum, nicht dieses stickige Loch.

»Es ist offenkundig, dass die Entführer die Gegend gut

kennen; sie wissen, wie man dorthin gelangt, ohne Aufmerksamkeit zu erregen, und wie man schnell wieder von da wegkommt.«

»Dort wegzukommen ist ganz einfach.« Sonnenberg stand auf, zupfte das schwarze Jackett zurecht, das er über seinem roten T-Shirt trug, und zeigte alle Möglichkeiten auf dem Stadtplan an. »Sowohl mit dem Auto als auch zu Fuß.«

»Es ist also anzunehmen, dass sie die Gegend gut kennen«, sagte Sauter.

Cornelia verkniff sich jede Bemerkung darüber, dass sie genau dies soeben gesagt hatte, und forderte Andrea stattdessen mit einer Handbewegung auf, weiterzureden.

»Da es dort keine Wohnhäuser gibt, sondern nur Geschäfte und Büros, könnte es sein, dass sie dort arbeiten oder gearbeitet haben.«

»Oder dass sie keine Arbeit haben«, fügte Sonnenberg hinzu und wischte sich die Brille am T-Shirt sauber. »In der gleichen Straße ist die Arbeitsagentur für das Ostend.«

»Gibt es dort Kameras?«, fragte Reiner.

»Auf dem Platz glaube ich nicht, aber im Einkaufszentrum ja. Vielleicht auch im Parkhaus.« Sonnenberg zeigte es auf dem Stadtplan an.

»Wir müssen sie um die Aufzeichnungen bitten. Kümmerst du dich darum?«, fragte Cornelia.

»Mach ich, sobald wir hier fertig sind.«

»Und wir müssen die Banken überprüfen, bei denen Frau Hagendorf das Geld abgehoben hat.« Sie berichtete ihnen, was Elke Hagendorf erzählt hatte, einschließlich der Kommentare der Bankangestellten. »Das bezeugt, dass es ihnen zumindest auffällig erschienen ist, dass sie so große Beträge abgehoben hat. Vielleicht hat einer von ihnen Verdacht geschöpft und ist auf die Idee gekommen, sich die Seriennummern der großen Scheine zu notieren. Wir müssen mit ihnen reden.«

»Die Banken haben schon geschlossen. Wir werden bis morgen warten müssen«, bemerkte Sauter, die sich auf ihrem Stuhl zurückgelehnt und die Hände über ihrem Bauch gefaltet hatte.

Damit hatte sie sich in Cornelias Augen diese Aufgabe selbst zugeschanzt.

»Wir werden nicht warten, sondern müssen noch heute mit ihnen sprechen.«

»Aber Hagendorf ist frei. Wir haben keine Eile«, sagte Sauter, ohne die Zähne auseinanderzubringen.

»Vielleicht bringen die Entführer das Geld in Umlauf, vielleicht sind sie auf der Flucht, vielleicht planen sie schon die nächste Entführung. Ein halber Tag, an dem wir nichts unternehmen, ist ein verlorener halber Tag.«

»Okay, okay, ich habe schon verstanden.«

Cornelia glaubte zu hören, wie jemand unter dem Tisch die Hacken zusammenschlug. Vielleicht war das ein Scherz, ein ironisch gemeinter martialischer Hackenschlag, vielleicht aber auch nur ein zufälliger Stoß, den sie falsch interpretierte. Normalerweise trat sie nicht autoritär auf, sie schätzte die Arbeit in der Gruppe, den Austausch von Argumenten und Ideen, aber ihr war völlig klar, dass die Last der Entscheidung letztlich bei ihr lag, zum Guten und vor allem zum Schlechten. In ihrem Job wurden viele Entscheidungen zu Befehlen, und das wusste Sauter ganz genau. Sie alle wussten es.

»Was noch, Chefin?«, fragte Reiner in diesem Augenblick, als hätte er ihre Gedanken gelesen. Er klopfte mit seinem Kuli auf die Papiere, die vor ihm auf dem Tisch lagen.

»Auch wenn sie ihre Opfer einschüchtern, damit die schweigen, und die Entführten freilassen, sobald sie das Lösegeld haben, sollten wir überprüfen, ob in den letzten Wochen Personen als vermisst gemeldet wurden, Personen mit einem ähnlichen Profil wie Hagendorf. Übernimmst du das, Reiner?«

»Klar.«

Nun hörte Cornelia wirklich ein leises Hackenschlagen unter dem Tisch. Reiner warf ihr einen verschwörerischen Blick zu. Wieder einmal hatte ihr Kollege die Situation nicht nur erkannt, sondern auch einen Weg gefunden, sie zu entschärfen. Sonnenberg seinerseits hatte wieder Platz genommen, betrachtete aber immer noch gedankenverloren den Stadtplan und hatte von der ganzen Sache nichts mitbekommen. Jetzt wandte er sich an Cornelia und Reiner, rückte seine Brille zurecht und sagte:

»Da ist noch etwas, was wir bedenken müssen. Sie wussten, dass sie Hagendorf in diesem Gebäude verstecken konnten, weil dort zurzeit nicht gearbeitet wird. Und sie wussten, wie man unauffällig ins Parkhaus gelangt. Auf der Mainzer Landstraße, mitten im Bankenviertel und in der Hauptverkehrszeit! Sie müssen sich sehr sicher fühlen. Wir überwachen dieses Gebäude, oder?«

Das taten sie.

Cornelia hatte nur eine kurze Besichtigung des Gebäudes gestattet, damit die Entführer nicht bemerkten, dass die Polizei vor Ort war. Im Augenblick hatten sie nichts weiter entdeckt als Fußspuren im Staub, die sie auch nicht weiterbringen würden, Blutstropfen des Opfers an der Aufzugstür und die durch den Betonzylinder zerschmetterte Glasscheibe.

»Das leerstehende Gebäude ist weiträumig umzäunt. Seit Wochen war niemand mehr dort, außer im Parkhaus. Dort haben sie die Umzäunung teilweise entfernt, um den Wagen des Opfers abzustellen.« Das hatte ihr einer der Polizisten erzählt, den sie zur Überwachung des Gebäudes abkommandiert hatten.

Damit war für den Moment alles gesagt.

Sie ging mit Reiner in ihr Büro und setzte sich an ihren Schreibtisch, einen dieser typischen Bürotische, wie sie sich in allen deutschen Schreibstuben finden, mit grauen Beinen und einer schmutzig weißen Platte, die so hässlich ist, dass man alles daransetzt, sie rasch mit Papieren zu bedecken. Ihr Blick glitt zerstreut über die Grünpflanzen, die der Oberkommissar auf dem Fensterbrett aufgestellt hatte, um das Mikroklima zu verbessern. An die Wand hatte er einen Kalender gehängt, in dem die Zeiten zum Gießen und zum Düngen markiert waren. Cornelia hatte den Verdacht, dass ihr Kollege den Kalender nicht brauchte, sondern ihn zur Erinnerung für sie aufgehängt hatte, wenn er Urlaub hatte. Nun bildeten die Pflanzen dankenswerterweise einen grünen Vorhang und bewahrten sie davor, auf die hässliche vierspurige Straße zu starren und die Menschen zu beobachten, die wie emsige Ameisen aus dem U-Bahnausgang strömten oder ungeduldig an der Bushaltestelle warteten, um dieses trostlose Eck endlich wieder zu verlassen. Dem Kalender zufolge war es Zeit zum Gießen. Cornelia stand auf, nahm die grüne Plastikgießkanne und ging hinaus. Reiner würdigte diese ungewöhnliche Initiative mit einem lobenden Blick.

Sie musste sich die Beine vertreten, um nachdenken zu können. Irgendetwas beunruhigte sie. Es war mehr als drei Stunden her, dass Elke Hagendorf das Lösegeld gezahlt hatte, und es ergab keinen Sinn, dass die Entführer ihr Opfer länger als nötig festhielten. Oder doch? In vielen Entführungsfällen, die sie kannte, hatten sich die Täter dem Opfer gegenüber als unnötig grausam erwiesen, so als ob ihnen, nachdem sie mit der für die eigentliche Entführung notwendigen Gewaltanwendung einmal eine Schwelle überschritten hatten, das Festhalten des Opfers wie eine Kleinigkeit erschiene. Sie war so in ihre Gedanken versunken, dass sie die Gießkanne zu voll machte und das überlaufende Wasser sie nass spritzte. Sie drehte den Hahn zu und betrachtete die übervolle Kanne im Waschbecken. Ihr war ein Fall in den Sinn gekommen, den sie während ihres Studiums analysiert hatten, die Entführung von Gernot Egolf, dem Erben der Karlsberg-Brauerei, Mitte der siebziger Jahre. Er hatte ihnen als Beispiel dafür gedient, wie man es nicht machen sollte, wie eine Mischung aus Inkompetenz, Desinteresse und Beamtenmentalität die Rettung des Opfers verhindert hatte. Sie erinnerte sich noch genau daran, wie tief sie die Kaltschnäuzigkeit der Entführer erschüttert hatte, die das Opfer in einem Bunker mitten im Wald vergessen hatten, wo es verhungert war, an ihren Abscheu gegenüber der Gleichgültigkeit, mit der die Freundin eines der Angeklagten zugab, von der Tat gewusst zu haben, sich aber keine Gedanken darum gemacht zu haben, was aus Egolf wurde. Vor allem aber erinnerte sie sich daran, wie sehr es sie verstört hatte, dass der Mann, den die Entführer als Mittelsmann vorgeschlagen hatten, der evangelische Dekan Siegfried Wagner, nicht zu sprechen gewesen war, als die Entführer bei ihm anriefen. »Er ist zu einer Versammlung der Synode gegangen, um über den Haushalt zu sprechen. Rufen Sie heute Nachmittag wieder an«, hatte seine Frau gesagt. Gernot Egolf lag da schon sechsunddreißig Tage angekettet im Bunker. Als die Entführer den Dekan endlich zu sprechen bekamen, hatten sie längst das Interesse und das Vertrauen in einen Mittelsmann verloren, der seiner Aufgabe nicht gerecht wurde. Die Verhandlungen gerieten ins Stocken. Unterdessen hatte die Polizei übersehen, dass die Entführer äußerst stümperhaft zu Werke gingen, und auch nicht berücksichtigt, dass sie mit saarländischem Dialekt sprachen und daher möglicherweise persönlich mit dem Opfer bekannt waren, wie es sich am Ende auch tatsächlich erwies.

Inkompetenz, Desinteresse und Beamtenmentalität. Gernot Egolf hatte sie mit dem Leben bezahlt. In Entführungsfällen haben Fehler einen hohen Preis.

Den Ehemann von Simone Karentzos hatten die Entführer freigelassen. Cornelia hoffte, dass sie ihr erzählen würde, wie sie ihn behandelt hatten, ob er irgendetwas bemerkt hatte, was ihnen weiterhelfen könnte. Sobald er von seiner Reise zurück wäre, würden sie auch mit ihm sprechen. Thorsten Hagendorf war entkommen. Wie würden die Entführer reagieren, wenn sie es bemerkten?

Auf dem Rückweg zum Büro zog sie eine Tropfspur hinter sich her, ihre blaue Bluse war voller Wasserspritzer. Sie trat ein und betrachtete die Pflanzen mit ihren zum Licht gewandten, an den Scheiben klebenden Blättern, dann stellte sie die Gießkanne auf dem Boden zwischen ihren beiden einander gegenüberstehenden Tischen ab.

Reiner zuckte mit den Achseln, wie um zu sagen, »Na, wenigstens hat sie Wasser geholt.«

»Sie wissen Bescheid«, sagte Cornelia. Sie war am Fenster stehen geblieben und sah hinaus.

»Wer? Von was?«, fragte Reiner und streckte, unablässig weitertippend, den Kopf hinter dem Bildschirm hervor.

»Die Entführer wissen schon, dass Hagendorf entwischt ist.«

»Bitte?« Reiner hörte auf zu tippen.

»Wir selbst haben es ihnen gesagt.«

Reiner ersparte sich die Frage, aber sie stand ihm ins Gesicht geschrieben. Er würde auf die Antwort warten müssen.

Cornelia ging mit schnellen Schritten zu ihrem Schreibtisch, nahm Platz und griff nach dem Telefonhörer. Plötzlich waren ihr die Worte des Polizeibeamten, der das leerstehende Gebäude überwachte, wieder in den Sinn gekommen, wie Kinder, die es beim Versteckspielen nicht mehr aushalten, zu früh aus ihrem Versteck hervorkommen und halb beschämt, halb herausfordernd rufen: Na? Hättest mich nicht gefunden, was?

Sie stöhnte auf, während sie wählte.

»Was ist los?«, fragte Reiner.

»Ich hatte eben eine Vorahnung. Hoffentlich täusche ich mich.«

In diesem Augenblick hob der Beamte ab. Es war derselbe, mit dem sie zuvor gesprochen hatte, und er war beim Essen.

»Als Sie mir vorhin den Tatort beschrieben haben, haben Sie die zerbrochene Glasscheibe erwähnt«, begann sie. »Haben Sie den Zementaschenbecher weggeräumt?«

Der Beamte konnte noch nicht wissen, worum es ging, aber offenbar schwante ihm nichts Gutes, denn er verschluckte sich an dem Bissen, den er im Mund hatte, und antwortete, heftig hustend:

»Nein, Frau Weber.«

Drei gehustete Worte, dann holte er tief Luft und fing wieder an zu husten. Während Cornelia darauf wartete, dass der Anfall vorüberging, schüttelte sie den Kopf und biss sich auf die Unterlippe.

»*Somos idiotas*!«

Der Tonfall und die Ähnlichkeit des Schimpfwortes mit dem deutschen genügten dem Beamten, um zu verstehen, was sie gesagt hatte.

»Ich muss doch um etwas mehr Respekt bitten.«

»Ich habe nicht nur von Ihnen gesprochen, sondern von uns allen. Ist niemand auf den Gedanken gekommen, ihn wegzuräumen?«

»Anscheinend nicht«, sagte der Mann, nachdem er sich ein paar Mal geräuspert hatte. »Es hat uns aber auch niemand etwas gesagt.«

»Wenn die Entführer ihn bemerkt haben – was ziemlich

wahrscheinlich ist –, werden sie wissen, dass Hagendorf aus dem Gebäude entkommen ist.«

»Und was sollen wir jetzt machen? Sollen wir abrücken?«

»Nein. Bleiben Sie da und beobachten Sie weiter. Vielleicht sind die Entführer ja auch nicht besonders helle.«

»Also, hören Sie mal, Frau Kommissarin …«

Sie ignorierte den Protest, erteilte ihm noch ein paar Anweisungen und legte auf.

Reiner sagte nur:

»Manchmal wäre es mir lieber, du würdest schreien.«

»Darin bin ich nicht besonders gut, meine Stimme ist nicht laut genug.«

»Für deine miese Laune.«

»Genau.«

»Zurück zum Fall: Du glaubst also, die Entführer haben schon bemerkt, dass Hagendorf ihnen entwischt ist.«

»Richtig.«

»Und dann werden sie sich sicher denken können, dass wir informiert sind.«

»Das war ein Fehler. Der erste. Es muss der letzte bleiben.«

## NOCH EINEN WEIN?

Um halb fünf war sie schon in der Nähe des Kunstmuseums Städel. Sie setzte sich auf eine Bank an der breiten Promenade am Mainufer und holte das belegte Brötchen, das sie in einer Bäckerei gekauft hatte, aus der Papiertüte. Zum Mittagessen im Präsidium war keine Zeit gewesen. Mit mehr Hunger als Begeisterung nahm sie den ersten Bissen. Was den deutschen Brötchen an Schinken fehlte, hatten sie für ihren Geschmack an Butter zu viel. Sie beschloss, sich dafür später mit etwas zu entlohnen, bei dem die deutsche Küche ihrem Empfinden nach der spanischen eindeutig überlegen war: mit etwas Süßem.

Der Frühling hatte die Leute auf die Straße getrieben: Läufer, Radfahrer, Mütter mit Kinderwagen, Spaziergänger mit Hunden, Büroangestellte, die wie sie auf den Bänken aßen, manche in kleinen Gruppen, andere nur in Begleitung ihres Handys, dazu die ersten Sonnenanbeter, die mit halb geschlossenen Augen den Rasen bevölkerten. Nachdem sich alle Welt monatelang über die Kälte und den grauen Himmel beschwert hatten, würden sich die Gespräche bald um die Frühjahrsmüdigkeit und Allergien aller Art drehen, bevor die ersten Klagen über die Hitze und die sommerliche Insektenplage laut wurden. Aber an diesen ersten Frühlingstagen waren die Jammerer noch in der Minderheit. Eine leichte Brise kräuselte die Oberfläche des Flusses. Die Sonnenstrahlen ließen die Fische im Fluss silbern aufblitzen. Das Vereinslokal des Ruderclubs, bei dem sie seit mehreren Jahren Mitglied war, lag nur wenige Meter entfernt. In den Lagerhallen warteten die Boote, trocken wie leere Schoten. Sie hatte schon lange keines der Boote mehr genommen, um flussaufwärts bis zur Schleuse zu rudern. Und sie war schon lange nicht mehr schwimmen gewesen. Sie vermisste das Wasser. »Konzentration«, mahnte sie sich. Es war ihr erster Entführungsfall. Nein, korrigierte sie sich, ihr erster Entführungsfall als Polizistin. Sie hatte das Gefühl, auf ihn vorbereitet zu sein, als hätte sie darauf gewartet. Denn hatte sie das nicht im Grunde genommen getan? Gleichzeitig aber hatte der Entführungsfall etwas in ihr aufgewühlt, was sie lieber nicht angerührt hätte. Einen schmutzigen, vielleicht sogar modrigen Bodensatz, der bis jetzt ruhig unter zahlreichen, weniger trüben Schichten geruht hatte. Sie würde vorsichtig sein. Konzentration. Und vor allem Kontrolle. Das war das Zauberwort. Kontrolle. Kontrolle über ihre Gefühle. Sie erinnerte sich an Hagendorfs Hände. Solche Finger hatte sie in ihren Alpträumen gesehen. Kontrolle. Sie betrachtete ihre Hände, die Fingerspitzen, die kurzen, aber unbeschädigten Nägel. »Iss dein Brötchen«, sagte sie sich. Eine Taube näherte sich zögerlich von rechts der Bank, mit den resignierten Trippelschritten eines Bettlers, der schon weiß, dass man ihn wegschicken wird. Genau deshalb warf sie ihr einen Brotkrumen zu. Kurz darauf war sie von Tauben und Möwen umgeben, die sich um die Brotstückchen stritten, die sie ihnen hingeworfen hatte, die Teile, bei denen die Butterschicht dicker war als der Schinken. Eine ältere Frau mit Rollator warf ihr einen tadelnden Blick zu. Cornelia zuckte die Achseln. Sie wartete, bis die Alte ein gutes Stück entfernt war, dann zerpflückte sie auch den Rest des Brötchens.

Als es Zeit war, stand sie auf und stieg die Steinstufen zur Straße hinauf. Die Platanen, die den Schaumainkai säumten, den oberen Teil der Promenade, waren immer noch gestutzte Strünke. In ein paar Wochen würden sie einen üppigen grünen Tunnel bilden, aber im Augenblick ragten nur ein paar dürre Äste aus den Stümpfen empor.

Sie lächelte, als sie daran dachte, wie sehr Reiner es hasste, wenn die Bäume so beschnitten wurden, dass sie aussahen »wie Klobürsten«. Ihr Blick glitt über die imposante Fassade des Städels, auf das die Frankfurter so stolz waren, dass einige, vom Lokalpatriotismus geblendet, es den »Frankfurter Louvre« nannten. Sie drängte sich durch eine kompakte Mauer aus Leibern. Zwei Busse hatten soeben ihre Ladung ausgespuckt, von denen die eine aus unfreiwilligen Besuchern bestand – Schülern –, die andere aus freiwilligen: Rentnern.

Sie bog in eine Seitenstraße ein und betrat das Café. Zum Treffen mit ihrer Freundin hatte Elke Hagendorf ein eher feines Lokal mit langen weißen Tischdecken und livrierten Kellnern gewählt. Cornelia entdeckte sie am hinteren Ende des Lokals. Elke Hagendorf sah sie ebenfalls, stieß die Frau neben ihr leicht mit dem Ellbogen an und zeigte auf sie. Die andere sah sie erschrocken an. Kein Zweifel – das war Simone Karentzos. Sie war in etwa so alt wie Elke Hagendorf – Mitte dreißig –, aber obwohl sie saß, erkannte Cornelia, dass sie größer und kräftiger war als ihre Freundin. Ihr hellbraunes Haar war zurückgekämmt und mit Nadeln festgesteckt. Cornelia ging auf die beiden zu. Elke Hagendorf sah schlechter aus als am Morgen. Die Nachwirkungen der Entführung machten sich bemerkbar. Nachdem sie sich vorgestellt hatte, nahm Cornelia Simone Karentzos gegenüber Platz. Die Nebentische waren frei. Da sie in der Öffentlichkeit keine Notizen machen wollte, bat sie, das Gespräch mit ihrem Handy aufzeichnen zu dürfen. Simone Karentzos wurde leichenblass.

»Das ist nötig, Frau Karentzos.«

Die Frau warf ihrer Freundin einen vorwurfsvollen Blick zu, und die zuckte bedauernd und entschuldigend die Achseln. Simone Karentzos wandte sich wieder an Cornelia und sagte mit unverhohlenem Groll:

»In Ordnung. Zeichnen Sie es auf. Ich hoffe, so muss ich es nicht ein zweites Mal erzählen.«

Sobald Cornelia das Gerät eingeschaltet hatte, begann Simone Karentzos zu reden, den Blick unablässig auf das Handy gerichtet. Sie erzählte dem Gerät, dass ihr Mann vor gut einem Monat, am 25. Februar, aus seiner eigenen Garage heraus entführt worden war, als er den Wagen holte, um zur Arbeit zu fahren.

»Es ging alles ganz schnell. Zwei Männer haben ihn überwältigt und auf die Rückbank geworfen, ein dritter hat ihm die Schlüssel abgenommen und sich ans Steuer gesetzt, dann sind sie losgefahren.«

Wie bei Thorsten Hagendorf, dachte Cornelia.

»Stellen Sie sich vor, es ging so schnell ...«, endlich hob sie den Blick und sah Cornelia an, »dass ich im Haus nichts davon mitbekommen habe. Sie haben sogar das Garagentor mit der Fernbedienung geschlossen.«

Der Tenor des Anrufs war ähnlich gewesen wie bei Elke Hagendorf. Die Lösegeldübergabe hingegen war anders verlaufen. Sie hatten Simone Karentzos gebeten, das Geld und den Schmuck in eine Papiertüte zu stecken und damit in den Grüneburgpark zu kommen, eine weitläufige Grünanlage im vornehmen Westend.

»Ich sollte den Park von der Siesmayerstraße aus betreten und mich an der ersten Weggabelung rechts halten«, berichtete sie mit geschlossenen Augen, in Gedanken den Weg zurückverfolgend. »Dort sollte ich mich auf die erste Bank setzen. Als ich ankam, fing es an zu regnen, und die Leute gingen, aber ich blieb sitzen. Wie sie mir gesagt hatten. Plötzlich spürte ich, wie jemand von hinten angerannt kam. Fast hätte ich mich umgedreht, aber der Mann schrie mich an: ›Denken Sie an Lots Weib!‹

»Das haben sie mir auch gesagt«, sagte Elke Hagendorf.

Simone Karentzos hob die rechte Hand zum Zeichen,

dass sie nicht unterbrochen werden wollte, und ließ sie wie zur Warnung ein paar Zentimeter neben dem Tisch wieder fallen, dann fuhr sie fort:

»Also sah ich weiter geradeaus. Die Person, besser gesagt, der Mann, denn es war eine Männerstimme, kam angerannt, schnappte sich die Tüte und lief in Richtung Siesmayerstraße davon.«

Um sich dann sofort unter die Besucher des Palmengartens oder die Gäste des beliebten Cafés Siesmayer zu mischen. Der Ort war gut gewählt.

»Haben Sie ihn sehen können?«

»Nur aus den Augenwinkeln. Ich habe jemanden im Jogginganzug mit einer Kapuze gesehen, der mit der Tüte in der Hand aus dem Park lief. Das war alles. Der Jogginganzug war dunkel, marineblau oder schwarz, das weiß ich nicht.«

»War der Mann groß, klein, dick, dünn?«

»Das kann ich Ihnen nicht sagen. Klein war er nicht. Über die Figur kann ich Ihnen auch nichts sagen, der Jogginganzug war sehr weit.« Simone Karentzos legte die Hand auf den Tisch und atmete zwei Mal tief durch, bevor sie fortfuhr:

»Ich bin noch zehn Minuten auf der Bank sitzen geblieben und habe gewartet, wie sie es mir gesagt hatten. Als ich aufgestanden bin, war ich bis auf die Haut durchnässt, und dann bin ich nach Hause gelaufen. Dort habe ich weiter gewartet. Zwei Stunden später haben sie meinen Mann auf einem brachliegenden Grundstück in Nied freigelassen.«

Nied. Eines der Viertel am Rand der Stadt, dachte Cornelia, ziemlich weit weg von der eher zentral gelegenen Stelle, an der seine Frau das Lösegeld übergeben hatte. Simone Karentzos schnalzte mit der Zunge und sagte in spöttischem Tonfall:

»Da sie ihm sein Portemonnaie nicht abgenommen hatten, sondern nur sein Handy, konnte er sogar mit der U-Bahn nach Hause fahren.«

»Wissen Sie, wo er festgehalten wurde?«

»Er glaubt, dass es ein Container auf einer Baustelle war, aber er weiß nicht, wo. Die Stadt ist voller Baustellen!« Sie steckte eine ihrer Haarnadeln fest, obwohl keine Strähne verrutscht gewesen war. »Während er dort drinnen war, war er gefesselt und geknebelt. Es waren Leute in der Nähe, aber die Baumaschinen machten einen Höllenlärm.«

»Und warum sind Sie nicht zu uns gekommen?«

Cornelia erwartete zwei mögliche Antworten auf diese Frage: Die erste war die wohlbekannte Klage, dass das sowieso nichts gebracht hätte, gefolgt von mehr oder weniger offener Kritik an der Arbeit der Polizei. Die andere mögliche Antwort war, dass die Entführer ihnen gedroht hatten. Aus den Andeutungen, die Elke Hagendorf am Morgen gemacht hatte, schloss sie, dass dies hier der Fall war. Die Art der Drohung allerdings überraschte sie.

»Wegen der Fotos.«

Simone Karentzos senkte den Blick und hielt ihn eisern auf die Tasse mit Grüntee gerichtet, der allmählich kalt wurde, nachdem sie einen ersten Schluck getrunken hatte, weil sie nicht wusste, wohin mit ihren Händen.

»Welche Fotos?«, fragte Cornelia.

Die Frau antwortete nicht, sondern errötete heftig. An ihrem Halsausschnitt zeichnete sich ein dunkelrotes Dreieck ab. Sie biss sich auf die Lippen.

»Es ist mir so furchtbar peinlich ...«

»Du musst es ihnen erzählen, Simone. Du willst doch nicht für immer so weiterleben.«

Elke Hagendorf griff nach der Hand ihrer Freundin, doch die entzog sie ihr brüsk.

»Du hast gut reden! Was würdest du denn tun, wenn sie Thorsten das Gleiche angetan hätten?« Sie hob den Blick und sah Elke Hagendorf böse an.

Cornelia zog es vor, die beiden reden zu lassen.

»Du hast sie nicht gesehen, aber ich bin mir sicher, dass du jedes Mal daran denken musst, wenn wir uns treffen. Oder etwa nicht?«

Elke Hagendorfs Schweigen gab ihrer Freundin recht, die sie weiterhin wütend anfunkelte.

»Simone, vergiss nicht, dass nicht ich diejenige bin, die dir Böses will.«

»Aber du hast es der Polizei erzählt.«

»Damit endlich Schluss ist ...«

»Ihre Freundin hat recht«, schaltete sich Cornelia ein. »Was auch immer die gegen Sie in der Hand haben, Sie wollen doch nicht auf ewig erpressbar sein? Sie könnten erneute Forderungen stellen, wieder und wieder ...«

Langsam wich der Zorn aus Simone Karentzos' Miene, nicht aber die Schamesröte, die noch stärker wurde.

»Es ist einfach so demütigend ...Es ist mir schrecklich peinlich, darüber zu sprechen.«

»Erzählen Sie es mir, soweit Sie können«, schlug Cornelia vor. »So kann ich mir wenigstens eine ungefähre Vorstellung davon machen, worum es geht.«

»Hätten Sie etwas dagegen, wenn ich mir einen Wein bestelle?«

»Ganz und gar nicht. Wenn es Ihnen recht ist, trinken wir alle einen«, sagte Cornelia.

Sofort darauf bereute sie ihren Vorschlag. Sie hatte schon lange keinen Alkohol mehr angerührt, und jetzt wurde sie rückfällig, damit eine Zeugin sich entspannte. Sie war so wütend auf sich selbst, dass sie kaum über Elke Hagendorfs müden Scherz lächeln konnte:

»Sind Sie denn nicht im Dienst? Ach so, natürlich, Sie

sind ja inkognito«, sagte sie mit einem albernen Giggeln. Aber ihre Augen blieben ernst.

Die Auswahl des Weins nahm viel zu viel Zeit in Anspruch. Cornelia fand, dass das immer so war, doch diesmal gab es dafür einen guten Grund: Sie wollten ein unangenehmes Gespräch so lange wie möglich hinauszögern. Also wartete sie geduldig, während sie diskutierten, ob sie lieber einen deutschen, einen italienischen oder einen kalifornischen Wein bestellen sollten. Und sie wartete, bis die Gläser auf dem Tisch standen und Simone Karentzos einen Schluck getrunken hatte, der eher ein langer Zug war. Erst dann fragte sie:

»Wird es jetzt gehen?«

Simone Karentzos biss sich auf die Lippen und überprüfte erneut unnötigerweise, ob alle ihre Haarnadeln fest saßen. Als müsste sie Anlauf nehmen, bevor sie sprang, begann sie noch einmal mit Einzelheiten, die sie schon erzählt hatte:

»Ich habe Ihnen ja schon erzählt, dass sie meinen Mann in einen Baucontainer gesteckt haben. Ich habe dann, wie verlangt, das Lösegeld bezahlt, und sie haben ihn freigelassen. Aber vorher haben sie noch kompromittierende Fotos von ihm gemacht.«

Sie leerte ihr Glas. Elke Hagendorf nahm ihre Hand. Simone Karentzos drückte sie ihr dankbar und biss sich wieder auf die Lippen, so fest, dass ein kleiner roter Blutstropfen erschien, den sie sofort ableckte.

»Was für Fotos?«, fragte Cornelia.

Simone Karentzos vermied es, sie anzusehen.

»Sag's ihr, Simone«, riet ihre Freundin mit sanfter Stimme.

»Aber es ist mir so schrecklich unangenehm ...«

»Versuchen Sie es.«

»Versprechen Sie mir, dass ich es nie wieder erzählen

muss?«, bat Simone Karentzos flehentlich und schien trotz ihrer kräftigen Gestalt vor Cornelias Augen zusammenzuschrumpfen. Wie zum Zeichen ihrer Aufgewühltheit löste sich aus einer der Haarnadeln eine kleine Strähne und fiel ihr in den Nacken. Cornelia nickte stumm, damit ihre Antwort nicht aufgezeichnet wurde. Wenn sie die Entführer verhafteten, würde den Opfern nichts anders übrig bleiben, als zu berichten, was ihnen widerfahren war. Simone Karentzos atmete tief ein, ballte die Fäuste und beugte sich zu ihr hinüber, um leiser sprechen zu können. Cornelia schob ihr diskret das Handy zu.

»Die Entführer zwangen meinen Mann, sich vollständig auszuziehen, dann zog einer der Entführer sich ebenfalls aus und begann, ihn zu betatschen wie bei einer ... einer Orgie. Und dann haben sie alles fotografiert.«

Sie unterbrach sich und warf Elke Hagendorf einen bittenden Blick zu. Diese nickte. Simone Karentzos nahm das Glas ihrer Freundin, trank zwei tiefe Schlucke und fuhr fort:

»Außerdem hat dieses Schwein meinen Mann gezwungen, sein Ding in den Mund zu nehmen, und dann hat er bei meinem Mann das Gleiche gemacht. Bitte entschuldigen Sie, aber meine Kehle ist völlig ausgedörrt.«

Sie trank Elke Hagendorfs Glas leer. Cornelia, die ihr Glas nicht angerührt hatte, traute sich nicht, es ihr anzubieten, obwohl sie insgeheim wünschte, sie möge sie darum bitten. Sie sagte kein Wort, weil sie wusste, dass Simone Karentzos noch nicht fertig war, aber eine Pause brauchte. Als sie weitersprach, hielt sie ihren Blick fest auf die beiden leeren Gläser vor ihr geheftet.

»Die Fotos haben sie mir aufs Handy geschickt und gedroht, sie zu veröffentlichen, falls wir zur Polizei gingen. Also zu Ihnen. Können Sie sich vorstellen, was das bedeuten würde? Auch wenn wir erklären würden, dass Raoul zu den Fotos gezwungen wurde, würden sie ungehindert in allen Netzwerken kursieren. Innerhalb von Tagen, ach, was sage ich, von Stunden, hätten alle unsere Freunde und das ganze Büro sie gesehen.«

Sie redete hastig, als würde sie verfolgen, wie die Bilder ihres Mannes von Hand zu Hand gingen. »Alle würden sie sehen, und sein Ruf wäre für den Rest seines Lebens ruiniert, denn Bilder dieser Art bleiben einem im Gedächtnis, das können Sie mir glauben. Mein Mann ist Personalleiter in einem internationalen Unternehmen. Ist Ihnen klar, wie das seinem Ansehen schaden würde? Und irgendwelche Perversen könnten sonst was damit anstellen. Und nein, Sie brauchen gar nicht erst zu fragen: Ich habe sie nicht. Ich habe sie gelöscht. Nur nicht hier.« Sie tippte sich leicht mit dem Zeigefinger gegen die Stirn.

»Ich verstehe Sie vollkommen«, sagte Cornelia. »Aber ich muss Ihnen noch weitere Fragen stellen: Das Gesicht des Entführers ist vermutlich auf den Fotos nicht zu sehen?«

»Er trug eine schwarze Skimaske mit Augenöffnungen. Und einer Öffnung für den Mund«, fügte sie angewidert hinzu. »Verstehen Sie jetzt, warum ich nicht mit Ihnen reden wollte?«

»Natürlich.«

»Seit ihm das passiert ist, benimmt er sich seltsam. Er hat mich seitdem nicht mehr angefasst, wenn Sie verstehen, was ich meine. Ich brauche noch einen Wein.«

Cornelia bot ihr mit einer Geste ihr Glas an.

»Nein. Besser, wir bestellen noch eine Runde für alle. Die Alte gegenüber hat genau beobachtet, dass ich Elkes Glas leergetrunken habe, und lässt mich seitdem nicht aus den Augen. Wer weiß, vielleicht ist sie die Oma eines Entführers«, fügte sie spöttisch hinzu, »und überwacht mich. Vielleicht die Oma des Spaniers.«

»Spanier?«, fragte Cornelia.

»Einer von ihnen sprach mit spanischem Akzent.«

»Sind Sie sicher?«

»Na ja, zuerst fand ich, dass er redet wie der Gestiefelte Kater in dem Film über dieses grüne Monster.«

»Shrek«, sagte Elke Hagendorf, froh, etwas zum Gespräch beitragen zu können.

»Aber dann ist mir dieser geschniegelte Argentinier eingefallen, der auf Deutsch singt. Einer, der immer im Fernsehen ist.«

»Semino Rossi?«, schaltete sich ihre Freundin wieder ein.

»Genau der. Der Typ hat ganz genau so geredet.«

* * *

»Ich hatte recht mit meiner Vermutung, Reiner. Auch das Verbrechen globalisiert sich. Die Expressentführungen sind in Deutschland angekommen«, sagte Cornelia zur Begrüßung, als sie ihr Büro betrat.

Reiner hörte auf zu tippen und sah sie an. Cornelia berichtete ihm von ihrem Treffen mit Simone Karentzos.

»Das deutet in der Tat ganz darauf hin«, schloss Reiner, als sie geendet hatte. »Auch wenn Ockenfeld das ganz anders sehen wird.«

»Der Chef kann sagen, was er will, und wenn er darauf besteht, nennen wir die Sache eben anders, aber ich habe nicht mehr den geringsten Zweifel.«

»Und er klang wie ein Argentinier, sagst du?«

»So scheint es.«

Sie gab ihm Simone Karentzos' Handy, damit er es zur Untersuchung brachte. Vielleicht konnten sie die Fotos wiederherstellen oder die Verbindung zu dem Handy oder dem Computer zurückverfolgen, von dem aus sie gesendet worden waren, obwohl die Entführer höchstwahrscheinlich das GPS-Signal blockiert oder andere Schutzmaßnahmen getroffen hatten. Sie hatten schon feststellen können, dass sie mit Bedacht handelten.

Eine Stunde später ging sie nach oben, um noch einmal mit dem Chef zu sprechen. Bevor sie sein Büro betrat, nahm sie sich wie üblich ein wenig Zeit, um mit dem kleinen Hund von Ute Marx, Ockenfelds Sekretärin, zu spielen. Trotz ihrer mittlerweile sechzig Jahre hatte Ute Marx sich die schlanke, agile Figur einer ehemaligen Tänzerin bewahrt und trug immer noch mit Vorliebe auffällig gemusterte Blusen. Heute war es ein Muster aus exotischen Tieren, passend zu ihrer allgemeinen Tierliebe. Einigen der hässlichsten Hunde aus dem Frankfurter Tierheim hatte Ute Marx' Gutherzigkeit einen goldenen Lebensabend beschert. Ihr neuester Gefährte, Lukas, streckte jetzt schon seit einigen Jahren seinen struppigen Kopf aus dem Schlafkorb unter dem Schreibtisch seines Frauchens hervor, aber nur wenigen Auserwählten wurde die Ehre einer Begrüßung zuteil. Auch wenn es Cornelia schwerfiel, den Hund allein zu lassen, musste sie sich bald wieder von ihm verabschieden. Sie wollte dem Chef berichten, an welchem Punkt sich die Ermittlungen befanden, und ihn um weitere Mitarbeiter sowie um die Hilfe eines Experten für organisiertes Verbrechen bitten.

»Seien Sie daher versichert, dass für mich nicht der geringste Zweifel besteht« – Ockenfeld, ebenso sehr Politiker wie Polizist, wählte beim Sprechen stets die umständlichsten Formulierungen –, »dass die beiden Straftaten im Zusammenhang stehen, und ich teile Ihre Ansicht, dass diese beiden Fälle höchstwahrscheinlich nur die Spitze des Eisbergs sind und es sich um eine Entführerbande handelt, die aus dem Ausland kommend möglicherweise schon seit geraumer Zeit in unserer Stadt tätig ist.«

Hol mal Luft, Mann, dachte Cornelia, sonst erstickst du mir am Ende noch mitten im Satz. Allmählich machte sich die Erschöpfung eines langen Tages bemerkbar, und einige Augenblicke lang schweiften ihre Gedanken, und sie hörte ihrem Chef nicht mehr zu, sondern versuchte stattdessen, sich zu erinnern, ob das Monster aus der schwarzen Lagune in dem B-Movie, das sie vor ein paar Wochen gesehen hatte, über Lungenatmung verfügte wie ausgewachsene Amphibien oder durch Kiemen atmete wie die Larven und – so schien es ihr in diesem Moment – Matthias Ockenfeld. Ein Wechsel im Tonfall ihres Chefs holte sie jäh in die Wirklichkeit zurück.

»Gleich morgen werden Sie genügend Mitarbeiter zur Bearbeitung des Falls zur Verfügung haben.«

Als sie das Büro verließ, legte Ute Marx Lukas schon die Leine an, um nach Hause zu gehen. Doch für Cornelia war noch nicht Feierabend. In ihrem Büro wartete Andrea Sauter auf sie.

»Ich habe persönlich mit einem der beiden Kassierer sprechen können. Mit dem anderen habe ich telefoniert.«

Sie machte eine Pause, um Cornelia die Gelegenheit zu geben, sie für ihre erfolgreiche Arbeit zu loben. Auch wenn diese nicht fand, dass es einen Sonderapplaus dafür geben sollte, wenn jemand seinen Job erledigte, nickte sie anerkennend, und Sauter fuhr fort:

»Beide haben sich an Elke Hagendorf und an die Tatsache erinnert, dass sie eine große Summe abgehoben hat. Und beide wussten noch, dass sie sie gefragt haben, ob sie abhauen wolle.«

»Die Leute sind so witzig.«

»Zum Totlachen. Der Bankangestellte hat mir erzählt, dass sie sehr nervös wirkte, dass ihre Hände zitterten, als sie nach dem Geld griff. Er erinnert sich, dass ihm sogar der Gedanke kam, sie könne dazu gezwungen worden sein, aber dann dachte er, dass so was nur im Film passiert, und unternahm nichts. Der andere dachte nicht mal das, er machte sich nur Sorgen darum, dass die Kundin ihm seinen Scherz vielleicht übelgenommen haben könnte, weil er das Gefühl hatte, sie runzele die Stirn, als er Kuba erwähnte.«

»Wegen Fidel?«

»Nein. Ich glaube, wegen der Frauen, die in die Karibik fahren, um sich dort einen Mulatten zu angeln.«

Beide lachten.

»Gute Arbeit, Andrea. Wir sehen uns morgen.«

Bevor sie endgültig Feierabend machte, ging Cornelia ein letztes Mal das Material durch und betrachtete die Fotos von Thorsten Hagendorfs malträtieren Händen.

* * *

Als sie zu Hause ankam, sah sie, dass in ihrer Wohnung Licht brannte. Sie lächelte. Leopold war schon da. Seit fast einem Jahr lebten sie nun zusammen. Nach ihrer Scheidung von Jan hatte sie monatelang mit dem Gedanken gespielt, und das nicht nur, weil sie nicht gern allein lebte. Aber sie hatte sich nicht getraut, es ihm vorzuschlagen, die Idee musste von ihm kommen.

»Weißt du, was Holmes zu Watson gesagt hat, bevor er ihn in seine Wohnung nahm?«, hatte sie Leo gefragt, als der das Thema zur Sprache brachte. Das war gewesen, nachdem er vier Nächte hintereinander bei ihr verbracht hatte. Sie lagen in der Badewanne, Cornelia an Leos Brust gelehnt.

»Und wer von uns beiden ist Holmes und wer Watson?«

»Das ist egal. Weißt du, was er zu ihm gesagt hat?«

»Nein. Und ich muss dich auch gar nicht fragen, denn

du wirst es mir sowieso erzählen, stimmt's?«, hatte er gesagt.

»Er sagte, zwei Menschen sollten das Schlimmste voneinander wissen, bevor sie anfangen, zusammenzuleben. Das ist am Anfang von *Eine Studie in Scharlachrot.*«

»Aber ist es nicht besser, das erst mit der Zeit herauszufinden?«

»Manche erfahren es urplötzlich, wie zum Beispiel die Leute, die mit einem Serienkiller verheiratet sind … an dem Tag, an dem es sie erwischt.«

»Laut Statistik bringen Serienkiller ihre Partner normalerweise nicht um.«

»Außer den schwarzen Witwen.« Cornelia lachte. »Aber du hast recht, das Beste ist, es nach und nach herauszufinden.«

Der letzte Satz war ihre Antwort. Leo hatte schon öfter im Scherz bemerkt, dass sie auf persönliche Fragen mit einem deutschen »Nein« antwortete, schnell und direkt, aber mit dem vagen »Ja«, das typisch galicisch war. Doch diesmal wollte er eine klare Antwort.

»Also, was ist?«

»Klar!«

Sie fanden eine Wohnung im dritten Stock eines der schönen alten Jahrhundertwendehäuser in Sachsenhausen, dem Stadtteil, von dem sowohl seine Bewohner als auch die Bewohner anderer Viertel von Frankfurt zu sagen pflegten, er liege »auf der anderen Mainseite.« Auch ihre Freundin und Nachbarin Iris hatte dieses Argument in einem letzten Versuch angeführt, sie zu überzeugen, sich doch wenigstens eine Wohnung in ihrem alten Viertel zu suchen, im Nordend.

»Sachsenhausen ist ja nicht mal mehr Frankfurt.«

Das war Cornelia egal. Obwohl sie jetzt schon seit vielen Jahren in der Stadt wohnte, hatte sie immer noch nicht die Vorurteile ihrer Bewohner übernommen, sondern vielmehr den Eindruck, als existiere Frankfurt nur von außen betrachtet, wie eine Fata Morgana. In ihrem alten Viertel sagten die Leute, sie gingen »in die Stadt«, wenn sie sich ins Zentrum begaben, das nur eine U-Bahn-Station entfernt lag. Von allen Vierteln aus, ganz gleich, ob Bockenheim, Westend oder Gallus, und mehr noch von den ehemaligen Dörfern aus, die eingemeindet worden waren, wie Eschersheim, Praunheim, Berkersheim und all den anderen »Heims«, aus denen Frankfurt bestand, fuhren die Leute an einen Ort, den sie »die Stadt« nannten, von dem aber niemand genau sagen konnte, wo er anfing oder aufhörte, und der noch dazu irgendwann »City« hieß. Nein, manchmal kam es ihr vor, als gäbe es die Stadt gar nicht.

Nach ihrem Umzug in die neue Wohnung hatte sie ein paar Wochen lang diese Mischung aus Euphorie und Melancholie empfunden, die alle bedeutenden Veränderungen im Leben mit sich bringen, aber schon bald war ihr das neue Viertel mit seinen neuen Wegen, den neuen Läden und den neuen Nachbarn vertraut. Sie lebten in einer ruhigen Straße, aber gleich um die Ecke lag der Teil, in dem sich Apfelweinlokale, Restaurants und Cafés dicht an dicht drängten.

Sachsenhausen hatte sie mit offenen Armen empfangen – oder doch zumindest mit einem freien Parkplatz oder einer Parklücke, die immer just in dem Moment frei wurde, in dem sie in ihre Straße einbog. Wie ein Willkommensgeschenk, das ihr auch an diesem Nachmittag zuteil wurde.

Sie betrat die Wohnung. Leopold lag auf dem Sofa, Kopfhörer auf den Ohren, die Augen geschlossen. Ein paar Sekunden lang blieb sie stehen, betrachtete ihn und verkniff es sich, ihn zu küssen. Einmal hatte sie es getan, und er hätte sie vor lauter Schreck beinahe gegen das Regal geschubst. Nun ging sie bis zur Wohnzimmertür zurück und rief:

»Ich bin zu Hause!«

Leo öffnete die Augen und lächelte sie an. Noch bevor er Zeit hatte, die Kopfhörer abzunehmen, stürzte sie schon auf ihn zu. Mit zwei Rucken hatte er ihr die Bluse aus dem Hosenbund gezogen. Cornelia spürte seine Finger auf ihrem nackten Rücken; sie fühlten sich ungewohnt an. Sie packte seine Hand. Leos linker Zeige- und Ringfinger waren eingepflastert.

»Was ist passiert?«

»Ich habe mich geschnitten. Das Messer ist abgerutscht und ...«

Cornelia sprang auf und ging zum Bücherregal. Ihr waren Thorsten Hagendorfs Hände wieder eingefallen.

»Was suchst du?«

»Ein Buch von Poe.«

»Da wird sich Edgar aber freuen.«

Leopold stand auf und umarmte sie von hinten. Beide schauten nach oben. Vom oberen Rand des Regals aus beobachtete sie Edgar, ein ausgestopfter Rabe. Leo hatte ihn ihr nach ihrem Gespräch über Holmes vorgestellt.

»Nun gut, wenn du schon etwas über mich erfahren willst, musst du Edgar kennen lernen.«

Bei diesem Namen hatte sie erwartet, dass er ihr einen exzentrischen Freund oder Cousin vorstellen würde, musste dann aber feststellen, dass dieses ausgestopfte Tier ein Teil von Leos Aussteuer war.

»Er hat meiner Großmutter gehört«, erzählte er ihr, während er nach einem passenden Standort für den Raben suchte. »Aber den Namen habe ich ihm verliehen, wegen Poe.«

»Ein bisschen mehr könntest du mir schon erzählen, bevor wir entscheiden, ob wir ihn öffentlich zur Schau stellen, oder?«

Leo streichelte den schwarzen Vogel, dessen Gefieder

schimmerte wie frisch gewachst, mit einer Zärtlichkeit, der jede Ironie fehlte.

»Meine Großmutter mütterlicherseits stammte aus einer Bauernfamilie. Sie hatte Felder in Oberrad und behielt sie, bis sie zu alt war, um sie zu bestellen. Dann hat sie sie an den Nachbarn verkauft, genoss aber Wohnrecht auf Lebenszeit für das Haus. Sie war schon verwitwet, als sie den verletzten Edgar auf einem der Felder fand und ihn gesund pflegte. Der Rabe wurde zu ihrem ständigen Begleiter. Und, so unglaublich das klingen mag, er flog fast nie über die Grenzen der Ländereien hinaus, die ihrer Familie gehörten, als wüsste er, wo sie endeten, und lebte bei ihr im Haus. Er war wahnsinnig schlau, sah ihr stundenlang beim Stricken zu, oder sie sahen gemeinsam fern und redeten über die Programme.«

Cornelia ließ Leo während seines Berichts nicht aus den Augen, um zu sehen, wann er loslachte, aber er blieb völlig ernst.

»Na ja, denk nicht, sie wäre verrückt gewesen. Über die Programme redete natürlich nur sie, aber Edgars Krächzen fiel unterschiedlich aus, je nachdem, ob ihre Kommentare positiv oder negativ waren. Das habe ich selbst mehrmals beobachtet. Als Edgar starb, wollte meine Großmutter sich nicht von ihm trennen und hat ihn ausstopfen lassen.«

»Wie lange ist das her?«

»Meine Großmutter ist vor fünf Jahren gestorben, und das muss noch mal fünf oder sechs Jahre länger zurückliegen.«

»Und sie hat ihn dir vermacht?«

»Ja. Wir standen einander sehr nahe.«

Edgar würde bleiben, beschloss Cornelia.

»Ich habe noch mehr Sachen von ihr.«

»Die kannst du mir ja später zeigen, es ist nicht eilig.«

Sie wusste nicht, ob sie noch mehr Überraschungen wie Edgar erwarteten, an dessen Blick aus den roten Glasaugen sie sich schneller gewöhnt hatte, als sie es in ihrem ersten Unbehagen für möglich gehalten hatte.

Als Cornelia jetzt einen Band mit den Erzählungen von Poe aus dem Regal holte, schienen die kleinen Augen aufzublitzen. Sie zog Leo wieder zum Sofa, ließ sich neben ihm nieder und bettete ihren Kopf an seiner Schulter. Dann suchte sie im Inhaltsverzeichnis nach der Erzählung »Das vorzeitige Begräbnis«, schlug die Seite auf und begann, laut zu lesen:

»Lebendig begraben zu werden, ist ohne Frage die grauenvollste aller Martern, die je dem Sterblichen beschieden wurden. Dass es häufig, sehr häufig vorgekommen ist, wird von keinem Denkenden bestritten werden. Die Grenzen, die Leben und Tod scheiden, sind unbestimmt und dunkel. Wer kann sagen, wo das eine endet und das andere beginnt?«

»Wie kommst du jetzt darauf?«

Cornelia nahm sanft seine verletzte Hand und erzählte ihm, was Thorsten Hagendorf widerfahren war und welchen Eindruck seine zerschundenen Finger und die getrockneten Blutflecken auf sie gemacht hatten. Die Beamten, die ihn in Empfang genommen hatten, hatten alles fotografiert. Jedes Mal, wenn sie seine verbundenen, verpflasterten Hände gesehen hatte, hatte sie an diese Erzählung denken müssen.

»Weißt du, wer panische Angst davor hatte, lebendig begraben zu werden?«, fragte Leopold. »Hans Christian Andersen. Er war Kataleptiker.«

Das wusste sie, aber sie ließ ihn erzählen. Andersen war einer ihrer Lieblingsautoren.

In der Pubertät war sie eine Zeitlang von der Angst besessen gewesen, lebendig begraben zu werden, und hatte diese Furcht kultiviert, indem sie alles gelesen hatte, was sie über das Thema fand, von Poe bis hin zu den »Noches lúgubres«, dem schauerlichen Text von José Cadalso, der sich in einer Ausgabe der *Cartas marruecas* fand. Ihr Lehrer hatte sie das Buch für den Spanischunterricht kaufen lassen, wenn er auch die meisten Schüler nicht dazu bringen konnte, es zu lesen. Wie viele Gastarbeiterkinder hatte auch Cornelia den muttersprachlichen Unterricht besucht, sich aber im Gegensatz zu ihrem jüngeren Bruder Manuel niemals so richtig damit anfreunden können. Es waren zusätzliche Unterrichtsstunden gewesen, an denen ihre besten Freundinnen nicht teilgenommen hatten, weil sie keine Gastarbeiterkinder waren. Die wenigen Schüler, die das Buch lasen, hatten sich begierig auf die drastischen Schilderungen von Tod und Verwesung gestürzt, in denen sich Cadalso genüsslich erging. Zu ihnen hatte die dreizehnjährige Cornelia gehört, die zu diesem Zeitpunkt noch nicht ahnte, dass wenige Monate später etwas geschehen würde, das ihr Leben verändern sollte und sie zu dem Entschluss bewegen würde, Polizistin zu werden.

Am Abend nahm sie den Band von Poe mit ins Bett. Sie schlief schlecht.

## VERSTÄRKUNG

Als sie am nächsten Morgen erwachte, wusste sie noch, dass sie Alpträume gehabt hatte, erinnerte sich aber nicht mehr daran, wovon sie gehandelt hatten. Sie schlang die Arme um Leo und wartete darauf, dass der Wecker klingelte. Ihre Fingergelenke schmerzten, als hätte sie sie die ganze Nacht über bewegt. Weder die Dusche noch ein Kaffee schafften es, ihr Unbehagen und das trockene Gefühl im Mund völlig zu vertreiben.

Reiner holte sie im Auto zur Arbeit ab. An diesem Morgen hatte er seine Frau und die Kinder an den Bahnhof gebracht, weil sie ein paar Tage bei den Großeltern verbringen wollten. Die Rückbank seines Wagens war von den Kindersitzen der Zwillinge belegt. Als Cornelia die Tür öffnete, sah sie, dass eines der Kinder sein Kuscheltier vergessen hatte. Sie stellte sich vor, wie ihr Kollege es entdeckte, den Wagen anließ und davonbrauste, um den Zug am nächsten Bahnhof einzuholen, sah vor sich, wie er das Abteil betrat und ohne eine weitere Erklärung das Kuscheltier hochhielt, um das verzweifelte Geschrei seines Kindes zu beenden, das in ihrer Vorstellung durch die Wände des Mutter-Kind-Abteils drang und im ganzen Waggon widerhallte.

Noch bevor Reiner es bemerken konnte, stellte sie ihre Tasche darauf.

»Du siehst nicht besonders gut aus«, sagte er, als er anfuhr.

»Ich habe schlecht geschlafen.«

»Schlecht oder wenig?«

»Versuchst du immer noch herauszufinden, wie es zwischen mir und Leo läuft?«

»Nimm's mir nicht übel. War bloß ein Scherz.«

»Vorsicht, die Frau!«

Wenn sie nicht selbst am Steuer saß, hatte sie das Gefühl, dass die Fahrradfahrer sich vermehrten und vor allem aggressiver wurden, wie Mücken im Spätsommer. Sie konnte den Blick nicht von dem gewaltigen Hintern abwenden, unter dem der Fahrradsattel völlig verschwand, und fragte sich, wie kräftig die Frau wohl in die Pedale treten musste, um vorwärtszukommen.

Nur zu gern hätte sie Reiner erzählt, was für eine besondere Bedeutung ihr neuer Fall für sie hatte, aber sie fürchtete, albern oder frivol zu klingen, wenn sie ihm nicht erklärte, warum. Und dazu fühlte sie sich noch nicht imstande.

Also schlug sie das Thema an, mit dem man Reiner immer kriegen konnte.

»Was machen die Kinder?«

Obwohl er wusste, dass die Frage ein Ablenkungsmanöver war, konnte er nicht widerstehen.

»Bestens, sie werden jeden Tag schlauer. Wir überlegen, ein Haustier für sie anzuschaffen, einen Hund oder eine Katze.«

»Dafür sind sie aber noch sehr klein.«

»Du hast immer gesagt, dass es für deinen Bruder und dich sehr wichtig war, einen Hund zu haben.«

»Wir waren größer, als unser Vater Estrella gefunden und mit nach Hause gebracht hat. Wir waren schon vernunftbegabte Wesen. Kinder im Alter deiner Zwillinge sind nur halb vernünftig, sie sind noch dabei, ihr animalisches Wesen abzulegen.«

Reiner schnaubte, doch das Geräusch wurde vom Kreischen einer Straßenbahn übertönt, die sie links überholte. Cornelia ließ sich nicht beirren.

»Wusstest du, dass ein dreijähriges Kind die geistigen

Fähigkeiten eines Hundes besitzt? Das wäre dann, als hättest du drei Hunde zusammen.«

Ihr Kollege suchte nach einer passenden Erwiderung; er war verblüfft und vielleicht auch ein wenig beleidigt.

»Sei nicht sauer, vielleicht werden sie ja mal so schlau wie ein Delfin«, sagte sie in versöhnlichem Tonfall.

Reiner lachte.

»Bestimmt sagen die Delfine zu ihren Kindern, wenn sie klein sind: ›Du hast ein Hirn wie ein Hai.‹«

»Oder wie eine Sardine.«

»Welcher Fisch ist wohl der dümmste?«, fragte sich Reiner.

Den Rest der Fahrt redeten sie über Fische, über schlaue Fische und dumme Fische und dass die Quallen nicht mitzählten, weil sie keine Fische waren, über den hellseherisch begabten Tintenfisch Paul im Zoo von Oberhausen, der vorhergesagt hatte, welche Mannschaft bei der WM 2010 gewinnen würde. Während sie aus dem Auto stiegen und das Präsidium betraten, erzählte Cornelia ihrem Kollegen, wie ihre Mutter Celsa den Tintenfisch auf galicische Art zubereitet hätte ...

Sie waren auf dem Weg zu dem neuen Sitzungsraum, der ihnen für ihr Ermittlungsteam zur Verfügung gestellt worden war.

»Aber da er eines natürlichen Todes gestorben ist, hat er das verpasst.«

»Der arme Paul. Bestimmt träumen Tintenfische davon, in einer Pfanne zu enden.«

»Du hast ja wirklich keine Ahnung, Reiner! Tintenfisch wird doch nicht gebraten.«

Sie lachte, ein wenig nervös, hoffte aber, dass Reiner es nicht bemerkte. Den Stimmen nach zu schließen, die aus dem Raum drangen, war das Team schon versammelt.

»Mal sehen, welche Verstärkung uns der Chef geschickt hat«, sagte Reiner.

Sie betraten den Raum. Cornelia ließ ihre Nervosität, ihre Zweifel, die dumpfe Angst, ein Entführungsfall könne ihr wehtun, draußen zurück, ließ alles auf dem Flur stehen wie ein Paar drückender Schuhe, die sie nicht anziehen würde. Der Raum für ihr Ermittlerteam war groß und bestens ausgestattet. Mehrere Arbeitstische mit Computern und Telefonen, Whiteboards, ein Stadtplan, der neu zu sein schien, und ein großer, rechteckiger Tisch für Sitzungen. Vielleicht zu groß, aber Cornelia dachte, dass diese Größe ihnen noch nützlich sein könnte, wenn während der Ermittlungen die Gruppe oder die Probleme wachsen sollten. Im ersten Fall wäre es gut, mehr Platz zu haben, im zweiten Fall, mehr Abstand zueinander. Im Augenblick saßen drei Leute daran: Die Oberkommissare Jörg Sonnenberg und Andrea Sauter. Und Kommissar Sven Juncker. Die Verstärkung.

Cornelia fiel wieder ein, dass Ockenfeld ihr am Tag zuvor gesagt hatte, er werde ihnen jemanden aus der Abteilung für organisiertes Verbrechen zuteilen. Und von allen möglichen Kollegen hatte ihr Chef ausgerechnet Sven Juncker ausgewählt. Wusste er denn nicht, dass sie einander nicht ausstehen konnten? Erinnerte er sich nicht daran, welche Probleme es gegeben hatte, als er sie zum letzten Mal zur Zusammenarbeit verdonnert hatte? Offensichtlich nicht.

Reiner bedachte sie mit einem mitfühlenden Blick, während er auf der rechten Seite neben Sonnenberg Platz nahm.

Cornelia begrüßte die Gruppe, während sie im Geiste Indiana Jones' Peitsche in Junckers an einen gerupften Adler erinnerndes Gesicht knallen ließ. Er sah sie mit leicht geneigtem Kopf an, als ahne er schon, dass er in ihrem Film die Rolle des Bösewichts innehatte. Sie versuchte, ihre Vorbehalte beiseite zu schieben, setzte sich ans

Kopfende des Tischs und erläuterte die Fakten und vor allem ihre Theorie von der Expressentführung.

»Wie ihr alle wisst, ist das in Lateinamerika ein weit verbreitetes Delikt. Eine Kurzzeit-Entführung. Man fängt das Opfer, häufig wahllos, von der Straße weg, wenn es aus dem Haus geht oder von der Arbeit kommt, und zwingt entweder es selbst oder seine Angehörigen, alles an Geld abzuliefern, was sie innerhalb kurzer Zeit auftreiben können. Es handelt sich um eine Form der Erpressung, ein Mittelding zwischen Überfall und ›normaler Entführung‹.«

»Und du glaubst, das gibt es jetzt auch hier?«, fragte Juncker. Er überragte Sauter und Sonnenberg, die ihn flankierten, um einen Kopf.

»Es sieht ganz danach aus.«

»Wenn das stimmt«, sagte Sonnenberg und zupfte an seiner rechten Kotelette, »leben sie entweder schon eine ganze Weile hier, oder sie haben Komplizen vor Ort: Die Plätze, die sie für die Lösegeldübergabe gewählt haben, sind bestens dazu geeignet, einerseits das Opfer zu beobachten und andererseits mit dem Geld zu verschwinden.«

»Hast du die Kameras überprüft, Jörg?«

»Ja. Nichts. Die Bank, auf der Frau Hagendorf gewartet hat, liegt außerhalb des Blickwinkels jeder Überwachungskamera.«

»Und im Park gibt es natürlich keine Kameras, bemerkte Sauter und sah von dem Block auf, auf dem sie sich Notizen gemacht hatte. Cornelia hatte den Eindruck, dass sie mitstenographierte.

»Noch nicht«, sagte Sonnenberg mit einem faszinierten Blick auf die Aufzeichnungen der Oberkommissarin.

Sein Tonfall war so neutral, dass nicht zu erkennen war, ob er für oder gegen die Aufstellung von mehr Überwachungskameras an öffentlichen Plätzen war.

»Sie könnten mit jemandem von hier zusammenarbeiten«, mutmaßte Juncker, »oder Beobachter haben wie die mobilen Banden, die für die Wohnungseinbrüche verantwortlich sind.«

»Sprich doch bitte mal mit ein paar Informanten, Andrea«, sagte Cornelia.

Ockenfeld war nicht der Einzige, der Euphemismen verwendete. Der Ausdruck »Informant« war unter den Polizisten nicht sonderlich beliebt, und nicht alle griffen gerne auf sie zurück. Einige der jüngeren Kollegen hielten sie für ein Relikt der alten Schule.

»Vielleicht ist ihnen aufgefallen, dass neue Leute unterwegs sind oder dass es dem einen oder anderen in letzter Zeit besonders gut geht.«

Sie hatte Sauter für diese Aufgabe ausgewählt, weil sie jahrelang in der Drogenszene ermittelt hatte und sich im Milieu besser auskannte als Sonnenberg.

»Es besteht auch die Möglichkeit, dass es sich um eine Bande handelt, die nur kurzzeitig in Frankfurt tätig ist«, warf Juncker ein.

Anders als die anderen drei schrieb er nicht mit und hatte keinen einzigen Blick auf die Papiere vor ihm auf dem Tisch geworfen. Cornelia fragte sich, ob er das aus einer gewissen Überheblichkeit seiner Vorgesetzten gegenüber tat oder einfach nur ein gutes Gedächtnis hatte.

»Könntest du es denn dann übernehmen, dich mit den Kollegen in anderen Großstädten in Verbindung zu setzen, Sven? Vielleicht müsste man einige Fälle neu aufrollen, die unter den Kategorien ›Raubüberfall‹ oder ›kurzzeitiges Verschwinden‹ verbucht wurden. Reiner wird dasselbe in Frankfurt tun.«

Sie hatte die Aufforderung als Frage formuliert. Noch immer war sie nicht sicher, wie Juncker sich verhalten würde. Auch wenn sie die Befehlsgewalt innehatte, standen sie doch beide auf der gleichen hierarchischen Stufe, und sie wollte um jeden Preis verhindern, dass er in irgendeiner Weise durchblicken ließ »Du hast mir gar nichts zu befehlen.«

Doch Juncker verhielt sich ganz im Gegenteil die ganze Zeit über kooperativ, entgegnete sogar auf Andrea Sauters Einwand »Sind wir denn überhaupt sicher, dass es sich hier um Expressentführungen oder etwas Ähnliches handelt?«, »Cornelia hat doch gesagt, dass alles zusammenpasst.«

»Aber wir haben bloß zwei Fälle«, gab Sauter mit noch stärker zusammengebissenen Zähnen zurück.

»Ich fürchte, es gab noch mehr«, sagte Cornelia. »Ich weiß nur nicht, wie wir sie entdecken sollen. Jetzt, da wir wissen, womit sie die Opfer einschüchtern, halte ich es für unwahrscheinlich, dass irgendjemand Anzeige erstattet hat.«

»Und ich denke, sie werden wieder zuschlagen. Das ist ein lohnendes Geschäft«, fügte Juncker hinzu.

»Auch wenn sie wissen, dass wir jetzt über sie im Bilde sind?«

»In Buenos Aires und Mexiko City weiß die Polizei auch, dass so was passiert. Und trotzdem sind die Banden dort aktiv.«

»Aber auch wenn das jetzt blöd klingt: Die Polizei dort ist anders«, gab Sauter zu bedenken. »In diesen Ländern ist die Korruption viel höher.«

Sie lehnte sich in ihrem Stuhl zurück, verschränkte die Arme über ihrer üppigen Brust und sah nach rechts, zu Sonnenberg, Juncker und Reiner hinüber, als warte sie auf ihre Reaktion.

Das hieß ja dann wohl, dachte Cornelia, dass in Deutschland ebenfalls Korruption herrschte, nur eben in geringerem Maß.

»Verbrechen jeder Art hören ja nicht auf zu existieren, nur weil wir von ihrer Existenz wissen. Hier bei uns gibt es Überfälle, Einbrüche, Vergewaltigungen, Morde ...«

»Schon gut, schon gut, Cornelia.«

Juncker überraschte sie mit einem weiteren Einwand:

»Vergiss die Globalisierung nicht, Andrea. Es gibt hier leckere Würstchen, und trotzdem essen die Leute Hamburger bei McDonald's, wir haben schöne Cafés, vor allem, seit wir von den Italienern gelernt haben, wie man guten Kaffee kocht, und trotzdem stehen alle Schlange, um dieses Gesöff zu trinken, das bei Starbucks in Pappbechern serviert wird. Globalisierung. Dies hier ist ein reiches Land, da kann man sich eine ordentliche Scheibe abschneiden.« Er machte eine Handbewegung, als wolle er etwas abschneiden – ein Würstchen, stellte Cornelia sich vor.

Sauter schien nicht vollständig überzeugt, aber sie hatte nichts hinzuzufügen. Juncker fuhr fort:

»Ich werde ein paar Leute überprüfen lassen, ob es Informationen über neue Gruppen von Lateinamerikanern gibt, die in der Stadt aktiv sind. Ein paar Kollegen sind mit der Materie bestens vertraut. Mit denen werde ich reden.«

»Oder ob es Banden gibt, die ihr ›Geschäftsmodell‹ geändert haben«, fügte Reiner hinzu.

Er war aufgestanden, schnupperte an der Thermoskanne mit Kaffee und schenkte sich dann trotz seines angewiderten Gesichtsausdrucks die Tasse halb voll.

Cornelia nickte zustimmend, dann sagte sie:

»Die Wagen beider Opfer sind abgeschleppt worden, weil sie auf Behindertenparkplätzen abgestellt waren, der eine in der Berliner Straße und der andere am Rossmarkt. Zentraler geht's nicht.«

»Das heißt, die Entführer wollten, dass sie schnell gefunden werden«, bemerkte Reiner auf dem Weg zurück an seinen Platz.

»Außerdem waren beide Wagen blitzblank, und ich bezweifle, dass wir verwertbare Spuren finden werden.«

»Was die Opfer betrifft, so weisen sie ein vergleichbares Profil auf: wohlhabend, aber nicht reich, ein ordentliches Gehalt, wohnhaft in gutbürgerlichen Vierteln, aber nicht in Villen, sondern in normalen Wohnungen ohne Sicherheitsdienst oder Kameras«, fasste Reiner zusammen. »Merkwürdig ist, dass Hagendorf und Karentzos sich kennen. Oder zumindest ihre Frauen.«

»Woher kennen sie sich?«, fragte Sonnenberg.

»Von der Schule. Simone Karentzos ist Architektin. Sie hat zusammen mit zwei Kollegen ein eigenes Büro. Elke Hagendorf ist Hausfrau.«

»Es erscheint mir nicht besonders schlau, Leute zu entführen, die einander kennen, wenn man Wert darauf legt, dass die Entführungen sich nicht herumsprechen.« Endlich trank Reiner einen Schluck Kaffee und verzog prompt angewidert das Gesicht.

»Vielleicht ist es Zufall. Sie leben in verschiedenen, aber nah beieinander gelegenen Vierteln. Hagendorf in Bockenheim und Karentzos im Westend. Trotzdem sollte man in ihrem Umfeld nachforschen, ob es noch weitere Opfer gibt.« Cornelia hielt inne, als sie daran dachte, wie beschämt Simone Karentzos gewesen war. »Diskret.«

»Beide Männer wurden in Gebäuden festgehalten, an denen gebaut wurde«, sagte Sonnenberg. »Wäre es nicht möglich, dass die Typen bei einer Baufirma arbeiten? So könnten sie herausfinden, wo man die Opfer verstecken kann ...«

»Und wenn Simone Karentzos das Bindeglied ist?«, unterbrach ihn Sauter und pochte in ihrem Eifer mit dem Bleistift auf das Papier. »Sagtest du nicht, dass sie Architektin ist?«

»Ich weiß nicht, was du damit sagen willst.« Sonnenberg klang leicht verdrossen.

»Sie ist Architektin, die Opfer wurden in Gebäuden versteckt, die im Umbau sind, oder auf Baustellen …«

»Das bezweifle ich«, sagte Cornelia, zu rasch für Sauters Geschmack, die sofort eine beleidigte Miene zog und den Bleistift fallen ließ. »Ihre Firma ist zwar auf Renovierungen spezialisiert, sowohl an privaten wie an öffentlichen Gebäuden, aber in kleinem Rahmen. Die Baustellen, auf denen die Männer festgehalten wurden, scheinen viel größer zu sein.«

»Auf jeden Fall«, sagte Reiner mit erhobenem Zeigefinger, wie er es immer tat, wenn er eine Aufgabe übernehmen wollte – er liebte es, in Archiven zu stöbern – »muss man die Opfer genauer analysieren, um etwas über die Kriterien der Entführer zu erfahren.«

»Bei zwei Opfern? Nur zweien?«, fragte Sauter. »Ich weiß, ich wiederhole mich, aber wir bräuchten einen weiteren Beweis, um von repräsentativen Übereinstimmungen sprechen zu können.«

»Na ja, vielleicht haben wir ja Glück, und sie entführen bald noch jemanden«, erwiderte Cornelia.

Sie hatte einen Scherz machen wollen, um die finstere Miene ihrer Kollegin aufzuhellen, aber das war danebengegangen. Sauter sah nur noch finsterer drein.

»Was ist mit Karentzos? Wann kommt er zurück?«, fragte Sonnenberg, der wie immer nichts von den kleinen Dramen mitbekam, die sich um ihn herum abspielten, während er seine Brille mit einem Feuchttuch reinigte, das nach synthetischer Zitrone roch. Einen Augenblick lang hatte Cornelia das Bild eines spanischen Spezialitätenrestaurants für Meeresfrüchte vor Augen.

»Morgen. Seine Frau hat ihn informiert, und er hat seine Rückreise vorverlegt. Er hat sich geweigert, am Telefon mit uns zu sprechen.«

»Wie viel haben sie ihnen abgeknöpft?«, fragte Sauter, den Bleistift griffbereit für weitere Notizen.

»Nur fünfunddreißigtausend Euro in bar. Dazu noch den Schmuck«, antwortete Reiner.

»Die Geschäfte laufen gut für sie. Sie werden wieder zuschlagen. Sie haben den Überraschungseffekt auf ihrer Seite; in Deutschland sind die Leute nicht so wachsam wie in anderen Ländern«, fügte Juncker hinzu.

Er war in der Tat ihr wichtigster Verbündeter, auch wenn es ihr noch so schwer fiel, das einzugestehen.

»Darum hat Ockenfeld ihn ausgewählt«, sagte Reiner, als sie den Sitzungsraum verließen, als stünde ihr das Erstaunen über Junckers Verhalten ins Gesicht geschrieben. »Weil er ein guter Polizist ist. Akzeptier das einfach mal.«

»Tu ich ja, tu ich ja, aber deshalb werde ich ihn menschlich noch lange nicht schätzen. Ich würde mit ihm nie ein Bier trinken gehen.«

Tatsächlich tat sie das genauso wenig mit Kollegen, die ihr sympathisch waren. Auch wenn sie viele Stunden zusammenarbeiteten und manchmal äußerst schwierige Situationen miteinander durchlebten, blieben sie doch Arbeitskollegen. Das sagte sie sich immer wieder, wusste aber, dass es nur die halbe Wahrheit war, dass sie Kontakte außerhalb der Arbeitszeit auch darum mied, weil sie andernfalls wohl gegen die Mauer männlicher Kumpanei geprallt wäre. Dass sie jetzt Befehlsgewalt über so viele Männer hatte, machte es einfacher, eine gewisse Distanz zu wahren.

Reiner war eine Ausnahme. Das war er immer gewesen. Freundschaft auf den ersten Blick, hätte man es nennen können. Und das mit Leo war nicht geplant gewesen, und sie hätte es sich nie vorstellen können, aber nun war es passiert, und es tat ihr nicht leid.

Eigentlich bildete sie sich viel auf ihre Fähigkeit ein, nicht starr an einer einmal gefassten Meinung über andere festzuhalten, aber so, wie ihr Reiner von Anfang an sympathisch gewesen war und sie sich bei ihrer ersten Begegnung in Leo verliebt hatte, war ihr Sven vom ersten Augenblick an verhasst. Ihre Abneigung ihm gegenüber war nur ins Wanken geraten, als sie ihn einmal am Mainufer gesehen hatte. An diesem Tag hatte Juncker ein T-Shirt mit einem Bild von Tweety getragen und auf der Wiese mit seiner Tochter gespielt. Es hatte sie berührt zu sehen, wie zärtlich er sich um das Mädchen mit Down-Syndrom kümmerte. Noch immer fiel es ihr schwer, dieses Bild mit dem aggressiven und offen schwulenfeindlichen Typen zu vereinbaren, der sich mit seinem Bürokollegen, dem Oberkommissar Peter Gerstenkorn, geschlagen hatte, als er herausfand, dass der homosexuell war. Peter Gerstenkorn und Juncker waren ein gutes Team gewesen und hatten selbst nach der Schlägerei noch zusammengearbeitet, bis Peter beschlossen hatte, den Polizeidienst zu verlassen.

Vielleicht liegt es ja an mir, sagte sich Cornelia. Aber sie konnte die früheren Gelegenheiten, bei denen zwischen ihnen die Fetzen geflogen waren, einfach nicht vergessen. Man würde ja sehen. Jetzt rief erst mal die Arbeit.

***

In dieser Nacht kehrten die Albträume der vorherigen Nacht zurück, und leider erinnerte sie sich nicht nur an sie, sie erkannte sie sogar wieder. Seit Jahren hatte sie diese Träume nicht mehr gehabt, doch nun waren sie wieder da – mit denselben Bildern. Da war wieder die Kiste, die Holzkiste, ihre kratzenden Nägel und das verzweifelte Bemühen, die immer knapper werdende Luft zu atmen. Sie erwachte schweißgebadet und mit dem Gefühl zu ersticken. Rasch setzte sie sich im Bett auf und atmete mit offenem Mund, erfüllt von Panik, weil ihre Lungen sich einfach nicht mit Luft füllen wollten.

Leo richtete sich neben ihr auf.

»Was ist los mit dir?« Er legte ihr einen Arm um die Schulter und zog sie zu sich heran.

Nach und nach beruhigte sich ihr Atem, und als sie endlich wieder sprechen konnte, stieß sie keuchend einen Namen hervor:

»Kati Urban.«

»Kati Urban. Woher kenne ich diesen Namen?«

»Ein Entführungsfall aus den späten achtziger Jahren.«

»In irgendeinem Roman habe ich gelesen, dass es gar nicht gut ist, wenn man nachts von den Dingen träumt, die einen tagsüber beschäftigen.«

Er küsste ihre Schulter.

Verwundert stellte Cornelia fest, dass sie sich bei dieser mit schläfriger Stimme und völlig unprätentiös vorgetragenen Bemerkung unwillkürlich fragte, wie ein Mann mit einem solchen Gesicht und einem solchen Körper nur so belesen sein konnte. Sie, die sich selbst gern als Wächterin im Kampf gegen Stereotypen und Vorurteile sah, ertappte sich nun bei dem Gedanken, das Lesen sei allein den Hässlichen vorbehalten.

Sie wandte den Kopf dahin, wo sein Gesicht war. Das Schlafzimmer lag im Dunkeln, nur schwach beleuchtet vom Schein einer Straßenlaterne. Aber sie brauchte ihn nicht zu sehen, sie konnte sich den Blick seiner braunen Augen und sein offenes und zugleich schüchternes Lächeln, das sie so gerne weckte, lebhaft vorstellen. Und die Nase. Die Nase, von der sie schon bei ihrer ersten Begegnung gedacht hatte, dass sie perfekt sei. Als sie sich nun an diesen Moment erinnerte, konnte sie dem Tic nicht widerstehen, ihre eigene krumme Nase zu betasten. Gebrochen seit … Doch auch er brauchte sie nicht zu sehen, um ihre Geste zu erraten, und unterbrach den Satz in ihren Gedanken:

»Ich weiß, woran du gerade gedacht hast. Weißt du, dass das Fetischismus ist?«

Er näherte sich ihr, um sie zu küssen, und drückte sie gleichzeitig zurück aufs Bett.

Als sie sicher sein konnte, dass Leo wieder eingeschlafen war, stand sie auf und schlich auf Zehenspitzen aus dem Schlafzimmer. Im Dunkeln ging sie ins Wohnzimmer und auf eines der Bücherregale zu. Auch hier brauchte sie kein Licht, um einen alten Schnellhefter aus Pappe zu finden, den sie zwischen verschiedenen Ordnern aufbewahrte. Sie zog ihn heraus, setzte sich aufs Sofa und legte den Schnellhefter auf ihre Knie. Erst jetzt schaltete sie eine Lampe ein. Auf die abgewetzte graue Oberfläche hatte sie vor einigen Jahren mit inzwischen verblichener blauer Tinte geschrieben »Kati Urban, 1988.« Sie öffnete die Mappe und nahm einen der Zeitungsausschnitte heraus. Unter dem Titel war das Foto von fünf Jugendlichen zu sehen. Die zweite von rechts war sie.

# WIE MESSI

Der Duft nach Kalbsbraten ließ sie die Augen schließen und genießerisch schnuppern, als ihre Mutter ihr am Sonntagmittag die Tür öffnete.

»Er liest«, sagte Celsa und deutete auf Cornelias Vater, der an einem kleinen Schreibtisch saß. Der Tisch hatte einmal ihrem Bruder Manuel gehört, bis ihr Vater ihn sich ins Wohnzimmer gestellt hatte.

Celsa sagte das mit dem Stolz einer Mutter auf ihren fleißigen Sohn, und tatsächlich erinnerte ihr Vater, wie er da so über ein Buch gebeugt saß und seine Lektüre nur unterbrach, um sich auf Karteikarten Notizen zu machen, Cornelia an einen braven Buben. Nur dass er das tat, weil sein Gedächtnis ihn mehr und mehr im Stich ließ und er verbissen darum kämpfte, die Geschichtskenntnisse beizubehalten, die er sich als bildungsbeflissener Arbeiter angeeignet hatte. Horst Weber kämpfte darum, dass sein Netz keine Risse bekam, flickte es immer wieder aufs Neue wie die Fischer im Hafen.

»Was liest du denn da?«, fragte Cornelia und küsste ihn auf den Scheitel.

»Ein Buch über den Dreißigjährigen Krieg«, antwortete er und vertiefte sich wieder in seine Lektüre.

Leser und Fischer soll man in Ruhe lassen.

»Anschließend erzählt er mir alles, und ich muss auf den Karteikarten nachprüfen, ob er es richtig gesagt hat«, erklärte ihr die Mutter. »Du kannst dir nicht vorstellen, was ich dabei alles lerne! Allein vom Zuhören könnte ich schon aufs Gymnasium gehen.«

Cornelia musste lächeln bei der Erinnerung daran, wie die Leute in Allariz, dem Dorf ihrer Mutter, in den Sommerferien immer gelacht hatten, wenn sie erzählte, dass sie aufs Gymnasium ging – ein falscher Freund, denn im Spanischen war das *Gimnasio* ein Fitnessstudio.

»Ach, ins Gymnasium gehst du? Na, dann zeig mal deine Muskeln«, hatten sie zu ihr gesagt, und wie jedes Mal, wenn sie daran dachte, spannte sie auch diesmal ihren Bizeps an.

Sie folgte ihrer Mutter in die Küche. Celsa holte Tintenfischringe aus dem Kühlschrank.

»À la romana?«, fragte Cornelia.

»Klar doch. Ich dachte, du würdest deinen Freund mitbringen, Kind. Letztes Mal, als er hier war, hat er gesagt, er würde sie gerne mal so probieren, wie ich sie mache. Ich tue nämlich einen Schuss Bier in den Teig ... Bring ihn doch öfter mal mit. Wo er noch dazu Spanisch spricht.«

Tatsächlich hatte Leopold sie begleiten wollen, aber sie war lieber alleine gekommen.

»Ist es wegen deinem Vater? Willst du nicht, dass ich ihn sehe, weil es ihm nicht gut geht?«

Sie hatte das so heftig abgestritten, dass sie ihm damit in gewisser Weise recht gegeben hatte.

Ohne ein weiteres Wort war Leopold mitten im Frühstück vom Tisch aufgestanden. Er hatte ein bisschen herumtelefoniert und ihr dann gesagt, er würde sich mit Freunden treffen. Aus Angst, ihn zu verärgern, hatte sie nicht gefragt, mit wem er sich treffen wollte und wo, und zu spät bemerkt, dass sie ihn damit zum zweiten Mal an diesem Tag kränkte.

Sie versuchte, nicht daran zu denken, während sie ihrer Mutter half, den Tintenfisch für den ersten Gang zu panieren. Sie liebte es, wenn der Teig ihre Fingerspitzen verklebte, als trüge sie überall Fingerhüte.

Beim Essen erzählte ihr Vater, was er gelesen hatte, ein Gewirr aus Bündnissen und Auseinandersetzungen zwischen Kaiser- und Königreichen und Fürstentümern, von denen die einen die Reformation unterstützten, die anderen die Gegenreformation, und man von wieder anderen nicht genau wusste, auf welcher Seite sie standen.

»Da wundert es mich nicht, dass die Deutschen so fromm sind«, bemerkte ihre Mutter. Cornelia und ihr Vater sahen sie an und warteten auf eine Erklärung.

»Na ja, wenn sich die Katholiken und die Protestanten so viele Jahre bekämpft haben, dann gibt man die Religion nicht so einfach auf. Deshalb gibt es hier so viele Kirchen. Sie haben eben alles doppelt.«

»Oder dreifach, wenn man die Orthodoxen berücksichtigt«, fügte Horst Weber hinzu.

»Und die Moscheen für die Türken.«

»Nicht nur für die Türken. Für alle Moslems.«

»Du weißt schon, was ich meine. Hier sind die Leute einfach religiöser als in Spanien.«

Cornelia folgte der Unterhaltung ihrer Eltern, während sie Calamari in sich hineinschaufelte. Ihr Vater lächelte, als er sah, wie sie zwei der goldgelben Ringe auf einmal auf die Gabel spießte.

»Bring doch mal wieder deinen Freund mit, Kind ... Leonidas ...«

»Leopold, Papa. Aber du kannst ihn Leo nennen.«

»Wie Messi«, sagte ihr Vater.

»Ja. Wie Messi.«

»Habe ich euch schon die Geschichte von dem Vertrag erzählt, den Messis Vater auf einer Serviette unterschrieben hat, als sein Sohn noch ein Kind war?«

Ja, das hatte er, mehr als einmal, aber das sagte sie ihm nicht. Während sie zuhörte, wie er sie voller Begeisterung zum Besten gab, wiegte sie sich im trügerischen Gefühl von Normalität: Er berichtete ihnen, was er gelesen hatte, ihre Mutter lauschte ihm aufmerksam und beobachtete derweil mit Argusaugen, wie sich die Teller leerten, um sie sofort wieder füllen zu können. Es fehlte nur noch ihr Bruder Manuel für den üblichen Wettstreit, wem zuerst die zweite Portion aufgetan wurde. Horst ließ die Blase platzen, als er bemerkte, dass jemand fehlte.

»Wieso ist Jan denn nicht mit zum Mittagessen gekommen?«

Celsa tätschelte ihm den Handrücken.

»Jan ist sicher bei sich zu Hause, Horst.«

»Warum?«

»Weil Cornelia und er sich getrennt haben.«

»Warum?«

»Das fragt man nicht, Horstito.«

»Warum?«

Nicht nur die Fragen ihres Vaters, auch sein Tonfall klangen quengelnd wie ein Kind.

Celsa sah sie an, als wolle sie sie im Voraus um Verzeihung für ihre Worte bitten:

»Weil sie einen anderen Freund hat.«

»Einen anderen Freund?«

»Er heißt Leopold, aber du kannst ihn Leo nennen.«

»Wie Messi.«

»Ja, wie Messi. Na los, jetzt iss deinen letzten Tintenfischring auf, damit ich den zweiten Gang bringen kann.«

»Ich helfe dir«, bot Cornelia hastig an. Im Blick, mit dem ihr Vater sie musterte, stand die Frage, die sie am meisten fürchtete: Und du, wer bist du?

Sie gingen in die Küche und taten den Kalbsbraten auf, ohne ein Wort zu wechseln.

Cornelia kam mit zwei Tellern ins Wohnzimmer zurück, gefolgt von ihrer Mutter.

»Sieh mal, was es gibt, Horst, mit Kartoffeln und Möhren, so wie du es magst. Kindchen, gib deinem Vater den Teller mit den meisten Kartoffeln.«

Er sah sie an, dann den Braten, den sie so sacht vor ihm abstellte wie ein Maître, der sich unsichtbar machen will. Sie setzte sich. Alle begannen zu essen. Horst schob sich eine Gabel voll Braten mit Soße in den Mund, sah sie wieder an, und Cornelia bemerkte, dass er zurückgekehrt war.

Ein Riss im Netz hatte sich wieder geschlossen, aber die Krankheit war ein großer, erbarmungsloser Hai, und es würde nicht lange dauern, bis er den dünnen Faden wieder zerriss, mit dem es geflickt war.

* * *

Als sie beim Kaffee saßen, rief ihr Bruder Manuel aus Köln an. Ihre Mutter reichte ihr das schnurlose Telefon:

»Hör mal, könntest du nachsehen, ob du in meinem Zimmer ein kleines Album mit Fotos aus der Schule findest?«

»Wofür brauchst du die, Lolo?«

»Christian heiratet, und ich bin Trauzeuge. Und dafür bereite ich eine Fotoshow mit Bildern aus seinem Leben vor.«

»Ich hätte dich für origineller gehalten. Das gibt es doch bei jeder deutschen Hochzeit.«

»Nicht so, wie ich das vorhabe.«

Sie ging in das Zimmer, das bis zu Manuels Auszug seines gewesen war.

»Darf ich in deinen Sachen wühlen, Lolo?«

»Das wäre nicht das erste Mal. Ruf mich an, wenn du fündig geworden bist.«

Sie suchte in den Büchern und Comics, die sich auf einer Kommode stapelten. Da war es nicht. Also zog sie eine der Schubladen auf und musste lächeln, als sie eine alte Armbanduhr ihres Vaters entdeckte, die Manuel und sie als Kinder einmal auseinandergenommen hatten. Dabei war passiert, was zu erwarten war: Als sie sie wieder zusammengebaut hatten, waren ein paar Schräubchen und Rädchen übrig geblieben. Die Strafe ihres Vaters war ebenso nüchtern wie wirksam gewesen. Ohne ein Wort des Tadels hatte er sie todernst angesehen, die Uhr vom Tisch genommen und sie angezogen. So hatte er sie fast ein Jahr lang getragen, nutzlos und tot, und Manuel und ihr waren jedes Mal die Tränen gekommen, wenn er nach der Arbeit nach Hause kam und sie an seinem Handgelenk die Zeiger sahen, die im Augenblick ihrer Ungeschicklichkeit stehen geblieben waren und nun für alle Zeiten zwanzig nach drei zeigten.

Cornelia nahm die Uhr in die Hand. Sie zeigte immer noch zwanzig nach drei. Einer plötzlichen Eingebung folgend, steckte sie sie in die Hosentasche.

Dann suchte sie weiter. Schließlich fand sie in einer anderen Schublade, worum Manuel sie gebeten hatte.

Sie rief ihn an.

»Schickst du es mir?«, bat ihr Bruder.

»Ja. Wer ist überhaupt Christian?«

»Ein Klassenkamerad von mir. Kannst du mal nachsehen, ob es in dem Album ein Foto von der Schulfußballmannschaft gibt?«

Sie schlug das Album auf und suchte. Es war säuberlich sortiert. Manuel war immer ordentlicher gewesen als sie. Sie blätterte einige Seiten um, bis sie das Foto gefunden hatte.

»Ich hab's.«

»Christian ist der mit den abstehenden Ohren.«

Sie erkannte ihn sofort, an den Segelohren, die sich deutlich vor der weißen Wand abhoben, vor der die Jungen posierten. Aber sie beachtete ihn gar nicht weiter, weil sie unter den Jungen – allesamt hässlich, wie Teenager es unweigerlich waren – Patrick erkannte, Katis kleinen Bruder, der mit dem Ball unter dem Arm in die Kamera lächelte. Sie erinnerte sich noch gut an ihn. Dem Alter der Jungen nach zu schließen stammte das Foto aus der Zeit, bevor es passiert war.

»Könntest du es scannen und mir schicken?«

Sie folgte den Anweisungen ihres Bruders nur mit halbem Ohr, hängte auf, ging mit dem Album in den Händen aus dem Zimmer und steckte es in ihre Handtasche. Im Wohnzimmer setzte sie sich zu ihren Eltern aufs Sofa.

Gedankenverloren strich sie sich über den Knick in ihrer Nase, dann fragte sie:

»Erinnert ihr euch an Kati Urban?«

»Nein«, sagte ihr Vater, den Kopf schon wieder hinter Buchdeckeln.

Ihre Mutter musste nicht lange nachdenken.

»Die Ärmste! Natürlich erinnere ich mich! Und was für Ängste wir ausgestanden haben, dass euch das Gleiche zustoßen könnte!«

Der kummervolle Blick ihrer Mutter rief Cornelia den Tag von Katis Beerdigung ins Gedächtnis. Celsa hatte Manuel und sie den ganzen Weg über fest an der Hand gehalten und keine Sekunde lang losgelassen. Ihre Hand war stark, die Hand einer Arbeiterin, die es gewohnt war, in der Fabrik Teile zu montieren. Allerdings brauchte sie auch die ganze Kraft ihrer Arme, um Cornelia die letzten Meter bis zur Kirche zu zerren. Viele Leute starrten sie an, weil ihre Nase verbunden war und ein Veilchen ihr rechtes Auge zierte. Es hatte mehr als drei Wochen gedauert, bis es wieder weg war.

In diesem Augenblick klingelte eines ihrer Handys. Sie hätte sich gewünscht, es wäre die Melodie der Simpsons, die ihres privaten Telefons, ein Anruf von Leo, der vorschlug, auf einen Kaffee vorbeizukommen, aber es war ihr Diensthandy.

Sonnenberg war dran, er hatte dieses Wochenende Dienst. Er klang aufgeregt.

»Gerade eben ist ein Mann hier hereingekommen, der behauptet, letzten Montag entführt worden zu sein.«

Als sie nicht sofort reagierte, beharrte er:

»Das passt alles ins Bild. Anscheinend haben sie ihn morgens auf dem Weg zur Arbeit entführt, dann haben sie Lösegeld von seiner Frau gefordert, ihn noch am selben Tag freigelassen, und außerdem …«

»Vergiss nicht, Luft zu holen, Jörg. Ich komme.«

Sie verabschiedete sich von ihren Eltern.

»Arbeit ist Arbeit«, sagte Celsa resigniert.

Horst irrte auf einem böhmischen Schlachtfeld umher.

»Tschüs, Cordula. Cornelia«, verabschiedete er sich zerstreut.

Er hatte sich sofort verbessert, aber ihr war nicht entgangen, dass er sie beim Namen ihrer Großmutter genannt hatte.

Als sie im Wagen saß, rief sie Reiner an, um ihn zu informieren.

»Ich bin bei meinen Schwiegereltern in der Nähe von Kassel«, erklärte der Oberkommissar.

»Keine Sorge. Morgen …«

»Na gut. Wenn es unbedingt sein muss.«

»Du musst nicht kommen, Sonnenberg ist da … Ach so! Ich verstehe, du willst weg.«

»Sie halten alle Mittagsschlaf«, flüsterte Reiner.

Mit tiefer innerer Befriedigung verbuchte Cornelia diese Tatsache als weiteren Angriff auf kulturelle Klischees: eine gesamte deutsche Familie, die sonntags Siesta hielt.

»Dann sieh zu, dass du verschwindest. Sag ihnen, es war ein Befehl«, fügte sie hinzu, um ihn zu ermutigen.

»Sehr gut. Wir sehen uns im Präsidium. In zwei Stunden bin ich da.«

Bevor sie losfuhr, holte sie ihr anderes Handy aus der Tasche. Vielleicht sollte sie Leo anrufen. Wieso hatte er sich nicht gemeldet? Leo, »wie Messi«, hatte ihr Vater gesagt. Aber Messi hieß nicht Leopold, sondern Lionel. Leopold war der Name österreichischer Kaiser. Warum hatten ihn seine Eltern wohl so genannt? Als sie zum ersten Mal das Haus von Leos Familie in Rödelheim betreten hatte, dem Frankfurter Arbeiterviertel, in dem sie wohnten, war sie ein wenig enttäuscht gewesen. Sie hatte erwartet, überall Wiener Kitsch oder doch zumindest Bilder von Sisi und Franz Joseph an der Wohnzimmerwand zu finden, von dem echten Paar oder dem aus dem Romy-Schneider-Film, aber die Wohnung war kaum anders eingerichtet als die ihrer Eltern. Die einzige Extravaganz, die sie sich jemals erlaubt hatten, war offenbar der Name ihres Sohnes gewesen, denn Leopolds Schwestern trugen Allerweltsnamen: Birgit und Anette. Und da sie schlecht fragen konnte »Warum haben Sie Ihrem Sohn diesen ungewöhnlichen Namen verpasst?«, ließ sie ihren Blick auf der Suche nach irgendwelchen Hinweisen durch die Wohnung schweifen. Schließlich haben die Namen der Kinder für die Eltern immer eine besondere Bedeutung. Der Familienname ist unvermeidlich, aber den Vornamen sucht man aus. Ihre Eltern hatten sich für Cornelia und Manuel entschieden, die in beiden Zweigen der Familie, dem deutschen wie dem spanischen, einfach auszusprechen waren und ihnen außerdem nach Meinung ihres Vaters keine Schwierigkeiten machen würden. »Man muss seinen Kindern nicht das Leben durch den Namen schwer machen«, pflegte Horst Weber zu sagen. Und ebendarum, erzählte er gerne, war weder Jorge (für die Deutschen unaussprechlich) in Frage gekommen noch Uta (ein Name, der in einem Land wie Spanien, wo man mit Kraftausdrücken nicht geizte, zu obszönen Reimen geradezu einlud).

Warum also gab es in dieser Arbeiterfamilie einen Leopold? Sie wusste es immer noch nicht. Ihr Vater hatte »Cordula« zu ihr gesagt. Vielleicht hätte er sie eigentlich gerne so genannt und sich stattdessen für das pragmatischere »Cornelia« entschieden.

»Verschwinde, Cordula. Und du, Cornelia, an die Arbeit«, sagte sie sich.

## MURR

Als sie ankam, atmete Jörg Sonnenberg erleichtert auf. Cornelia genügte ein Blick auf den Mann, der sich in ihrem Büro auf einem Stuhl fläzte, und sie wusste, warum. Der Mann ruderte mit den Armen, als läge er im Pool auf einer Luftmatratze und versuchte, von dem Punkt an der Wand wegzukommen, den er unverwandt anstarrte, einem Kleiderhaken, an dem schlaff wie eine schlafende Fledermaus eine dunkle Jacke hing. Plötzlich schien er sie lustig zu finden, denn er lachte laut auf. Ein nervöses Lachen, eher ein freudloses Schnauben.

»Alkohol?«, fragte sie Sonnenberg.

»Und noch einiges andere.«

»Kann er reden?«

»Er tut nichts andere.«

»Haaaallo«, sprach der Mann sie in diesem Augenblick an. »Haaaallo, Blondchen, hast du hier das Sagen? Oder der mit dem Bart? Holst du mir einen Kaffee? Einen Cappuccino, okay?«

Sie trat auf ihn zu. Er mochte Anfang vierzig sein, und sein rötlicher Dreitagebart sah aus, als wäre er weniger Folge einer ästhetischen Entscheidung als vielmehr einer gewissen Verwahrlosung. Sein Hemd war zerknittert und die Jeans waren voller Flecken, aber, wie Cornelia mit Erleichterung feststellte, im Schritt trocken.

»Sonst noch was?«, fragte sie ihn. »Vielleicht auch noch einen Donut dazu?«

»Na, na, na, reg dich nicht auf. Ich habe ein klitzekleines bisschen zu viel getankt, okay?«

»Jörg, hol doch mal bitte einen Kaffee für Herrn …«

»Murr. Stefan Murr«, gab der Mann an und rollte dabei die Rs, als fielen sie ihm schwer.

»Möchten Sie den Donut nun oder nicht?«

»Immer her damit, ich könnte sterben vor Hunger.«

Sonnenberg zog verdrossen ab.

»Was hatten Sie alles, Herr Murr?«

»Ein paar Bierchen.« Er machte eine Pause. Dann lachte er wieder auf, lustlos und schwerfällig wie seine Stimme. »Und dann noch ein Bierchen und einen kleinen Whisky oder zwei oder drei ...«

»Auch was Hartes?«

»Nichts Hartes, nein. Ah, jetzt versteh ich! Ob ich Koks? Das wird nicht verraten, o nein.«

Sein Lachen wurde dreckig.

»Sie können es mir ruhig sagen, Sie haben nichts zu befürchten, ich brauche es nur für das Protokoll Ihrer Aussage.«

»Uff, da bin ich aber beruhigt, wenn ich nichts zu befürchten habe.« Der Spott zog seinen rechten Mundwinkel nach unten wie bei einem schlechten Schauspieler in einem Spaghettiwestern. »Ich dachte, Sie würden mich vielleicht in ein Auto stoßen, mir eine stinkende Kapuze über den Kopf ziehen, mich in den Heizungskeller eines leerstehenden Gebäudes sperren und dort über Stunden hinweg im Dunkeln lassen, ohne Wasser und Essen, sodass ich in eine Ecke pinkeln muss, nachdem ich mir den Kopf an einem Rohr angehauen habe. Aber wenn dem nicht so ist, bin ich schon beruhigt.« Die Rage, die es ihm ermöglicht hatte zu reden, ohne sich zu verhaspeln, hatte ihn atemlos gemacht. Er hustete.

Cornelia, die mit vor der Brust verschränkten Armen vor ihm stand und seinem Ausbruch ungerührt gelauscht hatte, zog jetzt einen Stuhl heran und setzte sich ihm gegenüber. Sie sah ihn streng, aber mitleidig an und sagte:

»Das tut mir sehr leid. Aber Sie werden mir sagen, was Sie eingenommen haben, nicht wahr?«

Murr verzog angewidert das Gesicht, aber er redete:

»Ich habe mir ein paar Lines reingezogen. Das ist gut für die Nerven, wie meine Großmutter sagen würde. Verstehen Sie mich nicht falsch, sie hat nie etwas eingeworfen.« Er verhedderte sich wieder. »Obwohl sie gern mal ein Schnäpschen gekippt hat. Aber das interessiert Sie nicht. Ich geh dann mal.«

Er stützte die Arme auf die Stuhllehnen, um aufzustehen, doch sie knickten ein wie zwei Rollen Knete, und er plumpste auf den Stuhl zurück.

»Wo bleibt mein Kaffee? Scheißservice! Hej, Typ mit dem Bart! Wo bleibt mein Kaffee?«

Er warf ihr einen argwöhnischen Blick zu.

Cornelia hatte schon genug betrunkene und mit Drogen vollgepumpte Leute gesehen. Sie schwankte, ob sie es mit Strenge oder Humor versuchen solle, und entschied sich für Letzteres.

»Wissen Sie was, ich schmeiß ihn raus.«

In diesem Augenblick betrat Sonnenberg mit einem Plastikbecher voller Kaffee das Büro.

»Es gab keinen Donut, die Cafeteria hat sonntags geschlossen«, entschuldigte er sich.

»Dann bist du hiermit entlassen. Raus!«, rief Cornelia und zwinkerte ihm gleichzeitig zu.

»Entlassen! Raus! Auf die Scheißstraße!«, echote Murr wie ein glücklicher Papagei.

Sonnenberg stellte den Kaffee auf den Tisch.

»Na gut, ich geh ja schon.«

Cornelia stand auf und begleitete ihn zur Tür.

»Ruf inzwischen bei ihm zu Hause an. Ich fürchte, seine Familie weiß nicht, wo er steckt.«

Wie eine besorgte Krankenschwester wandte sie sich Murr zu, der immer noch auf dem Stuhl hing, und setzte sich wieder ihm gegenüber.

»Nun gut, Herr Murr. Was halten Sie davon, wenn wir uns ordentlich hinsetzen und den Kaffee trinken?«

Murr gehorchte. Mühsam richtete er sich auf, ordnete ein wenig seine Kleidung und hob mit zitternden Händen den Becher an die Lippen. Beim ersten Schluck schauderte es ihn, und er musste ein Würgen unterdrücken. Cornelia, die den Kaffee aus den Getränkeautomaten im Präsidium kannte, schüttelte sich ebenfalls. Trotzdem trank Murr langsam weiter. Zwischen den einzelnen Schlucken sagte er immer wieder »auf die Scheißstraße« vor sich hin und lachte höhnisch. Wenn auch der Kaffee wenig gegen die Substanzen ausrichten konnte, die durch seine Adern flossen, schien er ihm doch ebenso gut zu tun wie die aufrechte Haltung.

Schließlich stellte er den leeren Plastikbecher auf den Tisch und sah sie beinahe aufmerksam an.

Diesen wachen Augenblick musste sie ausnutzen, und so kam sie gleich zur Sache.

»Wann war das?«

»Vor drei Wochen.«

»An welchem Tag genau?«

»Am 11.«

Sie wusste es, noch bevor sie einen Blick auf den Wandkalender geworfen hatte. Es war ein Montag.

»Als ich aus dem Haus kam, um zur Arbeit zu gehen. Ich weiß nicht, wo die Typen herkamen.« Er klang sehr erschöpft und sprach mit gesenktem Blick, sodass Cornelia befürchtete, er könne ihr einschlafen.

»Wie viele?« Sie stand auf, um ihn zu zwingen, den Blick zu heben.

»Drei. Sie haben mich in den Wagen gestoßen.«

Was er dann erzählte, ähnelte dem, was Hagendorf beschrieben hatte, und war fast identisch mit Karentzos' Bericht, mit dem sie nach seiner Rückkehr aus den USA gesprochen hatte. Genau wie Karentzos hatten sie auch Murr freigelassen, nachdem seine Frau das Lösegeld gezahlt hatte. Ein vermummter Mann hatte das Versteck betreten, ihm befohlen, sich auf den Boden zu setzen, ihm erneut die Kapuze über den Kopf gestülpt und ihm gesagt, er solle bis tausend zählen. Dann war er gegangen.

»Durch die Kapuze habe ich die frische Luft gespürt, die durch die offene Tür hereindrang. Am liebsten wäre ich fortgerannt, aber ich habe bis tausend gezählt. Wissen Sie, wie lange das dauert? Eins, zwei, drei …«

»Sie müssen es mir nicht vormachen. Es dauert länger als eine Viertelstunde. Ich weiß Bescheid.«

»Arschlöcher. Aber eines muss man sagen: Mein Auto haben sie tadellos zurückgelassen. Seit dem Tag, an dem ich es gekauft habe, habe ich es nicht mehr so sauber gesehen.«

Murrs Wagen war im Depot eines Abschleppdiensts aufgetaucht. Wie die anderen, hatten sie auch ihn auf einem Behindertenparkplatz im Zentrum abgestellt, und er war abgeschleppt worden. Tadellos von außen, nachdem sie mit ihm durch die Waschanlage gefahren waren. Blitzblank von innen, nachdem sie die Bezüge und Bodenmatten mit einem Spezialshampoo behandelt hatten, das Armaturenbrett mit einem anderen.

»Es sah aus, als hätten sie es gewachst. Und sie haben einen Raumerfrischer versprüht. Das Auto roch wie neu.«

Blieb noch ein Thema zu bereden: die Fotos.

»Wollen Sie mir sonst noch was sagen, Herr Murr?«

»Nein, nein«, stammelte er. »Nichts. Was sehen Sie mich so an? Wer hat Ihnen das erzählt?«

Als Reiner zwei Stunden später im Präsidium eintraf, hatte Frau Murr ihren Mann schon mit nach Hause genommen.

Wie bei physischen Schlägen setzte der Schmerz mit

Verspätung ein. Drei Tage nach der Entführung ihres Mannes hatte Elke Hagendorf einen Nervenzusammenbruch erlitten und musste ins Krankenhaus eingeliefert werden.

»Johanna Murr«, berichtete Cornelia Reiner weiter, »kann sich keinen Zusammenbruch leisten, weil ihr Mann schon zusammengebrochen ist.«

Sie hatte den bereits bekannten Anruf erhalten, das Lösegeld gezahlt, Schmuck und Geld, und es am vereinbarten Ort abgeliefert.

»Wo war es dieses Mal?«

»Auf einer Bank in einem kleinen Park am Ufer der Nidda, in der Nähe des Minigolfplatzes von Römerstadt.«

»Am anderen Ende der Stadt. Diesmal im Norden.«

* * *

Als sie am Abend zurückkam, war Leo zu Hause. Er saß auf dem Sofa, die Füße auf den Beistelltisch gelegt, und sah fern. Sein Handy lag da, wo sie sonst saß. Er hatte auf ihren Anruf gewartet.

Noch bevor er etwas sagte, bevor sie ihm erklärte, dass sie im Büro gewesen war, weil es Neuigkeiten beim Fall gab, und dass sie deshalb so spät dran war, sogar noch, bevor sie ihn küsste, sagte sie zu ihm:

»Es tut mir leid. Du hättest mitkommen sollen. Meine Mutter hat Calamari gemacht. Sie haben dich beim Essen vermisst.«

Sie wusste nicht, ob sie zu ihm hingehen oder aus dem Wohnzimmer verschwinden sollte. Sie war nicht sehr gut darin, sich zu entschuldigen.

»Und du – hast du mich vermisst?«, fragte Leo.

»Den ganzen Tag.« Im Stillen fügte sie hinzu, wie sehr er ihr gefehlt hatte und wie leid es ihr tat, dass sie ihn weggestoßen hatte. »Und noch dazu waren es Calamari à la romana.«

Leopold lachte. Er klopfte aufs Sofa, um ihr zu bedeuten, dass sie sich neben ihn setzen solle.

## KLEINSTER GEMEINSAMER NENNER

»Schließlich habe ich Murr entlocken können, dass die Entführer ihn mit kompromittierenden Fotos zum Schweigen bringen wollten. Wie sie es mit Karentzos gemacht haben und mit Hagendorf gemacht hätten, wäre er ihnen nicht entwischt«, berichtete Cornelia bei der Zusammenkunft des Ermittlerteams, die sie gleich am Montagmorgen anberaumt hatte. »Aber als er dann zu Hause war, hat Murr die Kontrolle über sich verloren, und so haben die Entführer die Kontrolle über ihn verloren.«

»Da haben wir ja Glück.« Andrea Sauter blickte mit einem breiten Lächeln in die Runde, das ihre zusammengebissenen Zähne zeigte.

Cornelia konnte es nicht erwidern. Was die Arbeit betraf, zählte das Wort »Glück« nicht zu ihren Lieblingswörtern. Glück und Zufall wären die letzten Mitglieder, die sie in ihr Team aufnehmen würde, so wie die Unsportlichen, die auf dem Schulhof immer als Letzte übrig blieben.

Entscheidend war, dass sie nun drei Fälle hatten und daher mehr gemeinsame Nenner finden konnten. So wie die drei Wagen, die bei Abschleppunternehmen gelandet waren. Hagendorfs Wagen hatten sie abgeholt. Er selbst hatte sie informiert, nachdem er die Benachrichtigung erhalten hatte.

»Überflüssig zu sagen, dass keinerlei Spuren gefunden wurden«, sagte Reiner, während er Kopien des forensischen Gutachtens austeilte, das an diesem Morgen eingetroffen war. »Sie haben die Sitze mit einem Spezialprodukt für Leder gereinigt. Als Hagendorf den Wagen in Augenschein genommen hat, hat er festgestellt, dass sie sogar die Eisflecken entfernt haben, die seine Tochter hinterlassen hatte.«

»Warum machen sie sich so viel Arbeit? Das geht doch über bloße Spurenbeseitigung hinaus«, bemerkte Sonnenberg. Er reichte die Papiere an Juncker zu seiner Linken weiter.

»Es sieht fast so aus, als würden sie uns nicht ernst nehmen. Als würden sie sich über uns lustig machen.« Sauter klang, als betrachte sie das als persönliche Beleidigung.

»Das ist keine für uns inszenierte Show«, stellte Cornelia klar. »Bis zu Hagendorfs Flucht haben sie nicht mit uns gerechnet.«

»Aber ich glaube nicht, dass sie die Wagen im Parkverbot abstellen, damit ihre Besitzer sie so bald wie möglich zurückbekommen«, überlegte Sonnenberg laut.

»Warum nicht?« Juncker überflog die Seiten des Berichts.

»Das erscheint mir allzu rücksichtsvoll für Leute, die gerade den Besitzer des Wagens entführt und misshandelt haben«, erwiderte Sonnenberg und strich sich mit den Händen über Gesicht und Bart.

»Die Leute haben manchmal eine verquere Ethik. Die Autobesitzer zahlen die Strafe und bekommen ihr Auto wieder. Vielleicht finden die Entführer, es gehört sich nicht, einem Mann sein Auto wegzunehmen«, bemerkte Cornelia zweifelnd.

»Das kann man einem Mann nicht antun«, scherzte Sauter.

»Schon gar nicht einem deutschen Mann«, fügte Cornelia hinzu.

Beide prusteten los. Reiner, Juncker und Sonnenberg sahen einander an. Reiner zuckte mit den Schultern.

Immer noch grinsend stand Cornelia auf, nahm einen dicken Edding und stellte sich vor das große Whiteboard, das man ihnen in den Sitzungsraum gestellt hatte. Es roch immer noch leicht nach dem Reinigungsmittel, mit dem sie vor dem Eintreffen des restlichen Teams alles ausgewischt hatte, was dort noch stand, Wörter, Zahlen, Linien, Kreise, selbst Strichmännchen, von anderen Ermittler in einem anderen Fall zurückgelassen. Drogen, vermutete sie. Drogen und Rechtschreibfehler.

»Mal sehen. Was sind die gemeinsamen Nenner?«, fragte sie, während sie die Frage anschrieb.

»Männer.«

»Verheiratet.«

»Mit Kindern.«

»Alle leben in Frankfurt.«

»In guten Gegenden.«

»Alle arbeiten in mittleren Positionen. Verdienen gut, ohne richtig reich zu sein«, schrieb sie auf, in Gedanken an die Kaffeemaschine der Hagendorfs.

»Alle wurden entführt, als sie allein und gerade dabei waren, in ihren Wagen zu steigen«, spann Juncker den Faden fort.

»Wie kann es sein, dass niemand etwas gehört oder gesehen hat? Sie haben sie mitten von der Straße weggeholt«, fragte sich Sonnenberg.

»Sie haben sie genau beobachtet und den richtigen Moment abgewartet«, antwortete Juncker. Er ruckte beim Sprechen mit dem kurz geschorenen Schädel vor und zurück, wie im Takt zu einem Lied, das er in seinem Kopf hörte.

»Aber dass so gar niemandem etwas Verdächtiges aufgefallen ist ... Wir haben immer noch keine Zeugen gefunden.«

Cornelia notierte Reiners Bemerkung in einer neuen Spalte, wie in einem Buchhaltungsjournal. Soll.

»Wo sind die schwatzhaften Rentner, wenn man sie

braucht?«, witzelte Sauter, aber dieses Mal lachte niemand; alle waren zu sehr auf die Liste konzentriert.

Juncker fuhr fort:

»Alle Anrufe, in denen Lösegeld gefordert wurde, erfolgten vom Handy des Opfers aus.«

»Die Telefone sind nicht wieder aufgetaucht.« Während Sonnenberg Fragen stellte und Juncker Tatsachen aufzählte, schien Reiner die Liste über das zu führen, was fehlte.

»Was wissen wir über die Orte, an denen die Opfer eingesperrt waren? Alle drei wurden auf Baustellen oder in leerstehenden Gebäuden versteckt«, bemerkte Sonnenberg.

»Die wir noch nicht gefunden haben.«

Cornelia notierte Reiners neuen Kommentar auf der Sollseite.

»Das heißt also, dass sie sich gut auskennen, wissen, wo gearbeitet wird und wo niemand ist, der die Opfer finden könnte«, erklärte Juncker.

»Sie lassen sie wenige Stunden nach Erhalt des Lösegelds frei. Murr und Karentzos mussten bis tausend zählen, nachdem sie ihnen die Tür aufgeschlossen hatten.« Cornelia notierte diesen Punkt auf der Habenseite. »Woran sich beide auch hielten.«

»Das nennt man dann wohl Zählemann und Söhne«, witzelte Sauter erneut, doch wieder ohne Erfolg. Sauters Lächeln erlosch, und sie notierte sich den letzten Punkt auf ihrem Block.

»Die Orte für die Lösegeldübergabe sind sehr gut gewählt. Es sind stark frequentierte Orte, von denen man leicht wegkommt.« Juncker betrachtete die Karte, auf der sie mit roten Reißzwecken die Punkte vermerkt hatten, an denen das Lösegeld übergeben worden war. Drei gelbe Reißzwecken markierten die Wohnungen der Opfer. »Und sie haben sie das Lösegeld an Orte bringen lassen, die weit von ihren Wohnungen entfernt lagen.«

»Damit es länger dauert, bis sie wieder zu Hause sind, und sie in der Zwischenzeit das Opfer freilassen können?«, vermutete Sonnenberg.

»Regelmäßig alle zwei Wochen.« Sauter hatte es aufgegeben, den Witzbold spielen zu wollen. Wieder presste sie beim Sprechen die Zähne aufeinander.

»Jedenfalls die Fälle, die wir kennen«, schränkte Reiner ein.

»Und alle wurden montags entführt«, bemerkte Juncker.

Warum ausgerechnet montags?, fragte Cornelia sich zum wiederholten Male.

## BAUSTELLEN

Stefan Murrs Anzeige fiel wie eine Sprudeltablette in ein Glas mit abgestandenem Wasser. Das Stimmengewirr wurde lauter, die Finger flogen schneller über die Tastaturen, die Neuigkeiten, bedeutend oder nicht, wurden persönlich ausgetauscht und nicht per E-Mail. Doch dann geschah wieder nichts.

Und in der Luft hing immer noch die Frage: Warum montags?

Sie hatten einen Kalender an eine der Trennwände des Sitzungsraums gehängt, und von Zeit zu Zeit blieb einer von ihnen davor stehen und betrachtete ihn nachdenklich, als verberge sich in den nummerierten Kästchen ein geheimer Code.

»Weil sie an dem Tag frei haben«, überlegte Cornelia laut. Sie war von ihrem Schreibtisch aufgestanden, angezogen vom Fauchen der Kaffeemaschine, die sie in einer Ecke des Raumes aufgestellt hatten.

»Ach Quatsch! Das wäre vielleicht früher so gewesen, als die Fischhändler montags zu hatten, weil sonntags kein Fisch gefangen wurde«, entgegnete Reiner. »Da gab es auch kein Obst und Gemüse, weil der Großmarkt geschlossen war. Aber heutzutage sind Friseure die einzigen, die montags nicht arbeiten.«

Die Schlagzeile »Bande kidnappender Friseure gefasst« entlockte Cornelia ein Lächeln, aber sie widersprach:

»Und was ist mit den Verkäufern, die samstags arbeiten, mit Kranken- und Altenpflegern, Taxifahrern, Paketboten, Kellnern und Köchen? Friseure, ja. Und wir selbst. Wir sollten nicht ausschließen, dass sich die Tatsache, dass die Entführungen immer montags stattfinden, durch die Arbeitszeiten der Entführer erklären lässt. Wer hat den Kaffee gemacht?«

An seinem Schreibtisch hob Jörg Sonnenberg mit der Miene eines beim Schummeln ertappten Schülers die Hand.

»Von jetzt an wird in diesem Team niemand mehr Kaffee kochen außer Jörg.«

Sonnenberg nahm die Brille ab und riss die Arme in Siegerpose hoch. Juncker, Sauter und die Kollegen, die ihnen bei kleineren Arbeiten halfen, applaudierten. Reiner schenkte sich schnell eine Tasse ein. Während er seinen Zucker umrührte, fragte er Cornelia:

»Erinnerst du dich noch an den grässlichen Kaffee, den Leo immer gekocht hat?«

»Grauenhaft«, antwortete sie und rümpfte unwillkürlich die Nase.

»Abgesehen davon vermisse ich ihn schon im Team.«

»Ich auch, aber so ist es besser.«

Errötend erinnerte sie sich daran, wie Leo ihr einmal beim Betreten eines Sitzungsraums mit den Worten »Ich liebe diesen Knackarsch« einen Klaps auf den Hintern verpasst hatte, ohne zu bemerken, dass bereits einige Kollegen im Raum saßen. Es fiel ihnen schwer, die Finger voneinander zu lassen und den Zustand glückseliger Verblödung zu verbergen, den die bloße Gegenwart des anderen in ihnen auslöste. Bald hatte es Getuschel und Geraune gegeben, vor allem deshalb, weil sie seine Vorgesetzte war, und so hatten sie beschlossen, dass es besser sei, nicht länger zusammenzuarbeiten. Und Leo, in seinen Entscheidungen ebenso radikal wie sie, hatte nicht etwa die Versetzung in eine andere Abteilung beantragt, sondern sich gleich in eine andere Behörde in einer anderen Stadt versetzen lassen.

Sie kehrten an ihre Plätze zurück. Zuvor notierte sie

noch die Idee mit den Arbeitszeiten an der Tafel und schrieb das Wort »Montag« und die Liste der Berufe daneben, die sie aufgezählt hatten, ungeachtet des spöttischen Blicks, mit dem Reiner sie bedachte.

An einer Wand hing die Liste der Baustellen und leerstehenden Gebäude, die Sonnenberg und seine Leute durchkämmten. Seit sie die Entführungsfälle untersuchten, war Cornelia bewusst geworden, wie viele Baucontainer überall in der Stadt standen; mit einem Mal waren sie sichtbar geworden. Noch wusste sie nicht, ob einer von ihnen jemals zu einem der Punkte werden würde, mit denen sie ihren persönlichen Stadtplan von Frankfurt markierte: hier der Schauplatz eines Mordes, dort ein Selbstmord, da eine Verhaftung ...

An diesem Montag, dem ersten nach Murrs Aussage, musste sie den ganzen Tag daran denken, dass irgendwo in der Stadt, vielleicht am Fuß des scheinbar mühelos hin und her schwenkenden Baukrans, den man durch das Fenster in der Ferne sah, oder im Keller eines im Umbau befindlichen Gebäudes, an dem sie gerade vorbeigegangen war, ein neues Opfer verborgen lag und dass in diesem Augenblick ein verängstigter Angehöriger sich beeilte, das Lösegeld zu bezahlen, während sie vergebens andere Baustellen und leerstehende Gebäude durchsuchten. Es hatte keine weitere Anzeige gegeben.

Eine Woche später war ihre Befürchtung zur Gewissheit geworden, auch wenn es keinerlei Anlass dafür gab: Die Entführer hatten jemanden, und sie traten weiterhin auf der Stelle.

Die Tage entglitten ihnen ebenso wie die Entführer. Sie warfen ihre Netze aus, aber sie fischten nichts oder nur Beute, die sie nicht interessierte. Beifang.

Sonnenberg berichtete über die Ergebnisse seiner Suche. Mehrere Beamte unter seiner Leitung waren auf Baustellen vorstellig geworden, wo sie sich als Arbeitsinspektoren auf der Suche nach Schwarzarbeitern ausgaben. Er zeigte ihnen eine Adresse, die er sich notiert hatte.

»Hier muss irgendjemand geschmiert worden sein, denn einer der Vorarbeiter hat uns angeschrien, wir sollten uns zum Teufel scheren, sie seien noch gar nicht dran.«

»Was habt ihr gemacht?«

»Meldung erstattet.«

Cornelia lachte spöttisch auf.

»Was für ein Glück, dass wir uns rühmen können, ein Land ohne Korruption zu sein.«

Sonnenberg zupfte zerstreut an seiner Kotelette. Er überging Cornelias Bemerkung, aber wechselte die Kotelette – von rechts nach links –, bevor er fortfuhr:

»Wahrscheinlich wäre es nützlich, sich mal diese eine Bande vorzuknöpfen. Die bieten großen Baufirmen der Stadt angeblich ›Schutz‹ an. Gegen einen bestimmten Betrag, der von der Größe der Baustelle abhängt, sorgen sie dafür, dass kein Material geklaut wird oder zum Beispiel der Maschinenpark nicht abbrennt.«

»Aber eigentlich versprechen sie dir nur, weder Material zu klauen noch dir die Maschinen abzufackeln, wenn du zahlst«, sagte Reiner und fragte Sonnenberg dann: »Glaubst du, die könnten etwas damit zu tun haben?«

Sven Juncker schnaubte hörbar, wie er es gerne tat, um seinen Unmut kund zu tun.

Cornelia wusste: Die Aufdeckung dieses Erpressungsfalls wäre – wenn es ihnen überhaupt gelang – ein unbedeutender Nebeneffekt ihrer Arbeit. Beifang. Sie glaubte nicht daran, dass er mit den Entführungen im Zusammenhang stand. Juncker glaubte das auch nicht. Aber sie konnte nicht riskieren, irgendeine Hypothese auszuschließen. Wie oft schon hatte sich das Unwahrscheinliche als richtig erwiesen? Die einfachste Erklärung war nicht immer die beste. Menschen sind nun einmal nicht logisch. Also ermunterte sie Sonnenberg, diese Richtung weiterzuverfolgen.

Niemand hatte etwas von Entführungen gehört. Juncker hatte nachgeforscht, ob es in anderen deutschen Großstädten ähnliche Fälle gegeben hatte. Die Antwort lautete nein. Die Informanten, mit denen Andrea Sauter gesprochen hatte, hatten bloß die Achseln gezuckt. So fassten es die beiden in einer weiteren ihrer täglichen Sitzungen gleich nach Arbeitsbeginn zusammen, zu denen die Teilnehmer schon nicht mehr so pünktlich erschienen wie zu Anfang. Juncker zum Beispiel war zehn Minuten zu spät gekommen und hatte so die Vorstellung von Markus Peschke verpasst, der neu im Team war. Als er das neue Gesicht in der Gruppe bemerkte, hatte er nur kurz grüßend zu ihm hin genickt, während er sich setzte.

»Bisher ist die Ausbeute ziemlich mager.« Sauters Bericht klang beinahe entschuldigend; sie bekam beim Sprechen die Zähne kaum auseinander, ihr Kiefer war angespannt.

Nein, es waren keine neuen Gruppen von Südamerikanern in der Stadt aktiv, jedenfalls keine nennenswerten. Nein, es gab auch niemanden, der in letzter Zeit auf ungewöhnlich großem Fuß lebte. »In der Szene läuft es auch immer für die gleichen gut«, hatte ihr ein gesprächiger Dealer gesagt, »nämlich für die ganz oben.« Zumindest für ihn selbst stimmte das, denn er lebte immer noch bei seinen Eltern. »Anscheinend gibt es eine neue Gruppe von Rumänen, die in die Wohnungen einbrechen, während die Leute zu Hause sind. Die kennen nichts, sie schlagen die Leute zusammen und sacken ein, was sie kriegen können«, hatte ihr ein anderer erzählt. Aber erstens wussten sie das schon, und zweitens war es nicht das, was sie suchten.

Trotzdem hatte Sauter Interesse geheuchelt. Wie den

Drogenspürhunden musste man auch den Informanten das Gefühl von Erfolg vermitteln, damit sie nicht die Lust verloren.

»Motivation und Belohnung. Das Verhalten von Tieren kann einem helfen, die Menschen zu verstehen«, bemerkte Reiner philosophisch. Er hatte seine Professorenmiene aufgesetzt und die Hände auf dem Tisch übereinander gelegt.

Cornelia war seine neue Phase zoologischen Interesses schon gewöhnt. Sie wusste, dass sie intensiv, geradezu obsessiv verlaufen würde, denn sie hatte schon andere erlebt: seine astrologische Phase, die Mechanikerphase, die Bauphase ...

»Zu beeinflussen, meinst du wohl«, erwiderte sie.

»Das ist mir zu subtil«, warf Juncker barsch ein. »Klarer als dieses ganze Psychogewäsch ist doch, ein paar Scheine rauszurücken oder die Leute einzuschüchtern.«

Cornelia konnte der Versuchung nicht widerstehen. Juncker hatte es ihr so leicht gemacht, dass sie die Gelegenheit beinahe nicht genutzt hätte. Aber nein. Sie musste es einfach tun.

»Übrigens habe ich dir unseren neuen Kollegen noch gar nicht vorgestellt, Sven, Doktor Markus Peschke. Er ist Psychologe und auf Entführungen und Geiselnahmen spezialisiert ...«

Juncker erhob sich, um dem Mann Anfang fünfzig die Hand zu schütteln, der ihn während der gesamten Sitzung interessiert beobachtet hatte und jetzt nur halb aufstand, um seinen Gruß zu erwidern. Eine dunkelblonde Strähne seines Haares, das schon ziemlich schütter war – was er dadurch zu verbergen versuchte, dass er es lang trug – fiel ihm ins Gesicht.

»Nehmen Sie mir meine Bemerkung nicht übel, Doktor«, sagte Juncker zu ihm.

»Keine Sorge.«

Seine hängenden Schultern machten seinen Rücken so krumm, dass er unter dem graugrünen Jackett an einen Panzer erinnerte und Peschke wie eine große Schildkröte aussehen ließ, ein Eindruck, der noch dadurch verstärkt wurde, dass er beim Sprechen den Hals reckte und ihn wieder einzog, wenn er eine Pause machte.

Mit dem Gefühl von Nacktheit, das einem die Gegenwart eines Psychologen immer verursacht, fragte Cornelia sich, ob Peschke schon die latente Abneigung zwischen ihr und Juncker bemerkt hatte. Bestimmt war ihm aufgefallen, dass sie ihn aus reiner Bosheit direkt nach Junckers Bemerkung vorgestellt hatte, und sie kam sich kindisch vor, umso mehr, als sie merkte, dass sie es trotz allem genossen hatte.

Es folgten weitere Informationen. Wenige. Die eben darum in aller Ausführlichkeit dargelegt wurden.

So endete eine weitere Sitzung.

Später tauschten sie auf dem Gang die üblichen Bemerkungen.

»Die werden sich ein paar Tage Urlaub genommen haben.«

»Mit dem Geld, das sie schon kassiert haben, können sie sich das leisten.«

»Stimmt. Würde ich auch tun.«

»Oder sie haben es aufgegeben.«

Die Optimisten und die Fatalisten unter ihnen nickten, dann machten sie sich wieder an die Arbeit.

So verging auch der dritte Montag ohne Nachrichten oder Hinweise auf weitere Ereignisse.

Auch die Beobachtung von Kontenbewegungen auf der Suche nach größeren Barabhebungen war bislang erfolglos verlaufen. Die Banken waren zur Meldung solcher Abhebungen verpflichtet, um Geldwäsche zu vermeiden.

Aber obwohl sie sich auf den ersten Tag der Woche beschränkten, war die Menge an Bewegungen enorm. In Frankfurt zirkulierte das Geld schwindelerregend schnell. Sie hingegen mussten äußerst behutsam vorgehen, sich den Kontoinhabern so vorsichtig nähern und sie so diskret befragen, dass die Leute, mit denen sie sprachen, beim Abschied meist erst recht besorgt waren. Einige waren auch verärgert darüber, dass sich die Polizei ohne plausible Erklärung in ihre privaten Angelegenheiten einmischte.

Ihr Ermittlerteam durchlebte dieselben Höhen und Tiefen wie sie.

Dienstags war die Anspannung noch spürbar.

Mittwochs und donnerstags sorgte das Fehlen von Neuigkeiten dafür, dass sie nachließ.

Freitags gingen sie mit der – für manchen perversen – Befürchtung ins Wochenende, am Montag die Nachricht von einer neuen Entführung vorzufinden.

Auch sie schwankte Woche für Woche zwischen der Hoffnung, dass endlich etwas passieren möge, und Mutlosigkeit bei dem Gefühl, dass trotz ihrer ständigen Bemühungen alles vergebens war.

»Natürlich passiert was, wir kriegen es bloß nicht mit.«

»Und ich sage dir, sie haben es aufgegeben.«

»Oder sind in einer anderen Stadt zugange.«

Es war ein Freitag Ende April, die dritte Woche seit ihrem Gespräch mit Murr ging zu Ende, und sie tauschten die gleichen Bemerkungen wie immer.

Als Reiner am späten Nachmittag ging, verabschiedete er sich nur mit einem Winken, um sie nicht bei ihrem Telefonat zu stören. Ihre Mutter hatte angerufen, um sie daran zu erinnern, dass sie in der darauffolgenden Woche einen Vorsorgetermin im Krankenhaus hatte und Cornelia versprochen hatte, sie zu begleiten.

In Wirklichkeit hatte Celsa nicht angerufen, weil sie fürchtete, Cornelia hätte es vergessen, sondern um sie zu bitten, sie mit dem Auto abzuholen.

»Damit dein Vater sich schonen kann«, erklärte sie.

Cornelia verstand, dass ihr Vater in Hörweite war und ihre Mutter vermeiden wollte, dass er Auto fuhr.

»Kein Problem, ich komme eine halbe Stunde vorher vorbei, und dann fahren wir zusammen hin.«

»Ginge es nicht auch ein bisschen früher?«

Wie für die meisten Menschen ihrer Generation war es auch für Celsa undenkbar, zu einem Termin beim Arzt oder irgendeiner anderen Autoritätsperson zu spät zu kommen.

* * *

Auf dem Heimweg ging sie noch auf der Zeil vorbei, obwohl es Freitagnachmittag war und sie Menschenmassen verabscheute. Ebenso sehr wie das Gedränge hasste sie Einkaufszentren, ging aber trotzdem in eines, um Herrn Akthar die Uhr ihres Vaters zur Reparatur zu bringen. Der Uhrmacher hatte sein alteingesessenes Geschäft direkt an der Zeil aufgeben müssen, als das Gebäude renoviert wurde, und war in eine neue Ladengalerie direkt gegenüber gezogen, wo er jetzt eingezwängt zwischen gesichtslosen Filialen internationaler Marken saß und nach wie vor den kleinsten Laden der Stadt hatte. Er freute sich so sehr, mal wieder eine alte Uhr zum Aufziehen in der Hand zu halten, dass er sie ihr gleich reparierte, in der kurzen Zeit, die sie brauchte, um im Erdgeschoss der Ladengalerie die erste Eiswaffel dieses Jahres zu essen.

Die Uhr am rechten Handgelenk wie viele Linkshänder, kehrte sie nach Hause zurück. Als sie die Wohnung betrat, schlug ihr die abgestandene Luft eines warmen Tages entgegen. Leo hatte beim Weggehen alle Fenster geschlossen, weil im Radio heftige Wolkenbrüche angekündigt worden waren, die aber schließlich anderswo niedergegangen waren. Cornelia riss das Wohnzimmerfenster weit auf und ließ die frische Luft und die Stimmen von der Straße herein.

Der Tag war anstrengend und frustrierend gewesen. Die Vernunft sagte ihr, dass sie entspannen und sich mit einem Buch und – da sie keinen Alkohol mehr trank – einer Tüte Gummibärchen in die Wanne legen sollte.

Aber es war zu heiß zum Baden, und an diesem Tag hatte ihre Vernunft sich heiser geredet. Nachdem sie mehrere Bücher, die schon seit geraumer Zeit auf sie warteten, aus dem Regal gezogen und wieder zurückgeschoben hatte, machte sie es sich auf dem Sofa bequem, die Akte zum Fall Kati Urban auf den Knien. Sie holte den Zeitungsausschnitt mit dem Foto hervor, auf dem sie auch zu sehen war und unter dem stand: »Klassenkameradinnen des Opfers.« Zweien von ihnen war sie noch ein paar Mal in ihrer Heimatstadt Offenbach begegnet. Ihre Kindergesichter hatten mittlerweile zu Erwachsenengesichtern werden dürfen, hatten Kanten und Linien verloren und neue ausgebildet. Katis Gesicht würde für immer kindlich bleiben, immer gleich, und im Laufe der Zeit waren Cornelias tatsächliche Erinnerungen an sie verblasst, bis zuletzt nur noch das Gesicht von den Zeitungsausschnitten geblieben war, das Foto, das Katis Mutter für die Journalisten ausgewählt hatte. Sie musste an Hagendorf denken, der ihnen das Foto gegeben hatte, auf dem seine Frau vorteilhaft aussah. Auch Katis Eltern hatten ein Foto gewählt, auf dem ihre Tochter besonders fröhlich wirkte; ihr langes, glattes hellbraunes Haar fiel ihr ordentlich gescheitelt über beide Schultern, und sie blickte zuversichtlich in die Kamera. Cornelia spürte tiefe Traurigkeit bei dem Gedanken an das Ehepaar, das kurz nach der Beerdigung seiner Tochter aus Offenbach weggezogen war. Zu dem Monate später stattfindenden Prozess gegen den Entführer waren sie nicht erschienen. Wie hätten sie das auch tun können? Wie hätte Katis Mutter den Anblick ihres eigenen Bruders ertragen sollen? Und er den Anblick seines Schwagers, eines Familienmitglieds? Katis Großeltern hatten dagegen der Verhandlung beigewohnt. Von ihnen hatte der Entführer das Geld erpressen wollen. Und sie hatten pünktlich und brav gezahlt. Alles, um das Leben ihrer Enkelin zu retten.

Katis Onkel, der Mann, der bei der Beerdigung am heftigsten geweint hatte, der Mann, der vor Kameras und Mikrofonen Gerechtigkeit gefordert hatte, der Cornelia die Nase gebrochen hatte. Der Mann, der sie zur Polizistin gemacht hatte.

* * *

Als Leo nach Hause kam, merkte er sicherlich, wie erschöpft sie war. Aber die Frage »Wie war's bei der Arbeit?« war zwischen ihnen tabu.

Während sie das Abendessen vorbereiteten, während sie aßen, während sie so tat, als folge sie dem Film, den er ausgesucht hatte, spürte sie, dass er sie beobachtete und darauf wartete, dass sich irgendwo zwischen ihren Fragen über eine Zutat, ihren banalen Bemerkungen beim Essen oder den wenigen Kommentaren, die sie über den Film machte und die deutlich zeigten, dass sie nicht hinsah, dass sie nicht wirklich wusste, was mit allen diesen Leuten geschah, warum sie lachten, weinten oder schrien, eine Lücke auftat. Irgendwann schlief sie auf dem Sofa ein, den Kopf an Leos Schulter gelehnt.

Als er sie weckte, wurde sie gerade wach genug, um den Weg ins Schlafzimmer zu finden.

»Ich habe mir die Zähne nicht geputzt«, sagte sie, als sie vor dem Bett stand.

»Das machst du morgen. Einmal ist keinmal.«

Er hob die Decke an.

Sie ließ sich ins Bett fallen.

Ein paar Stunden später wachte sie auf, ihr Mund trocken, von einem erdigen Geschmack erfüllt. Sie schob die zerknüllte, verdrehte Bettdecke zurück, gegen die sie gekämpft zu haben schien, und stand vorsichtig auf, um Leo nicht zu wecken. Barfuß und ohne das Licht einzuschalten ging sie in die Küche. Sie öffnete einen der Hängeschränke, um ein Glas herauszunehmen, und ließ es beinahe fallen, als sie im Fenster die Reflexion einer Figur erblickte, die hinter ihr in der Küchentür zu stehen schien. Es war ein junges Mädchen, das Gesicht von langen Haaren umrahmt, die in der Mitte von einem glänzend weißen Scheitel durchschnitten wurden, so weiß wie die nackten Füße, die den Boden nicht zu berühren schienen. Ihre eigenen Füße waren eisig, als hätte eine Schicht Blitzeis urplötzlich die Küchenfliesen überzogen. Kati, dachte sie, bevor sie sich zur Tür umwandte und entdeckte, dass dort niemand war, dass es sich um eine optische Täuschung handelte, um die Spiegelung der Küche der gegenüberliegenden Wohnung, in der eine andere Frau ebenfalls von Schlaflosigkeit geplagt war. Mit immer noch klopfendem Herzen schaltete sie das Licht ein. Sie sah zu dem Fenster hinüber, das durch einen Innenhof getrennt nur wenige Meter von ihr entfernt lag, und begegnete dem Blick der Nachbarin, die sie mit einer Miene ansah, die sie nur allzu gut kannte, der schuldbewussten Miene des ertappten Sünders. Wieso, verstand sie, als sie das Päckchen Kekse entdeckte, das die mit einem hellen Pyjama bekleidete Frau in den Händen hielt. Ohne sie aus den Augen zu lassen, lächelte die Frau sie schelmisch an und löschte das

Licht. Dann blieb sie mitten in der Küche stehen. Cornelia konnte ihr Gesicht nicht mehr sehen, das nun im Dunkeln lag, aber das Licht, das aus ihrer eigenen Küche drang, fiel auf die Hände der Frau im Pyjama. Die Linke hielt einen Stapel Kekse; die Rechte nahm einen, hob sich, verschwand im Schatten, kam leer zurück, um den nächsten Keks zu nehmen. Cornelia konnte den Blick nicht abwenden, obwohl sie wusste, dass sie für ihr Gegenüber deutlich sichtbar war, aber der konstante Rhythmus, die mechanische Wiederholung der Bewegung wie die eines Roboters am Fließband, hatte sie hypnotisiert. Dann griff die Hand nach dem letzten Keks, verschwand einmal mehr und kam zurück, um an der Linken die letzten Krümel abzuwischen. Die Frau zeigte Cornelia die leeren Handflächen, verbeugte sich, als stünde sie auf einer Bühne, drehte sich um und ging aus der Küche.

Kaum wusste Cornelia, dass sie wieder allein war, fühlte sie erneut Angst bei der Vorstellung in sich aufsteigen, sich wieder umzuwenden und festzustellen, dass die flüchtige Vision zurückgekehrt war. Die Angst ist leichtfüßiger als die Vernunft, eben weil sie irrational und ohne Gepäck ist. Die Vernunft musste erst einige Argumente anbringen – das Licht in der Küche brannte, sie war müde, und es war albern, in ihrem Alter noch Angst zu haben –, um sie dazu zu bringen, sich endlich umzudrehen und sich davon zu überzeugen, dass nichts weiter hinter ihr lag als die leere Türöffnung. Und der dunkle Gang. Meine Güte, ich bin fast vierzig. Sie stellte sich vor, wie sie Leo riefe: Komm und hol mich aus der Küche, draußen steht ein Gespenst. Wie er sie ansehen würde, ungläubig, vielleicht spöttisch. Nein. So sollte er sie nicht sehen. Leo, komm und hol mich aus der Küche, draußen lauert ein Gespenst auf mich, wiederholte sie, um sich selbst zum Lachen zu bringen, was auch prompt gelang. Glücklicherweise.

Sie nutzte die Gelegenheit, löschte das Licht in der Küche und ging im Dunkeln ins Schlafzimmer zurück. Obwohl sie sich immer wieder sagte, wie alt sie war und dass sie Kriminalkommissarin war, sah sie nicht nach rechts und nicht nach links, nicht zu den Türen hinüber, hinter denen die Schwärze der anderen Zimmer gähnte. Weil sie wusste, dass Katis Abbild zurück war, um bei ihr zu bleiben. Kati war in ihr Leben zurückgekehrt.

Sie umarmte Leo, so fest sie konnte.

## UND OLÉ

Am darauffolgenden Montag war sie eine Stunde vor dem Arzttermin ihrer Mutter in Offenbach. Während sie darauf wartete, dass ihre Mutter sich zurechtmachte, ließ sie ihren Blick über die Regale im Wohnzimmer schweifen. In einem standen die CDs ihrer Eltern. Plötzlich fiel ihr wieder ein, was Simone Karentzos gesagt hatte: dass der Entführer wie Semino Rossi gesprochen habe. Sie hatte sich immer gefragt, wieso so viele ältere Leute sich für seine Schnulzen begeistern konnten. Wenn sie beim Zappen bei einer der zahllosen Schlagersendungen der öffentlich-rechtlichen Sender hängen blieb, bereitete ihr der Anblick der glücklich lächelnden Senioren, die sich von schmalzigen Melodien einlullen ließen, stets Unbehagen. Sie überflog die CDs ihrer Eltern, fand aber nichts Verdächtiges, weder peinliche Sänger noch bayerische Pseudo-Volksmusik. Andererseits schien es auch nichts Neues zu geben, es waren die alten Platten ihres Vaters: deutsche, spanische und lateinamerikanische Liedermacher, und die alten Platten ihrer Mutter: Coplas und Rumba. War das etwa keine Volksmusik? Doch, natürlich, aber wenn man im Ausland lebte, war das etwas anderes, dann braucht man das. Sie zog eine CD hervor. Das Gesicht von Manolo Escobar, einem Fünfzigjährigen mit breiter Stirn, lächelte sie hinter seiner Gitarre hervor an. Diese CD hatte sie nach einem Konzert in Köln gekauft, das Manuel und sie ihren Eltern zum Hochzeitstag geschenkt hatten. Ihr Bruder und sie waren auch dabei gewesen und hatten zu ihrer eigenen Überraschung fast alle Lieder gekannt. In ihrem Fall war das ganz eindeutig Volksmusik.

»Wusstest du, dass er eine Deutsche geheiratet hat, in

die er sich verliebt hat, ohne dass einer die Sprache des anderen sprach?«, fragte ihre Mutter, als sie sie mit der CD in der Hand ertappte. Natürlich wusste sie das, es war eine von Celsas Lieblingsgeschichten.

Ihre Mutter hat sich fein gemacht. Sie war auch am Samstag beim Friseur gewesen. Seit Jahren ging ihre Mutter zu einer kroatischen Friseurin in der Nachbarschaft, die etwa in ihrem Alter war und mit der sie sich in einem Deutsch verständigte, das Cornelia immer wieder aufs Neue verblüffte. Beide Frauen beherrschten das Deutsche eher mangelhaft, sprachen es mit den typischen Fehlern der eigenen Sprache und starkem Akzent. Cornelia fiel es manchmal schwer, die Friseurin zu verstehen, doch die beiden schwatzten die ganze Zeit über angeregt.

Nichtsdestotrotz versagte Celsas Alltagsdeutsch gegenüber Beamten oder Ärzten, also jeglicher »Amtsperson«. Ihre Ehrfurcht vor Autoritäten wurde nicht dadurch geschmälert, dass ihre eigene Tochter eine solche Amtsperson war und Eltern im Allgemeinen ganz einfach deshalb wenig Respekt vor ihren Kindern empfinden, weil sie sie einmal vollständig in der Hand hatten, weil sie ihnen Hintern und Nase geputzt, ihnen einige ihrer ureigensten Ängste eingepflanzt und sie dann getröstet haben, wenn diese Ängste sich manifestierten.

Im Krankenhaus wurden ihre Personalien aufgenommen, dann führte man sie in einen großen offenen Raum, in dem Reihen von Plastikstühlen sich um einen niedrigen Tisch voller zerfledderter Zeitschriften gruppierten, auf denen sich wahrscheinlich sämtliche Bakterien tummelten, die sich in den letzten Wochen in diesem Krankenhaus ein Stelldichein gegeben hatten. Cornelia betrachtete sie argwöhnisch. Celsa setzte sich stocksteif auf einen der am Boden festgeschraubten Stühle und umklammerte ihre Handtasche.

Während sie warteten, erschienen immer neue Patienten und belegten nach und nach die freien Plätze. Kurz bevor sie dran waren, schob eine Krankenschwester einen Rollstuhl mit einer alten Frau in einem Krankenhauskittel herein, legte ihr die Krankenakte auf die Knie und ging hinaus. Einige Minuten später kehrte sie mit einer weiteren alten Dame zurück, die ebenfalls im Rollstuhl saß, dann ging sie und kam gleich darauf mit einer dritten wieder. Sie war so damit beschäftigt, die Rollstühle so zu platzieren, dass sie möglichst wenig Raum einnahmen, dass die drei alten Damen in drei verschiedene Richtungen sahen. Schließlich parkte die Krankenschwester noch eine vierte alte Frau und ging wieder davon, kam aber nicht zurück. Die zuletzt Angekommene döste in ihrem Rollstuhl, aber die anderen drei verdrehten schmerzhaft ihre Hälse, um miteinander reden zu können. Cornelia stand auf und trat auf eine der Damen zu.

»Erlauben Sie?«

Die Frau im Rollstuhl sah sie im ersten Moment verständnislos, ja ein wenig ängstlich an, dann nickte sie. Cornelia löste die Bremse und drehte den Rollstuhl so, dass die alte Dame die anderen beiden ansah. Sie verschob sie alle, sogar die, die gar nicht da zu sein schien, bis sie schließlich einen Kreis bildeten, in dem kurz darauf ein lebhafter Austausch über die jeweiligen Beschwerden einsetzte. In diesem Augenblick wurde Celsa aufgerufen. Ihre Mutter fuhr hoch, als hätte sie die ganze Zeit über mit ihrem Gewicht eine im Stuhlsitz verborgene Feder niedergedrückt.

Sie verließen das Wartezimmer, verfolgt von den dankbaren Blicken und Stimmen der drei Frauen; die vierte saß noch immer mit auf die Brust gesenktem Kopf da.

Während der Arzt ihre Mutter untersuchte, wartete Cornelia draußen neben der Tür des Sprechzimmers. Die

Tür war nur angelehnt, sie konnte hören, was drinnen gesprochen wurde, obwohl sie aus Diskretion versuchte, sich auf das Buch zu konzentrieren, das sie mitgebracht hatte.

Das gelang ihr einige Minuten lang, aber als die Untersuchung schon fast zu Ende war, schnappte sie unwillkürlich ein paar Wörter des Gesprächs auf.

»Tejedor? Woher kommen Sie eigentlich?«, fragte der Arzt geistesabwesend. Man hörte Stühle rücken, offenbar standen die beiden auf. Cornelia tat es ihnen nach.

»Spanien.«

»Es sollten noch mehr Spanier kommen, ich habe gehört, dass die Arbeitslosigkeit dort hoch ist.«

»Ja, selbst Leute mit einer guten Ausbildung finden nichts. Es ist ein Jammer. Viele Ingenieure, zum Beispiel.«

»Nein, nein, bloß keine Ingenieure. Was wir brauchen, sind Alten- und Krankenpfleger. Mehr Spanier und weniger Türken.«

Celsa sagte nichts.

»*Bueno, hasta la vista*«, sagte der Arzt und öffnete die Tür.

»Olé«, hörte man hinter ihm die Stimme der Krankenschwester.

Celsa kam mit hängendem Kopf heraus, ohne ein Wort zu sagen. Da hielt es Cornelia nicht länger, und sie trat dem Arzt entgegen, bevor er die Tür wieder schließen konnte.

»Offenbar sind Sie der Meinung, dass Südländer nur gut genug sind, um den Leuten hier den Hintern abzuwischen. In Spanien gibt es auch arbeitslose Stierkämpfer und Matadore. Ich sage das bloß für den Fall, dass Sie jemanden brauchen, der Ihren Patienten Spritzen verpasst. Das sind die besten, Schmerzen garantiert.«

Im Gesicht des Arztes, eines hageren Mittfünfzigers,

wich das stolze Lächeln über seine wenigen spanischen Wörter einem Ausdruck der Verwirrung. Es dauerte einen Moment, bis er sich wieder gefangen hatte, und so traf seine Antwort nur noch den Rücken der beiden Frauen, die auf den Aufzug warteten.

»Nun seien Sie doch nicht gleich so böse«, stammelte er, eher an die Krankenschwester und die anderen Patienten gerichtet, die die Szene mitbekommen hatten.

Cornelia wandte sich nicht um. In diesem Augenblick spürte sie eine leichte Berührung an ihrer linken Hand. Ihre Mutter tastete schüchtern nach ihr. Cornelia nahm ihre Hand. Sie konnte sich nicht erinnern, wann sie das das letzte Mal getan hatten. Die Aufzugtüren gingen auf. Hand in Hand betraten sie den Lift und ließen einander erst los, als sie das Erdgeschoss erreicht hatten.

Im Hinausgehen fühlte Cornelia die Vibration ihres Handys, sie zog es mit einem entschuldigenden Blick auf ihre Mutter heraus, die ihr mit einem Nicken zu verstehen gab, dass sie drangehen konnte, als wolle sie den Moment inniger Stille zwischen ihr und ihrer Tochter nicht stören. Das erledigte prompt Sauters dröhnende Stimme:

»Eine weitere Entführung. Reiner ist schon losgefahren, um mit der Frau des Opfers zu sprechen.«

»Ich bin in ein paar Minuten da, Andrea. Wir machen alles genau so, wie wir es besprochen haben. Ruf die Leute zusammen ... Nein, warte einen Moment.«

Sie nahm das Handy vom Ohr und sah ihre Mutter an. Celsa erkannte an Cornelias Miene, dass es sich um etwas Dringendes handelte.

»Geh ruhig, ich nehme die Straßenbahn und dann den Bus.«

»Sicher?«

»Na hör mal, das mache ich doch schon mein halbes Leben!«

Zum Beweis zückte sie ihren Rentnerausweis, dann verabschiedete sie sich mit zwei schmerzenden Küssen. Cornelia konnte nicht umhin, sich elend zu fühlen, als sie sie mit entschlossenem Schritt davongehen sah, die Handtasche fest unter den Arm geklemmt.

Sie wusste, hatte es immer gewusst, dass das, was Celsa in Deutschland hielt, ihr Vater war; war dieser einmal nicht mehr da, würden weder Manuel noch sie Vaterland genug sein, um sie hier zu halten. Ein Teil von ihr verstand das. Aber es schmerzte ihr ganzes Wesen.

Sie drehte sich um und ging mit raschen Schritten zum Parkhaus, während sie mit Sauter sprach.

Montag.

Entführung.

# KRANICH

»Die haben echt Eier«, sagte der größte der drei.

»Und wie«, fügte der Blonde mit den leicht vorstehenden Augen hinzu.

Die dritte, eine Polizistin, deren langes braunes Haar zu einem dicken Zopf geflochten war, wollte die Liste gerade um einen neuen Punkt ergänzen, um nicht hinter ihren Kameraden zurückzustehen: »Wie ein …« , da klappte sie den Mund zu und riss die Augen auf.

»Wie was? Wie ein Stier?«

Die drei jungen Polizeibeamten hatten nicht bemerkt, dass Cornelia soeben den Sitzungsraum betreten hatte. Sämtliche Lorbeeren, die sie sich durch ihr frühes Erscheinen zur Sitzung hatten verdienen wollen, stahlen sich durch die offene Tür davon. Die drei waren noch in der Ausbildung, deshalb hatte Ockenfeld sie einem Fall zugeteilt, bei dem es nur schleppend voranging. Damit sie Geduld lernen, sagte Cornelia zu sich selbst.

»Wollen Sie vielleicht einen Fanclub gründen?«, fügte sie hinzu.

Die Ankunft von Andrea Sauter enthob sie einer Antwort, an der Cornelia sowieso nicht interessiert war. Hinter Andrea kam Reiner, der gerade mit der Ehefrau des Opfers gesprochen hatte. Auch er schloss die Tür nicht, da im Flur Schritte und Worte zu hören waren. Jörg Sonnenberg erschien in Begleitung von Oberkommissar Karl Ragnick von der Kriminaltechnischen Abteilung, der ebenfalls zum Team gestoßen war. Cornelia hatte schon früher mit ihm zusammengearbeitet. Ein wortkarger Mann in den Fünfzigern mit einem dichten blonden Lockenschopf, an dem ihr immer die kleinen, zarten und im

Vergleich zu seinem stämmigen Körper beinahe kindlichen Hände aufgefallen waren, Hände, von denen sie sich vorstellte, wie sie kleine Figuren bemalten, die Bäume und Kühe einer Modellbahn. Sie wusste nicht, ob er Modelleisenbahnen mochte, sie hatte ihn nie danach gefragt. Aber sie wusste, dass er der beste Fachmann für Abhörung und Beschattung war. Wenige Minuten später machte die Ankunft von Juncker und Peschke das Ermittlerteam, das sie zusammengerufen hatte, komplett. Nachdem sie einander kurz begrüßt hatten, nahmen sie rund um den Gruppentisch Platz. Vom Ernst der Lage eingeschüchtert, setzten sich die drei Neulinge in einigem Abstand von den anderen Polizisten dicht nebeneinander.

Die Gesichter ihrer Kollegen waren angespannt; wie Läufer warteten sie auf den Startschuss.

»Wir ihr wisst, haben wir einen neuen Entführungsfall«, sagte Cornelia. »Vor gut einer Stunde hat uns eine Frau angerufen, Sonja Kranich aus Frankfurt, um die Entführung ihres Mannes Richard Kranich zu melden. Reiner hat soeben mit ihr gesprochen.«

Mit einer Handbewegung übergab sie ihm das Wort.

»Sie haben sie gegen halb acht vom Handy ihres Mannes aus angerufen, als sie ihren Sohn zur Schule gebracht hatte und gerade wieder zu Hause war. Eine Männerstimme sagte ihr, sie hätten ihren Mann entführt. Wie die anderen wurde auch sie aufgefordert, alles an Schmuck zusammenzuraffen, was sie im Haus hatte, und in eine Plastiktüte zu stecken. Dazu ihr gesamtes Bargeld und alles, was sie auf der Bank innerhalb kürzester Zeit würde abheben können.«

Genau das hatte Sonja Kranich getan. Dann war sie, den Anweisungen der Entführer folgend, dorthin gegangen, wo die Lösegeldübergabe stattfinden sollte.

»Ihr werdet es nicht glauben. Auf dem Campus der

Universität. Im Westend. Sie haben sie für halb zehn dorthin bestellt.«

»Direkt auf den Campus oder nebenan, in den Grüneburgpark, wie Simone Karentzos?« Sauter hörte auf mitzuschreiben und hob den Bleistift.

»Mitten auf dem Campus. Frau Kranich sollte sich auf die Bank direkt unter der einen Weide setzen, ganz in der Nähe der Becken. Das hatte der Entführer ihr gesagt, und das hat sie dann auch getan. Außerdem hatte er ihr verboten, sich umzudrehen.«

»Hat er dabei wieder seinen Spruch über Lots Weib losgelassen?« Ohne dass Claudia gewusst hätte, warum, fand sie dieses Detail besonders unangenehm, so dreist.

»Ja. Die Frau hat nicht gewagt sich umzudrehen, als jemand zu ihr kam, nach der Tüte griff, den Inhalt überprüfte und ihr sagte, das sei ja wohl ein Dreck. Na ja, er hat nicht ›Dreck‹ gesagt, sondern ›Scheiße‹.«

»Wie viel war denn drin?« Diesmal spielte Sonnenberg an seiner linken Kotelette herum.

»Laut Frau Kranich waren es abgesehen vom Schmuck an die einhunderttausend Euro.«

»Und das soll ein Dreck sein? Das ist mehr als in den vorherigen Fällen. Mal ganz abgesehen vom Schmuck, der sicher auch einiges wert ist.«

»Ein Dreck, wenn man bedenkt, dass wir hier von Richard Kranich reden, einem dicken Fisch im Immobiliengeschäft, Miteigentümer von Ku.K, Kronberg und Kranich.«

Ku.K war eines der bedeutendsten Bauunternehmen Frankfurts und somit auch der ganzen Bundesrepublik. Eine Firma, die unermüdlich neue Bürogebäude errichtete und damit nicht nur das Gesicht, sondern auch das Leben der Stadt prägte. Die Frankfurter leben, als würde ihre Stadt von Göttern beherrscht, die statt mit Blitz, Feuerkugeln oder Sintfluten mit riesigen Legoklötzen spielen, und sind es daher gewöhnt, um Gruben und Bauzäune herumzugehen, Abrissbirnen und Kränen auszuweichen und auf ihrem Weg durch die Stadt unablässig vom betäubenden Lärm von Baggern, Presslufthämmern, Bohrmaschinen, Schweißgeräten und Notstromaggregaten begleitet zu sein. Wer eine Zeitlang nicht durch eine bestimmte Straße gegangen ist, läuft Gefahr, sie beim nächsten Mal nicht wiederzuerkennen; Gebäude sind verschwunden, ohne dass man sich von ihnen hätte verabschieden können, und andere scheinen direkt aus ihren Ruinen erstanden zu sein. In Frankfurt ist es fast unmöglich, sich ein geistiges Bild von der Stadt zu machen; der permanente Wandel der urbanen Landschaft löscht jeden Bezugspunkt komplett aus. Und K u. K waren aktive Stellvertreter dieser Götter der Stadt.

»Stimmt, so gesehen ist es wenig«, gab Sauter zu.

»Für den Entführer auch. Anscheinend hatte er mehr erwartet und war nicht sonderlich begeistert. Also hat er Frau Kranich gesagt, dass er mehr Geld will und dass sie um die Mittagszeit anrufen werden, um ihr zu sagen, wo sie die zweite Rate abliefern soll.«

»Und daraufhin hat sie uns angerufen?«, fiel ihm Sonnenberg ins Wort.

»Ja. Wie es scheint, haben ihr die Entführer das nicht ausdrücklich verboten.«

»Weil ihnen klar ist, dass wir inzwischen von ihrer Existenz wissen«, warf Juncker ein. Alle drehten sich gleichzeitig zu ihm um, eine Bewegung, die Cornelia an Synchronspringer erinnerte.

»Stimmt. Wie viel haben sie gefordert?« Cornelia wollte zurück zu den Neuigkeiten über diese Entführung.

»Eine Million.«

»Eine Million!« Sauter stieß einen bewundernden Pfiff aus. »Sie haben die Preise erhöht.«

»Ihre Beute ist es wert.« Natürlich hatte Juncker mit seiner Bemerkung recht, trotzdem war sie nicht besonders angemessen. »K u. K ist nicht der Kiosk an der Ecke.«

Das war es nicht, und es gab sich auch nicht so, dachte Cornelia. Ein Unternehmen, das die Nachnamen seiner Gründer benutzt, um kaiserlich und königlich zu klingen, zählt Bescheidenheit sicherlich nicht zu seinen grundlegenden Eigenschaften. K u. K, eine Baufirma. Hier schien Cornelia eine mögliche Verbindung zu den anderen beiden Entführungsfällen zu liegen.

»Gehörte vielleicht das Gebäude, aus dem Hagendorf entkommen ist, zu diesem Unternehmen? Jörg, lass das doch rasch mal nachprüfen. Und was noch wichtiger ist: Hast du deine Leute schon losgeschickt?«

»Sie sind unterwegs. Und die Verstärkung wird auch bald eintreffen.«

Wie vereinbart, hatte sie ihn auf dem Weg zum Präsidium angerufen, damit er sofort mit der Suche nach dem Opfer in möglichen Verstecken begann. »Sie dürfen keinen Winkel auslassen: Baucontainer, Aufzüge, Maschinenräume, Büros ... Sag ihnen, sie sollen Augen und Ohren offen halten«, hatte Cornelia ihm eingeschärft.

Nun waren Sonnenbergs Leute bereits unterwegs.

Reiner blickte wieder auf seine Notizen.

»Richard Kranich wurde auf dem Weg zur Arbeit entführt. Ich habe dort angerufen. Er hatte ein wichtiges Meeting, zu dem er nicht erschienen ist.«

Cornelia unterbrach ihn:

»Andrea?«

»Ja. Meine Leute gehen bereits den Weg ab, den Richard Kranich genommen haben muss. Wenn irgendjemand etwas gesehen hat, werden wir ihn finden«, antwortete Sauter.

Cornelia nickte der Oberkommissarin aufmunternd zu,

sowohl für ihre Effizienz wie auch für ihre Zuversicht. Dann bedeutete sie Reiner fortzufahren.

»Wir haben die Handynummer. Der Anruf bei Richard Kranichs Frau ist von seinem Handy aus erfolgt. Wir haben mehrmals dort angerufen, aber natürlich ist niemand rangegangen. Seine Frau hatte es ebenfalls schon vergeblich versucht.«

»Sind wir dabei, das GPS-Signal zu orten?«, fragt einer der jungen Beamten, der mit den hervorstehenden Augen. Die anderen beiden sahen ihn unwillig an.

Am liebsten hätte Cornelia ihn gefragt, ob er sie etwa für Anfänger halte, aber dann besann sie sich auf ihre Pflichten als Ausbilderin und schwieg. Reiner wechselte einen wohlwollenden Blick mit ihr, dann sagte er:

»Ja. Es gibt kein Signal. Sie haben das Handy entweder ausgeschaltet oder zerstört.«

Cornelia wollte sich so schnell wie möglich vergewissern, dass alles seinen Gang ging, und so kam sie gleich zum nächsten Punkt. Sie hatte alles so vorbereitet, dass sie unverzüglich in Aktion treten konnten.

»Ein Kommando für Geiselbefreiungen steht schon zum Einsatz bereit.«

Die Gier der Entführer war ihre Chance. Sie hatten ihre Vorgehensweise geändert, und so würde es einen zweiten Anruf mit neuen Anweisungen geben, eine zweite Geldübergabe. Bei den vorhergehenden Entführungen waren die vier Phasen – Entführung, Anruf, Geldübergabe, Befreiung – innerhalb weniger Stunden erfolgt.

»Aber weil das Opfer diesmal ein anderes Kaliber hat, gibt es eine weitere Phase. Sie nähern sich den klassischen Entführungen an«, schloss sie.

»Das kann man nicht mehr Expressentführung nennen, sie lassen sich viel mehr Zeit«, bemerkte Reiner.

»Genau. Aber wir haben wenig Zeit, am Mittag werden sie wieder anrufen, um Anweisungen für die neue Geldübergabe zu erteilen.« Sie sagte es nicht, um seiner Bemerkung auszuweichen, sondern weil sie es eilig hatte, alle Hebel in Bewegung zu setzen und zur nächsten Phase überzugehen. »Doktor Peschke, der das Verhalten der Entführer anhand der Zeugenaussagen analysiert hat, wird uns helfen, Frau Kranich auf den Aufruf vorzubereiten, sodass sie weiß, was sie während des Telefonats sagen muss, eine Art Drehbuch für die Verhandlungen.«

»Verhandlungen?«, fragte der größte der jungen Beamten.

Nur mit Mühe gelang es Cornelia, nicht ungeduldig aufzufahren. Hatte sie nicht eben gerade klargemacht, dass ihnen die Zeit davonlief? Die Lehrstunde für die Neulinge musste warten. Aber anscheinend fühlte sich Peschke eher zum Ausbilder berufen als sie und hatte beschlossen, sein Schweigen zu brechen.

»Ja, im Grunde genommen handelt es sich um eine Verhandlung, auch wenn es so aussieht, als hätte eine der beiden Parteien keine Wahl«, erklärte er im schleppenden Tonfall eines Dozenten.

»Ist das Telefon schon angezapft?«, wandte sich Cornelia an Oberkommissar Ragnick, bevor Peschke fortfahren konnte.

»Ist erledigt. Ich habe auch schon den Sprachanalysten Thomas Edelstein vom Bundeskriminalamt in Wiesbaden informiert, damit er mithört. Sobald die Entführer sich melden, sind wir bereit, den Anruf zurückzuverfolgen.«

»Um wie viel Uhr würden sie anrufen, haben sie gesagt?«, fragte die Beamtin mit dem Zopf. Die wollte sich auch ihre Meriten verdienen, dachte Cornelia.

»Um Mittag.«

»Deutscher Mittag oder spanischer Mittag?«, fragte die Frau und lächelte sie an.

»Soviel ich weiß, ist Mittag immer um zwölf Uhr.« Die Miene der jungen Polizistin gefror zu einer Mischung aus Verblüffung und Scham.

Die Mittagszeit würde jedenfalls nicht verschoben werden, und allmählich wurde es knapp.

»Sie«, wandte Cornelia sich an die beiden jungen Männer, die sich beide gleichzeitig in ihren Stühlen aufrichteten, sodass ihre Hemden sich über die Oberkörper spannten, »werden sich an der Suche nach dem Wagen des Opfers beteiligen.«

Im Aufstehen verteilte sie noch die letzten Aufgaben, dann raffte sie ihre Papiere zusammen und machte sich bereit zum Aufbruch. Wäre diese Entführung genauso verlaufen wie die vorhergehenden, wäre sie im Präsidium geblieben, um alle Aktionen zu koordinieren, aber nun wollte sie bei den Kranichs sein, wenn der zweite Anruf erfolgte.

Stattdessen beschloss sie, Juncker im Präsidium zu lassen und mit der Koordination zu betrauen. Vom Rang und seiner Erfahrung her war er der geeignetste für diese Aufgabe.

»Ich würde lieber mit euch kommen«, antwortete er auf ihren Befehl, der vielleicht zu sehr nach einem Vorschlag geklungen hatte.

Sauter, die gerade dabei war, den Raum zu verlassen, drehte sich zu ihr um. Ihre Augen leuchteten wie die des zweiten Soprans, der seine Chance gekommen sieht. Sie würde sie ihr nicht verweigern.

»Wenn es etwas Wichtiges gibt, Andrea, und mit wichtig meine ich wichtig, informierst du Reiner. Ich will mich auf den Anruf konzentrieren.« Cornelia ging zur Tür. »Kommen Sie mit, Doktor Peschke. Das Gespräch mit Frau Kranich müssen wir wohl während der Fahrt vorbereiten.«

## GEMEINSAME FEINDE

Sie fuhren in zwei Autos zu den Kranichs, für den Fall, dass sie sich später trennen mussten. In einem saß sie mit Peschke, im anderen Reiner und Juncker. Als sie an einer Ampel hielten, bemerkte sie auf der Gegenspur die finstere Miene einer Autofahrerin, die sie an den Gesichtsausdruck der jungen Polizistin erinnerte, als diese die Sitzung verlassen hatte. Unwillkürlich musste sie seufzen bei dem Gedanken, dass sie sowohl alt als auch hochgestellt genug war, um von jungen Kollegen gehasst zu werden, und tröstete sich damit, dass ein gemeinsamer Feind wichtig für den Zusammenhalt in einer Gruppe war. Außerdem nahm sie sich vor, sich irgendwann zu merken, welcher der Namen, die sie auf der Anwesenheitsliste der Sitzung gelesen hatte – Krökel, Wenzel und Teutsch –, zu welchem der drei jungen Kollegen gehörte. Später.

Neben ihr legte sich Markus Peschke in Gedanken die Anweisungen zurecht, mit denen er Sonja Kranich auf den bevorstehenden Anruf der Entführer vorbereiten wollte. Wie sehr fürchtete Cornelia diese Momente, in denen ein falsches Wort schwerwiegende Folgen haben und die Arbeit von Monaten, vielleicht sogar ein Leben kosten konnte. Ein »vielleicht«, wo es keine Hoffnung gibt, ein »kann sein«, wenn klare Befehle erforderlich sind, eine Verneinung zur falschen Zeit. Peschke war Fachmann für Verhandlungen. Sie hatte seinen Lebenslauf gelesen. Er hatte viele Erfolge zu verbuchen, aber zwei Mal war er auch gescheitert. In einem Fall hatte es nicht an ihm gelegen. Während der Verhandlung mit einem Mann, der sich mit einem Messer in einer Drogerie verschanzt hatte und die Kassiererin bedrohte, hatte ein Polizist die Nerven verloren und den Angreifer genau in dem Augenblick schwer verletzt, in dem dieser die Tür öffnete, um die Geisel freizulassen. Der andere Fall hingegen war eindeutig auf Peschkes Versagen zurückzuführen, oder zumindest erschien es ihr so. Peschke war an dem Versuch beteiligt gewesen, einen Mann unter Kontrolle zu bringen, der die Trennung seiner Frau nicht akzeptieren wollte und in ihre Wohnung eingedrungen war, während sie einkaufen war. Trotz des Eingreifens der Polizei und des Psychologen hatte er seinen drei kleinen Kindern die Kehle durchgeschnitten. Peschke hatte ihn davon abhalten können, Selbstmord zu begehen. »Weil das mein Job war. Meinetwegen hätte er sich ruhig umbringen können«, hatte er laut einem vertraulichen Protokoll ausgesagt. Er hatte also seinen Job getan. Er war Profi, und genau so jemanden brauchte sie in diesem Fall an ihrer Seite. Profis. Die besten.

Sie warf einen Blick in den Rückspiegel, um sich zu vergewissern, dass Reine und Juncker immer noch hinter ihnen waren. Peschke sah sie an.

»Ich bin ganz Ohr, Doktor Peschke.«

* * *

Familie Kranich bewohnte eine dreistöckige Villa in der Kennedyallee in einem der vornehmsten Viertel Frankfurts auf der anderen Mainseite. Das Haus lag inmitten eines sorgfältig gepflegten Gartens, der von einem hohen Metallzaun umgeben war. Dieser wiederum lag hinter einer Hecke, die die abweisende Brutalität der Eisenspitzen wenn nicht verbarg, so doch abschwächte. Es gab mehrere Überwachungskameras, Bewegungsmelder und eine Alarmanlage, die, wie auf einem Schild zu lesen stand, direkt mit der Polizei verbunden war.

Sonja Kranich höchstpersönlich öffnete ihnen die Tür. Sie war hoch gewachsen, und ihre schlanke Gestalt wurde durch ihre langen Gliedmaßen noch betont. Ihre helle Leinenhose war perfekt gebügelt, und sie trug eine orangefarbene Bluse mit Blümchenmuster. An diesem Morgen hatte sie sich frühlingshaft gekleidet. Nun rang sie um Fassung. Man sah ihr an, dass sie geweint hatte, ihre grünen Augen waren gerötet, und aus einem Blusenärmel ragte die Spitze eines Papiertaschentuchs hervor, das sie vielleicht in einer altmodischen Geste dort verborgen hatte, als sie die Klingel hörte, da ihre Hose wie so viele weibliche Kleidungsstücke keine Taschen hatte.

»Ich habe der Putzfrau frei gegeben, damit sie nicht mitbekommt, was passiert ist.«

Cornelia glaubte, einen leicht ostdeutschen Akzent herauszuhören, vielleicht sächsisch. Noch bevor sie Zeit hatte, diese kluge Maßnahme zu loben, sah Sonja Kranich sich genötigt hinzuzufügen:

»Bezahlt natürlich.«

Sie sprach an Reiner gewandt, mit dem sie eine gute Stunde zuvor geredet hatte. Während sie in den weitläufigen Flur traten, stellte er ihr Cornelia und die anderen vor. Sie beschränkte sich auf ein Kopfnicken bei jedem Namen.

Cornelia fielen die Schuhe auf, die in einem Schuhregal standen. Schwarz glänzende Männerschuhe, daneben zierliche Frauenschuhe. Im untersten Fach Kinderhausschuhe in Form eines Häschens mit langen rosafarbenen Ohren und ein Paar kleine Fußballstiefel. Sie musste unwillkürlich an die Geschichte von den drei Bären denken.

Nachdem sie einander vorgestellt worden waren, drehte Sonja Kranich sich um und führte sie ins Haus. Aus ihrer Frisur, die am Morgen zweifellos ein ordentlicher, von einem türkisfarbenen Samtband zusammengehaltener Dutt gewesen war, lösten sich nun blonde Strähnen.

Durch eine doppelflügelige Schiebetür aus dunklem Holz – Edelholz, wie Cornelia vermutete – gelangten sie in ein großes Wohnzimmer. In der Mitte des Raums bildeten zwei einander gegenüberstehende Sofas und zwei Sessel eine gepolsterte Festung rund um einen Perserteppich, auf dem, in scheinbarer Nachlässigkeit schräg gestellt, ein Glastisch stand. Das Licht fiel durch große Fenster herein, die auf den Garten hinausgingen. Reiner ließ seinen Blick durch den Raum schweifen.

»Wo sind denn die beiden Beamten, die ich bei Ihnen gelassen habe?«, fragte er.

»Ich habe sie gebeten zu gehen. Ich wollte ein paar Minuten allein sein.«

Cornelia konnte sich vorstellen, dass sie diese Zeit gebraucht hatte, um völlig allein im Haus zu sein, sich vor niemandem zusammennehmen zu müssen, ihrer Angst, ihrer Wut und ihrer Verzweiflung freien Lauf lassen zu können. Ohne Zeugen. Sie jedenfalls hätte genau das gemacht. Geschrien, geflucht, geweint, getrampelt, geheult, ganz allein. Und sich dann so gut es ging zusammengerissen, bevor die Polizei eintraf.

Sonja Kranich bot ihnen Platz an. Cornelia bat sie, die Ereignisse zu rekapitulieren, bevor sie über den Anruf sprechen würden. Sie wollte sie noch einmal die Geschichte erzählen lassen, in der Hoffnung, dass sich im Sieb der Wiederholung das Goldkörnchen verfing, das vergessene, aber entscheidende Detail. Trotz ihrer Nervosität war Frau Kranich konzentriert; sie wandte sich vor allem an Reiner, suchte aber immer stärker Cornelias Blick, die neben dem Oberkommissar ihr gegenübersaß.

»Sie haben gesagt, sie würden am Mittag wieder anrufen«, schloss sie. »Damit haben sie doch wohl zwölf Uhr gemeint, oder? Warum haben sie keine genauere Zeitangabe gemacht?«

Die gleiche Frage, die gleiche Antwort, aber in einem völlig anderen Tonfall.

»Bestimmt haben sie zwölf Uhr gemeint. Wir werden bereit sein.«

Cornelia sah auf die Uhr an ihrem rechten Handgelenk. Halb zwölf.

»Der Mann auf dem Campus hat Ihnen gesagt, dass sie eine Million wollten, aber nicht näher ausgeführt, wie?«

»Nein. ›Anweisungen erfolgen am Mittag‹, hat er gesagt. Dann hat er die Tüte genommen und ist schnell weggegangen.«

»Und Sie haben ihn nicht gesehen?«

Sonja Kranich schüttelte den Kopf.

»Er hat mir gesagt, ich solle mich nicht umdrehen und bis hundert zählen, ohne mich zu rühren. Also habe ich bis hundert gezählt, aber danach habe ich mich auch nicht umgedreht. Außerdem war alles voller Leute. Während ich gezählt habe, habe ich beschlossen, bei Ihnen anzurufen. Sie hatten mir gesagt, dass sie meinen Mann freilassen würden, wenn ich ihnen Geld und Schmuck geben würde, aber sie haben sich nicht daran gehalten und ...«

»Da haben Sie befürchtet, dass sie Sie wieder und wieder erpressen würden«, ergänzte Peschke.

»Genau. Aber jetzt bin ich mir nicht mehr sicher, ob das richtig war. Was, wenn sie wütend werden? Dann werden sie Richard etwas antun.«

»Machen Sie sich keine Sorgen. Ihm wird nichts geschehen. Alles wird gut«, versicherte ihr Cornelia.

Diesmal würde sie alles richtig machen. Sie wünschte sich nichts sehnlicher, als alles richtig zu machen. Sonja Kranich hörte das wohl in ihrer Stimme, sah es an ihrem Blick, ihrer Miene. Für sie gab es nichts Wichtigeres, als alles richtig zu machen. Und Sonja Kranich glaubte ihr. Sie lächelten einander ermutigend zu, und von diesem

Augenblick an wandte Sonja Kranich sich nur noch an sie.

Als Peschke, der auf dem Sofa rechts von ihr saß, anfing zu erklären, wie sie bei dem Gespräch reagieren sollte, hörte sie aufmerksam zu, aber ab und zu suchte ihr Blick den Cornelias.

»Es ist wichtig, Frau Kranich, dass wir unsererseits ebenfalls Bedingungen stellen«, erklärte Peschke mit ruhiger Stimme. »Bitte entschuldigen Sie, wenn das jetzt unsensibel klingt, aber das Ganze ist ein Handel, und bei jedem Handel muss man auch fordern und nicht nur akzeptieren. Bisher haben Sie alles getan, was von Ihnen verlangt wurde, die anderen haben sich nicht an die Abmachung gehalten, und deshalb …«

»Aber wir reden hier von meinem Mann und nicht vom Feilschen auf einem türkischen Basar«, unterbrach ihn Sonja Kranich. »Es geht um das Leben meines Mannes.«

»Natürlich. Und das Wichtigste ist, ihn so schnell wie möglich wohlbehalten zurückzubekommen.«

»Alles, was wir tun, hat das zum Ziel«, fügte Cornelia hinzu und sah ihr in die Augen. »Das ist unsere absolute Priorität.«

Sie bemerkte, wie Juncker auf dem anderen Sofa, links von Sonja Kranich, Luft holte, um etwas einzuwenden. Was auch immer er sagen wollte, dass es auch darum ging, die Entführer zu fassen oder das Lösegeld wieder zurückzubekommen, Cornelia wollte es nicht hören und wollte auch nicht, dass Frau Kranich es hörte. Also stoppte sie ihn mit einer verstohlenen Handbewegung.

»Deshalb rate ich Ihnen zu tun, was Doktor Peschke sagt, um den Entführern gegenüber eine stärkere Position zu haben.«

»Und das ist gut? Werden sie mir am Ende meinen Mann zurückgeben?«

»Wir gewinnen dadurch Sicherheit für ihn«, sagte Peschke. »Wir brauchen eine stärkere Position, um sicherzustellen, dass die Entführer dieses Mal ihren Teil der Abmachung einhalten und nach der Geldübergabe Ihren Mann sofort freilassen. Wir wollen ja nicht, dass sie das Geld nehmen und dann, anstatt Ihren Mann freizulassen, mehr und mehr fordern, nicht wahr?«

Sonja Kranich schüttelte den Kopf.

Oder ihm etwas antun, dachte Cornelia. Sie verdrängte den Gedanken sofort, weil sie befürchtete, ihr Gegenüber könne den Zweifel in ihren Augen lesen.

Juncker rutschte unruhig auf dem Sofa hin und her, schwieg aber. Niemals durften Entscheidungen vor den Opfern diskutiert werden.

»Bitten Sie darum, mit ihm sprechen zu dürfen«, sagte Cornelia.

»Ja, ja.«

»Ich weiß, dass ich Ihnen das nicht zu sagen brauche, weil es sich von selbst versteht, aber fragen Sie zuerst, wie es ihm geht, und bitten Sie dann, Ihnen zu erlauben, mit ihm zu sprechen.«

Wieder sah sie auf die Uhr. Nur noch zehn Minuten bis zum Anruf. Cornelia rief bei den Technikern an.

»Alles bereit«, sagten die.

»Alles bereit«, wiederholte Cornelia Juncker und Peschke gegenüber.

Sie hängten sich die Kopfhörer um den Hals, mit denen sie das Gespräch würden verfolgen können.

Sonja Kranich sprang auf.

»Ich muss mal eben …«

»Klar, klar.«

Kaum hatte die Frau das Wohnzimmer verlassen, fuhr Juncker sie an.

»Seid ihr übergeschnappt?«, zischte er. »Wie könnt ihr

ihr sagen, dass sie von den Entführern etwas fordern soll?«

»Weil wir die Sicherheit von Kranich gewährleisten wollen.«

»Es ist erwiesen, dass ...«, begann Peschke, doch Juncker beachtete ihn gar nicht.

»Wie kommst du darauf, dass eine Forderung seine Sicherheit gewährleisten könnte?«, fragte er Cornelia.

»Sie gewährleistet sie nicht, bei Entführungen gibt es keine Garantie, aber eben deshalb muss man das tun. Dieses Mal haben die Entführer ihren Teil der Abmachung nicht erfüllt. Sie verlangt nichts, was sie nicht gewähren könnten.«

»Warum habt ihr das in der Sitzung nicht besprochen? Was soll diese Geheimniskrämerei?«

»Wie kommst du denn jetzt auf Geheimniskrämerei? Wir hatten einfach keine Zeit.«

»Hattet ihr keine Zeit, oder wolltest du keinen Widerspruch?«

»Hör auf mit dem Blödsinn, Sven. Hast du eine bessere Idee? Eine klare Strategie? Bist du Fachmann für Entführungen? Seit wann?«

Sie hatten die Köpfe zusammengesteckt, um nicht die Stimmen zu erheben. Sonja Kranich konnte jeden Augenblick zurück sein.

Reiner fand die richtigen Worte, um den Streit zu beenden.

»Es ist gleich so weit. Jetzt wird der Plan nicht mehr geändert.«

Die beiden fuhren auseinander.

Kurz darauf kam Sonja Kranich herein und setzte sich auf den gleichen Platz wie zuvor.

Sie warteten schweigend.

Um Punkt zwölf klingelte das Telefon, und das Abhörgerät sprang an. Sie setzten sich die Kopfhörer auf. Beim dritten Klingeln erlaubten sie Sonja Kranich abzunehmen. Es gelang ihr kaum, ein »Hallo« zu stammeln.

»Mit wem spreche ich?«, fragte eine Männerstimme.

»Sonja Kranich.«

»So gefällt es mir. Guten Tag, Frau Kranich«, fuhr der Mann fort. »Offenbar hat es ein bisschen gedauert, bis die Polizei den Playknopf am Aufnahmegerät gefunden hat.«

Sonja Kranich sah sie mit schreckgeweiteten Augen an und hätte beinahe den Hörer fallen lassen. Mit einer Handbewegung forderte Cornelia sie auf, etwas zu sagen.

»Ich weiß nicht, wovon Sie reden«, sagte Frau Kranich so wenig überzeugend, dass der Entführer offenbar keine Lust hatte, weiter auf dem Thema zu beharren.

»Selbstverständlich. Aber das ist jetzt völlig nebensächlich. Wichtig ist, dass wir beide uns verstehen. Sie wissen, was wir wollen, nicht wahr?«

Er sprach zweifellos mit spanischem Akzent.

»Ja.«

»Haben Sie sie?«

»Noch nicht.«

Stille. Nach einer auffordernden Geste von Peschke ergriff sie die Initiative.

»Ich will mit meinem Mann sprechen.«

»Wie kommt es, dass Sie sie noch nicht haben?«

»Ich kann eine solche Summe nicht in so kurzer Zeit auftreiben, und ich will mit meinem Mann sprechen.«

»Die Bedingungen stellen wir, Frau Kranich.«

»Ich kann das Geld besorgen, das verspreche ich Ihnen«, fuhr sie fort.

»Gut. Denn wir wollen doch keine Probleme, nicht wahr?«

»Nein. Aber ich brauche mehr Zeit.«

Stille.

»Kann ich mit meinem Mann sprechen?«

Stille.

»Kann ich mit meinem Mann sprechen?«

Cornelia lauschte aufmerksam. Im Hintergrund glaubte sie eine befehlende Stimme zu hören. Sie verstand nicht, was sie sagte, aber sie schien dem Sprecher Anweisungen zu erteilen.

»Geht es ihm gut?«, fragte Sonja Kranich wieder.

»Ja. Er ist an einem sicheren Ort, deshalb kann er nicht ans Telefon gehen. Und das Lösegeld werden Sie dahin bringen, wo wir sagen und wenn wir es sagen. Haben Sie mich verstanden?«

Mit einem Kopfnicken gab Cornelia ihr zu verstehen, dass sie auf ihrer Forderung beharren solle.

»Ich will mit ihm reden.« Ihre Stimme zitterte, als sie sagte: »Das ist meine Bedingung.«

Am anderen Ende der Leitung war Stimmengewirr zu hören.

»Und ich sage Ihnen, dass wir diejenigen sind, die die Bedingungen stellen«, schrie der Mann.

Dann hängte er auf.

# LAUT

Sonja Kranich blieb ein paar Sekunden lang reglos sitzen, das Telefon noch am Ohr. Dann legte sie es sehr, sehr vorsichtig auf den Tisch, als fürchtete sie, es könnte bei einer heftigen Bewegung explodieren, und sah Cornelia an. Diese war wie versteinert, und auch Reiner und Peschke rührten sich nicht. Juncker hingegen sprang aus seinem Sessel auf.

»Nein, nein, nein.«

Er begann, das Wohnzimmer mit immer schnelleren Schritten zu durchmessen. Seine Hände waren zu Fäusten geballt und die Adern an seinem Hals angeschwollen, als er plötzlich stehen blieb und Cornelia anschrie: »Was fällt euch ein?«

Peschke öffnete den Mund, vielleicht um zu einer Rechtfertigung anzusetzen, aber Cornelia kam ihm zuvor:

»Kein Wort mehr, Sven.«

»Aber ...«

Cornelia tat etwas, was sie sich sonst nur äußerst selten gestattete: Sie wurde laut.

»Sei still, habe ich gesagt!« Ihre von Natur aus tiefe und etwas heisere Stimme, die, wenn sie wütend war, noch tiefer und heiserer wurde, erreichte eine Schärfe, die keiner der Anwesenden an ihr kannte. »Ich dulde keine Diskussionen.« Dann fügte sie in ihrem normalen Tonfall hinzu: »Wir haben ein Protokoll, und das werden wir befolgen.«

Sie hatte das Wort »Protokoll« gewählt, weil »Plan« nach Abenteuerroman klang, weil man bei einem Plan improvisieren konnte, bei einem Protokoll hingegen nicht.

»Was haben wir getan?« Sonja Kranich suchte Cornelias Blick. »Was habe ich getan?« Sie ließ sich auf dem Sofa nach hinten fallen und brach in Tränen aus.

Juncker deutete auf sie, warf Cornelia einen wütenden Blick zu, dann drehte er sich um. Er verließ das Wohnzimmer und, dem darauffolgenden Türenknallen nach zu schließen, auch das Haus.

Und Peschke? Warum rührte Peschke sich nicht? Warum kümmerte er sich nicht um Sonja Kranich? Er musste sie ja nicht in den Arm nehmen, wenn ihm das nicht lag, aber wenigstens konnte er mit ihr reden. Wenn einem Psychologen die Worte fehlen, was bleibt ihm dann noch? Cornelia sah ihn an und bemerkte, dass er auf irgendetwas zwischen seinen Schuhen zu starren schien, das nur er sehen konnte – wie man es zu tun pflegt, wenn man sich ganz und gar machtlos fühlt.

Also ging sie zu Sonja Kranich und kauerte neben ihr nieder, um ihr beim Sprechen in die Augen sehen zu können.

»Sie werden wieder anrufen.«

Die Frau nickte. Die Kopfbewegung war ein schwacher Widerhall der Überzeugung, die Cornelia in ihre Worte gelegt hatte.

Sie setzte sich neben sie. Sonja Kranichs Atem ging doppelt so schnell wie der ihre.

»Werden sie?«

»Ich verspreche es Ihnen.«

»Und wenn sie ... wenn sie nicht wieder anrufen?«

»Sie werden anrufen.«

Wie ein Roboter, bei dem jemand den Einschaltknopf gedrückt hatte, erhob sich Peschke aus seinem Sessel. Das Ding zwischen seinen Füßen war wieder in der Erde versunken, das spitze Kinn des Psychologen war wieder zu sehen. Er ging um den Tisch herum zu ihnen.

»Frau Kranich, es wird Ihnen guttun, ein paar Schritte zu gehen. Kommen Sie mit mir in die Küche und trinken Sie ein Glas Wasser.«

Sie sah ihn verwundert an, als fragte sie sich, wer dieser Mann war und was er in ihrem Haus zu suchen hatte.

»Tun Sie, was Doktor Peschke Ihnen sagt«, mahnte Cornelia.

Sonja Kranich stand auf, nicht besonders überzeugt, und ließ sich hinausführen.

Als die Türklingel schrillte, schraken alle zusammen. Das war sicher Juncker, der wieder herein wollte. Reiner wollte aufstehen, doch Cornelia gab ihm mit einer Handbewegung zu verstehen, dass sie die Tür aufmachen würde.

Es hätte sie nicht überrascht, ihn mit Schaum vor dem Mund vor der Tür stehen zu sehen, aber ihr blickten nur zwei vor Zorn dunkle Augen entgegen; das metallische Blau war zu zwei schwarzen Steinen geworden, die sich in sie bohrten. Sie wollte den Blick nicht abwenden, wollte nicht, dass er ihre Angst bemerkte, nicht vor ihm, sondern vor den Folgen ihres Tuns. In diesem Augenblick konnte sie es sich nicht erlauben, Angst zu haben.

»Hast du dich ein wenig beruhigt, Sven?«

Der Kommissar grunzte bloß.

»Ich will auch nicht die allerkleinste Bemerkung von dir hören.« Sie strafte sich in der Erwartung, ihn wieder wegzuschicken, wenn er es wagen sollte, ihr jetzt zu widersprechen. »Verstanden?«

Juncker machte Anstalten, das Haus zu betreten, aber sie versperrte ihm mit dem Arm den Weg.

»Ob du verstanden hast?«

»Ja.«

Sie drehte sich um und ging den Flur entlang bis ins Wohnzimmer.

Sonja Kranich und Peschke saßen wieder dort, wo sie zuvor gesessen hatten.

»Sie werden anrufen«, sagte Sonja Kranich, als sie sie sah.

»Das werden sie«, entgegnete Cornelia und setzte sich neben sie.

Sie war sich sicher und ließ nicht zu, dass die nächste Minute des Wartens ihre Gewissheit erschütterte. Auch den folgenden Minuten gelang das nicht. Aber nachdem sie fünf Minuten lang das stumme Telefon angestarrt hatten, musste sie aufstehen, um zu verhindern, dass sich vor Anspannung ihre Beine verkrampften.

Reiner stand neben Juncker, bereit, auf jede plötzliche Bewegung seines Kollegen zu reagieren. Aber der Kommissar hatte die Hände in den Hosentaschen vergraben und starrte auf den Boden, an ein Bücherregal gelehnt, dessen wenige Bücher scheinbar nur als Dekoration für die anderen Gegenstände dienten, die es füllten: gerahmte Fotos und kleine Skulpturen.

»Sie werden anrufen«, wiederholte Cornelia leise und trat ans Fenster.

Einer der drei Männer hinter ihr holte tief Luft, um etwas zu sagen. Wer auch immer es war, er hatte keine Gelegenheit, auch nur ein einziges Wort hervorzubringen, denn das Klingeln des Telefons unterbrach ihn.

Sonja Kranich wich ängstlich von dem Gerät zurück. Reiner durchmaß den Raum mit langen Schritten, griff danach und hielt es ihr hin. Das Gesicht des Oberkommissars war starr wie das einer Maorifigur. Auch Juncker und sie kamen näher und setzten die Kopfhörer wieder auf.

»Ja?«

»Frau Kranich?«

Es war die gleiche Stimme wie zuvor.

»Ja?«

»Sie müssen Ihren Namen nennen, wenn Sie abnehmen.« Der Mann sprach langsam. Diese einstudierte Langsamkeit gefiel ihr ganz und gar nicht, sagte sich Cornelia, und noch weniger die Pause, die darauf folgte.

»Hallo?«, stammelte Sonja Kranich.

»Sagen Sie Ihren Namen. Es muss alles seine Ordnung haben.«

»Ja.«

»Sagen Sie ihn.«

»Sonja Kranich.«

»Gut. Dann hören Sie jetzt zu und wagen Sie es nicht, mich auch nur einmal zu unterbrechen.«

»Ja.«

»Was habe ich Ihnen gerade gesagt? Ich will nicht unterbrochen werden!«

Sonja Kranich war drauf und dran, wieder Ja zu sagen. Cornelias auf die Lippen gelegter Finger hinderte sie gerade noch rechtzeitig daran.

»Morgen bringen Sie uns gefälligst das Geld, und weil Sie uns auf den Sack gegangen sind, schlagen wir Zinsen drauf: anderthalb Millionen.«

Sonja Kranich stieß einen jammervollen Laut aus, aber offensichtlich betrachtete der Entführer das nicht als Unterbrechung. Sie wandte ihnen den Rücken zu, um sich ganz auf das Gespräch zu konzentrieren.

»Wohin Sie das Geld bringen sollen, werden wir Ihnen morgen sagen. Wir werden um die gleiche Uhrzeit wieder anrufen. Da Sie das sicherlich aus vielen Filmen kennen, könnten Sie auf die Idee kommen, es müssten kleine Scheine sein. Machen Sie sich keine Mühe, es dürfen ruhig große Scheine sein, das ist sogar besser, denn die nehmen weniger Platz weg. Sollte es der Polizei allerdings einfallen, sie zu markieren, können Sie sicher sein, dass wir das gleiche mit Ihrem Mann machen werden.«

Cornelia wollte zu ihr hingehen, sie an die Forderung erinnern, aber Reiner verstellte ihr den Weg und packte sie bei den Schultern.

»Lass mich«, wisperte sie ihm zu.

»Willst du, dass sie wieder auflegen?« Aber er ließ sie los.

Sie würden sich vor den anderen kein Gerangel liefern. Sie gab nach, weil sie sah, dass Peschke der gleichen Meinung war wie ihr Kollege. Juncker sah sie nicht einmal an.

»Morgen um die gleiche Uhrzeit. Anderthalb Millionen. Haben Sie mich verstanden?«

Sonja Kranich wagte es nicht, auch nur einen Laut von sich zu geben.

»Jetzt dürfen Sie reden. Haben Sie mich verstanden?«

»Ja.«

Der Mann legte auf.

## LEISE

Man kann auf vielerlei Weise schweigen. In Junckers Schweigen schwang Ungläubigkeit mit. Peschke war noch immer in seiner Unfähigkeit gefangen, ein einziges Wort hervorzubringen. Reiner dienten seine Augen als Ventil, ihm genügte ein triumphierender Blick hin zu Juncker. Und sie? Sie spürte Sonja Kranichs Schweigen wie ein Dirigent, der gerade eben die Arme hat sinken lassen und nicht weiß, was aus dem dunklen Saal hinter ihm erklingen wird, Applaus oder Buhrufe. Sie würde sich schon mit einem schwachen Applaus zufriedengeben, mehr brauchte sie nicht.

»Sie haben wieder angerufen«, murmelte Sonja Kranich. Tränen liefen ihr über die Wangen, und ihre Mundwinkel hoben und senkten sich bei dem Versuch, im Weinen zu lächeln.

»Ein gutes Zeichen«, bemerkte Peschke.

Sonja Kranich stand vom Sofa auf und ging auf Cornelia zu.

»Das ist gut, oder? Das ist doch das, was wir wollten, nicht wahr?«

»Ja. Sie haben das sehr gut gemacht.«

Instinktiv legte sie ihr eine Hand auf die Schulter. Als sie die Berührung spürte, trat die Frau noch näher auf sie zu und fiel ihr um den Hals.

»Danke.«

»Freuen wir uns nicht zu früh.«

Junckers Stimme drängte sich zwischen sie wie ein Keil. Beide drehten sich zu ihm um, einander immer noch an den Unterarmen haltend. Sonja Kranich starrte ihn wütend an.

»Es ist gut gelaufen.«

Der Satz klang verdächtig nach einer Frage, und Cornelia beeilte sich, das Fragezeichen zu löschen.

»Sehr gut. Wir sind auf dem richtigen Weg. Und jetzt müssen wir uns auf morgen vorbereiten. Wir«, sie warf Juncker einen raschen Blick zu, »treffen uns im Präsidium, um alles Weitere zu planen. Ihre Aufgabe wird es sein, Frau Kranich, das Lösegeld aufzutreiben.«

Sonja Kranich wich ihrem Blick aus.

»Gibt es ein Problem?«

»Dürfte ich Sie einen Augenblick alleine sprechen, Frau Weber?«

»Wenn es um etwas geht, das die Entführung Ihres Mannes betrifft, müssen meine Kollegen es ebenfalls wissen.«

»Sie können es ihnen hinterher erzählen.«

Sie gingen hinaus. Sonja Kranich führte sie in ein Zimmer im Erdgeschoss, das vermutlich das Büro ihres Mannes war. Ein luxuriöser Schreibtisch, Regale mit Ordnern an einer Wand, die andere bis unter die Decke mit gerahmten Fotos von Gebäuden bedeckt.

»Mein Mann nennt sie ›meine gesammelten Werke‹.« Sonja Kranichs Stimme brach.

Cornelia wartete, bis sie sich gefasst hatte, dann fragte sie:

»Was wollten Sie mir sagen?«

»Ich weiß nicht, ob ich die verlangte Summe innerhalb eines Tages auftreiben kann.«

Unwillkürlich sah sich Cornelia in dem Raum um, in dem sie sich befanden. Sonja Kranich verstand, was ihr durch den Kopf ging.

»Wir sind zurzeit ein kleines bisschen klamm. Was, wenn ich es nicht schaffe?«

»Es gibt staatliche Hilfen ...«

»Nicht nötig, nicht nötig.« Sonja Kranich wedelte abwehrend mit den Händen und schüttelte gleichzeitig den Kopf. »Ich kann das Geld auftreiben, es ist vor allem ein zeitliches Problem. Die Banken machen einem manchmal Schwierigkeiten.«

»Dann müssen wir verhandeln.«

In dem Blick, mit dem die Frau sie bedachte, lag so viel Vertrauen, dass sie sich zusammenreißen musste, um sich nicht anmerken zu lassen, welche Last sie sich selbst mit dem verdammten Plural auferlegt hatte.

»Wenn Sie wollen, kann ich einen Beamten bitten, Sie zu den Verhandlungen zu begleiten. Sie müssen es nicht alleine machen.«

»Ich werde den Rechtsanwalt meines Mannes bitten, alles in die Wege zu leiten.«

* * *

Sie kehrten ins Wohnzimmer zurück.

Sonja Kranich lehnte die Beruhigungstabletten ab, die Peschke ihr zum Abschied anbot.

»Ich möchte einen klaren Kopf behalten.«

Sie begann, mit der flachen Hand auf das Kissen zu klopfen, auf dem sie saß, dann tastete sie das ganze Sofa und den Tisch mit nervösen, immer schnelleren Schlägen ab, bis sie das schnurlose Telefon fand, das zwischen zwei Kissen versteckt lag. Sachte hob sie es auf, fast als wolle sie sich bei ihm dafür entschuldigen, dass sie es aus den Augen verloren hatte, nachdem sie ihm doch bis vor einigen Minuten noch ihre gesamte Aufmerksamkeit gewidmet hatte.

»Wie viel Uhr ist es? Schon so spät!«

Sie rief eine Freundin an und bat sie, ihren Sohn von der Schule abzuholen. Zur Erklärung sagte sie bloß, dass sie vorbeikommen und ihn abholen werde, sobald sie »ein paar dringende Angelegenheiten« erledigt habe. Dann legte sie auf.

»Wäre es nicht besser, den Jungen bei Ihrer Freundin zu lassen?«, schlug Cornelia vor.

»Nein. Mein Sohn wird zu Hause in seinem Bett schlafen«, entgegnete Sonja Kranich entschlossen, nur ihre Mundwinkel zitterten leicht. »Und ich will nicht, dass er hier Polizisten oder irgendwelche fremden Leute sieht.«

»In Ordnung. Wir überwachen Ihr Telefon rund um die Uhr. Wird irgendein Verwandter oder Freund bei Ihnen bleiben?«

»Nein. Die Leute stellen Fragen, und vor allem können sie den Mund nicht halten. Zumindest die Leute, die ich kenne. Die Kette von ›Das ist geheim, erzähl es niemandem weiter‹ würde von hier bis nach Rom reichen. Und irgendjemand könnte auf die Idee kommen, meinen Eltern Bescheid zu sagen.«

Cornelia erinnerte sich an die Sache mit dem Akzent und fragte:

»Sind Ihre Eltern von hier?«

»Nein. Aus dem anderen Frankfurt. Frankfurt an der Oder.«

Brandenburg also.

»Der Wechsel von Frankfurt nach Frankfurt war nach Meinung meiner Eltern und einiger Kommilitonen ein Aufstieg.«

Cornelia war hin- und hergerissen zwischen ihrem Bedürfnis, so schnell wie möglich ins Präsidium zurückzukehren, und dem Wunsch, der Frau Gesellschaft zu leisten, sie nicht unvermittelt allein zu lassen.

»Ist es indiskret zu fragen, was Sie studiert haben?«

»Musik. Klavier und Geige. Ich habe sogar Klavierkonzerte gegeben.«

Wenn Cornelia jemanden beneidete, dann Leute, die ein Instrument beherrschten, diejenigen, die als Kinder von ihren Eltern zu schrecklich langweiligen Musikstunden geschleppt worden waren und jetzt, als Erwachsene, ein Instrument zur Hand nehmen und drauflos spielen konnten.

»Mussten Sie es nach der Heirat aufgeben?«

Eine dumme Frage, dachte sie, kaum dass sie sie gestellt hatte.

Sonja Kranich musterte sie eingehend, bevor sie antwortete, als frage sie sich, ob diese blonde Frau mit dem aufmerksamen Blick und der leicht gekrümmten Nase wirklich Interesse an einer Antwort hatte oder ihrerseits nur sie zu ergründen versuchte. Dann lächelte sie, wehmütig zuerst, dann spöttisch, und sagte:

»Man könnte sagen, dass ich geheiratet habe, um es aufgeben zu können.« Als sie Cornelias fragenden Blick bemerkte, fügte sie hinzu: »Ich habe nicht die Nerven, um es als professionelle Musikerin wirklich weit zu bringen. Glauben Sie mir, in dieser Welt braucht man einen gewissen Killerinstinkt, um zu überleben.«

Sie verstummte plötzlich und senkte den Blick. Vielleicht, dachte Cornelia, weil ihr der letzte Satz in der derzeitigen Lage unpassend erschienen war. Von der Wohnzimmertür aus machte Reiner ihr Zeichen. Er wartete auf sie. Aber sie konnte nicht gehen und Sonja Kranich über diesen Satz nachgrübeln lassen. Um ihr aus der Verlegenheit zu helfen, sagte sie:

»Na, dann sind wir ja schon zwei, die es bis in die ›Großstadt‹ geschafft haben. Ich bin aus Offenbach.«

Das schöne Offenbach, wie die Frankfurter spöttisch sagten. Offenbach, die Stadt gleich nebenan und deshalb aus ganzem Herzen verabscheut. Die kleine, hässliche Schwester des stolzen, arroganten Frankfurt.

Sonja Kranich lächelte sie dankbar an.

»Sind Sie sicher, dass nicht lieber einer von uns bei Ihnen bleiben sollte?«, fragte Cornelia noch einmal.

Die Frau schüttelte heftig den Kopf. Sie konnten sie nicht dazu zwingen; es war ihr Zuhause.

»Trotzdem sollten Sie wissen, dass ein Wagen mit Kollegen in Zivil draußen steht und aufpasst.«

Sonja Kranich zuckte mit den Schultern. Sie wirkte zu Tode erschöpft und konnte kaum verbergen, wie sehr sie sich danach sehnte, dass sie endlich verschwanden. Cornelia gab ihr eine Karte.

»Ich habe Ihnen für alle Fälle meine Privatnummer aufgeschrieben.«

Die Dankbarkeit stand Sonja Kranich so deutlich ins Gesicht geschrieben, dass Cornelia sie mit dem Gefühl verließ, für das Wohlbefinden dieser Frau verantwortlich zu sein. »Ein schwerer Fehler«, sagte ihr Reiners Stimme, die es seit Jahren übernommen hatte, ihr Gewissen zu synchronisieren.

Der Besitzer der Stimme wartete mit Peschke neben ihrem Wagen.

## VERTEILUNG

»Und Sven?«

»Der ist schon ins Präsidium gefahren, um die Kollegen zusammenzutrommeln«, erklärte Reiner.

Cornelia wusste, dass er log, weil Peschke dabei war.

Sie setzte sich nach vorn auf den Beifahrersitz. Peschke verstand, dass sie nicht mit ihm reden wollte, und nahm auf der Rückbank Platz; Reiner, der mit niemandem reden wollte, startete den Wagen und fuhr los.

Cornelia ließ den Blick durch die Straßen schweifen und spürte einen Anflug von schlechtem Gewissen, als sie an Baucontainern und Bauhütten vorbeifuhren, während sie die nächsten Schritte erwog.

Die anderen warteten schon im Präsidium auf sie. Sobald sie da war, würde die Sitzung beginnen. Und die Diskussion. Sie hatte Juncker gerade noch rechtzeitig bremsen können, bevor er vor Frau Kranich ausfallend wurde. Jetzt würde er sie mit gewetztem Messer im Präsidium erwarten. Das Letzte, was sie gebrauchen konnte, war eine Auseinandersetzung mit ihm. Es war Zeitverschwendung, und Zeit war bei einem Entführungsfall das knappste Gut.

Das Fahren und die Motorgeräusche beruhigten sie. Noch einmal ließ sie die Ereignisse Revue passieren. War sie überzeugt von dem, was sie tat? Ihre Zweifel waren groß genug, dass sie sicher sein konnte, nicht aus Verblendung zu handeln. Hätte sie keine Zweifel gehabt, wäre das Grund zur Sorge gewesen, ein gewisses Maß an Zweifeln bestätigte sie.

Als sie auf der in ihrer Schlichtheit beeindruckend hässlichen Untermainbrücke den Fluss überquerten, beschloss sie, dass es Zeit sei, die Grübeleien zu beenden. Sie holte ihr Handy hervor und rief Sauter an:

»Andrea, was sagen die Techniker?«

»Der Anruf konnte nicht zurückverfolgt werden. Er war umgeleitet. Die wissen, was sie tun.«

Das war zu erwarten gewesen. Aber sie hatten es überprüfen müssen; manchmal irrten gerade die Leute, die an alles dachten, bei den simpelsten Dingen.

»Gibt es sonst irgendwas Neues? Zeugen? Anrufe? Wissen wir etwas über das Auto? Etwas von dem Team, das die Baustellen durchsucht?«

»Nichts.«

Es hörte sich an, als wolle sie noch etwas sagen, Erklärungen abgeben, aber Cornelia ließ sie nicht weitersprechen. Warum sollte sie erklären, dass sie nichts erreicht hatten? Das lief üblicherweise auf Rechtfertigungen hinaus, und dafür hatten sie keine Zeit.

»Wir sehen uns in ein paar Minuten.«

Sie rief noch beim Bundeskriminalamt an, um mit Thomas Edelstein zu sprechen, dem Sprachanalysten, dann waren sie beim Präsidium angekommen. Sie parkten und gingen direkt hinauf ins Sitzungszimmer.

Wie zu erwarten, saß Juncker schon am Tisch, flankiert von Sauter und Sonnenberg. Als sie eintrat, verstummten alle drei und sahen sie stirnrunzelnd an. Juncker hatte ihnen erzählt, was bei Kranichs vorgefallen war. Seine Version. In der sie ganz offensichtlich nicht besonders gut wegkam. Plötzlich fühlte sie sich in ihre Schulzeit zurückversetzt, als sich auf dem Pausenhof unterschiedliche Cliquen gebildet hatten.

Sie waren ebenfalls zu dritt. Peschke und Reiner setzten sich links von Juncker neben Sonnenberg. Sie nahm wie immer am Kopfende des Tisches den anderen gegenüber Platz.

»Ich nehme an, Sven hat euch schon berichtet, was bei den Kranichs vorgefallen ist, sodass wir sofort mit unserer

Planung weitermachen können. Wir haben zwei Ziele: Zum einen gilt es, Kranich zu finden; zum anderen müssen wir die morgige Lösegeldübergabe vorbereiten. Die Ergreifung der Entführer ist zweitrangig, bis Kranich in Sicherheit ist.«

»Ist es sinnvoll, an ähnlichen Orten zu suchen wie bei den anderen Opfern?«

Sonnenberg sah beim Reden nur sie an, bemerkte Cornelia, korrigierte sich aber sofort: Er sah nicht nur sie an, sondern bemühte sich, die anderen nicht anzusehen. Seine angespannte Haltung, die Hände, die auf dem Tisch lagen, anstatt wie sonst an den Koteletten herumzuspielen, ließen sie vermuten, dass es Juncker gewesen war, der in ihm diese Zweifel an ihrem Vorgehen gesät hatte.

»Warum bezweifelst du das, Jörg?«

»Weil sie ihre Vorgehensweise geändert haben.«

Die Erfahrung zeigte, dass Kriminelle dazu neigen, immer nach dem gleichen Muster zu verfahren, selbst wenn es noch so absurd ist. Was einmal funktioniert hat, bestimmt ihr gesamtes zukünftiges Verhalten.

»Offenbar sind sie mutiger geworden. Die vorherigen Entführungen haben bestens funktioniert. Wir wissen von vier, aber vielleicht machen sie das schon seit Monaten.«

Reiners Bemerkung brachte Sonnenberg dazu, den Blick von ihr abzuwenden, und ihr schien, dass seine Schultern sich entspannten.

»Und wenn sie ihn zufällig geschnappt und sich gesagt haben: ›Der ist ein anderes Kaliber, mal sehen, ob da mehr zu holen ist‹?«, brachte Sauter einen neuen Aspekt ins Spiel.

»Das glaube ich nicht. Die beobachten ihre Opfer genau. Sie müssen gewusst haben, um wen es sich handelt. Nein, das ist kein Zufall.« Cornelia machte keinen Hehl daraus, dass sie den scherzenden Tonfall der Oberkommissarin unangebracht fand.

»Jetzt, da sie wissen, dass wir über sie im Bilde sind«, schloss Reiner, »werden sie sich gedacht haben, dass es besser ist, gleich aufs Ganze zu gehen.«

»Natürlich besteht auch die Möglichkeit, dass es sich nicht um die gleichen Entführer handelt«, gab Cornelia zu bedenken. Sie sah nach links. Durch das Fenster betrachtet, schien die Stadt aus dicht gedrängten, ungeordneten Klötzen zu bestehen, die den Himmel mit scharfkantigen Winkeln füllten, und es war schwer, sich vorzustellen, dass dazwischen Straßen verliefen.

»Rein statistisch gesehen, ist das mehr als unwahrscheinlich. Entführungen sind in Deutschland selten. Wäre es nicht äußerst merkwürdig, dass ausgerechnet jetzt zwei Banden in Frankfurt aktiv sein sollten?«, entgegnete Reiner.

»Vielleicht handelt es sich um Trittbrettfahrer. Jemanden, der die Expressentführungen nachahmt.«

»Das kann nicht sein«, widersprach Reiner heftig, »niemand weiß etwas von diesen Entführungen. Nichts davon ist an die Öffentlichkeit gedrungen, wenigstens nicht durch uns. Und durch die Opfer ganz bestimmt nicht.«

»Vielleicht durch die Entführer selbst. Im Milieu bleibt nichts geheim, jeder weiß Bescheid. Die Leute prahlen, sie müssen sich mit ihren Erfolgen großtun«, sagte Cornelia, an den Oberkommissar gewandt.

»Das stimmt«, mischte Sauter sich ein. »Aber es sieht so aus, als ob bisher niemand davon wüsste. Unsere verdeckten Agenten haben noch keine Hinweise gefunden. Und die Informanten, mit denen ich gesprochen habe, konnten mir auch nichts sagen.«

»Außerdem lässt sich so eine Entführung nicht in wenigen Tagen improvisieren. Eine Entführung braucht viel

Vorbereitung. Auch wenn es schon mehr oder weniger spontane Entführungen gab, bei der der Entführer glaubte, die Gelegenheit beim Schopfe packen zu müssen.«

Reiner sah in die Runde und erntete zustimmende Blicke.

Cornelia war sich sicher, dass in diesem Augenblick alle an die Entführung des kleinen Jakob von Metzler dachten, die sich in Frankfurt 2002 ereignet hatte.

»Normalerweise enden die fatal.« Reiners Stimme klang düster.

Im Fall von Jakob von Metzler mit dem Tod des Jungen, den sein Entführer schon während der ersten Stunden der Entführung getötet hatte, weil er nicht damit gerechnet hatte, dass er sich wehren würde.

»Am Schlimmsten sind immer die Laien«, schloss Sauter.

Die Erfahrung gab ihr recht. Die Profis wollen das Geld, und wenn sie es bekommen haben, lassen sie das Opfer üblicherweise frei. Bei den Laien ist die Wahrscheinlichkeit höher, dass sie mit der Situation überfordert sind, die Nerven verlieren und den Entführten töten.

»Die Typen, mit denen wir zu tun haben, wissen, was sie tun«, bemerkte Sonnenberg.

»Das sehe ich genauso.« Reiner nickte zustimmend. Die Konzentration hatte eine tiefe senkrechte Falte zwischen seinen dichten Augenbrauen gegraben. »Alles passt. Montag. Das Opfer wird auf dem Weg zur Arbeit entführt. Das Gespräch über die Lösegeldforderung verläuft genauso wie die vorhergehenden. Der Anruf erfolgt vom Handy des Opfers aus. Auch die Vorgehensweise bei der Lösegeldübergabe ist die gleiche. Und es gibt einen weiteren charakteristischen Zug, die Forderung, dass derjenige, der ans Telefon geht, seinen Namen nennt. Das ist etwas, was nur die Entführer wissen können, eine Art Manie, ein Markenzeichen.«

Er hatte recht. Und sie musste weiter die Aufgaben verteilen.

»Um auf deine Frage von eben zurückzukommen, Jörg, ihr setzt eure Durchsuchung von Baustellen und Gebäuden fort. Wenn sie ihre Überfälle gründlich geplant haben, und ich glaube, das haben sie, haben sie auch ihre Verstecke vorher ausgewählt. Ich bezweifle, dass sie das Risiko eingehen, sich jetzt für eine andere Art von Versteck zu entscheiden, bei dem sie sich nicht auskennen. Die Suche nach Kranichs Wagen vernachlässigen wir erst mal, und wir setzen mehr Beamte auf die Durchsuchung der Gebäude an. Jetzt haben wir einen Tag mehr, um ihn zu finden.«

Sonnenberg nickte.

»Und wir müssen noch mehr über die Entführer erfahren. Das wird deine Aufgabe, Sven.«

Falls Juncker merkte, dass sie ihm eine zweitrangige Aufgabe zuschanzte, um ihn loszuwerden, ließ er sich nichts anmerken.

»Ich persönlich werde mich um die Lösegeldübergabe kümmern. Da darf nichts schiefgehen. Je nachdem, was sie fordern, werden wir alle technischen Möglichkeiten für eine Beschattung einsetzen. Das Wichtigste ist, Kranichs sofortige Freilassung zu erreichen. Sie haben gesagt, sie hielten ihn an einem sicheren Ort gefangen. Vermutlich ist einer von ihnen bei ihm im Versteck, während der andere das Lösegeld holt. Wir müssen es schaffen, dass beide Übergaben, die des Geldes und die des Gefangenen, gleichzeitig erfolgen. Das ist das Ziel. Die Typen zu schnappen, ist zweitrangig. Zuerst kommt das Opfer. Ist das klar?«

Danach, ja danach wollte sie die Entführer zermalmen. Sobald Kranich frei war, würden die Typen bezahlen müssen, für Kranich, Hagendorf, Karentzos, Murr und alle anderen, die sie ihrer Freiheit beraubt hatten. Auch für Kati? Kranich, sagte sie sich, wir müssen Kranich frei kriegen. Sie sah einen nach dem anderen an, bis alle mit dem Kopf nicken.

»Nächster Punkt: Der Kontakt mit den Entführern wird unsere Aufgabe sein.« Sie zeigte auf Reiner und Peschke. »Als Erstes muss Frau Kranich das Geld auftreiben, anderthalb Millionen Euro. Manchmal stellen die Banken sich sehr bürokratisch an, vor allem, wenn es sich um große Summen Bargeld handelt, die ohne Erklärung abgehoben werden. Sollte das nicht klappen, gibt es immer noch staatliche Hilfen für solche Fälle, auch wenn sie das abgelehnt hat.«

»Und was wollt ihr morgen tun, wenn sie anrufen?«, fragte Juncker. Es war warm im Raum, und er hatte sich die Hemdsärmel aufgerollt. Die Krawatte trug er immer noch eng um den Hals.

»Wir verfolgen die gleiche Linie wie heute. Wir werden tun, was sie verlangen, wir werden das Lösegeld aushändigen ... aber wir müssen hart bleiben und unsererseits ebenfalls einige Bedingungen stellen«, schloss Cornelia. »Die Geldübergabe und die Befreiung des Opfers müssen gleichzeitig erfolgen.«

»Ich stimme voll und ganz zu«, sagte Peschke. Er ruckte mit dem Kinn zu Juncker hinüber, der zum Widerspruch ansetzte.

»Aber ...«

Der Psychologe fiel ihm ins Wort.

»Wir stellen akzeptable Bedingungen, die eine Neuverteilung der Kräfte in den Verhandlungen ermöglichen.«

»Wie bitte?«, fragte Sauter mit erhobenem Bleistift.

»Ich will damit sagen, dass wir ihnen zu verstehen geben, dass wir nicht alles bedingungslos akzeptieren.«

»Tatsächlich verlangen wir nichts, was sie nicht geben könnten«, fügte Cornelia hinzu. »Und wenn sie es uns nicht geben können ... Obwohl ich davon überzeugt bin, dass wir es mit Profis zu tun haben und nicht mit einem Verrückten, der auf den geringsten Druck völlig irrational reagiert, oder mit einem Laien, der die Nerven verliert.«

»Ganz im Gegenteil«, schaltete Peschke sich wieder ein, »mir erscheinen sie völlig ruhig zu sein, obwohl es einiges an Durcheinander gab.«

»Und es sind mindestens drei Typen, die sich das Geld teilen müssen ...«

»Seid ihr verrückt, oder was?«, brachte Juncker endlich hervor. »Was fällt euch ein, den Entführern Bedingungen zu stellen? Bis jetzt haben die Opfer die Anweisungen widerspruchslos erfüllt, und alles ist gut ausgegangen. Warum jetzt die Spielregeln ändern?«

»Sie sind diejenigen, die die Spielregeln geändert haben, Sven.«

»Aber das bedeutet noch lange nicht, dass wir das Gleiche tun müssen.«

Juncker sah beim Sprechen nicht sie an, sondern die anderen Polizisten. Er war auf der Suche nach Verbündeten, und bei Sauter hatte er sofort Erfolg. Die Oberkommissarin warf einen Blick auf die Seiten ihres Notizblocks, in den sie unablässig in ihrer merkwürdigen Kurzschrift gekritzelt hatte, und sagte:

»Auch ich bin dafür, eine konservativere Taktik zu verfolgen, wie Sven vorgeschlagen hat. Glaubst du nicht, wir sollten ihnen erst das Lösegeld geben, damit sie das Opfer freilassen? Nicht, dass ich deine Kompetenz im mindesten in Zweifel ziehen würde, Cornelia, schließlich bist du die Teamleiterin. Aber ich kann nicht nachvollziehen, warum wir unnötige Risiken eingehen sollten.«

»Wie du bereits gesagt hast, Andrea, leite ich diese Ermittlung, und ich bin diejenige, die die Entscheidungen trifft. Ich wiederhole: Ich bin mir sicher, dass wir auf dem richtigen Weg sind.« Sie sprach im Stehen, die Hände auf die Tischplatte gestützt, langsam, jedes einzelne Wort betonend. »Und weil wir gerade beim Thema sind: Ich werde nicht dulden, Sven, dass du meine Entscheidungen vor Betroffenen in Frage stellst, so wie du es heute bei den Kranichs getan hast.« Sie ließ ihm keine Zeit zu antworten. »Sollte so etwas noch mal passieren, bist du raus aus dem Team. Wenn du dich freiwillig von dem Fall zurückziehen willst, weißt du ja, wo die Tür ist.« Sie nahm jeden einzelnen der anderen ins Auge. »Ist damit alles geklärt? Vergesst nicht, die Sicherheit des Opfers hat oberste Priorität.«

Bei diesem Satz drückte ihr eine unsichtbare Hand die Kehle zu.

Reiner merkte, dass etwas nicht stimmte, und beendete für sie die Sitzung.

»Nun wird es Zeit für uns alle, an die Arbeit zu gehen. Wir haben viel zu tun und wenig Zeit.«

Niemand sagte etwas. Das war auch nicht nötig.

***

»Was war denn eben mit dir los?«, fragte Reiner auf dem Weg zu ihrem Büro.

»Nichts. Es war nur die Anspannung.«

Er tat, als würde er ihr glauben, und wechselte das Thema.

»Sven bist du jedenfalls losgeworden.«

»Das Letzte, was ich gebrauchen kann, sind seine Unverschämtheit und seine kontraproduktiven Fragen.«

»Du bist dir deiner Sache sicher? Vollkommen?«

»Wie soll ich mir sicher sein? Ich hoffe einfach, dass ich alles richtig mache.«

Richtig machen. Das hatte sie schon mehrmals gesagt. Sie war davon besessen. Aber sie konnte ihm ihre Gründe nicht erklären. Sie waren zu persönlich und daher größteils unaussprechlich. Zwar waren sie in ihrem Kopf fest und klar, zerbröselten aber wie ein Klumpen Sand, sobald sie in Kontakt mit der Luft gerieten.

In den folgenden Stunden waren sie pausenlos mit Vorbereitungen beschäftigt. Im Sitzungsraum sprachen sie über die Tische hinweg miteinander, einer stand auf, um einen anderen um Informationen zu bitten, zwei setzten sich zusammen, um Daten zu vergleichen, ein Beamter kam herein, um Anweisungen zu erbitten, ein anderer ging hinaus, um einen der Techniker zu holen. Sie mussten noch an den letzten Einzelheiten der Lösegeldübergabe feilen.

»Können wir sie anhand des Geldes verfolgen?« Sonnenberg drehte seinen Stuhl zu dem Schreibtisch, an dem Cornelia und Reiner saßen und die Sporttasche anstarrten, die ihnen Kommissar Ragnick soeben gebracht hatte. Seine Techniker hatten sie vorbereitet.

»Wenn Sonja Kranich das Geld besorgt, wird es nicht markiert sein.« Reiner blickte in die Tasche, als lägen die Scheine schon darin.

»Das scheint mir auch nicht das Wichtigste zu sein, wenn das Geld einmal übergeben ist. Sie sind schlau, bisher scheinen sie nicht ein einziges der Schmuckstücke eingelöst zu haben, die sie bei den anderen Entführungen erbeutet haben«, antwortete Cornelia.

»Die werden schon wissen, an welche Hehler sie sich wenden müssen.« In Reiners Bemerkung schwang eine leise Mutlosigkeit mit, die Cornelia einen Stich in die Magengrube versetzte.

»Ich vermute, wenn sie genügend Beute gemacht haben, werden sie in ein anderes Bundesland ausweichen, vielleicht sogar anderes Land. Deshalb glaube ich, dass wir uns auf den Augenblick der Übergabe konzentrieren müssen. Wir sollten ein Peilgerät in der Tasche verstecken.«

»Das halte ich für schwierig. Sie verlangen Plastiktüten vom Supermarkt.« Offenbar hatte Reiner sich entschlossen, die Rolle des Advocatus Diaboli zu spielen.

»Oder wir stecken das Geld in ein leichte Tasche, bringen einen Tracker an und machen die Plastiktüte drum«, schlug Ragnick vor. »Das könnten wir in zwei Stunden fertig haben. «

»Ich weiß nicht – und wenn sie den Tracker finden?«

»Weißt du was? Wir bereiten ihn dir einfach vor, und du entscheidest, ob du ihn einsetzt oder nicht. Fühl mal hier, fühl.« Seine winzigen Hände verschwanden in der offenen Tasche wie in einem gefräßigen Maul. »Sag, ob du was spürst.«

Sie tat, wie ihr geheißen. Doch sosehr sie auch suchte, sie fand keine Beule, keine Unregelmäßigkeit, die den Tracker verraten hätte.

»In Ordnung.«

»Wenn die Übergabe von Hand zu Hand erfolgt, besser so, dann haben wir zwei Möglichkeiten, ihnen zu folgen, denn Frau Kranich wird einen weiteren Peilsender an ihrer Kleidung tragen.« Ragnick war sichtlich stolz auf seine Technik.

»Das werden sie sicher vermuten.«

Cornelia und Ragnick sahen Reiner an.

»Wenn sie sie anweisen, die Tasche irgendwo abzustellen, bleibt uns immer noch der Peilsender in der Tasche«, entgegnete der Techniker.

»Und wenn sie das Geld sofort rausnehmen?«

»Dann haben wir ihre Spur bis zu diesem Punkt und observieren sie von dort.«

»Meine Männer werden rechtzeitig postiert sein«, erklärte ihnen kurz darauf Kommissar Haack, Leiter des Kommandos, das Sonja Kranich folgen und sie überwachen würde, sobald sie wussten, wann und wo die Geldübergabe stattfinden sollte, »und sich in Bewegung setzen, sobald Frau Kranich aus dem Haus kommt. In mehreren Wachen der Stadt sind Beamte in Bereitschaft, die sich in dem Moment, in dem der Anruf erfolgt, auf den Weg machen werden. Wir haben auch einen Helikopter zur Verfügung. Und Scharfschützen.«

»Die werden wir hoffentlich nicht brauchen«, sagte Cornelia.

»Das hoffe ich auch, aber sie werden da sein«, entgegnete Haack, bevor er sich daranmachte, seine Leute zusammenzurufen. Er war ein älterer Mann, dessen äußere Erscheinung sowie seine gemächliche, singende Sprechweise Cornelia an einen Mechaniker oder Dorfbriefträger erinnerte. Aber wenn er zu seinem Team sprach, wich sein Phlegma einer Autorität wie bei einem Dirigenten.

»Frau Kranich wird eine kugelsichere Weste tragen, nicht wahr?«, fragte Reiner, der mit der Zusammenstellung der medizinischen Ausrüstung beauftragt war.

»Natürlich«, antwortete Cornelia. Dann schwieg sie nachdenklich.

»Was geht dir durch den Kopf?«

»Vielleicht sollten wir jemand anderen mit der Geldübergabe beauftragen. Was ist, wenn sie Sonja Kranich etwas antun?«

»Jemand anderen?«

»Ja, mich.«

»Das werden sie nicht akzeptieren«, entgegnete Reiner.

»Aber wir könnten es versuchen. Es ist sicherer. Für alle.«

Reiner schüttelte den Kopf.

»Für den Fall, dass sie es akzeptieren, ziehe ich sicherheitshalber frische Unterwäsche an«, scherzte sie.

»Du bist vielleicht morbide!«

Jedes Mal, wenn ein Teil der Vorbereitungen abgeschlossen war, rief sie bei den Beamten an, die das Haus der Kranichs überwachten. Alles schien ruhig zu sein.

»Das Licht brennt noch.«

Dasselbe sagten ihr auch die beiden, die nach dem Schichtwechsel ihre Kollegen ablösten. Sonja Kranich schlief nicht. Oder sie hatte Angst, im Dunkeln zu bleiben.

Beide Telefone, Handy und Festnetz, schwiegen.

Spät in der Nacht überlegte Cornelia, ob sie sich auf dem Sofa im Büro schlafen legen oder nach Hause fahren sollte. Sie entschied sich für Letzteres. Auch wenn ihr nur wenige Stunden blieben, wollte sie neben Leo ruhen. Und jetzt, da Kati in ihr Haus eingedrungen war, auch neben ihren Gespenstern.

## DIENSTAG

Wieder erwachte sie mit trockenem Mund. Leo war schon fort. Er würde für zwei Tage auf einer Fortbildung in Potsdam sein.

Das Wasser der Dusche wusch das erdige Gefühl von ihr ab, das ein unangenehmer Traum auf ihrer Haut hinterlassen hatte. In der Küche machte sie sich einen starken Kaffee. Während sie wartete, dass das Wasser kochte, warf sie einen Blick aus dem Fenster und erinnerte sich an die nächtliche Szene ein paar Tage zuvor, an die Frau, die flink wie ein Hamster die Kekse verputzt hatte. Ob Richard Kranich etwas zu essen bekommen hatte? Hatte er genug Wasser? Wie ein Haustier war er zum Überleben vollkommen auf seine Entführer angewiesen. Hast du den Käfig sauber gemacht? Ist der Wassernapf gefüllt? Hast du den Kanarienvogel gefüttert? Wie viele Tiere waren wohl aufgrund der Nachlässigkeit ihrer Besitzer hinter Gitterstäben verhungert und verdurstet?

Eine Gleichgültigkeit ähnlich der, die viele Entführungsopfer das Leben gekostet hatte. Kati war aufgrund der Dummheit und mangelnden Erfahrung ihres Entführers gestorben. Wie mochten die Typen sein, die Kranich festhielten? Bis zu dieser Entführung waren sie schnell und versiert vorgegangen.

Während sie ihre Tasche packte, um aus dem Haus zu gehen, klingelte ihr privates Handy. Es war Sonja Kranich. Sie ging dran. Vielleicht wegen der Forderung der Entführer, vielleicht aber auch in Gedanken an ihre Mutter, die sie ständig ermahnte »Vergiss nicht das Tejedor«, meldete sie sich mit ihrem vollständigen Namen:

»Weber-Tejedor. Haben Sie sich etwas ausruhen können, Frau Kranich?«

»So viel, wie die Pillen hergaben, die ich schließlich doch genommen habe.« In ihrer Stimme schwang keine Spur von Selbstmitleid mit. »Ich wollte Sie um etwas bitten: Könnten Sie ein wenig früher kommen und mir Gesellschaft leisten?«

Cornelia hatte gleich am Morgen eine Sitzung einberufen, um sich auf den zweiten Anruf vorzubereiten.

»Also, eigentlich ...«

»Ich weiß nicht, ob ich es alleine aushalte. Bitte.«

Die Frage, ob sie denn keine Freundin habe, die sie anrufen könne, erschien ihr unnötig grausam.

»Ich werde so schnell wie möglich da sein. Was ist mit Ihrem Sohn?«

»Ich glaube, bis jetzt habe ich ihm etwas vormachen können, ich habe ihm gesagt, sein Vater sei verreist. Eine Freundin von mir hat ihn abgeholt und bringt ihn in die Schule.«

»Eine Frage: Haben Sie das Geld auftreiben können?«

»Es sollte jeden Augenblick hier eintreffen.«

»Eintreffen?«

»Es ist nicht einfach, anderthalb Millionen in bar zusammenzubekommen. Der Rechtsanwalt meines Mannes, der sich darum kümmert, hat mir gesagt, dass er es heute Morgen vorbeibringt. Wenn Sie kommen, ist es bestimmt schon da.«

Cornelia glaubte ihr. Sie wollte ihr glauben.

***

Als sie im Präsidium ankam, wartete die junge Beamtin mit dem Zopf vor ihrer Bürotür.

»Frau Weber-Tejedor, ich wollte Sie um Entschuldigung bitten.«

Es irritierte sie, dass sie sie mit beiden Nachnamen ansprach. Wenn die Leute das taten, wollten sie für gewöhnlich etwas von ihr. Jedenfalls war das immer so, wenn ihr Chef das tat. »Frau Weber-Tejedor« aus Ockenfelds Mund war gleichbedeutend mit »Frau Weber-Tejedor, wir haben ein Problem.« Besser gesagt: »Frau Weber-Tejedor, Sie haben ein Problem.«

Die Beamtin sprach mit leicht zitternder Stimme, und Cornelia erkannte an der stammelnden Bewegung der Lippen, dass sie vergeblich nach den sorgfältig vorbereiteten Worten suchte, die ihr vor wenigen Sekunden sicherlich noch überzeugend vorgekommen waren. Cornelia kam nicht auf den Namen der jungen Frau. Im Geiste ging sie die Liste der Teilnehmer an der Sitzung vom Vortag durch. Drei neue Namen hatten darauf gestanden: Krökel, Wenzel oder Teutsch. Und obwohl sie wusste, dass es absurd war, dass man niemandem seinen Nachnamen ansehen kann, beschloss sie, es zu wagen, und nahm einfach den ersten.

»Schon gut, Krökel. Zerbrechen Sie sich nicht weiter den Kopf darüber.«

»Es ist nur, weil …«

Sie hatte richtig geraten, und das machte sie nachsichtig.

»Vergessen Sie es, aber versuchen Sie in Zukunft, sich nicht so leicht von Ihren Kollegen beeinflussen zu lassen.« Sie selbst kannte sehr wohl das Risiko, »mackerhafter« sein zu wollen als die männlichen Kollegen, aber es war ihr unangenehm, sich selbst in diesem leicht herablassenden Tonfall reden zu hören, der ihr das Gefühl gab, mehr zu sein als eine erfahrene Polizistin: eine reife Polizistin. »Was ich schließlich auch bin«, appellierte sie an ihren Realitätssinn, um sich mit der Tatsache auszusöhnen, dass sie schon lange keine junge Polizistin mehr war. Der dankbare Blick der jungen Kollegin mit dem Zopf machte es ihr nicht leichter.

»Danke, das ist ein guter Rat.«

Sie meinte es ernst. Sich in der Rolle einer Beraterin der Jugend wiederzufinden, belastete sie, aber trotzdem lächelte sie und sagte:

»Lassen Sie uns für heute die psychologische Praxis schließen, auf uns wartet Arbeit.«

Sie ging ins Büro, um ein paar Akten zu holen. Als sie wieder herauskam, sah sie, dass Krökel auf sie wartete; sie hatte die Hände in den Hosentaschen ihrer marineblauen Uniformhose, zog sie aber rasch hervor und streckte sie aus, um ihr ein paar der Mappen abzunehmen.

»Soll ich Ihnen helfen? Verstehen Sie das nicht falsch, ich will mich nicht einschleimen, es ist nur nett gemeint.«

»Dann ja.«

Schweigend gingen sie bis zum Sitzungsraum. Cornelia war so auf das konzentriert, was sie in dieser Sitzung würden klären müssen, dass sie vergaß, Krökel nach ihrem Vornamen zu fragen. Sie betraten den Raum. Er roch nach den Ausdünstungen der Kollegen, die ihn gestern bis spät abends genutzt hatten und gegangen waren, ohne zu lüften und – was für Cornelias empfindliche Nase noch schlimmer war – die benutzten Kaffeetassen wegzuräumen. Der Geruch nach kaltem Filterkaffee drehte ihr den Magen um. Bevor es Krökel einfallen konnte, das allein zu tun, sagte sie zu Reiner und Peschke, die gerade hereingekommen waren:

»Helft doch mal bitte, das alles hier in die Küche zu bringen.«

Die drei sammelten die Tassen ein, während sie ihren Platz am Kopfende einnahm und anfing, Papiere aus einer Mappe zu holen. Inzwischen kehrten die anderen mit sauberen Tassen zurück.

»Bleiben Sie ruhig bei der Sitzung dabei, wenn Sie wollen, Krökel.«

Reiner sah sie beide an, dann wandte er sich mit hochgezogenen Brauen an Cornelia. Die Sitzung an diesem Morgen war eigentlich nur für die Teamleiter vorgesehen.

»Damit sie was lernt.«

Krökel nickte und zog sich einen der an der Wand stehenden Stühle an den Tisch.

»Du wirkst ganz schön ruhig«, sagte Reiner so leise zu Cornelia, dass Krökel es nicht hören konnte.

Cornelia schüttelte den Kopf. Sie war alles andere als ruhig. Von Zeit zu Zeit kroch ihr ein kleiner Skorpion den Rücken hinauf und stach sie in den Nacken. Jedes Mal vertrieb sie ihn mit einer Kopfbewegung, bevor er Zeit hatte, ihr sein Gift einzuspritzen. Dann war sie wieder zuversichtlich, dass alles gut ausgehen würde. Jetzt schien ihr, als wage der Skorpion kaum, ihr wieder die Wirbelsäule hinaufkriechen, und ihre Zuversicht wuchs in dem Maße, in dem die Kollegen, die für die technischen Hilfsmittel zur Lösegeldübergabe zuständig waren, zur Sitzung erschienen. Es war ein blasphemisches Gefühl von Zuversicht, denn nachdem sie das Protokoll noch einmal durchgegangen war, sagte sie zu sich selbst »und sah, dass es gut war.«

Sie waren auf einem guten Weg. Sie war Juncker losgeworden, die Vorbereitungen waren im Gange. Die Techniker erklärten ihnen, wie die Beschattung funktionieren würde. Ihre lakonischen Sätze ließen sich zu einer Kausalitätskette zusammenfassen, »wenn A, dann B«, deren Neutralität ihr ein Gefühl von Sicherheit gab, das einem nur halb verstandene Wissenschaft vermitteln kann.

Und alles, absolut alles, wäre überflüssig, wenn einer der Kollegen, die die Baustellen und brachliegenden Grundstücke durchkämmten, anriefe, um ihnen zu sagen, dass sie Kranich gefunden hatten. Aber wenn sie anriefen, dann nur, um einen Punkt auf der endlosen Liste abzuhaken oder ihr schlimmstenfalls einen Ort hinzuzufügen, den sie spontan durchsucht hatten. Wie viele solcher Winkel verbargen sich in der Stadt?

Aber noch bevor dieser dunkle Gedanke, der den Skorpion weckte, sie demoralisieren konnte, änderte sich plötzlich die Farbe im Raum: In der Tür erschien Thomas Edelsteins roter Schopf.

»Was kannst du uns sagen?«, fragte ihn Cornelia, kaum dass der Sprachanalyst Platz genommen hatte.

So wie andere Menschen leuchtende Augen bekamen, wenn sie aufgeregt waren, bekam Edelstein rote Ohren.

»Ich habe die Gespräche von gestern ausgewertet. Der Sprecher ist Südamerikaner, ich würde sagen, Mexikaner.«

»Mexikaner? Bist du sicher?«, fragte Cornelia.

»Nicht hundertprozentig. Ich habe eine Probe an einen Kollegen geschickt, damit er es mir bestätigt.«

»Eines der Opfer, Simone Karentzos, hat nämlich gesagt, er klinge wie ein Argentinier«, bemerkte Reiner.

»Na ja, aber sie ist auch keine Sprachexpertin«, sagte Sauter in die Runde. »Von Thomas einmal abgesehen, könnte einer von euch den Akzent eines Argentiniers, eines Mexikaners oder eines Kolumbianers unterscheiden, wenn sie Deutsch sprechen?«

Alle schüttelten gleichzeitig die Köpfe. Auch Cornelia, selbst wenn sie immer die Spanier von den anderen unterscheiden konnte.

»Vielleicht könnten sich die anderen Opfer die Aufzeichnung anhören«, schlug Edelstein vor.

»Warum?« Junckers Stimme klang etwas heiser. »Warum sollten wir ihnen das antun?«

»Es könnte sein, dass sie sich dabei an ein weiteres Detail erinnern. Oder ihnen etwas Besonderes auffällt«, sagte Cornelia.

»Es wäre eine Belastung für sie. Und ich glaube nicht, dass es viel bringen wird«, beharrte Juncker.

»Was halten Sie davon?«, wandte Cornelia sich an Markus Peschke.

Als er seinen Namen hörte, räusperte sich der Psychologe, beugte sich nach vorn, stützte die Ellbogen auf den Tisch, wies mit dem Kinn auf Cornelia und sagte in seinem akademisch schleppenden Tonfall:

»Auch wenn es mehr als unwahrscheinlich ist, weil noch nie jemand zweimal entführt wurde, fürchten Entführungsopfer eine Wiederholung der Situation und ziehen es deshalb vor, nicht noch einmal mit ihr konfrontiert zu werden. Andererseits bin ich sicher, dass wir mit ihrer Solidarität einem anderen Entführungsopfer gegenüber rechnen können.«

»Das heißt also, ja«, fiel ihm Juncker ins Wort.

»Ja, ja. Selbstverständlich.«

»Na gut, dann sollen die das machen.«

»Sprich weiter, Thomas.« Cornelia ignorierte Junckers genervten Ton und die Tatsache, dass er niemandem Anweisungen zu erteilen hatte. Diese Diskussionen waren Zeitverschwendung.

»Es ist mir gelungen, die Stimme zu isolieren, die in dem Augenblick im Hintergrund erklingt, als Frau Kranich darum bittet, mit ihrem Mann zu sprechen.«

»Konntest du verstehen, was sie sagt?«

»Nicht alles. Es ist auf jeden Fall ein weiterer Mann.«

Cornelia hatte das Gefühl, dass Edelstein die wichtigsten Informationen bis zum Schluss aufsparte. Wenn er nicht bald damit herausrückte, würde sie ihn anschreien, dass es hier nicht um Spannung ging. Das hier war kein Roman, sondern ein Ermittlungsfall! Und da funktionierte das Ganze genau andersherum: Zuerst das Wichtige, dann die Einzelheiten.

»Es war ebenfalls ein Mann.«

»Das hast du schon gesagt.«

Edelstein machte eine Pause. Cornelias Ungeduld konnte ihm nicht entgangen sein. Die anderen lauschten erwartungsvoll. Selbst Sauters Bleistift hatte aufgehört zu kratzen.

»Ein Deutscher. Er hat zweimal wiederholt ›Halt sie hin, halt sie hin‹.«

»Halt sie hin?«

»Ja, halt sie hin.«

»Auf Kranichs Bitte, mit ihrem Mann zu sprechen?«

»Ja. Ich lese es euch vor. Frau Kranich sagt: ›Kann ich mit meinem Mann sprechen?‹ Im Hintergrund wird etwas Unverständliches geschrien, das wir nicht entschlüsseln konnten, Frau Kranich wieder: ›Geht es ihm gut?‹ Daraufhin leise ›Halt sie hin.‹ Der Mann am Telefon sagt: ›Er ist an einem sicheren Ort.‹ Und als sie sagt, dass sie mehr Zeit braucht, befiehlt der im Hintergrund: ›Leg auf, leg auf‹, er wird ungeduldig: ›Du sollst auflegen, habe ich gesagt!‹. Schließlich sagt der am Telefon: ›Und ich sage Ihnen, dass wir diejenigen sind, die die Bedingungen stellen.‹«

Cornelia ging es auf die Nerven, wie häufig Thomas Edelstein das Verb »sagen« wiederholt hatte. Nicht ein einziges Synonym, das eine Wertung beinhaltete, kein »schreien«, kein »ausrufen«, kein »bitten«. Nur »sagen«. Wie ein Aufnahmegerät. Nun wartete Edelstein reglos, als hätte jemand den Pauseknopf gedrückt, die Hände auf die Papiere gelegt.

Alle schwiegen. Cornelia wusste nicht, was das alles zu bedeuten hatte. Edelstein würde nichts interpretieren, er beschränkte sich darauf, Daten beizusteuern. Reiner brach die Stille, in dem er leicht mit den Handflächen auf den Tisch pochte und den Analysten fragte:

»Habt ihr alles für den Anruf vorbereitet, Thomas?«

»Selbstverständlich. Sobald das Handy klingelt, hören wir mit. Eure Techniker hier und unsere in Wiesbaden können alles sofort analysieren.«

Als Edelstein wieder in Richtung BKA verschwunden war, gingen sie mit Peschke noch einmal die wichtigsten Punkte durch.

»Entscheidend ist, dass Frau Kranich mit ihrem Mann spricht. Wir müssen sicher sein, dass Herr Kranich putzmunter ist, bevor wir die Zahlung leisten.«

Cornelia missfiel der saloppe Ton des Psychologen, umso mehr, wenn sie bedachte, wie wenig hilfreich er am Tag zuvor gewesen war, als die Situation sich verschärft hatte. Irgendwo an ihrer Wirbelsäule regte sich der Skorpion. Konnte sie sicher sein, dass dieser Mann seinen Job gut machte? Dass er sein früheres Versagen überwunden hatte? Sie schlug nach dem Skorpion. Im Grunde waren Peschke und sie sich einig. Keiner von ihnen war dafür, die Übergabe des Geldes und des Entführten am selben Ort stattfinden zu lassen, wie es einer der Leiter des Beschattungsteams vorgeschlagen hatte.

»Es geht hier nicht um einen Geiselaustausch, sondern um Geld gegen Person. Wir sind auf der schwachen, bittenden Seite. Und doch ...« Peschke wies mit seinem hervorspringenden Kinn auf sie, bevor er weitersprach: »Jetzt, da die Entführer gieriger geworden sind, müssen wir sicherstellen, dass die Freilassung zeitgleich erfolgt.«

»Wie?«

»Wir könnten verlangen, dass er im Augenblick der Lösegeldübergabe mit seiner Frau spricht.«

»Verlangen wir da nicht zu viel?«, gab Reiner zu bedenken. »Bis jetzt haben sie alle ihre Opfer ohne weiteres freigelassen.«

»Und das werden sie auch diesmal tun. Aber zur selben Zeit. Darauf kommt es an.«

Reiners gehobene Augenbrauen, Junckers heruntergezogene Mundwinkel, Sauters erhobener Bleistift, die übertriebene Konzentration, mit der Sonnenberg seine Brille putzte, all das verriet ihre Zweifel. Aber sie würde nicht zulassen, dass diese Zweifel Gestalt annahmen. Sie walzte sie auf der Stelle platt.

»Wenn es keine weiteren Fragen gibt, weiß jeder, was er zu tun hat. Ich fahre jetzt zu den Kranichs. Reiner und Sie, Doktor Peschke, sollten mindestens eine Stunde vor dem Anruf dort sein. Andrea, du übernimmst hier wieder das Kommando. Jede Neuigkeit wird also zuerst an Andrea weitergeleitet. Wenn es für die Verhandlung von Bedeutung ist, rufst du mich sofort an.«

Sie ging in ihr Büro, um sich für alle Fälle die schusssichere Weste anzuziehen. Als sie die letzte Schnalle geschlossen hatte, atmete sie dreimal tief durch. Dann verbarg sie die Weste unter einer geblümten Bluse, die ihr schon immer etwas zu weit gewesen war.

## SILBERNES FISCHLEIN

Sie parkte ihren Wagen vor dem Tor der Kranichs. Ein letzter Anruf, bevor sie ausstieg. Eine Hoffnung.

»Irgendwelche Neuigkeiten von den Baustellen?«

»Nichts.« Sauter kam sofort auf die Operation zu sprechen: »Die Beamten, die Sonja Kranich bei der Lösegeldübergabe folgen werden, sind schon unterwegs. In einer halben Stunde sind sie auf ihren Posten.«

Cornelia stieg aus dem Wagen, öffnete das Törchen und durchquerte den Garten, der still da lag, bis vom Vordach des Nachbarhauses ein Rabe krächzte. Vielleicht ein Nachkomme von Edgar. Sie nahm das als gutes Vorzeichen.

Sonja Kranich öffnete die Tür, noch bevor sie die Klingel drücken konnte. Nicht nur die dunkle Kleidung, sondern auch die Ringe unter den Augen, die eingefallenen Wangen und die hängenden Schultern hatten sie innerhalb eines Tages altern lassen. Sie bat sie ins Wohnzimmer. Auf dem Couchtisch zwischen den Sofas war aus dem Telefon, einem Notizblock, einem Bleistift und mehreren Geldbündeln ein kleiner Altar errichtet, um die Rückgabe ihres Mannes zu erflehen. Cornelia sah auf den ersten Blick, dass es nicht anderthalb Millionen Euro waren. Sonja Kranich war ihrem Blick gefolgt.

»Es muss jeden Augenblick da sein. Das, was hier liegt, habe ich von einem Sparbuch unseres Sohnes genommen. Um die fünfzigtausend. Das ist eine Kleinigkeit, verglichen mit dem, was sie verlangen, aber irgendetwas musste ich ja tun. Der Rest muss jeden Augenblick da sein.« Als sie Cornelias zweifelnde Miene bemerkte, fügte sie hinzu: »Ich schwöre Ihnen, es kommt gleich.«

Auf dem Boden neben dem Couchtisch lag ein ganzer Stapel Fotoalben. Sonja Kranich bat sie, Platz zu nehmen, und bot ihr einen Kaffee an, den sie kurz darauf mit langsamen, zitternden Händen servierte. Sie machte es sich neben ihr bequem, und nachdem sie am Kaffee eher genippt als davon getrunken hatte, sagte sie:

»Mein Mann ist kein schlechter Mensch, wissen Sie?«

Obwohl diese negative Einleitung die ganze Neugier einer Polizistin in ihr weckte, unterdrückte Cornelia den Impuls, ihren eigenen Notizblock zu zücken. Richard Kranich: vom Sohn eines kleinen Frankfurter Fischhändlers zum Mitinhaber einer der größten Baufirmen des Landes. Kranichs Frau zeigte ihr sogar Fotos aus der Kindheit ihres Mannes, die sie in den Alben mit einer Zielgenauigkeit fand, die verriet, dass sie sie erst kürzlich durchstöbert hatte. Ein Bild, das ihn als schlaksigen Elf- oder Zwölfjährigen vor dem Schaufenster des elterlichen Fischgeschäfts zeigte, entlockte ihr ein gerührtes Lächeln. Die Wände des kleinen Ladens waren im Blaugrau der Nordsee gekachelt, und im Schaufenster sah man Fische, die, tot und geräuchert, doppelt traurig wirkten. Richard Kranich lächelte stolz in die Kamera, in der Hand eine Angel, an der ein ebenfalls lächelndes silbernes Fischlein aus Pappe hing. Hinter dem Schaufenster schien sich eine Frau in einer bodenlangen dunklen Schürze köstlich über das gelungene Foto zu amüsieren.

»Sein Vater liebte es, solche Spaßfotos zu machen. Er ließ ihn mit der Angel überall posieren, am Flussufer, auf der Alten Brücke …«

Sie zeigte ihr auch dieses Foto. Einen Moment lang fühlte Cornelia sich wie auf einer Trauerfeier. Das Klingeln des Handys ließ beide zusammenfahren. Hastig zog Cornelia es aus der Tasche und zeigte es Sonja Kranich, um sie zu beruhigen. Es war Sauter.

»Einen Augenblick, Andrea.«

Sie stand auf und ging in die Küche.

»Die Techniker haben mich gebeten, das Transmittersignal zu überprüfen.«

Obwohl sie genau wusste, dass Cornelia bei den Kranichs war, las Sauter die Anschrift ab, die auf ihrem Bildschirm stand.

»Stimmt«, antwortete Cornelia, beruhigt von der Überflüssigkeit dieses Tests.

Sie ging ins Wohnzimmer zurück. Sonja Kranich legte eben gerade das Telefon auf den Tisch.

»Ich habe angerufen, um nachzufragen, ob es noch lange dauert mit dem Geld. Es ist unterwegs.«

»Was heißt das: Es ist unterwegs?«

»Dass unser Rechtsanwalt den Betrag gerade in Empfang nimmt.«

»Macht die Bank Ihnen Schwierigkeiten?«

»Warum fragen Sie das?« Sonja Kranich klang fast beleidigt.

»Weil das oft passiert, wenn es um so hohe Summen geht. Und Sie haben angedeutet, Sie hätten Zahlungsschwierigkeiten ...«

»Ah! Ja, ja«, fiel die Frau ihr ins Wort. »Aber das ist alles geklärt.« Sie faltete die Hände um ihre Knie.

Cornelia nahm wieder neben ihr Platz.

Sonja Kranich wollte offenbar nicht über das verspätete Eintreffen des Geldes sprechen. Cornelia hörte, wie sie auffordernd auf den Pappeinband des Fotoalbums auf ihren Oberschenkeln pochte, damit sie das Foto eines Paares im Sonntagsstaat betrachtete, das Arm in Arm vor der Tür des Fischgeschäfts posierte. Der verzückte Blick der beiden ließ darauf schließen, dass ihr Sohn das Foto gemacht hatte. Cornelia heuchelte Aufmerksamkeit, während sie in Gedanken bei dem war, was ihnen Edelstein über den Anruf berichtet hatte. »Halt sie hin, halt sie hin.« Sie würden nicht zulassen, dass sich Kranichs Freilassung verzögerte. Und wenn das Geld nicht rechtzeitig kam? Vielleicht würden sie die Entführer hinhalten können. Wie lange würde es dauern, bis sie über das Geld des staatlichen Fonds verfügen könnten, sollten sie auf ihn angewiesen sein? Sie sah auf die Uhr. Die Zeiger der alten Armbanduhr ihres Vater ruckten nach vielen Jahren unbarmherzig vorwärts. Sonja Kranich redete nervös drauflos, um die Zeit totzuschlagen:

»Richards Eltern vergötterten ihren Sohn. Er war ihr einziges Kind und überdies lang ersehnt. Sein Vater – und ich würde ihn gerne meinen Schwiegervater nennen, aber ich habe ihn nicht mehr kennengelernt – hatte in einer früheren Ehe ein Kind verloren. Er war schon über vierzig, als er Richards Mutter heiratete, die zehn Jahre jünger war. Als ihr Sohn dann endlich geboren wurde, scheuten sie keine Mühen, um ihm ein schönes Leben zu bieten, und er war ein mustergültiger Sohn, liebevoll, gut in der Schule, selbstständig …« Ihr Tonfall war fast mütterlich, ihr Blick ruhte gedankenverloren auf den Fotos, die sie Cornelia zeigte. »Aber kurz bevor er mit der Schule fertig war, ging alles schief: Der Vater hatte einen Schlaganfall, und Richard musste das Geschäft übernehmen, weil seine Mutter mit der Pflege des halbseitig gelähmten Vaters beschäftigt war. Er hätte gerne studiert, musste sich aber mit einer Ausbildung begnügen.«

Bis zu diesem Punkt war an Richard Kranichs Geschichte nichts Außergewöhnliches, es war nur ein weiterer Fall frustrierter Ambitionen. Dabei wäre es wohl auch geblieben, bei einem »Hätte ich doch nur …«, »Hätte ich doch nicht …«, doch Kranich verfügte über eine entscheidende Eigenschaft: seinen Ehrgeiz. Sonja Kranich berichtete Cornelia davon mit der Bewunderung eines Menschen, dem, wie es bei ihr der Fall war, aufgrund mangelnden Ehrgeizes eine solche Chance versagt geblieben war.

»Richard hatte keine Lust, für den Rest seines Lebens Fisch zu verkaufen.«

»Verständlich«, entfuhr es Cornelia, und sie biss sich auf die Unterlippe wie jedes Mal, wenn sie glaubte, einen Fehler gemacht zu haben.

Aber Sonja Kranich nahm das als Aufforderung, ihr die Geschichte zu Ende zu erzählen. Und so berichtete sie weiter, von den harten Zeiten, in denen Kranich das elterliche Geschäft geführt hatte, bis er es nach dem Tod seines Vaters erbte. Cornelia hörte mit halbem Ohr zu, während sie im Geiste noch einmal die Vorbereitungen für den Anruf und die Lösegeldübergabe durchging und hoffte, dass der Anwalt mit dem Lösegeld endlich käme. Was hielt ihn auf? Warum brauchte er so lange? Sie ließ Sonja Kranich weiterreden; es war wichtig, dass sie ruhig blieb, und vor allem, dass sie ihr vertraute.

»Richard hatte es satt, immer nach Fisch zu stinken.« Sonja Kranich rümpfte die Nase

Unwillkürlich tat Cornelia es ihr nach. Sonja Kranich verstand diese Geste falsch.

»Ach, Sie mögen auch keinen Fisch?« Sie wartete die Antwort nicht ab. »Uns kommt er nicht ins Haus. Das klingt, als würden wir irgendeiner komischen Sekte angehören, aber in dieses Haus kommt nichts, was aus dem Wasser kommt, daran können Sie sehen, wie sehr er das Fischgeschäft hasste. Sobald er konnte, hat er es verkauft. Da es in einer sehr guten Gegend lag, in der Berger Straße, hat er einen satten Gewinn erzielt, und mit dem Geld hat er zwei Mehrfamilienhäuser hier im Viertel gekauft. Das war 1994, bevor das Nordend in Mode kam, aber kurz danach wurde alles hier saniert, es kamen neue Mieter, und er hat ordentlich daran verdient. So hat alles angefangen ... Mein Mann ist ein echter Selfmademan. Niemand hat ihm was geschenkt. Niemand. Deshalb ist es so ungerecht.« Sie stampfte mit dem Fuß auf den Boden. »Warum er? Warum nehmen sie nicht einen von denen, die sich ins gemachte Nest gesetzt haben? Mein Mann war immer so fleißig. Es ist nicht fair.« Sie starrte auf das Handy und das Bündel Geldscheine, das immer kleiner zu werden schien.

»Das ist es nie.« Cornelia dachte, dass Sonja Kranich ihre Worte irgendwann einmal bereuen würde, aber sie war die Letzte, sie dafür zu verurteilen. »Wir sollten uns jetzt auf den Anruf vorbereiten.«

Sonja Kranich schlug das Album zu, ließ es in ihrem Schoß liegen und sah Cornelia erwartungsvoll an. Cornelia wusste nicht, wie sie anfangen sollte. Sie hatte alles durchdacht, war gründlich vorbereitet, aber sie hatte nicht überlegt, mit welchen Satz sie dem Plan die Tür öffnen sollte. Dem Protokoll, korrigierte sie sich in Gedanken.

»Und? Was machen wir?«, fragte Sonja Kranich schließlich.

»Im Prinzip folgen wir ihren Anweisungen, aber ...«

»Aber?«

»Wir werden Garantien verlangen.«

»Garantien?« Sonja Kranich legte das Album auf den Boden neben ihre Füße.

»Dafür, dass es Ihrem Mann gut geht und er sofort freigelassen wird.«

»Garantien, klar«, wiederholte Sonja Kranich zweifelnd. »Und wie wollen wir das machen?«

»Indem wir sie bitten, dass Ihr Mann Sie sofort anruft, um seine Freilassung zu bestätigen.«

»Aber ich werde doch bei der Lösegeldübergabe sein.« In der Stimme der Frau schwang leiser Trotz mit.

»Deshalb wollte ich Ihnen auch eine Änderung vorschlagen. Wenn es Ihnen recht ist und sich die Entführer einverstanden erklären, werde ich das Lösegeld übergeben.«

»Warum?«

»Zu Ihrer Sicherheit.«

In diesem Augenblick bemerkte Sonja Kranich Cornelias starre Haltung.

»Sie tragen eine kugelsichere Weste!« Sie streckte die Hand aus, um sie zu berühren, zog sie aber rasch zurück, bevor sie den Stoff der Bluse berührte.

»Das ist in solchen Fällen üblich. Sie werden auch eine solche Weste tragen, wenn Sie sich entscheiden sollten, das Geld persönlich zu übergeben, oder die Entführer mich nicht als Ersatz akzeptieren. Aber ich wiederhole hiermit noch einmal mein Angebot: Ich kann das übernehmen.«

»Ich möchte das tun. Und kein Wort mehr darüber.«

»Wie Sie wollen, aber mein Angebot bleibt bestehen.«

Sonja Kranich schenkte ihr ein schüchternes, dankbares Lächeln. Cornelia fuhr fort:

»Um auf unsere Vorgehensweise zurückzukommen: Es ist wichtig, eine Bedingung zu stellen. Sobald Sie den Entführern das Geld geben, muss Ihr Mann Sie anrufen und bestätigen, dass er freigelassen wurde.«

»Und wenn sie ihn zwingen, das zu tun, und es dann nicht stimmt?«

»Das haben wir auch schon überlegt. Deshalb sollten wir eine Möglichkeit finden, dass er Ihnen die Information sozusagen ›verschlüsselt‹ zukommen lässt.«

»Verschlüsselt? Was meinen Sie damit? Wie?«

»Wenn er wirklich freigekommen ist, muss er Ihnen etwas sagen, das nur Sie beide wissen können.«

Sonja Kranich beugte sich vor, stützte die Ellbogen auf die Oberschenkel und das Gesicht in die Hände. Um sie nicht zu bedrängen, wandte Cornelia den Blick ab. Sie nahm das Album, das die Frau auf den Boden gelegt hatte, und legte es zu den anderen auf den Tisch. Plötzlich richtete Sonja Kranich sich auf.

»Ich weiß! Die Alte Brücke. Wo er mit der Angelschnur posiert.«

»Aber Ihr Mann muss etwas sagen, was nur er wissen kann.«

»Ich werde ihn bitten, mir zu sagen, wo er die kleinen silbernen Fische geangelt hat, wenn er wirklich frei ist.«

Kleine silberne Fische. Sie sah sie im Wasser des Mains aufblitzen.

»Das klingt beinahe poetisch«, sagte Sonja Kranich versonnen.

Poetisch oder dämlich, dachte Cornelia. Jetzt, da sie diesen Plan ersonnen hatten, erschien er ihr absurd. Aber waren die absurden Pläne nicht oft die besten?

Um elf klingelte es an der Tür.

»Das ist das Geld!«

Sonja Kranich sprang auf und lief zur Tür.

Wenige Sekunden später kam sie mit Reiner und Peschke zurück.

Nur noch eine Stunde bis zum Anruf, und das Geld war immer noch nicht da.

## WARTEN

Sonja Kranich setzte sich wieder neben Cornelia. Markus Peschke nahm ihnen gegenüber Platz. Einige Sekunden lang musterte er sie, als wären sie Forschungsobjekte, dann wandte er sich an Sonja Kranich:

»Hat Frau Kommissarin Weber Sie über unsere Vorgehensweise unterrichtet?«

»Ja«, antwortete sie kaum hörbar. Ihr Vertrauen war dahin, vielleicht, weil das Geld immer noch nicht da war, vielleicht, weil Reiners und Peschkes Anwesenheit ihr vor Augen führten, dass der Anruf unmittelbar bevorstand.

»Und wie fühlen Sie sich dabei?«

»Gut.« Ihre Stimme klang immer noch schwach. Sie räusperte sich und wiederholte lauter: »Gut, es geht mir gut. Das Vorgehen erscheint mir gut.«

»Gut, gut, gut«, wiederholte Peschke.

Dann sagte der Psychologe einige aufmunternde Worte und erklärte ihr noch einmal, wieso es wichtig sei zu verhandeln. Sonja Kranich antwortete jedes Mal »gut« oder »einverstanden« und sah Zustimmung heischend zu Cornelia hinüber. Das Wort »gut« ging zwischen ihnen hin und her, doch meinte jeder etwas anderes damit. »Es geht mir gut«, sagte Sonja Kranich. »Wir haben uns das gut überlegt«, sagte Peschke. Es wird alles gutgehen, dachte Cornelia.

»Und Sie wollen vor dem Anruf wirklich nichts zu sich nehmen?«, fragte Peschke sie.

»Einen Schluck Wasser.«

»Ich meinte eigentlich …«

»Nein, ich möchte einen klaren Kopf behalten, wie gestern.«

Der Psychologe stand auf, um ihr ein Glas Wasser zu holen. Sein Handy ließ er neben dem seiner Kollegen liegen, als wäre es verboten, es mit in die Küche zu nehmen. Um Schrecksekunden zu vermeiden, hatten alle ihre Handys auf Vibrieren gestellt. Die Kopfhörer, die die Techniker zum Mithören des Gesprächs vorbereitet hatten, lagen auf den Stuhlsitzen.

Reiner musterte das Bündel Geldscheine auf dem Tisch mit fragender Miene. Cornelia verstand seine Zweifel.

»Wir warten auf die Ankunft des restlichen Geldes. Frau Kranich, würden Sie Ihren Anwalt noch mal anrufen? Langsam wird es knapp.«

Wortlos stand Sonja Kranich auf, nahm ihr Telefon und ging in das Büro ihres Mannes, um zu telefonieren. Peschke erschien mit einem Glas Wasser und stellte es auf den Tisch vor die Stelle, wo Sonja Kranich gesessen hatte.

»Hat sie immer noch nicht den gesamten Betrag zusammen?«, flüsterte Reiner und behielt dabei die Tür im Blick.

»Das siehst du doch, dass es nicht so ist.«

»Ganz ruhig, Cornelia, lass deine Anspannung nicht an mir aus.«

»Entschuldige bitte. Ich verstehe nur einfach nicht, wieso das so lange dauert.«

Als Sonja Kranich zurückkam, war sie leichenblass. Sie blieb an der Türschwelle stehen, als wage sie nicht, näher zu kommen.

»Anscheinend gibt es Probleme. Aber sie versuchen, sie zu lösen.«

»Was für Probleme?«

»Der Filialleiter braucht irgendwelche Papiere. Sie sind dabei, zu verhandeln.«

Reiner stand auf, ging auf sie zu und lud sie mit einer Geste ein, wieder Platz zu nehmen, während er sie gleichzeitig bat, Kaffee kochen zu dürfen. Sonja Kranich setzte sich wieder. Peschke zeigte auf das Glas Wasser. Sie hob es an den Mund und trank gehorsam zwei Schlucke. Reiner ging in die Küche.

Um fünf vor zwölf war das Geld immer noch nicht da.

Auch der Anruf verspätete sich.

Cornelia hatte aufgehört zu zählen, wie oft Sonja Kranich das Handy in die Hand genommen und gefragt hatte: »Warum melden sie sich nicht, um zu sagen, wo sie sind?«. Sie sah nur sie an. Weder Peschke noch Reiner zählten, Cornelia war ihre einzige Ansprechpartnerin. Sonja Kranich sah aus, als drohte sie zu zerbrechen. Sie wirkte so vollkommen erschöpft, dass Cornelia – allen guten Vorsätzen zum Trotz, professionelle Distanz zu wahren – ihre Hand nahm. Sie spürte, wie die Spannung stieg, als hätte die Frau einen elektrischen Schlag bekommen, und dann plötzlich abfiel. Sonja Kranich schenkte ihr ein vorsichtiges dankbares Lächeln.

»Bitten Sie um mehr Zeit.«

Sie sah ihr in die Augen, spürte, dass die Frau ihr ihr ganzes Vertrauen geschenkt hatte.

»Und denken Sie auch daran, die sofortige Freilassung Ihres Mannes zu fordern und darauf zu bestehen, dass er sie Ihnen persönlich bestätigt. Alte Brücke.«

Die Frau nickte.

»Sie verspäten sich«, sagte Peschke.

Er war aufgestanden und sah mit hinter dem Rücken verschränkten Händen in den Garten hinaus.

»Fast zehn Minuten«, präzisierte Reiner.

»Das Offensichtliche zu konstatieren, hilft uns auch nicht weiter«, entgegnete ihnen Cornelia und wies auf Sonja Kranich, die wieder erstarrt war.

Beide Männer entschuldigten sich hastig. Reiner bot an, ihr noch mehr Wasser zu holen. Sie lehnte mit einem schwachen Lächeln ab. Peschke nahm eine der Kaffeetassen und warf zwei Würfel Zucker hinein. Dann stand er wieder auf und blieb neben dem Sessel stehen, in dem Reiner saß; die Untertasse hielt er in der rechten Hand, mit der Linken rührte er um. Er war Rechtshänder, und die unregelmäßigen Schläge, die er dem Tassenrand versetzte, ließen Cornelias Nerven noch mehr flattern.

»Setzen Sie sich, Doktor Peschke.« Cornelia wies auf den Sessel, in dem er gesessen hatte.

Er gehorchte und stellte die Tasse auf dem Couchtisch ab, wo der gesüßte, umgerührte Kaffee langsam kalt wurde.

Es mochten weitere fünf Minuten vergangen sein, als das Telefon endlich klingelte.

»Sonja Kranich«, meldete sie sich; sie hatte das vereinbarte Erkennungsmerkmal nicht vergessen.

»Guten Tag, Frau Kranich; entschuldigen Sie bitte die Verspätung.«

Es war derselbe Mann wie beim letzten Anruf. Er sprach mit honigsüßer, furchteinflößender Freundlichkeit.

»Haben Sie das Geld?«

»Nein.« Ihre Stimme war mehr ein Krächzen.

»Wie bitte? Was sind denn das für Spielchen?«

»Ich hatte einfach nicht genug Zeit. Das ist sehr viel Geld ...«

»Glauben Sie, Sie können uns verarschen, und wir wissen nicht, wer Sie sind? Anderthalb Millionen ...«

»Das ist für jeden sehr viel Geld«, fiel ihm Sonja Kranich ins Wort. Sie sah Cornelia an und fügte mit erstaunlich fester Stimme hinzu: »Ich brauche nur noch ein bisschen mehr Zeit, und ich will mit meinem Mann sprechen.«

»Frau Kranich das ist nicht der richtige Augenblick ...«

»Was soll das heißen, nicht der richtige Augenblick? Wann soll der denn sein?«

Wieder sah sie Cornelia an. Diese nickte. Aus den Augenwinkeln sah sie, dass Reiner die Armlehnen seines Sessels umklammert hielt. Auch Peschke nickte zustimmend. Das ermutigte Cornelia, leise zu sagen:

»Beharren Sie darauf.«

»Ich brauche nur ein bisschen mehr Zeit, und ich will mit meinem Mann sprechen.«

»Zuerst müssen wir über das Geld reden«, sagte der Entführer. Dann verstummte er, als sei damit alles gesagt.

Cornelia flüsterte:

»Bestehen Sie darauf.«

»Ich bestehe darauf, mit meinem Mann zu sprechen. Sofort.«

Sie erhielt keine Antwort. Keuchender Atem direkt am Hörer, im Hintergrund ein Husten.

Der Mann legte auf.

# ICH BIN NIEMAND

Sonja Kranich blieb ganz still auf dem Sofa sitzen, die Hände zwischen die Knie geklemmt und sichtlich bemüht, das auf dem Couchtisch liegende Telefon nicht aus den Augen zu lassen. Auch Cornelia wandte den Blick nicht davon ab. Klingle, du verdammtes Ding, klingle.

In der Stille des Wohnzimmers waren die leichten Bewegungen der Anwesenden deutlich zu hören: das Schaben ihrer Schuhsohlen über den Boden, das Rascheln des Stoffs von Peschkes Hose auf dem Sofakissen, das Ticken von Reiners Sekundenzeiger. Und ihre Atemzüge. Abgerissen die von Sonja Kranich; tief die von Reiner, der sich zu beruhigen versuchte, bevor er etwas tat oder sagte; die von Peschke immer wieder von Räuspern unterbrochen; der Psychologe suchte nach Worten und fand sie nicht, unternahm immer wieder neue Anläufe, atmete durch den Mund ein und ließ die Luft langsam durch die Nase entweichen wie ein Schwimmer.

»Sie werden wieder anrufen«, sagte Sonja Kranich plötzlich. »So wie beim letzten Mal.«

Sie schenkte Cornelia ein unsicheres Lächeln, das um nichts weiter als Bestätigung bat. Cornelia lächelte zurück.

»Natürlich werden sie das tun«, versicherte sie ihr.

Das war das Spiel der Entführer. Wenn sie sich bedrängt fühlten, legten sie auf. Sie würden wieder anrufen und die Situation und ihre Bedingungen akzeptieren. Sie würden Sonja Kranich mit ihrem Mann reden lassen, und dann würden die Verhandlungen weitergehen.

»Und wenn sie es nicht tun?« Sonja Kranich packte Cornelias Handgelenk, grub ihr die langen, gepflegten

Fingernägel ins Fleisch, als wollte sie ihren rosa Nagellack injizieren.

»Sie werden anrufen, wie sie es gestern getan haben«, entgegnete Cornelia und schüttelte die Hand, um den klauenartigen Griff zu lockern, bewirkte jedoch nur, dass er sich umso fester schloss. Die Kraft dieser zarten Hand überraschte sie, bis ihr wieder einfiel, dass Sonja Kranich Pianistin und jeder ihrer Finger ein muskulöser Hammer war. »Sie werden anrufen«, wiederholte sie und warf Peschke einen hilfesuchenden Blick zu. »Klar doch, selbstverständlich«, beeilte sich der Psychologe zu sagen, als hätte sie ihn aus Gedanken gerissen, die wichtiger waren als das, was um ihn herum geschah. Sie fühlte sich sehr einsam, allein gelassen mit allen ihren Zweifeln, als wäre sie gezwungen, mit dem toten Gewicht Sonja Kranichs am Handgelenk zu schwimmen.

Ihre linke Hand wurde allmählich taub, als Sonja Kranich einen Schrei ausstieß und sie losließ. Das Telefon hatte wieder angefangen zu läuten. Reiner trat auf den Tisch zu, Peschke lehnte sich in seinem Sessel nach vorn, Cornelia und Sonja Kranich taten auf dem Sofa das Gleiche. Alle vier schwiegen, als betrachteten sie das versteinerte Gerippe eines ausgestorbenen Tieres, das plötzlich wieder begonnen hatte zu atmen.

Cornelia musste den ersten Schritt tun, um sie aus ihrer Lähmung zu reißen. Sie nahm das Telefon, drückte die grüne Taste und reichte es weiter. Dabei stellte sie sich vor, mit welcher Spannung ihre Kollegen im Präsidium und Edelstein und seine Leute in Wiesbaden diesen Anruf erwarteten.

»Sonja Kranich?«, fragte die Stimme am anderen Ende.

Ein pfeifendes Geräusch war die einzige Antwort, die sie zustande brachte.

»Sie wollen uns also Bedingungen stellen?«

»Ja. Nein. Ich ...«

»Sie wollen es nicht?«

»Ja. Nein.«

»Sie glauben wohl, Sie könnten uns auf der Nase herumtanzen?«

Das Telefon rutschte aus der Hand, die noch vor wenigen Sekunden Cornelias Handgelenk so umklammert hatte, dass es völlig blutleer war. Cornelia fing es im Fallen auf und gab es Sonja Kranich zurück. Die hob es wieder ans Ohr. Die Stimme des Entführers, das konnten sie über Kopfhörer vernehmen, redete sich allmählich in Rage:

»Bedingungen! Sie stellen Bedingungen. Und wollen nicht zahlen. Für wen halten Sie sich eigentlich, dass Sie sich einbilden, Forderungen stellen zu können? Was glauben Sie, mit wem Sie es zu tun haben?«

»Nein. Niemand. Ich bin niemand.«

»Du bist niemand, kapiert? Niemand. Und was wolltest du noch mal?«

»Nichts, ich will nichts. Das Geld habe ich noch nicht, aber es müsste jeden Augenblick da sein.«

»Sie sagt, es müsste jeden Augenblick da sein, die dumme Gans. Kommt es etwa zu dir gelaufen? Mit uns treibst du keine Spielchen, verdammt noch mal! Wolltest du nicht mit deinem Mann sprechen? Hier! Da hast du ihn!«

Ein Schuss.

Der Schrei eines Mannes.

Noch ein Schuss.

Sonja Kranichs Schrei.

Stille.

Das Zeichen dafür, dass am anderen Ende aufgelegt worden war.

# NACHT

Sie hatte eindeutig zu Abend gegessen, das bewiesen der Teller und das Glas in der Spüle. Wo war das Besteck? In den Geschirrspüler konnte sie es nicht getan haben, denn in dem stand immer noch das saubere Geschirr. Schließlich fand sie es im Wohnzimmer auf dem Couchtisch, neben der Fernbedienung für den Fernseher, der immer noch lief, wenn auch stumm. Das schmutzige Messer klebte auf der Tischplatte; sie hob es auf und roch daran. Hatte sie wirklich Marmelade gegessen? Der leichte Fischgeruch, den die Gabel verströmte, machte dieses Abendessen, an das sie sich nicht erinnerte, noch merkwürdiger. Sie stellte sich vor, wie Leo lachen würde, wenn er am nächsten Tag aus Potsdam zurückkam und feststellte, was sie während seiner Abwesenheit alles gegessen hatte. Warum hatte er den ganzen Nachmittag nicht angerufen? Warum war er nicht da, jetzt, da sie ihn brauchte? Dann fiel ihr ein, dass sie ihr Telefon ausgeschaltet hatte. Und das Handy auch.

»Schließ mich nicht aus«, hatte Leopold sie mehr als einmal gebeten. »Schließ mich nicht aus.« Wenn sie besorgt von ihren Eltern zurückkam. Oder wenn es ihr nicht gelang, den Fall, an dem sie gerade arbeitete, im Präsidium zu lassen, und er auf dem Weg nach Hause neben ihr im Auto saß, mit ihr die Treppe hinaufging und sich in die Wohnung drängte, obwohl sie hastig die Tür zuschlug.

»Ich will zu Hause nicht über die Arbeit reden«, hatte sie Leo oft erwidert. Und so hatten sie eine Übereinkunft getroffen, die er eher zähneknirschend akzeptierte.

Sie musste zugeben, dass sie es Leo nicht immer leicht machte, dass sie ihn auf Distanz hielt und trotz ihres Zusammenlebens immer noch nicht das Misstrauen überwunden hatte, das das Scheitern einer langen Beziehung hinterlässt.

Aber er war nicht bereit, sich von ausgeschalteten Telefonen fernhalten zu lassen: In diesem Augenblick kam er herein, müde, mit dunklen Ringen unter den Augen.

»Was machst du denn hier?«

In ihrer Frage schwangen die unterschiedlichsten Gefühle mit, Verblüffung, Vorwurf und Erleichterung. Vor allem Erleichterung.

»Ich habe Reiner angerufen, weil du nicht ans Telefon gegangen bist.«

Er nahm sie fest in seine Arme.

»Er hat mir erzählt, was passiert ist. Es tut mir so leid. Warum hast du mich nicht angerufen? Warum wolltest du nicht, dass ich mit dir rede?«

Scham überwältigte sie. Scham über ihre Blindheit, ihre Halsstarrigkeit, ihr Versagen, die ein Menschenleben gekostet hatte. Und Scham war ein Gefühl, das sie nicht ertragen konnte. Mit Hass konnte sie umgehen; Liebe verstand sie zu verbergen, wenn nötig; sie schluckte ihre Rachegelüste und versuchte sich nicht von Sympathien oder Antipathien leiten zu lassen. Aber mit Scham wusste sie nichts anderes anzufangen, als sie möglichst weit von sich wegzuschieben. Also schob sie nun den weg, der sie an dieses Gefühl erinnerte, und löste sich aus Leos Umarmung.

»Was hat Reiner dir erzählt?«

Hatte er ihm berichtet, wie sie in ihrer Dummheit und Überheblichkeit darauf vertraut hatte, dass die Entführer nur wenige Sekunden später wieder anrufen würden, um diese Komödie zu beenden?

»Die wollen uns nur Angst machen«, hatte sie zu Sonja Kranich gesagt.

»Noch mehr?«

Hatte Reiner ihm von der Zeit nach den Schüssen erzählt?

Wie das vertrauensvolle Warten, während sie auf das stumme Telefon starrten und Minute um Minute verstrich, der Hoffnung gewichen war; wie diese wiederum dem verzweifelten Sehnen Platz gemacht hatte, das von der Gewissheit verdrängt worden war, dass das Telefon nicht mehr läuten würde.

Hatte er ihm beschrieben, wie Sonja Kranich sie hinausgeworfen hatte?

Sie erinnerte sich an die Ereignisse nach den Schüssen wie an einen falsch geschnittenen Film. Das erste Bild war das der Statue einer ägyptischen Katze, mit der Sonja Kranich auf sie losgegangen war. Zunächst allerdings war sie aus dem Wohnzimmer gestürzt, als wäre sie auf der Flucht vor ihnen.

»Ich lege mich einen Moment hin. Mir ist ein bisschen übel«, hatte sie zu niemand Bestimmtem von ihnen gesagt, nachdem sie erkannt hatte, dass es keinen dritten Anruf geben würde. Stimmen ihrer beiden Kollegen, an deren Worte sie sich nicht erinnerte. Sie redeten beide gleichzeitig, verstummten beide gleichzeitig. Irgendwann mussten sie sich eingestehen, dass sie in diesem Haus nichts mehr verloren hatten. Cornelia war auf die Suche nach Sonja Kranich gegangen, hatte vom Fuß der Treppe aus nach ihr gerufen, weil ihr die Kraft fehlte, auch nur eine einzige Stufe nach oben zu gehen. Sie wollte ihr sagen, dass sie gehen würden, nachdem sie nach sinnlosem Warten alle eingesehen hatten, dass das Telefon nicht mehr klingeln würde. Sie wusste nicht, wer es als Erster eingesehen hatte. Sie jedenfalls war die Letzte gewesen.

Wieder sah sie Sonja Kranichs Silhouette oben an der Treppe stehen. Ihre Gestalt erschien im Gegenlicht länger als gewöhnlich, ihr offenes blondes Haar bildete einen wirren Strahlenkranz um ihren Kopf.

»Kommen Sie nicht hoch. Ich komme runter.«

Die Hände um das Geländer gekrallt, war sie steifbeinig die Treppe hinuntergestiegen wie ein Betrunkener, Stufe um Stufe, und schien jeden einzelnen Schritt sorgsam zu erwägen, bevor sie ihn tat

»Frau Kranich, wir müssen zurück ins Präsidium«, hatte Cornelia zu ihr gesagt.

Sie war an ihr vorbeigegangen, ohne sie eines Blickes zu würdigen.

»Aber wir wollen Sie in dieser schwierigen Situation nicht alleine lassen.«

Bei der Erinnerung an diese dummen Worte schämte sie sich wieder.

Die Frau hatte die Schultern gezuckt und war ins Wohnzimmer gegangen, wo Reiner und Peschke schon warteten, bereit zum Aufbruch. Cornelia war ihr gefolgt.

»Raus hier!« Sonja Kranich wies mit einem spitzen Finger auf sie. Cornelia erinnerte sich an ihren festen Griff und stellte sich vor, wie dieser Dolch mit der rosafarbigen Spitze ihre Stirn durchbohrte, als wäre sie aus Butter. »Raus aus meinem Haus. Alle drei. Sofort.«

»Wir können Sie in diesem Zustand doch nicht alleine lassen.«

»Raus!« Sonja Kranich bebte, als ob der Boden unter ihren Füßen vibrierte. Cornelia ging einen Schritt auf sie zu. Die Frau wich zurück und streckte abwehrend den Arm aus.

»Verlassen Sie mein Haus, oder ich vergesse mich!«

»Drohen Sie etwa der Kommissarin?«

»Lass sie in Ruhe, Reiner. Es geht ihr wirklich schlecht.«

»Raus! Raus! Raus!« Sonja Kranich hatte, ohne hinzusehen, nach dem erstbesten Gegenstand gegriffen, der kleinen ägyptischen Statue einer Katze, und ausgeholt, um sie nach ihnen zu werfen.

Sie gingen. Es war der unwürdige Abgang ausgebuhter Schauspieler. Als sie die Tür schlossen, hörten sie, wie die Statue an ihr zerschellte.

»Was hat Reiner dir erzählt?«, fragte sie Leo wieder.

»Ist doch egal, was er mir erzählt hat. Ich bin hier.« Er klang gekränkt.

»Das sehe ich. Danke.«

»Wenn du willst, dass ich dich alleine lasse, fahre ich zurück nach Potsdam. Die Fortbildung war sehr interessant.« Nun klang Leos Stimme eisig.

»Ich habe dich nicht gebeten zu kommen.«

Sie wusste, dass ihre Worte ungerecht und grausam waren, vor allem aber im Grunde genommen gelogen, dass es nicht das war, was sie sagen wollte, aber sie konnte sich nicht bremsen.

»Ich bin zu müde für so einen absurden Streit.«

Leo drehte sich um und nahm den Koffer, den er auf dem Boden abgestellt hatte. Diese Geste besänftigte sie.

»Warte.«

Er sagte nichts, drehte sich nur um und schob sie mit dem Koffer von sich. Dann ging er ins Schlafzimmer und schloss die Tür hinter sich.

Scham, gepaart mit schlechtem Gewissen, legte sich auf ihre Haut. Sie ging zum Schlafzimmer und blieb davor stehen. Sie konnte die Tür nicht öffnen, weggehen konnte sie aber genauso wenig. Also legte sie das Ohr an die Tür. Als ob ihr vor Scham klebriger Körper daran hängen bliebe, ging sie auch nicht weg, als sie spürte, dass er sich auf der anderen Seite der Tür näherte. Sie fühlte, dass er nur wenige Zentimeter von ihr entfernt war, und fragte sich, ob er ihre Anwesenheit ebenfalls wahrnahm. Dann hörte sie ein leichtes Schaben. Ob auch er sein Ohr an die Tür gelegt hatte? Zärtlich strich sie mit der Hand über das Holz. Wieder erklang das Schaben. Sie legte die Hand an die

Stelle, an der sie das Geräusch gehört zu haben glaubte. Sofort kam das Echo. Sie wiederholte die Geste, und hinter der Tür geschah das gleiche. Noch einmal, und wieder kam das Echo. Nun klopfte sie dreimal leicht mit den Knöcheln an die Tür, beschwichtigte das leise Stechen ihres Stolzes. Als nichts geschah, klopfte sie erneut. Diesmal öffnete sich die Tür.

»Was willst du jetzt?« Weder in Leos Stimme noch in seiner Miene spiegelte sich die Härte seiner Worte.

»Reinkommen. Was denkst du denn?« Sie klang auch nicht glaubhafter.

»Dann komm doch einfach rein. Niemand hindert dich daran.«

»Klar komme ich rein.«

»Mach doch.«

»Ich komme jetzt.«

Keiner von beiden hatte sich von der Stelle gerührt. Sie musterten einander mit der vorgetäuschten Strenge von Kindern, die spielen, wer als Erster lacht. Das war sie, auch wenn sie es abstritt, bis sie Arm in Arm einschliefen.

* * *

Mitten in der Nacht erwachte sie von einer Stimme: »Du hast dich geirrt.« Sie erkannte die Stimme, obwohl sie geglaubt hatte, sie vergessen zu haben. Es war Katis Stimme. Ihre Füße wurden eiskalt.

Sie öffnete die Augen.

Kati stand am Fußende ihres Bettes. Cornelia zog die Beine an. Kati rührte sich nicht, sah sie nur an. »Du hast dich geirrt«, wiederholte sie, ohne die Lippen zu bewegen. Der Scheitel, der ihr glattes Haar in der Mitte teilte, war eine glänzende Linie, als sprösse ihr Haar direkt aus dem Schädelknochen.

»Bist du schon hier? Das ging aber schnell.«

Kati war immer die schnellste, die klügste der Clique gewesen.

»Du warst die Kluge von uns beiden, Cornelia.«

»Nein. Ich war eher schlau.«

Sie besaß eine praktische Intelligenz, die wenig für die Abstraktionen taugte, die man mit reiner Intelligenz verbindet. Der Intelligenz, die sie in Kati sah. Was wohl aus ihr geworden wäre? Auf keinen Fall eine Polizistin wie sie.

Kati kam ihr jeden Tag ein Stückchen näher.

Lächelte sie? Es war das eingefrorene Lächeln aus dem Zeitungsfoto.

Cornelia hatte sie nicht tot gesehen, sie hatte die Leiche nicht gesehen, als die Polizei endlich die Kiste fand, und so wusste sie nicht, welchen Ausdruck ihr Gesicht aufwies oder in welcher Position sie eingezwängt zwischen den Holzwänden gelegen hatte. Auch am Tag der Beerdigung hatte sie sie nicht gesehen, denn der Sarg war verschlossen und zugeschraubt.

Plötzlich öffneten sich Katis Lippen wie zu einem Lachen. Ihre Freundin zwinkerte ihr zu und begann ein Spiel, nahm das Gesicht eines anderen Toten an, eines der vielen, denen Cornelia im Laufe ihrer Arbeit begegnet war. Dann setzte sie es ab, setzte ein anderes auf und gleich darauf wieder ein anderes. Kati wechselte die Gesichter wie ein eifriges, aber unentschlossenes Mädchen vor dem Karneval. Welche Verkleidung lege ich an? Für welche Maske entscheide ich mich? Stehen mir die hervorquellenden Augen der von ihrem Lebensgefährten ermordeten Frau, einer dieser Fälle, die in der Presse beschönigend »Familiendrama« genannt werden? Oder ist die gleichgültige Starre des U-Bahn-Fahrers besser, der sich mit Tabletten vergiftet hatte, nachdem seine Bahn zwei Jungen überfahren hatte, die in den Tunneln auf Abenteuersuche gegangen waren?

Oder vielleicht das aufgedunsene Gesicht des Erstochenen, dessen Leiche im Fluss getrieben war?

Tote Kinder können sich erlauben, grausam zu sein.

»Warum lässt du mich nicht in Frieden, Kati? Es war nicht meine Schuld. Ich habe nichts getan.«

»Es war nicht meine Schuld, ich habe nichts getan«, höhnte Katis Stimme. Sie hatte sich das verkohlte Gesicht einer gelähmten alten Frau aufgesetzt, die bei einem Brand ums Leben gekommen war, und sprach durch das Loch, das zwischen den Lippen geblieben war, wie durch eine plumpe Maske aus Pappmaché. »Und jetzt? Du willst doch nicht etwa behaupten, dass das heute auch nicht deine Schuld war?«

Natürlich war es ihre Schuld. Und nun trug sie die Konsequenzen. Das muss man doch, oder etwa nicht?

Nachdem sie das Haus der Kranichs verlassen hatten, geschmäht und vertrieben, waren sie ins Präsidium gefahren.

Peschke war in sein Auto gestiegen, nachdem er mit einer unbestimmten Handbewegung an ihnen vorbeigegangen war. Was hatte diese Geste zu bedeuten? Erstaunen? Entschuldigung?

Reiner und sie waren ihm gefolgt. Reiner fuhr ernst und konzentriert, und die wenigen Worte, die er an sie richtete, bezogen sich auf den Verkehr. Sie war sich sicher, dass er ihr einiges zu sagen hatte, aber wusste, dass dies nicht der richtige Moment für Vorwürfe war. Genauso wenig wie für tröstende Worte, die sie jetzt nicht akzeptieren würde. Schließlich war sie diejenige, die das Schweigen brach.

»Was ist da passiert, Reiner?«

»Ich verstehe es auch nicht. Ich verstehe nicht, warum sie so reagiert haben. Wie Peschke sagte: Sie wirkten ganz ruhig, als hätten sie die Situation im Griff.«

»Aber das Geld war nicht da.«

»Sie werden es auch nicht bekommen, wenn es wirklich stimmt, dass ...«

»Du glaubst, er ist tot, nicht wahr?« Sie sah aus dem Fenster, zu den Fußgängern hinüber, die sich im Gänsemarsch einen durch einen Bauzaun verschmälerten Bürgersteig entlangschoben.

»Ich weiß nicht, was ich denken soll, Cornelia. Aber ich fürchte ...«

»Du fürchtest, dass es so ist.« Sie sah Reiner an.

»Ich weiß nicht, wie ich die Geschehnisse anders deuten soll.« Die dichten Augenbrauen des Oberkommissars zogen sich über der Nasenwurzel sorgenvoll zusammen.

»Wenn es so ist, dann ist es meine Schuld.«

»Nein. Wenn jemand Schuld hat, dann wir alle. Aber ich glaube nicht, dass wir nach Schuldigen suchen sollten. Wichtiger ist jetzt, dass wir unsere Arbeit fortsetzen. Wir können die Möglichkeit nicht ausschließen, dass alles nur inszeniert war, um uns unter Druck zu setzen, und dass ...«

Das stimmte. Aber der erneute Anruf, auf den sie vergeblich gewartet hatten, besagte das Gegenteil. Mit jeder Minute, die verstrich, wurde diese Theorie unwahrscheinlicher.

»Spar dir deine Worte, Reiner. Danke. Ich wünschte, ich könnte dir glauben. Manchmal frage ich mich, ob es nicht ...«

Ihr Kollege nahm die rechte Hand vom Steuer, um sie zu unterbrechen.

»Ob es nicht besser wäre, wenn es umgekehrt wäre? Wenn ich der Chef wäre?«

»Genau.« Sie lehnte den Kopf an die Kopfstütze und schloss die Augen.

»Nein. Ich bin dazu da, dir notfalls zu sagen, dass du dich irrst oder in Schwierigkeiten bringst; aber das passiert nur deshalb, weil du die notwendigen Entscheidungen triffst, die eben manchmal riskant sind, und dazu bin ich nicht geschaffen. Darum jedem das Seine, Chefin. Und jetzt erlaube ich mir, dich daran zu erinnern, dass du das Team zusammentrommeln musst, damit wir entscheiden, wie es weitergeht.«

Mit einer Eile, die, wie sie genau wusste, aus dem Handlungseifer herrührte, der einen nach großen Unglücksfällen packt, berief sie noch auf der Fahrt zum Präsidium alle zu einer Sitzung ein.

Sie ging zum Kopfende des Tisches und setzte sich kerzengerade hin, die Hände auf die Tischplatte gelegt. Die anderen saßen dicht an dicht ihr gegenüber. Herausfordernd sah sie in die Runde. Nur einer der Anwesenden schenkte ihr ein schüchternes aufmunterndes Lächeln: Krökel. Sie hatte in einiger Entfernung von ihren beiden Kollegen Platz genommen.

Cornelia berichtete, was geschehen war.

Der Tisch schien von Minute zu Minute länger zu werden, die anderen schienen von ihr abzurücken.

Ohne zu zögern, schilderte sie die Folgen der Ereignisse.

»Ich werde mich nicht in falschem Optimismus wiegen. Ich fürchte, Richard Kranich ist tot.«

Vielleicht bildete sie sich das nur ein, aber sie glaubte bei allem Entsetzen ihrer Kollegen so etwas wie Erleichterung zu spüren. Eine schuldbewusste Erleichterung, die sie nur allzu gut kannte. Es war dieselbe Erleichterung, die man empfand, wenn man einem Angehörigen schließlich die schlechte Nachricht überbracht hatte. Jetzt war es heraus, jemand hatte die schicksalhaften Worte ausgesprochen: »Er ist tot.« Dann schienen alle Kollegen auf einmal ihre Stimme wiederzufinden.

»Die Lage ist den Entführern entglitten, sie haben die Nerven verloren«, mutmaßte Reiner.

»Warum glaubst du das?«, wollte Sonnenberg wissen.

»Sie waren untereinander uneins, haben während der Verhandlungen diskutiert und gestritten. Sie wollten eine richtig große Entführung durchziehen und waren damit überfordert. Die Sache war eine Nummer zu groß für sie.«

Und für sie ebenfalls, dachte Cornelia.

»Und sie lassen sich anderthalb Millionen Euro durch die Lappen gehen?« Sonnenbergs ewige Fragerei ging ihr in diesem Moment auf die Nerven. Nun redeten alle durcheinander.

»Das war ein Manöver, um uns einzuschüchtern.«

»Dann hätten sie gleich darauf wieder angerufen.«

»Er ist noch am Leben. Sie werden wieder anrufen.«

»Und noch mehr Geld verlangen.«

»Er ist tot.«

»Und trotzdem werden sie mehr Geld fordern.«

In diesem Augenblick klopfte es an die Tür, aber das Klopfen ging im Stimmengewirr unter, es war nur ein weiteres Geräusch, der Trommelschlag, der die Kakophonie untermalte. Keiner merkte, dass die Tür aufging und jemand hereinkam, bis Cornelia aufhörte, mit Reiner zu sprechen, und dem Blick von Ute Marx begegnete. Die ungewohnte Anwesenheit der Sekretärin des Chefkommissars ließ mit einem Schlag alle verstummen.

»Herr Ockenfeld möchte Sie sprechen, Frau Weber«, sagte sie verlegen und strich eine imaginäre Falte aus dem Ärmel ihrer türkisfarbenen, mit gelben Fischen bedruckten Bluse. »Jetzt gleich. Wenn Sie mir also ...«

Cornelia nickte.

»Ihr macht inzwischen weiter. Sven, übernimmst du die Leitung?«

Die beiden Frauen verließen den Raum. Cornelia sah nicht, ob Juncker aufstand, um ihren Platz einzunehmen, oder an seinem Platz sitzen blieb.

»Wissen Sie, was er will?«

»Er hat mir nichts gesagt. Nur, dass ich runtergehen und Sie holen soll.«

Sie legten den Weg bis zum Vorzimmer schweigend zurück.

»Wo ist Lukas?«

»Zur Beobachtung beim Tierarzt. Irgendetwas stimmt mit ihm nicht.«

Ute Marx sah auf den leeren Korb unter ihrem Tisch hinab.

Wenn das kein schlechtes Zeichen war.

Sie betrat Ockenfelds Büro. Ihr Chef begrüßte sie mit einem Lächeln, das seine Augen nicht erreichte. Augen, die sie durch die Brillengläser scharf musterten.

»Frau Weber-Tejedor, ich habe Sie kommen lassen, weil ich dieses Gespräch nicht vor Ihren Leuten führen wollte. Ich habe Ihre Vorgehensweise in diesem Fall analysiert und kann leider nicht behaupten, dass sie mir angemessen erscheint, ebenso wenig wie Ihre Leitung des Ermittlungsteams, soweit ich darüber informiert bin.«

»Gab es Beschwerden?«

»Ja.«

Eine so deutliche Antwort auf ihre Frage hatte sie nicht erwartet. Normalerweise hielt Ockenfeld sich bei so etwas bedeckt. Verletzt stammelte sie:

»Wirklich?«

»Mehr als eine.«

Juncker und Sauter, schoss es ihr durch den Kopf. »Allerdings ist das nicht der Grund für meine Entscheidung, Sie von dem Fall abzuziehen.«

Sie sah Ockenfeld an.

Dann holte sie tief Luft und setzte zu heftigem Widerspruch an.

Aber schon während sie sprach, wurde sie das Gefühl

nicht los, ihr Pulver umsonst zu verschießen. Ihre Argumente fielen kraftlos auf Ockenfelds Tisch, so nachdrücklich sie sie auch vorbrachte. Trotzdem kämpfte sie weiter, denn wenn ihre Befürchtungen sich bewahrheiteten, drohte ein neues Gespenst sie für den Rest ihres Lebens zu verfolgen.

Und sie war nicht gewillt, klein beizugeben.

Schließlich unterbrach Ockenfeld sie barsch.

»Geben Sie es auf.«

Da verstand sie, dass sein Urteil schon in dem Augenblick festgestanden hatte, als sie das Büro betrat, und dass all ihr Widerspruch, ihre Erklärungen und Rechtfertigungen nur dazu geführt hatten, dass der Chef sich noch weiter in seinem Sessel zurücklehnte, um Schwung zu holen und sie mit einem nüchternen »Geben Sie es auf« zu entwaffnen.

Und so gab sie auf.

Kaum dass sie Ockenfelds Entscheidung akzeptiert hatte, tauchte vor ihrem geistigen Auge ein Bild auf, das ihr unerträglich schien. Sie sah sich selbst in ihrem Büro sitzen, allein, während ihre Kollegen weiter in dem Fall ermittelten. Das ließ ihr Stolz nicht zu.

»Kann ich ein paar Tage freinehmen?«

Ockenfeld starrte sie an, als wäre ihr Kopf durchsichtig und er suchte darin nach den Gründen für diese Bitte. Er schien sie zu finden, denn er lehnte sich in seinem Stuhl zurück und sagte:

»Weil Sie es sind, gebe ich Ihnen ein paar Tage bezahlten Urlaub, bis sich die Wogen geglättet haben. Danach teilen wir Ihnen einen neuen Fall zu. An Arbeit fehlt es uns ja weiß Gott nicht.« Bei dem letzten Satz verzog sich sein Gesicht zu etwas, das wohl ein Lächeln sein sollte.

War es wirklich so einfach? Er ließ sie brav nach Hause gehen, als begäbe sie sich zur Kur. In diesem Moment hätte sie sich gewünscht, dass ihr Chef die Strenge an den Tag legte, zu der er fähig war; sie wollte gerügt, getadelt und gedemütigt werden. Schrei mich an! Schimpf mich aus! Dann können wir streiten, und ich kann türenknallend hinausgehen. Aber nichts dergleichen geschah. Ockenfeld begleitete sie bis zur Tür seines Büros und klopfte ihr schüchtern auf die Schulter.

»Eine Woche, es sei denn, Sie wollen früher zurückkehren.«

Bezahlter Urlaub. Ihr fiel auf, dass ihre Lage sich in nichts von der von Kranichs Haushälterin unterschied.

Sie marschierte an Ute Marx vorbei und nickte ihr zum Abschied einfach zu; die hob die Hand zu einer verlegenen Geste der Solidarität. Als sie schon auf dem Flur war, hörte sie, wie Ockenfeld zu seiner Sekretärin sagte:

»Frau Marx, holen Sie mir Herrn Oberkommissar Reiner Terletzki.«

Danach nahm sie alles nur noch verschwommen wahr. Sie war ins Büro gegangen, hatte ihre Tasche geholt und war gegangen.

Vielleicht hätte sie früher die Konsequenzen aus den Vorfällen ziehen müssen, vielleicht hätte sie den Fall freiwillig abgeben müssen. Nein, sie fürchtete nicht die Kritik ihrer Kollegen, sondern die eigenen Vorwürfe, die Stimme, die ihr sagte, dass es diesmal vielleicht wirklich ihre Schuld gewesen war.

Nein, bei Kati war sie nicht schuldig gewesen.

Kati streckte ihr durch das Loch, das an der Stelle geblieben war, wo sich die Lippen der verkohlten alten Frau befunden hatten, die Zunge heraus.

»Kati! Leg sofort dieses Gesicht ab, oder …«

»Oder was? Du redest nicht mehr mit mir?«

Aber sie gehorchte.

»Warum hast du niemandem etwas gesagt?«

Sie durfte nicht zulassen, dass auch die tieferen Schlammschichten aufgewühlt wurden.

»Lass mich in Ruhe, Kati. Ich bin furchtbar müde. Vergiss nicht: Du bist tot.«

## VON AUSSEN

Ein erholter, versöhnlich gestimmter Leopold verabschiedete sich am nächsten Morgen von einer unausgeschlafenen, aber ebenfalls versöhnlichen Cornelia.

»Wird es dir auch gutgehen?« Auf der Schwelle küsste er sie noch einmal.

Es fiel ihm schwer zu gehen.

»Klar doch. Was ziehst du denn für ein Gesicht? Glaubst du mir etwa nicht?«

»Nach dem, was dir passiert ist, dachte ich …«

»Dass ich hier heulend in der Ecke sitzen werde? Was würde mir das bringen? Geh ruhig.«

Leo sah sie vom Treppenabsatz her ernst an.

»Es ist nicht leicht, einen Toten mit sich herumzuschleppen. Andererseits gibt es ja immer noch Hoffnung.«

Cornelia ignorierte den zweiten Teil.

»Es war nicht der erste. Ginge es dir besser, wenn ich weinen würde?«

»Und dir? Ginge es dir besser, wenn du weinen würdest?« Er kam zurück und umarmte sie noch einmal.

»Vielleicht tue ich das, aber nicht jetzt.« Sie legte den Kopf an seine Brust.

»Dann genieß diese Art Urlaub einfach.« Ein letzter Kuss, dann war er die Treppe hinab verschwunden. Im Erdgeschoss angekommen, rief er ihr durch den Treppenschacht noch zu:

»Genieß die Zeit, es ist Frühling, und du hast bezahlten Urlaub!«

Sie war gerade noch rechtzeitig am Treppenschacht, um seinen blonden Schopf verschwinden zu sehen. Dann schlug die Haustür zu. Sie widerstand der Versuchung, in die Wohnung zu rennen, das Fenster zur Straße aufzureißen und ihm hinterherzurufen, er solle bitte bei ihr bleiben.

Urlaub.

Eher eine plötzliche Krankheit.

Eine schwere Krankheit.

»Ockenfeld schätzt dich mehr, als du glaubst«, hatte Reiner ihr am Tag zuvor am Telefon gesagt.

Er war überrascht gewesen, dass Ockenfeld ihm die Leitung des Teams übertragen hatte und nicht Juncker, der in der Rangfolge über ihm stand. Aber Ockenfeld wusste genau, dass er Cornelia in Misskredit bringen würde, wenn er Juncker mit den Ermittlungen betraute, und das konnte er einer seiner besten Kommissarinnen nicht antun, auch wenn sie in diesem Fall versagt hatte.

»Hältst du mich auf dem Laufenden? Sag mir Bescheid, sobald es etwas Neues gibt. Ganz gleich, was«, hatte sie ihren Kollegen gebeten.

»Denkst du nicht, es wäre besser, wenn du etwas Abstand gewinnst?«

»Ich will wissen, wie es weitergeht.«

»Wenn du dich damit zufriedengibst, dann ja. Aber misch dich nicht ein.«

Sie hatte es ihm versprochen.

Und sie hatte nicht gelogen.

Nicht in diesem Augenblick.

Es war Mittwochmorgen, und im Radio verkündeten sie mit unüberhörbarer Freude, dass es ein richtiger Frühlingstag werden würde. In ihrem Kopf setzte ein Trio von Stimmen zu einer Diskussion an. Die tiefste sagte ihr, dass sie die Zeit nutzen solle; die hartnäckigste machte ihr Vorschläge, wie das aussehen könnte; die dritte, unaufdringlichste, erinnerte sie daran, dass sie schon immer mal einige der schönen alten Schwimmbäder in der Region hatte besuchen wollen, und rief ihr, anstatt zu argumentieren, all die Bilder von den traumhaften Bädern in Ungarn und Tschechien in Erinnerung, die sie mit ihrer Freundin Iris in einem Urlaub besucht hatte. Diese Stimme gewann.

Cornelia packte Badeanzug, Badeschlappen, Schwimmbrille, Badekappe, Bademantel und ein Handtuch in eine Sporttasche und verließ die Wohnung, das Viertel, die Stadt. Sie fuhr nach Wiesbaden.

Die gut vierzig Kilometer, die ihr sonst endlos schienen, flogen diesmal wie eine Karussellfahrt auf dem Jahrmarkt an ihr vorbei, auf der A3 staute sich der Verkehr nicht mal ansatzweise. Ihr Pech, auf das immer Verlass war, ließ sie einen Parkplatz ganz in der Nähe der Kaiser-Friedrich-Therme finden. Um dem römischen Ursprung der Bäder Genüge zu tun, verbrachte sie die nächsten Stunden im Sudatorium, bibberte im Frigidarium und goss sich ganze Eimer voll kalten, mit Eisstückchen vermischten Wassers über den Kopf, nachdem sie lange Bahnen durch das Schwimmbecken gezogen hatte. Zuletzt lag sie, in ihren Bademantel gehüllt, auf einer Liege und beobachtete die zutiefst entspannten Gesichter der anderen Gäste in der Hoffnung, davon angesteckt zu werden, aber ihr Geist weigerte sich, langsamer zu arbeiten, ganz im Gegensatz zur Zeit, die sich weigerte zu vergehen. Beim Hinausgehen suchte sie als Erstes nach dem Handy in ihrer Tasche und rief Reiner an.

»Ich kann jetzt nicht reden.«

»In Ordnung.«

Es war erst Mittag.

Da sie nun schon mal in Wiesbaden war, rief sie Leo an, ob er nicht mit ihr zu Mittag essen wolle. Er konnte nicht. Also setzte sie sich in ein kleines Café und las beim Essen Zeitung. Kein Wort über die Welle von Entführungen in Frankfurt und erst recht nicht über Kranichs Entführung.

Bisher war noch nichts an die Medien durchgedrungen. Sie versuchte, ein bisschen Zeit zu schinden, indem sie durch die Stadt bummelte, aber sie war noch nie eine gute Flaneurin gewesen, und das ziellose Umherirren langweilte sie bald. Da ihr auch kein Ziel einfiel, fuhr sie nach Frankfurt zurück, hatte aber keine Lust, nach Hause zu gehen.

Die Sonne hatte dafür gesorgt, dass vor den Cafés mehr Tische und Stühle draußen auf den Bürgersteigen standen. In den Lokalen, in denen man dem Frühling am wenigsten traute, lagen immer noch die Decken über den Stuhllehnen, in die sich die Raucher und die unvermeidlichen Liebhaber der vermeintlich mediterranen Lebensart bei Temperaturen hüllten, die jeden Südländer hineingetrieben hätten.

In dieser Hinsicht war sie urdeutsch. Sie setzte sich auf die Terrasse eines Cafés in ihrem Viertel und bestellte einen Kaffee. Nun, da sie unbeschäftigt war und die Leute vorbeigehen sah, fühlte sie sich plötzlich niedergeschlagen, und das nicht etwa, weil man ihr den Fall entzogen hatte, sondern vielmehr wegen der Gründe, die dazu geführt hatten. Hatte sie sich so sehr getäuscht? Aber Sonja Kranichs Bitte, mit ihrem Mann zu sprechen, war völlig legitim gewesen. Legitim vielleicht. Aber richtig? Und vor allem notwendig? Hätten die Entführer anders reagiert, wenn es nur um die Verspätung des Lösegelds gegangen wäre?

Sie hörte ihr Privathandy in der Tasche klingeln und holte es hervor. Eine unterdrückte Nummer. Cornelia kannte nur einen Menschen, der seine Rufnummer unterdrückte, ihre Freundin Iris. Sie freute sich, dass Iris gerade jetzt anrief, es würde guttun, mit ihr zu reden. Seit ihrem Umzug waren sie nicht länger Nachbarinnen.

»Na, hast du deine Rufnummer immer noch unterdrückt, alte Nervensäge?«

Keine Antwort.

»Iris?«

Stille.

»Hallo. Hörst du mich? Iris?«

»Weber?«, fragte eine weibliche Stimme.

»Ja.«

Die andere hängte auf.

Cornelia wartete mit dem Handy in der Hand, ob die Frau wieder anrief. Sie hatte die Stimme nicht erkannt, aber zwei Silben gaben ja nun auch wirklich nicht viel her.

Bevor sie zahlte, rief sie noch schnell Reiner an.

»Nichts Neues. Wir warten immer noch auf ein Zeichen der Entführer und suchen derweil auf eigene Faust weiter.«

»Und das Geld?«

»Ist gekommen. Spät, aber es ist gekommen. Eine Stunde nachdem wir gegangen waren. Der wachhabende Beamte hat einen Mann ankommen sehen und ihn angehalten. Es war der Rechtsanwalt der Familie mit dem Geld.«

»Und was sagt Frau Kranich?«

»Sie weigert sich, mit uns zu sprechen.«

»Da werden wir wohl ...«

»Ich muss aufhören, ich werde angerufen.«

* * *

Zu Hause angekommen, schlug sie die Zeit tot, indem sie fernsah. Sie stellte Edgar so auf, dass er dem Bildschirm zugewandt war, und so sahen der Rabe und sie zwei Folgen von *Hawaii Fünf-Null*, dem Original.

»Du bist einfach großartig, Steve McGarrett!«, rief sie am Ende jeder Folge aus und tanzte zu der phantastischen Titelmelodie, während eine Gruppe von Hawaiianern mit nackten Oberkörpern ihr zerbrechliches Kanu durch die Wellen paddelten.

Danach zwei Folgen von *Die Straßen von San Francisco.*

»Das nenne ich eine Nase!«

Jedes Mal, wenn Karl Maldens eindrucksvolles Profil in Großaufnahme zu sehen war, strich sie sich mit Daumen und Zeigefinger über die eigene Nase und hielt an der Stelle inne, an der sie nach rechts abknickte. Mitten in einem Dokumentarfilm schlief sie ein, sodass sie nicht mehr erfuhr, ob die Lachse, die sie gesehen hatte, denn nun in Schottland oder in Alaska wanderten. Wo auch immer es war, Karl Malden schob sie mit einer groben Handbewegung beiseite. In der anderen Hand hielt er ein goldenes Hämmerchen, mit dem er sie verfolgte, um ihr die Nase zu richten. Sie erwachte von ihrem eigenen Schrei, als sie an Händen und Füßen gefesselt auf einem OP-Tisch lag, und Malden den Arm hob, um zuzuschlagen. »Keine Angst, es tut fast gar nicht weh. Ich bringe deine Nase in Ordnung.«

Irgendetwas war nach der Operation schiefgegangen. Die Nase war nicht richtig wieder zusammengewachsen und krumm geblieben. Eine erneute Operation hatte sie abgelehnt.

Die Nase war ihr scharlachroter Buchstabe, die unauslöschliche Erinnerung an eine Schuld, die sie empfand, auch wenn die Vernunft ihr sagte, dass es dafür keinen Grund gab. Denn es war nicht ihre Schuld gewesen. Wie hätte das auch sein können? Sie war erst dreizehn gewesen, ein Kind, eine von vielen Klassenkameradinnen Katis in der Marienschule in Offenbach, aber nicht irgendeine aus der Mädchenclique, die nach der Schule noch zusammen spielte, sondern Katis beste Freundin – in einem Alter, in dem das von unermesslicher Bedeutung ist. Und sie war die einzige gewesen, die Katis Onkel verdächtigte, als ihre Freundin verschwand.

Sie erinnerte sich daran, wie sie ihm durch die Straßen

von Offenbach gefolgt war. Der nette Onkel Hans. Sie kannte ihn. Er war oft bei seiner älteren Schwester zu Besuch, Katis Mutter, deren Schwiegereltern ihm ab und zu einen Aushilfsjob im Familienbetrieb verschafften, damit er sich ein bisschen was dazuverdienen konnte. Weil er der Bruder ihrer Schwiegertochter war und auch sie um den Finger wickelte. Er war der nette, verrückte Onkel, den jeder gerne hätte; der umgängliche Onkel, der dich mal auf den Arm nimmt, mal mit einem Geschenk überrascht; der immer ein bisschen nach Alkohol und Zigaretten riecht und Witze reißt; der dir Lieder beibringt, von denen deine Eltern nicht wollen, dass du sie singst, auch wenn die Diskussionen, die Cornelia das eine oder andere Mal bei Kati mitbekam, sich nicht um diese kindisch unanständigen Verse drehten, sondern immer ums Geld. Das war Onkel Hans, der Entführer.

»Warum hast du niemandem etwas gesagt?«

Wem? Und was hätte sie sagen sollen? Dass sie Katis Onkel verdächtigte? Sie, die nicht zur Familie gehörte, schien die einzige zu sein, der in den Sinn kam, dass Onkel Hans immer knapp bei Kasse war. Kati hatte ihr von dem heftigen Familienkrach erzählt, der einige Tage zuvor entbrannt war, weil ihre Großeltern sich sowohl geweigert hatten, ihm noch mehr Geld zu leihen, als auch, ihm einen Job zu verschaffen, mit dem er es hätte verdienen können. Sogar ihre Eltern hatten sich gestritten, obwohl Katis Mutter schließlich zugeben musste, dass die finanziellen »Unterstützungen« auf Dauer kontraproduktiv waren, und sich der übrigen Familie angeschlossen hatte. Kati war Zeugin dieser Szene geworden, weil sie wie die meisten Kinder die Gabe besaß, sich während Streitereien von Erwachsenen unsichtbar zu machen.

Katis Bericht, vorgetragen mit der gespielten Gleichgültigkeit, die man manchmal an den Tag legt, wenn man wichtige, aber unangenehme Dinge berichtet, war ihr wieder in den Sinn gekommen, als von einer Entführung die Rede war. Deshalb hatte sie begonnen, Onkel Hans zu überwachen. Sie folgte ihm in einiger Entfernung, schob das Fahrrad neben sich her, für den Fall, dass sie sich schnell aus dem Staub würde machen müssen. Mit einem Mal wirkte alles an ihm bedrohlich, was ihr zuvor so sympathisch erschienen war: seine Bewegungen, die, wie bei einer Katze, blitzschnell von Trägheit zu Angriff wechseln konnten, der feste Blick, mit dem er sein Gegenüber musterte, selbst die Art, wie er sich seine Zigaretten drehte und anzündete.

Einmal, als sie ihn verfolgte, sah sie, wie er in eine Telefonkabine ging und in den Hörer sprach, die Hand über die Sprechmuschel gelegt. Sie konnte nicht wissen, dass er in diesem Augenblick Anweisungen für die Lösegeldübergabe erteilte. Eine halbe Million Mark verlangte er von der Familie. Da war Kati schon seit zwei Tagen tot, und er wusste es. Aber das fand die Polizei erst später heraus, viel später.

Als er aus der Telefonkabine kam, wurde Onkel Hans durch ein lautes Hupen aufgeschreckt, das aus ihrer Richtung kam, und entdeckte sie. Einen Augenblick lang sah er sie erstaunt an, dann hob er grüßend den Arm und ging davon, die Hände in den Taschen seiner Jeansjacke vergraben. Nichts, das in irgendeiner Weise bedrohlich erschien, aber Cornelia sprang auf ihr Fahrrad und floh, kräftig in die Pedale tretend, bis sie in Bürgel angekommen war, dem Stadtteil von Offenbach, in dem sie wohnte.

Dort hatte sie sich sicher geglaubt.

»Warum hast du niemandem etwas gesagt?«

## KARL MALDEN

Als Leo nach Hause kam, hatte sie ihre Nase mit dem Handy aus allen möglichen Blickwinkeln fotografiert. Und anschließend die Bilder wieder gelöscht.

Er beharrte immer noch darauf, dass sie diese freien Tage nutzen sollte, um sich auszuruhen.

»Ich bin aber gar nicht erschöpft«, antwortete Cornelia, nachdem sie sich mühsam vom Sofa hochgerappelt hatte.

»Na, dann hast du eben freie Zeit für andere Dinge.«

»Ich brauche keine Freizeit.«

»Dann nutze sie eben, wie du willst, das tust du ja sowieso.«

»Nun sei doch nicht gleich eingeschnappt.«

»Na ja, ich mache dir dauernd Vorschläge, und du lehnst sie alle ab.«

»Vielleicht will ich keine Vorschläge.«

»Was willst du dann?«

Ihm das zu erklären, war zu anstrengend. Sie wollte nur, dass er ihr recht gab, einfach so, und sie ein wenig tröstete. Wieder einmal sagte sie sich, dass das von einem deutschen Mann zu viel verlangt war. Leo wollte etwas »tun«, um ihr zu helfen.

»In Ordnung. Dann mach uns einfach etwas Leckeres zum Abendessen, und ich lege mich solange wieder aufs Sofa und ruhe noch ein bisschen aus.«

Er musterte sie zweifelnd, nickte dann aber.

»Was hättest du denn gern?«

»Überrasch mich.«

Leo verschwand in der Küche, glücklich darüber, etwas für sie tun zu können. Cornelia ging zurück ins Wohnzimmer, schloss die Tür und suchte aus ihrer Simpsons-Kollektion die Folgen heraus, die etwas mit Halloween zu tun hatten.

Fünf Köpfungen, mehrere Verwandlungen in Vampire, Zombies und Werwölfe, vier Invasionen von Außerirdischen, verschiedene Hexen, eine Hommage an den Film *Die Fliege*, zwei Zeitreisen und einen mörderischen Kürbis später ging es ihr allmählich besser. Sie hatte eine Idee und vertraute darauf, dass Leo ihr helfen würde, sie zu verwirklichen.

Sie wartete, bis er sie zum Essen rief, dann stand sie auf und ging ins Esszimmer, wo sie einen so liebevoll gedeckten Tisch vorfand, dass sie einen Augenblick lang erwog, auf ihre Bitte zu verzichten. Aber Geduld war noch nie ihre Stärke gewesen. Trotzdem lobte sie zuerst das blumenbestickte Tischtuch, von dem sie nicht einmal gewusst hatte, dass sie es besaßen. Sie nahm an, dass es wie Edgar der Rabe von Leos Großmutter stammte.

Cornelia hatte während der Sommerurlaube in Allariz, dem Heimatdorf ihrer Mutter, sticken gelernt, und wusste gute Arbeit zu schätzen. Sie waren inzwischen in einer Phase ihrer Beziehung, in der sie einander erzählt oder gebeichtet hatten, was sie für ihre Spleens hielten, und ihre Eigenart war, dass sie manchmal stickte, um besser nachdenken zu können. Leo hatte sie ein wenig spöttisch angesehen.

»Was bestickst du denn? Servietten oder Taschentücher?«

»Lappen.«

»Was heißt Lappen?«

»Na ja, Lappen eben. Lappen, die zu nichts zu gebrauchen sind. Rechtecke aus weißem Stoff, die ich mit irgendeinem Muster besticke.«

»Und was machst du dann mit ihnen?«

»Nichts. Ich stelle sie fertig und räume sie weg.«

Leos spöttische Miene war Bewunderung gewichen; der Bewunderung, die man angesichts einer Sache empfindet, die man nicht versteht, hinter der man aber einen tieferen Sinn vermutet. Die Sinnlosigkeit der Stickerei, die absolute Nutzlosigkeit von Cornelias Lappen schienen ihm Respekt einzuflößen. So zumindest behandelte er den Stickrahmen, das Garn und die Nadeln, als er sie aus einer der Umzugskisten holte.

Darum lobte nun Cornelia mit fachmännischem Ernst die Stickerei der Tischdecke, die Leo aufgelegt hatte, dazu die gefalteten Servietten, die beiden Kerzen, den ersten Gang – eine Tomatencremesuppe, über die sie sich das Lob verkniff, dass sie lauwarm war, für den Fall, dass das vom Koch nicht beabsichtigt gewesen war.

Er trank Wein und verlor wie immer kein Wort darüber, dass sie keinen anrührte. Seit dem Ende eines verdeckten Einsatzes hatte sie damit aufgehört. Damals hatte sie getrunken, um sich entspannen zu können, um den Stress zu ertragen, um einzuschlafen, um ... Schließlich hatte sie die Kontrolle verloren. Sie glaubte sogar, sich noch an die erste Flasche erinnern zu können, die sie nicht aus Lust getrunken hatte, sondern weil sie es brauchte. Die Rückkehr zur Normalität war schwer gewesen. Das Bedürfnis war geblieben, und sie hatte beschlossen, das Übel bei der Wurzel zu packen. Von einem Tag auf den anderen hatte sie keinen Alkohol mehr getrunken. Nicht einen Tropfen. Wie jeder trockene Alkoholiker konnte sie sich auch nicht ein Tröpfchen erlauben, wie sie Leo erklärte. Dasselbe hatte sie auch Reiner jedes Mal gesagt, wenn die beiden darauf beharrten, »nur ein Bierchen« zu trinken, und einer von beiden, sie wusste nicht mehr, wer, hatte sie aufgrund ihrer heftigen Ablehnung einmal als »eingebildete Alkoholikerin« bezeichnet.

Sie schaffte es noch, zwei Stücke von dem Rindfleischfilet, das Leo als zweiten Gang auftrug, abzuschneiden und zu essen, dann übermannte sie die Ungeduld, und sie sagte:

»Ich glaube, du könntest mir bei einer Angelegenheit helfen. Hmmm, ist das lecker!«

»Was immer du willst. Ich habe ein bisschen Ingwer dran getan«, erklärte er und sah sie von der Seite an.

»Ich habe über die Sache mit Kranich nachgedacht.«

»Was du nicht sagst! Wirklich?«

»Sehr witzig. Also ich habe noch mal darüber nachgedacht, und allmählich sehe ich immer klarer.«

Leo schnitt sich ein großes Stück Fleisch ab und schob es in den Mund, als fürchte er, das, was sie nun sagen werde, könne ihm den Appetit rauben.

»Wir haben Kranich nicht gründlich genug durchleuchtet.«

Er legte das Besteck auf den Teller und stützte die Ellbogen auf den Tisch.

»Und was, glaubst du, kann ich dabei tun?«

»Informationen besorgen.«

»Über Kranich? Im Bundeskriminalamt? Ist es das, was du willst?«

Leo nahm das Besteck wieder auf, schnitt sich noch ein Stück Fleisch ab, steckte es in den Mund und kaute langsam. Dann ermunterte er sie mit einem Kopfnicken, das Gleiche zu tun. Sie begann ebenfalls zu essen und wartete, bis sein Teller leer war. Es war etwas Düsteres an ihm, das seine eiserne Selbstdisziplin nur sehr selten durchscheinen ließ. Jetzt zeigte es sich, einschüchternd, an dem Ausdruck, mit dem er schweigend aß, und erinnerte sie an die Konzentration eines Kriegers, der seinen Feind verschlingt, ein Eindruck, der sofort wieder verschwand, als er das Glas nahm und einen langen Schluck Wein trank.

»In Ordnung, ich werde sehen, was ich tun kann.«

»Wirklich?«

»Das habe ich doch gerade gesagt, oder? Möchtest du Nachtisch?«

»Du hast Nachtisch gemacht?«

»Ich mache keine halben Sachen.«

»Ich weiß. Was gibt's denn?« Sie schenkte ihm ein breites Lächeln, das er nicht erwiderte, weil er schon aufgestanden und mit den leeren Tellern in Richtung Küche unterwegs war.

Später, als sie schlafen gingen, spürte sie, dass etwas anders war als sonst; sie kam nicht darauf, was es war, aber es bereitete ihr ein unbestimmtes Unbehagen. Das Einschlafen fiel ihr schwer. Zuerst schob sie es darauf, dass sie überdreht war, nachdem sie den ganzen Tag lang ferngesehen hatte; je stärker sich aber ihr alter Bekannter, die Schlaflosigkeit, ihrer bemächtigte, desto mehr suchte sie nach überzeugenderen Gründen. Lag es an ihrer Unfähigkeit, den Fall Kranich aufzugeben? Als die aufgeblähte Gardine vor dem gekippten Fenster sie plötzlich zusammenfahren ließ, wusste sie, was ihr fehlte. Leo schlief von ihr abgewandt und umarmte sie nicht wie sonst.

Sie kuschelte sich in ihre Bettdecke.

Das nahe Knarren der Schlafzimmertür und die Kälte an ihren Füßen zeigten ihr an, dass Kati wieder da war. Sie öffnete die Augen. Kati hatte sich kein anderes Gesicht aufgesetzt. Mit leicht nach links geneigtem Kopf sah sie sie fragend an.

»Warum hast du nichts gesagt? Warum hast du nicht gesagt, dass du Onkel Hans verdächtigt hast?«

Irgendetwas an Onkel Hans' Plan war schiefgegangen, entsetzlich schief. Das Rohr, das Luft in die Kiste leiten sollte, in die er Kati gesteckt hatte, war zu eng. Es ließ nicht genug Luft hindurch, und Kati war wenige Stunden nachdem sie eingesperrt worden war, erstickt. Warum musste er sie in einer Kiste verstecken, die er irgendwo im

Wald vergraben hatte? Warum sperrte er sie nicht in ein abgelegenes Zimmer? Oder in einen Keller? Wozu diese Grausamkeit?

»Warum hast du niemandem etwas gesagt?« Was hätte es gebracht, jemanden über ihren Verdacht zu informieren, nachdem sie ihn in der Telefonzelle gesehen hatte? Nichts.

»Du warst schon tot.«

Aber mochte die Chronologie auch noch so unzweifelhaft und mächtig sein, es reichte nicht aus, um das Schuldgefühl einer Nacht voller Ängste und Zweifel auszulöschen, einer Nacht voller Tatenlosigkeit und Ohnmacht.

»Ich wollte ganz sicher sein. Ich konnte einfach nicht glauben, dass dein eigener Onkel dir so was antun würde. Hätte ich damals bloß gewusst, was ich heute weiß, dass nämlich der Täter dem Opfer fast immer sehr nahesteht. Näher, als man sich vorstellen mag.«

»Das weißt du, weil du Polizistin bist.«

»Was ich wahrscheinlich ohne dich nie geworden wäre.«

Am Tag, nachdem sie ihn bei seinem merkwürdigen Telefonat beobachtet hatte, hatte sie beschlossen, ihm wieder zu folgen, ohne zu ahnen, dass er sie im Auge behielt. Sie war mit dem Fahrrad auf dem Weg zu Katis Haus, machte aber, eingeschüchtert von den Polizeiautos und den Journalisten, die den Eingang belagerten, in einiger Entfernung in einem kleinen Park halt, von wo aus sie das Haus unauffällig beobachten konnte. Sie beobachtete die Szenerie, in der nichts geschah und trotzdem ständig irgendwelche Leute hin und her liefen, so wie man die Hand in Wasser bewegt, um Wellen zu erzeugen.

»Na? Spionierst du wieder?« Erschrocken wandte sie sich um und fand sich Onkel Hans gegenüber. Seine Alkoholfahne stach ihr in die Nase. »Was tust du hier? Schnüffeln, wie die ganzen Aasgeier, die das Haus umkreisen? Und mir, warum spionierst du mir nach?«

Bei jeder Frage wurde er lauter. Er machte ihr Angst. Sie sprang aufs Fahrrad. Onkel Hans lief ihr hinterher, und obwohl sie schon ziemlich schnell fuhr, gelang es ihm, den Korb auf ihrem Gepäckträger zu packen und daran zu ziehen, sodass sie in voller Fahrt gestoppt wurde und über den Lenker flog. Beim Sturz prallte sie mit dem Gesicht gegen einen Betonblock und brach sich die Nase.

»Warum hast du niemandem etwas gesagt?«

Sie schloss die Augen. Jetzt schwieg Kati.

Sie spürte die Eiseskälte an ihren Fußsohlen, als wollte Kati ihre Aufmerksamkeit auf sich ziehen, indem sie die Bettdecke anhob und die Luft darunter ließ. Cornelia hielt krampfhaft die Augen geschlossen. Irgendwann schlief sie ein.

## DANKE, MÜLLER

Am nächsten Tag wählte sie ein anderes Ziel: Sie fuhr nach Darmstadt. Den ganzen Vormittag lang schwamm sie in einem wunderschönen Jugendstilbad und schaffte es dabei fast, den Fall zu vergessen. Solange sie im Wasser war, lösten sich Kranichs Name, das Gesicht seiner Frau, die Kommentare ihrer Kollegen mit jedem Schwimmzug weiter auf. Trotz der Schwimmbrille, mit der sie aussah wie ein blinder Molch, hielt sie die Augen geschlossen, wurde ganz von Wasser umspielte Haut. Schließlich vergaß sie sogar die Anstrengung, die Arme und Beine unternahmen, und ihre Bewegungen wurden so unbewusst wie ihr Atem. Später, unter der Dusche, waren ihre Glieder schwer und ihre Seele leicht. Während sie ihr Haar einseifte, summte sie eine Melodie und überlegte, wie der Text dazu ging. Sie musste lächeln, als ihr einfiel, dass es die Titelmelodie einer Zeichentrickserie war, die sie in den Ferien immer in Spanien gesehen hatte: *David, el gnomo*. Und sie erinnerte sich wieder daran, wie ihr Bruder Manuel geweint hatte, als der Gnom in der letzten Folge starb. Sie hatte auch geweint, aber heimlich. Während sie ausspülte, sang sie mit trauriger Stimme das Lied. Lächelnd trat sie aus der Kabine, doch plötzlich war ihr Lächeln wie weggeblasen.

»Kati, wo bist du? Kati!«

Eine Frau um die dreißig in einem grünen Badeanzug hatte soeben die Duschräume betreten und ging nun von Kabine zu Kabine.

»Kati!«, rief sie noch einmal, dann ging sie hinaus in die Umkleide.

Cornelia wickelte sich in ihr Handtuch und ging ihr nach.

»Kati«, sagte sie so leise, dass sie sich selbst kaum hörte. »Wo bist du, Kati?«

Während die Frau die Umkleidekabinen am hinteren Ende absuchte, tat Cornelia es ihr mit zwei Reihen Abstand nach. Mit einer Hand hielt sie das nasse Handtuch fest, mit der anderen stieß sie nach und nach die Türen auf.

»Kati, Kati«, murmelte sie vor sich hin.

Sie öffnete eine weitere Tür und fuhr zurück. Eine alte Dame, deren Gesicht unter ihrer gelben Badekappe hervorzusprießen schien, starrte sie vorwurfsvoll an.

Cornelia entschuldigte sich stammelnd und mit wild klopfendem Herzen. Die Frau schlug die Tür zu, schob den Riegel vor und murrte etwas vor sich hin, was sie nicht verstand, weil hinter ihr eine Kinderstimme rief:

»Hier!«

Auch diese Kati war etwa dreizehn Jahre alt, aber sie war nicht blond, und ihr dicklicher Körper war in einen rosa Badeanzug gezwängt.

Cornelia ging in eine Kabine, zog sich schnell an und verließ das Bad.

Auf ihrem Handy waren drei unbeantwortete Anrufe. Unterdrückte Rufnummer.

Bevor sie ins Auto stieg, rief sie Reiner an.

»Es gibt nichts Neues. Wenn es etwas gibt, rufe ich dich gleich an, okay?«

Sie verstand.

* * *

Nur eine Stunde später klingelte ihr Telefon. Endlich. Alle nur erdenklichen Gründe schossen ihr durch den Kopf. Neuigkeiten. Neue Verhandlungen. Gute Nachrichten. Schlechte Nachrichten. Befreiung. Leiche des Opfers. Übergabe.

Es war Leopold.

»Ich habe etwas gefunden.«

»Danke, Müller«, rutschte ihr heraus, wie sie es immer gesagt hatte, als er unter ihrer Leitung gearbeitet und sie ihm noch nicht das Du angeboten hatte.

»Was?«

»War nur ein Witz. Schickst du es mir?«

»Kommt nicht in Frage! Das würde Spuren hinterlassen. Ich bringe es dir heute Abend mit.«

»Ich könnte es abholen.«

»Wie du willst. Wie lang bräuchtest du?«

»Ich könnte gleich losfahren. In einer Stunde wäre ich da.«

»Das passt mir nicht, da bin ich in einer Sitzung. Und ich möchte es dir persönlich aushändigen. Ich will nicht, dass es jemand sieht. Komm um halb zwei.«

»Ginge es nicht auch ein bisschen früher?«

»Unmöglich. Vielleicht musst du auch warten.«

»Und wenn du zwischendurch rausgehst?«

»Nein. Ich habe meine Arbeit.«

»Verstehe.«

»Das hoffe ich. Bis dann.«

Er legte auf.

Cornelia kam zu früh, wie immer, meldete sich beim Empfang und wartete. Leo tauchte, verdächtig pünktlich, um halb zwei auf und überreichte ihr eine rote Mappe.

»So dünn!«, sagte sie, nachdem er sie freundlich, aber distanziert begrüßt hatte, was sie mit der Anwesenheit der Leute am Empfang erklärte.

»Das ist alles, was es gibt.«

»Ich wollte mich nicht beschweren. Ist das Material gut?«

»Weiß ich nicht. Ich habe es mir nur flüchtig angesehen. Schließlich habe ich anderes zu tun.«

»In Ordnung. Ich sehe es mir zu Hause genau an.«

»Dessen bin ich mir sicher. Na gut, ich muss gehen, schließlich bin ich dann doch aus der Sitzung raus. Wir sehen uns zu Hause.«

Er drehte sich um und ging.

Die Mappe unter dem Arm, verließ Cornelia das Gebäude. Sie legte sie auf den Beifahrersitz und fuhr zurück nach Frankfurt. Während sie auf der A3 im Stau stand, warf sie einen Blick auf das rote Papprechteck. Am liebsten hätte sie es gleich hier aufgeschlagen und mit der Lektüre angefangen, aber sie beherrschte sich.

Zu Hause angekommen, setzte sie sich sofort an den Schreibtisch und wühlte sich durch die Papiere, wobei sie die Stiche ignorierte, mit denen ihr schlechtes Gewissen sie zu unterbrechen versuchte, weil sie Leo so schlecht behandelt hatte.

»Das ist gut, Edgar, sehr gut.«

Sie hatte den Raben auf den Tisch gestellt und klemmte die Notizen, die sie sich machte, unter den Holzklotz, auf dem seine gespreizten Krallen ruhten.

»Wir sind gut dabei, Edgar, sieh mich nicht so an.«

Als sie hörte, wie Leo die Tür aufschloss, sprang sie auf und lief ihm entgegen. Noch bevor er etwas sagen konnte, war sie ihm um den Hals gefallen.

»Vielen Dank.«

Er erwiderte ihre Umarmung nicht.

»Waren die Informationen hilfreich?«

»Das auch. Aber deshalb habe ich mich nicht bedankt, sondern weil ich weiß, was du riskierst, indem du sie mir zukommen lässt. Entschuldige bitte, du weißt ja, wie besessen ich manchmal bin.«

»Was du nicht sagst!«

Er nahm den Rucksack ab und kramte darin herum. Dann zog er eine weitere Mappe hervor.

»Hier, nimm, damit du deiner Besessenheit noch ein bisschen frönen kannst.«

Sie nahm die Mappe und legte sie auf die Ablage, auf der auch die Haustürschlüssel lagen, dann umarmte sie ihn wieder. Dieses Mal erwiderte er ihre Umarmung. Sie spürte seinen schlanken Körper unter der Kleidung und roch seinen leichten Schweißgeruch. Sie öffnete die obersten beiden Hemdknöpfe und küsste ihn auf den Halsansatz, dann knöpfte sie sein Hemd ganz auf und schob die Hände darunter.

* * *

Es war nicht der Hunger, sondern das Klingeln eines Handys, das sie aus dem Bett trieb. Cornelias Handy.

»Hallo, Reiner.«

»Ich hoffe, ich störe nicht.«

Es war seine übliche Höflichkeitsfloskel, aber fast hätte sie ihm wahrheitsgemäß geantwortet, um seinen Spekulationen über ihre Beziehung ein Ende zu bereiten. Fast.

»Nein. Irgendwelche Neuigkeiten? Haben sie angerufen?«

»Nein.«

Völliges Schweigen. Zwei Tage völligen Schweigens.

Aber nicht der Tatenlosigkeit.

»Ich rufe dich aus einem anderen Grund an. Wir haben Kranich näher unter die Lupe genommen und ein paar ziemlich interessante Dinge herausgefunden. Vor allem über ein Gerichtsverfahren gegen ihn im Jahr 2001 wegen einer Baustelle, auf der minderwertige Materialien verwendet wurden, obwohl im Kostenvoranschlag etwas völlig anderes stand. Es bestand der Verdacht, dass es sich um doppelten Betrug handelte, einerseits, was das Material betraf, anderseits um Versicherungsbetrug, da das Gebäude während der Bauarbeiten abbrannte ...«

»Das Hotel in der Hanauer Landstraße?«

»Woher weißt du das?«

Sie warf einen Blick auf die Notizen, die Edgar mit spöttisch glänzenden Glasaugen bewachte.

»Ich meine, ich hätte schon mal davon gehört …« Sie hoffte, dass Reiner ihr nichts anmerken würde.

»Wenn du davon gehört hast, weißt du ja, dass es zwei Schwerverletzte gab: einen Bauarbeiter und einen Feuerwehrmann. Den Arbeiter hatte man im Verdacht, das Feuer gelegt zu haben, weil ziemlich eindeutig war, dass es sich um Brandstiftung handelte, auch wenn man nie beweisen konnte, wer dahintersteckte.«

Reiner erzählte ihr den Rest. Da ihr Wissen um die Tatsachen sie verraten hätte, lauschte sie mit geheucheltem Interesse seinem Bericht: Zwei Inspektoren der städtischen Baubehörde waren in die Sache verwickelt gewesen, und die Firma K u. K hatte Bestechungsgelder gezahlt, damit sie ein Auge zudrückten.

»Die beiden hat es erwischt, allerdings ohne allzu viel Aufsehen. Niemand war daran interessiert, dass die Sache an die Öffentlichkeit gelangte.«

»Wegbefördert?«

»Versetzung in die Provinz für den einen und Vorruhestand für den anderen.«

»Und die Firma?«

»Ein Bußgeld und das war's. Sie hatten einen Sündenbock.«

»Agierte der freiwillig oder haben sie ihn getäuscht?«

Sie wusste schon, dass die Schuld schließlich am Bauleiter hängen geblieben war, der wegen Fahrlässigkeit zu drei Jahren Haft verurteilt worden war, von denen er anderthalb abgesessen hatte. So weit war sie auch schon gekommen, und ihr nächster Schritt wäre gewesen, ihn ausfindig zu machen.

»Wir haben nach ihm geforscht«, sagte Reiner in diesem Augenblick.

»Sehr schön, ich hätte das Gleiche getan.«

»Na ja, das ist jetzt nicht gerade ein genialer Einfall.«

Viel schlimmer als Kritik waren hohle Schmeicheleien. Beschämt biss sie sich auf die Unterlippe.

»Und?«

»Eine Sackgasse. Er ist vor vier Jahren gestorben. Seine Witwe lebt auf Mallorca.«

»Vermutlich lebt sie dort komfortabel.«

»Richtig vermutet.«

Reiner berichtete ihr noch ein paar Details, denen sie aufmerksam lauschte, in der Hoffnung, auf etwas zu stoßen, was sie überlesen hatte. Vergebens.

Kurz darauf ging sie ins Bad und stieg in die Dusche, in der schon Leo war.

»Schlechte Neuigkeiten?«

»Nein. Routine.«

Mit einem sanften Hüftschwung schob sie ihn zur Seite und hielt ihren Kopf unter den Wasserstrahl. Sie hatte noch die andere Mappe. Die würde sie sich morgen vornehmen, aber jetzt war sie hungrig und müde.

Gleich nach dem Abendessen gingen sie zu Bett.

»Du hast eiskalte Füße«, sagte Leo zu ihr.

Lass mich heute Nacht in Ruhe, Kati, flehte sie, steckte den Kopf unter die Decke und rollte sich, eng an Leo gepresst, zusammen.

## FIAT LUX

Am Freitagmorgen zog sie die Notizen unter Edgars Holzblock hervor, steckte sie in die erste Mappe und schloss sie. Erst dann nahm sie sich die zweite vor.

Deren Inhalt unterschied sich nicht wesentlich von dem, was sie an Informationen über eine Baufirma erwartet hatte, die wenig Skrupel hatte, aber schlau genug war, sich stets die entsprechende Rückendeckung zu verschaffen. Mehr als einmal war sie ins Blickfeld der Behörden geraten – der Brand des Hotels war der aufsehenerregendste Fall gewesen, der Rest waren Bußgelder wegen der Beschäftigung von Schwarzarbeitern, einige unklare Genehmigungen und zwei Steuerprüfungen, von denen eine ebenfalls eine Bußgeldzahlung zur Folge gehabt hatte. Es gab noch mehr Notizen über Geschäfte, die Verdacht erregt hatten, aber Kolberg war nicht nur schlau, sondern auch einflussreich. Kranich hatte sich als würdiger Kompagnon erwiesen, auch wenn die beiden nicht mehr gemeinsam hatten als ihren Ehrgeiz. Kolberg stammte aus einer der Patrizierfamilien Frankfurts, einer Stadt mit gutbürgerlicher Tradition, die niemals Hauptstadt eines der Königreiche, Fürstentümer, Herzogtümer oder Grafschaften gewesen war, die sich nach jahrhundertelangen Kämpfen und Allianzen im 19. Jahrhundert zu Deutschland zusammengeschlossen hatten. Nachdem es Frankfurt versagt geblieben war, nach dem Zweiten Weltkrieg Hauptstadt der Bundesrepublik zu werden, weil Konrad Adenauer dafür seine Heimatstadt Bonn vorgesehen hatte, war es nicht einmal Landeshauptstadt von Hessen. Eine Stadt des Handels, der nicht der Ruf anhing, sparsam zu sein wie Stuttgart, noch die hanseatische Größe von Hamburg oder den fettleibigen Wohlstand von München zu besitzen. Eine Stadt, in der der Sohn von Inhabern eines kleinen Fischgeschäfts es zu einem mächtigen Bauherrn gebracht hatte.

Kranich bewegte sich in anderen gesellschaftlichen und wirtschaftlichen Kreisen als die anderen Entführungsopfer. Er war eine verlockende Beute. Abgesehen von seinem Anteil an Ku.K besaß er Anteile an Transportunternehmen, Nahrungsmittelherstellern und Firmen in der Mikroelektroniksparte. Überdies hatte er in einen Fußballverein investiert, ein Geschäft, das Bauunternehmer anzuziehen schien wie ein Obstkuchen im Sommer die Wespen.

Am späten Vormittag unterbrach ein Anruf von Ute Marx ihre Lektüre. Die Sekretärin teilte ihr mit, dass Ockenfeld sie ab Montag wieder bei der Arbeit sehen wolle.

»Wie geht es Lukas?«

»Gut im Rahmen des Möglichen. Er ist schon alt. Ich habe ihn hier bei mir, er schläft. Sie können sich nicht vorstellen, wie er schnarcht, und das, obwohl er so klein ist. Schauen Sie doch am Montag mal vorbei, er wird sich freuen, Sie zu sehen.«

Das war Ute Marx' Art, ihr zu sagen, dass sie sich auch freuen würde.

»Das mache ich.«

Sie nahm sich wieder die Unterlagen vor.

Dann klingelte ihr privates Handy. »Unbekannter Anrufer«, las sie auf dem Display. Sie nahm ab. Nur Stille, eine Stille, die anders war, eine Stille, die verriet, dass am anderen Ende jemand war, der fest entschlossen war, nichts zu sagen. Cornelia fragte ein paar Mal nach. Das Schweigen wurde trotzig, feindselig. Sie legte auf, nahm sich wieder die Mappe vor. Die folgenden zwei Anrufe ignorierte sie. Wer auch immer es war, gab es auf.

Daten folgten auf Daten, und sie bewegte sich zwischen den Informationen so langsam wie ein Wanderer durch ein Schlammloch, bis eine Notiz sie dazu bewog, einen Sprint einzulegen. Es war nur eine Zeile, eine handschriftliche Anmerkung: Die Detektei Fiat Lux hatte vor sechs Monaten um Zugang zu den finanziellen Daten Richard Kranichs gebeten. Fiat Lux. Detektei.

Sie suchte im Internet. Die waren in Frankfurt. Spezialisiert auf Wirtschaftsfragen, wenn sie auch über den traditionellen Bereich für Privatkunden verfügten, in dem es um Untreue, Vaterschaft oder nicht gezahlten Unterhalt ging. Fiat Lux, stand auf der Notiz, hatte Richard Kranichs finanzielle Lage im Namen seiner Schuldner durchleuchten wollen. Jemand hatte die Notiz zu der Akte gelegt, ohne dass sie ihm offenbar besonders aufgefallen wäre.

Cornelia lächelte zufrieden. Sie bezweifelte, dass ihre Kollegen im Präsidium wussten, was sie herausgefunden hatte.

»Was hältst du davon, Edgar? Woher Papi das wohl hat?«

Sie erstarrte, den Kugelschreiber in der erhobenen Hand auf den Raben gerichtet.

»Habe ich eben wirklich ›Papi‹ gesagt, Edgar?«

Es war keine wundersame Auferstehung des Vogels nötig, um zu wissen, dass sie das sehr wohl getan hatte. Sie hatte sich immer für ihre Mutter geschämt, wenn die so mit Estrella sprach, dem Familienhund: »Na, warst du Gassi mit Papi?« »Hast du dich bei Papi gut benommen. Komm her, du kriegst ein Leckerli.«

Papi!

Sie floh vor ihren eigenen Worten in die Detektei.

***

Detekteien, vor allem diejenigen, die auf Wirtschaftsfragen spezialisiert sind, haben nicht die geringste Ähnlichkeit mit den Bildern von engen Fluren und dunklen, mit Zigarettenrauch erfüllten Büros, wie man sie aus den klassischen Filmen kennt. Die Geschäftsräume von Fiat Lux hätten die einer Bank, einer Versicherung oder einer Rechtsanwaltskanzlei sein können: stilisierte Tische, ergonomische Designerstühle, gute Beleuchtung, Regale voller juristischer Bücher, hochwertige Flyer, diskreter Raumduft, die männlichen Angestellten im Anzug, die weiblichen im Kostüm. Die Leute, denen sie begegnete, sahen weder so aus, als hätten sie wunde Füße von Verfolgungen, noch verströmten sie den Schweißgeruch, der einem an der Haut klebt, wenn man mehrere Stunden für eine Observierung im Auto gesessen hat.

Man ließ sie nicht warten. Sobald sie sich als Polizistin auswies, sagte die Frau hinter dem Tresen einem ihrer Chefs Bescheid, Gregor Uhland, der fast unmittelbar danach aus einer der beiden Türen kam, die zur Rezeption führten.

»Eine alte Tradition des Hauses«, sagte er, als er ihr die Hand gab, »die Inhaber sitzen nahe an der Tür, damit sie alles mitbekommen, was in der Detektei passiert.«

Er ging stark auf die sechzig zu, sah aber ebenso munter aus, wie er redete. Cornelia lachte über seinen Scherz, denn sobald sie mit Uhland sein Büro betrat, würde sie lügen müssen.

Eine Lüge die Begründung, warum sie gekommen war, um mit ihm über Richard Kranich zu sprechen.

Eine Lüge ihre Behauptung, der Gerichtsbeschluss sei angefordert und nur aufgrund bürokratischer Hemmnisse noch nicht eingetroffen.

»Sie wissen ja, wie das ist«, sagte sie. »Warum haben Sie ihm nachgespürt?«

»Ich kann Ihnen so viel verraten, dass er mehreren Gläubigern Geld mit der Begründung schuldig geblieben ist, er stecke in Zahlungsschwierigkeiten.«

»Die Namen können Sie mir wahrscheinlich nicht nennen, oder?«

»Nicht ohne richterliche Erlaubnis, wie Sie wissen.«

Das wusste sie nur allzu gut, genau wie sie wusste, dass das, was sie nun tun würde, illegal war und dass Uhland klar sein musste, wie weit sie gehen durfte. Sie beschloss, es trotzdem zu wagen und wandte sich in vertraulichem Tonfall an den Detektiv:

»Sie werden verstehen, dass ich nicht persönlich bei Ihnen vorstellig geworden wäre, wenn wir nicht dringend gewisse Informationen benötigten.«

»Das ist eine sehr heikle Angelegenheit.«

»Ich bitte Sie weder um Namen noch um konkrete Daten, die Sie in Schwierigkeiten bringen könnten. Aber wenn Sie mir ein paar Informationen liefern könnten, die uns weiterhelfen …«

Uhland senkte nachdenklich den Blick.

Cornelia beschloss, noch einen Schritt weiter zu gehen.

»Ich muss mich auch an gewisse Beschränkungen halten, aber ich kann Ihnen trotzdem so viel verraten, dass Herr Kranich zurzeit in Gefahr schwebt, auch wenn ich Ihnen nicht sagen darf, welcher Art diese Gefährdung ist. Wenn Sie mir darum ein paar Hinweise geben könnten, und sei es nur indirekt, wäre das für uns äußerst hilfreich.«

»Könnten wir vereinbaren, dass es sich um ein inoffizielles Gespräch handelt? Ein Gespräch, das in keinem Protokoll auftaucht?«

Sie musste sich zusammenreißen, um über diesen glücklichen Umstand nicht zu lächeln, und das verlieh ihrer Stimme eine Tiefe, die der Detektiv zweifellos als Ausdruck des Gewissenskonflikts der Kommissarin deutete.

»Ich danke Ihnen, Herr Uhland.«

»Nun, dann sollten Sie wissen, dass Kranichs Gläubiger mehrere Unternehmer waren, nicht nur aus Hessen, denen er anfangs die Zahlung seiner Investitionssumme bei einem gemeinsamen Projekt schuldig blieb. Man konnte durchaus von einem Großprojekt sprechen. Das Ausbleiben dieser Gelder gefährdete die Durchführung substantiell, sodass die anderen Gesellschafter nicht nur das Loch hätten stopfen müssen, das Kranich hinterlassen hatte, sondern darüber hinaus noch Kosten für die verspätete Umsetzung des Projekts entstanden wären.«

Uhland war fraglos sehr geübt im Vermitteln verschlüsselter Informationen. Er sprach langsam, betonte jedes Wort.

»Aus Gründen, die ich hier nicht vertiefen kann, waren sich die Gläubiger sicher, dass er log, was seine Zahlungsunfähigkeit betraf, und obwohl er ihnen angeblich eine beglaubigte Aufstellung seines Vermögens vorlegte, glaubten sie, dass Kranich das Geld irgendwo versteckt hatte.«

»In bar, meinen Sie?«

»Einige der Gläubiger, sagen wir mal, die der alten Schule, glaubten das. Andere vermuteten, dass es geheime Konten gab.«

»Und Sie?«

»Versuchen Sie nicht, mich auszufragen, Frau Kommissarin.« Er sah sie mit schräg gelegtem Kopf an. »Ich glaube, Sie können Ihre eigenen Schlüsse aus dem ziehen, was ich Ihnen erzählt habe.«

Cornelia lächelte entschuldigend. Natürlich hatte sie verstanden, was er ihr zwischen den Zeilen hatte sagen wollen: dass Kranich große Summen Schwarzgeld bewegte, das teilweise aus so dunklen Quellen stammte – wie die gewieftesten seiner Kompagnons wussten –, dass er es nicht einmal bei einer Bank verbuchen konnte, weil das immer Spuren hinterlässt.

Selbst den diskretesten Menschen kann es passieren, dass ihr geheim gehaltenes Wissen so hartnäckig von innen gegen die Schädeldecke pocht, dass es schließlich eine kleine Bresche schlägt, durch die es, wenn auch nur für wenige Sekunden, zu sehen ist. Etwas Ähnliches musste gerade Uhland passieren, denn er bemerkte sarkastisch:

»Wozu sonst druckt die Europäische Zentralbank Fünfhundert-Euro-Scheine?«

»Ich verstehe. Noch eine letzte Frage, auf die Sie so weit antworten können, wie es Ihnen angemessen erscheint: Halten Sie es für möglich, dass Ihre Auftraggeber bereit gewesen wären, sagen wir mal, hart gegen Herrn Kranich durchzugreifen, um an ihr Geld zu kommen?«

»Meinen Sie damit, ob sie Auftragskiller auf ihn angesetzt hatten, oder etwas in der Art? Nein! Obwohl ich ja trotz jahrelanger Erfahrung in meinem Beruf immer wieder überrascht bin. Wenn es um Scheidungen geht ...«

Er erzählte ihr die Geschichte von einer Frau, die ihn beauftragt hatte, ihren Mann zu beschatten, weil sie vermutete, dass er eine Affäre habe, ein Verdacht, den die Nachforschungen des Detektivs bestätigen. Als sie es erfuhr, hatte die Frau nicht etwa ein Drama veranstaltet oder sich von ihrem Mann getrennt, sondern war schnurstracks in die bulgarische Botschaft spaziert und hatte gebeten, ihr den Kontakt zu einem Profikiller zu vermitteln.

»Sehen Sie mich nicht so an, Frau Kommissarin, ich will Ihnen keinen Bären aufbinden. Nachdem sie bei der Botschaft rausgeflogen war, kam sie zu mir, um zu fragen, ob ich ihr nicht behilflich sein könne. Ich habe ihr geraten, sich einen guten Anwalt zu nehmen. Am Ende hat sie auf mich gehört.«

»Haben Sie Ihren Klienten im Fall Kranich auch etwas geraten?«

»Dass sie gerichtliche Schritte gegen ihn einleiten sollten. Ich rate immer zum juristischen Weg. Sie sagen, Herr Kranich sei in Gefahr. Ich werde Sie nicht fragen, um was es sich handelt, ich kenne die Regeln, aber Sie sollten wissen, dass meiner Meinung nach keiner meiner Klienten etwas Gesetzwidriges unternehmen würde. Außerdem hätten sie gar keinen Grund dafür, weil Kranich plötzlich, noch während wir ihn beschatteten, alle seine Schulden beglich.«

»Woher hatte er das Geld?«

»Das weiß ich nicht. Sie werden darüber auch nichts in den Akten finden, die wir Ihnen aushändigen werden, sobald wir den Gerichtsbeschluss haben, das sage ich Ihnen gleich. Sobald sie das Geld hatten, verzichteten unsere Kunden auf unsere Dienste.«

Die Erwähnung des Gerichtsbeschlusses, der niemals kommen würde, bewog Cornelia dazu, das Gespräch mit Gregor Uhland an dieser Stelle zu beenden.

Nachdem sie die Detektei verlassen hatte, setzte sie sich auf eine Bank an einem Platz, der von noch mageren kleinen Bäumchen gesäumt war, und notierte sich die wichtigsten Stichwörter des Gesprächs. Sie würde Kranichs Geschäfte noch weiter durchwühlen. Die Schicht, bei der sie angelangt war, stank mehr als die darüberliegende, und sie fragte sich, wie viele Schichten sie wohl noch zutage fördern würden. Dass sie nicht gerade duften würden, war sicher.

Auf der Bank nebenan, von der ihren durch einen Papierkorb getrennt, ließ sich eine Mutter mit einem einjährigen Kind in einem Kinderwagen nieder. Während die Mutter irgendetwas auf ihrem Handy las, sah das Kind Cornelia an. Sie lächelte ihm zu, und das Baby lächelte zurück. Cornelia beugte sich nach vorn, sodass der Papierkorb sie vor den Augen des Kindes verbarg, wartete zwei oder drei Sekunden und tauchte dann plötzlich wieder auf. Das Baby empfing sie völlig überrascht und über das ganze Gesicht lachend. Cornelia wiederholte das Ganze noch ein paar Mal, und die Reaktion des Kindes war immer die gleiche: Überraschung und Lachen. Als glaube das Kind jedes Mal, wenn sie sich versteckte, dass sie verschwunden sei, und sei jedes Mal entzückt, sie wiederzusehen. Und so war es auch. Wenn das Kind sie nicht sah, war sie nicht vorhanden.

Außerhalb des Blickwinkels …

Verschwinden …

Ihr darauffolgendes Wiedererscheinen verblüffte das Kind, denn sie sprang von der Bank auf und ging eilig davon, nicht ohne dem Baby vorher zum Abschied zuzuwinken. Das Kind winkte seiner Spielkameradin, die es vergessen würde, sobald es sie aus den Augen verloren hatte, zurück. Sie hingegen würde es nicht so schnell vergessen, denn es hatte sie auf eine Idee gebracht, die dem, was der Detektiv ihr erzählt hatte, einen Sinn verlieh. Kranich war nicht tot.

Nur verschwunden. Freiwillig.

# KEKSE

Am Abend gingen sie in ihrem Viertel aus. Leo hatte in einem kleinen italienischem Restaurant reserviert, in dem die Tische mit rot-weiß gewürfelten Stoffdecken und die Wände mit Fotos von Kinostars geschmückt waren: Marcello Mastroianni, Claudia Cardinale, Alberto Sordi, Gina Lollobrigida, Giancarlo Giannini und vor allem Sofia Loren, der eine ganze Wand gewidmet war. Im Hintergrund lief neapolitanische Musik. So hatte Leo Cornelias Erholungspause feiern wollen, die sie immer noch nicht brauchte. Das Thema Kranich erwähnte sie während des gesamten Abendessens mit keinem Wort, nicht nur, weil der Nebentisch praktisch an ihrem klebte, sondern auch, weil sie wie berauscht davon war, in diesem schummerigen Restaurant mit Leo an einem Tisch zu sitzen, zu bemerken, wie er sie ansah, und den Blick nicht von ihm wenden zu können. Dazu kam noch ihr Gespräch, seine Anekdoten über seine Großmutter, die Gärtnerin, bei der er als Kind oft ganze Wochen verbracht hatte. Es gefiel ihr, mehr von ihm zu erfahren, und so wartete sie, bis sie das Restaurant verlassen hatten, bevor sie ihm ihre These unterbreitete.

»Reiner macht einen guten Job. Vertraust du ihm nicht?«, fragte er und legte ihr den Arm um die Schultern.

»Natürlich.«

»Dann lass ihn in Ruhe weiterarbeiten.«

»Du glaubst also auch, dass …«

»Dass du dir eingestehen solltest, dich geirrt zu haben.« Er drückte sie an sich.

»Und dass ich vielleicht schuld daran bin, dass sie Richard Kranich umgebracht haben, nicht wahr? Und dass ich mich an jede nur erdenkliche Möglichkeit klammere, um mich wegen seines Todes nicht schuldig fühlen zu müssen?« Unwillkürlich ging sie schneller. Leos Arm lastete schwer auf ihr.

»Wenn du es so deutlich sagen willst, ja.«

Sie lösten sich voneinander, um sich durch eine Gruppe von Asiaten hindurchzuschlängeln, die sich vor einem Restaurant mit typisch deutscher Küche drängten.

»Also ich glaube, dass er weder entführt noch tot ist. Kranich hat seine Entführung vorgetäuscht, um den Forderungen seiner Gläubiger zu entgehen. Vielleicht hat ihn die Welle von Entführungen auf die Idee gebracht. Er ist ein Nachahmungstäter.«

Leo hörte ihr aufmerksam zu, die Hände in den Hosentaschen seiner Jeans.

Schweigend gingen sie ein paar Schritte, dann holte er zum Gegenschlag aus:

»Und woher wusste er von den Entführungen, wenn davon nichts an die Öffentlichkeit gedrungen ist?«

Das war eine gute Frage, auf die sie keine bessere Entgegnung hatte als ein lahmes:

»Irgendwie hat er es eben mitbekommen.«

Sie musste daran denken, was Sonja Kranich gesagt hatte: »Die Kette von ›Das ist geheim, erzähl es niemandem weiter‹ würde von hier bis nach Rom reichen.«

Sie waren zu Hause angekommen.

»Aber ist dir nicht eine näherliegende Erklärung eingefallen?«, fragte Leo, als er die Tür aufschloss.

»Welche?«

»Dass seine Gläubiger ihn gekidnappt haben. Wenn sie vermuteten, dass er irgendwo Geld versteckte oder auf geheimen Konten hortete und es nicht herausrücken wollte, wäre das eine gute Möglichkeit, ihn dazu zu zwingen, findest du nicht?«

»Schon, ja. Mir schien das anfangs auch am plausibelsten. Aber dann ergäbe es keinen Sinn, dass sie ihn umbringen, oder?«

Sie betraten die Wohnung und sprachen nicht mehr über das Thema. Im Wohnzimmer angekommen, erzählte sie Leo – obwohl Edgar sich sicher nicht verplappert hätte – von ihrer Unterhaltung mit dem Raben und gestand ihm mit gespielter Scham, dass sie ihn »Papi« genannt hatte.

»Absurd, nicht wahr?«

»Dass du mit Edgar geredet hast, ja.« Er sah sie ernst und forschend an, dann platzte er heraus: »Er ist nämlich sonst sehr eigen und redet nur mit mir.«

Beide lachten. Aber den ganzen restlichen Abend wurde Cornelia das Gefühl nicht los, dass Leo sie heimlich beobachtete, während er so tat, als sei er in die Lektüre der Zeitung vertieft.

Sie durchforstete den Stapel spanischer Bücher, die sie kürzlich in einer Buchhandlung in ihrem alten Viertel, in der Berger Straße, gekauft hatte, nachdem sie sich vorgenommen hatte, pro Monat mindestens ein Buch auf Spanisch zu lesen.

»Soll ich dir einen Krimi empfehlen?«, hatte die Buchhändlerin gefragt, bevor sie ihr eine Auswahl von Neuerscheinungen zusammenstellte.

»Nein. Das ist, als würde ich Arbeit mit nach Hause nehmen.«

»Also, ich würde Bücher über Buchhändler lesen.«

»Klar, um alle Fehler zu finden. Das tun einige meiner Kollegen.« Das dünnste fischte sie heraus. Sie schaffte es, eine Stunde lang zu lesen.

»Und woher wusste er von den Entführungen, wenn davon nichts an die Öffentlichkeit gedrungen ist?«, war die Frage, die ihr in dieser Nacht den Schlaf raubte. Wie er davon erfahren hatte? Jedenfalls nicht durch einen ihrer

Kollegen. Die verkehrten nicht in Kranichs Kreisen. Außer vielleicht Ockenfeld, von dem sie sich aber auch nicht vorstellen konnte, dass er auf einer Cocktailparty Details eines laufenden Falles ausplauderte. Wenn es ihr gelang, die Antwort auf diese Frage zu finden, war ihre These wasserdicht. Diese Entführung war eine Nachahmungstat. Ihr fehlte nur dieses eine verdammte Puzzleteil: Wie hatte Kranich von den Entführungen wissen können? Wenn, dann nur von den Leuten, mit denen er seine nicht ganz so lupenreinen Geschäfte abwickelte. Aber wenn er hatte untertauchen wollen, wieso hat er sich nicht einfach aus dem Staub gemacht? Wegen des Geldes. Er war in Zahlungsschwierigkeiten, hatte sie in der Detektei erfahren. »Ein kleines bisschen klamm«, hatte Frau Kranich das genannt. Und wenn die Entführung eine Methode war, dem Unternehmen, vielleicht sogar seinem Kompagnon, Geld abzupressen? Dann bestand die Möglichkeit, dass seine Frau mit ihm unter einer Decke steckte. Vielleicht hatte sie von den Entführungen erfahren. Die Entführer hatten sich einzelne Männer ausgesucht, unterschiedliche Firmen, jeweils andere Stadtteile ... Aber sie hatten nicht bedacht, dass sich vielleicht die Frauen kannten, wie es bei Elke Hagendorf und Simone Karentzos der Fall gewesen war. Ja, vielleicht hatte Sonja Kranich ihren Mann auf die Idee gebracht.

Und da war sie wieder.

Resigniert schlug Cornelia die Augen auf, als sie die Kälte spürte. Sie sah zum Fußende des Bettes, aber Kati war nicht da. Also wandte sie den Kopf nach rechts. Da stand sie neben dem Bett, leicht über Leo gebeugt. Ihr Haar verdeckte den bleichen Fleck, wo ihr Gesicht hätte sein müssen. Wirst du es tun? Diesmal wirst du nicht zu lange warten, nicht wahr?

Der Vorwurf war ungerecht. Sie hatte nicht zu lange

gewartet. Kati war damals schon tot gewesen, und das wusste sie.

»Ich hatte Angst. Ich war erst dreizehn.«

Nach Katis Tod hatte sie sich verboten, Angst zu haben. Sie war diejenige, die bei den Horrorfilmen im Kino am lautesten lachte, diejenige, die auf dem Jahrmarkt ungerührt mit der Geisterbahn fuhr und im Dunkeln in den Keller ging, diejenige, die im Garten nachsah, wenn jemand ein Geräusch gehört hatte, während ihr Bruder Manuel stocksteif sitzen blieb und mit gerecktem Hals darauf lauschte, ob es draußen wieder knackte, um dann in Panik zu verfallen.

Sie hatte Durst. Wenn Kati kam, hatte sie immer eiskalte Füße und einen trockenen Mund. Außerdem ein wenig Angst, im Dunkeln durch die Wohnung zu gehen. Das durfte nicht sein, es war kindisch. Aber sie hatte sich die Angst in einer Phase ihres Lebens verboten, in der man sich ihr mit der schrankenlosen Intensität hingeben muss, mit der man in der Pubertät alles erlebt. Vielleicht rächte sich jetzt, dass sie diese Erfahrung nie gemacht hatte, und die Kinderängste forderten nun endlich ihren Platz. Aber das würde sie nicht zulassen. Die Angst ist ein großer Dieb. Zwar mochte es wie eine Kleinigkeit erscheinen, wenn sie ihr den Weg im Dunkeln durch die Wohnung raubte, kaum mehr als ein Taschendiebstahl, aber Cornelia wollte ihr keinen Fußbreit Boden einräumen, sonst würde die Angst ihr alles nehmen, was sie besaß. Also stand sie auf, tastete mit dem nackten Fuß auf dem Boden nach ihrem Hausschuh, trotzte allen Händen, die unter dem Bett hervor nach ihren Knöcheln greifen könnten, und jedem wimmelnden, schleimigen, behaarten Getier, auf das sie treten könnte. Ohne das Licht einzuschalten, ging sie in die Küche, öffnete einen Schrank, schenkte sich ein Glas Wasser ein und zwang sich, es langsam zu trinken.

Bevor sie ins Schlafzimmer zurückging, warf sie noch einen Blick auf das Fenster des Hauses gegenüber und stellte ein wenig enttäuscht fest, dass die Küche dort leer war. Plötzlich hatte sie eine Idee. Sie öffnete einen anderen Schrank und holte ein Päckchen Kekse hervor. Damit stellte sie sich ans Fenster und begann, die Kekse genauso schnell zu verputzen wie die Frau, die sie einige Tage zuvor beobachtet hatte.

Wo bist du, Kati? Warum kommst du nicht her und isst Kekse mit mir?

Beim dritten Keks hatte sie die Backen voll wie ein Hamster. Aber Kati kam nicht, nur ein Hustenanfall, der ihren Schlafanzug mit Krümeln übersäte.

Sie ging zurück ins Bett.

Nein, in dieser Nacht war es nicht Kati, die ihr den Schlaf raubte, sondern die Vorstellung, wie sie Reiner gegenübertreten sollte. Wie sollte sie die Informationen erklären, an die sie gelangt war, ohne Leo in Verlegenheit zu bringen? Wie sollte sie ihm erklären, dass sie den Detektiv belogen hatte? Wie konnte sie ihn von ihrer Theorie überzeugen, damit er einen Gerichtsbeschluss anforderte? Sie war sich sicher: Wenn sie sich Zugang zu Kranichs Konten verschaffen könnten, würde sich erweisen, dass alles ein Manöver des Bauunternehmers gewesen war, um sich absetzen zu können. Und seine Frau? War sie eingeweiht? »Mein Mann ist kein schlechter Mensch, wissen Sie?«, hatte sie ihr ungefragt erklärt. Wer sagt so etwas? Jemand, der weiß, dass sein Mann nicht gerade positiv dasteht. Musste sie ihn allein deswegen verteidigen, weil er Bauunternehmer war? Fragen über Fragen. Auf einige glaubte sie, die Antwort zu kennen. Auf andere würde sie sie noch finden. Wie zum Teufel konnte Kranich von den Entführungen gewusst haben?

## SIEHST DU ES DENN NICHT?

Mit dieser Frage erwachte sie am nächsten Morgen.

Sie hatte immer noch keine überzeugende Antwort, aber die Lücke, die in ihrer Theorie klaffte, hinderte sie nicht daran, an diesem Samstag frühmorgens im Präsidium zu erscheinen und einen überraschten, erschöpften Reiner damit zu konfrontieren. Ihr Kollege schwieg.

»Siehst du es denn nicht?«

»Ich sehe, was immer du willst, aber ich kann nicht fassen, dass du eigenmächtig gehandelt hast.«

»Ich musste einfach etwas tun.«

»Ja. Spazieren gehen, ins Kino gehen, fernsehen ... Und wenn du unbedingt etwas unternehmen musstest, dann wenigstens legal.« Mit einem raschen Blick überzeugte sich Reiner, dass die Bürotür geschlossen war. Sie standen allein neben der Kaffeemaschine.

»Ich weiß, ich weiß, aber die Ergebnisse ...«

»Du bist vom Dienst freigestellt, Cornelia. Auch jetzt noch. Ich werde sofort einen richterlichen Beschluss anfordern, der uns Einsicht in die Akten der Detektei gewährt. Falls irgendjemand erfahren sollte, dass du sie hinters Licht geführt hast, bekommst du Probleme.«

»Die Ergebnisse ...«

»Du kannst doch nicht einfach ...«

»Klar, aber ...«

»Wir sind doch hier nicht in einer Krimiserie.«

Bis zu diesem Augenblick hatten Reiners Einwände ihre Begeisterung kaum dämpfen können, aber die letzte Bemerkung traf sie tief, weil sie persönlich gemeint war. Sie ließ die Arme hängen und senkte den Kopf.

»Die Informationen liefern uns eine plausible Erklärung für Kranichs ungewöhnliche Entführung.«

»Plausibel, wenn man von deinen Prämissen ausgeht.«

»Ja, ja, aber bemüh dich doch mal, meine Überlegungen nachzuvollziehen: Erstens haben wir erfahren, das Kranich verschuldet ist. Seine Gläubiger lassen ihn von einer Detektei überwachen, weil sie ihn verdächtigen, Geld beiseite geschafft zu haben Dann zahlt er plötzlich seine Schulden. Wo hat er mit einem Mal eine solche Summe her? Bestimmt nicht aus legalen Quellen. Ich sag dir: Um ein Loch zu stopfen, hat er ein anderes, größeres und vor allem gefährlicheres aufgerissen. Und die Leute, bei denen er sich jetzt verschuldet hat, sind nicht zimperlich, die wollen ihr Geld zurück, und es ist ihnen völlig egal, ob derjenige, dem sie die Knochen brechen, irgendein armer Wicht oder ein Mitglied der so genannten ›feinen Gesellschaft‹ ist. Garantiert haben sie ihn unter Druck gesetzt, ihn bedroht. Also hat er beschlossen, seine eigene Entführung zu fingieren, und dabei die Welle der gerade in Frankfurt stattfindenden Blitzentführungen genutzt.«

»Und woher wusste er von den Entführungen, wenn davon nichts an die Öffentlichkeit gedrungen ist?«

Cornelia sah ihn überrascht an, weil er die Frage mit genau den gleichen Worten wie Leo formuliert hatte. Ihre Hypothese benötigte zu viele Voraussetzungen, um zu funktionieren, sie war ein Pfahlbau, gestützt auf Vermutungen, die nun unter Reiners bohrendem Blick ins Wanken gerieten.

»Können wir denn sicher sein, dass niemand es weitererzählt hat? Genau das ist bei Simone Karentzos und Elke Hagendorf passiert. Warum sollte es nicht öfter geschehen sein? Wenn einem etwas so Schreckliches zustößt, muss man einfach darüber reden.«

»Kann sein. Aber wozu dann die Ermordung?«

»Genau darum geht es doch. Er steckte zu tief in der Klemme, und da wird er gedacht haben, das Beste sei, woanders ganz neu anzufangen. Deshalb kam das Geld auch nicht rechtzeitig. Er brauchte einen Vorwand, um seine Ermordung vorzutäuschen. Und da haben wir seiner Frau geraten, mit den Entführern zu verhandeln und zu fordern, dass sie mit ihrem Mann sprechen will. Besser konnte es für ihn doch gar nicht laufen. Die Entführer werden wütend, und das war's. Ich bin mir sicher, dass in irgendeinem Steuerparadies ein hübsches Sümmchen auf ihn wartet.«

»Und seine Frau? Und das Kind?«

»Sie sind ein paar Monate von ihm getrennt, dann verlassen sie das Land und reisen zu ihm.«

»Das würde bedeuten, dass seine Frau eingeweiht war.«

»Eine phantastische Schauspielerin.«

Mit einem langgezogenen Gurgeln verkündete die Kaffeemaschine, dass der Kaffee fertig war. Reiner schenkte sich eine Tasse ein. Sie tat es ihm nach, obwohl sie gar keinen wollte.

»Du hast an alles gedacht, nicht wahr?«

»Wenigstens habe ich es versucht.« Sie gingen zu Reiners Schreibtisch hinüber. Seine Aufmerksamkeit hatte sie. Jetzt brauchte sie mehr Argumente.

»Hat Thomas herausgefunden, aus welchem Land der Anrufer stammt?«

»Er ist Mexikaner.«

»Mexikaner! Siehst du, Reiner? Es handelt sich um eine Nachahmungstat.«

»Eine Nachahmungstat, sagst du ...« Reiner rieb sich den Nacken, stützte dann die Hände in die Nierengegend und dehnte den Rücken nach links und nach rechts.

»Eine Nachahmungstat mit einem Schönheitsfehler. Der Anrufer war Mexikaner, nicht Argentinier, wie die Opfer sagten.«

»Mehr oder weniger.« Reiner warf einen Blick auf die Papiere auf seinem Schreibtisch.

»Mehr oder weniger?«

»Thomas hat den anderen Opfern die Aufnahme vorgespielt, und es steht unentschieden. Frau Hagendorf wollte sie nicht anhören. Frau Karentzos sagte, es höre sich an wie der Entführer ihres Mannes. Er klinge anders, meinte Frau Murr.«

»Weil er es nicht war. Außerdem musste er Anweisungen erbitten.«

»Weil wir mit unserer Strategie zu verhandeln den vorgegebenen Ablauf verändert haben«, entgegnete Reiner.

»Sie haben es provoziert, indem sie so viel Geld verlangt haben. Wundert es dich nicht, dass sie Frau Kranich nicht verboten haben, mit uns zu reden?«

»Wir haben das schon tausend Mal besprochen, Cornelia. Weil sie wussten, dass wir über ihre Aktivitäten im Bilde sind.«

»Nein! Dass wir über jede ihrer Bewegungen im Bilde sind, hat sie nicht geschert. Die wollten uns als Zeugen. Siehst du es jetzt? Es ist eine Nachahmungstat, und eine schlechte noch dazu.«

Der Oberkommissar sah es immer noch nicht, doch sie wusste, dass er alle ihre Argumente zumindest abwog und nach neuen Einwänden suchte.

Im Augenblick fielen ihm aber offenbar keine ein.

Nachdem sie ihm ihre Theorie dargelegt hatte, war sie überzeugter denn je, dass ihr spontaner Besuch bei der Detektei sie auf den richtigen Weg geführt hatte, weg vom Pfad der Expressentführungen. Ihre Hypothese stand also weiterhin, vielleicht noch auf etwas wackeligen Beinen, aber immer fester.

Jemand klopfte an die Tür und steckte den Kopf ins Büro, ohne eine Antwort abzuwarten. Es war Krökel, und sie war offenbar verwundert, Cornelia hier anzutreffen.

»Sie haben Kranich gefunden. Tot.«

Immerhin war sie feinfühlig genug, gleich wieder zu verschwinden. Bei einem Zusammenbruch ist man am liebsten allein.

## DAS LEBEN AM GRUNDE DES MEERES

»Weißt du, wo die Tiefseefische leben? In dem Teil des Ozeans, der dort anfängt, wo man glaubt, den Meeresgrund erreicht zu haben. Du fällst und fällst, bis du schließlich Boden unter den Füßen spürst und glaubst, an den tiefsten Punkt gefallen zu sein, denn darum geht es: zu fallen. Und weil du denkst, dass du, sobald du den Boden berührst, die Füße in den Grund stemmen und dich nach oben abstoßen musst, richtest du dich auf, nur um beim ersten Schritt festzustellen, dass du in Wirklichkeit über den Rand eines noch tieferen Abgrunds getreten bist. Und du fällst tiefer und tiefer, während die Tiefseefische dir mit ihrem Schein den Weg erleuchten und du dich fragst, ob sie diese Gesichter ziehen, weil sie dich auslachen oder Angst vor dir haben.«

Sie wusste nicht, welches Gesicht Leo in diesem Augenblick zog. Sie lagen auf dem Sofa, und sie hatte ihren Kopf auf seine Brust gelegt. Nun hob sie die leere Bierflasche.

»Holst du mir noch eins?«

»Ich weiß nicht, ob …«

»Bist du nicht derjenige, der mir die ganze Zeit einreden will, mein Alkoholismus sei bloß eingebildet? Na also, dann kann ich doch trinken, so viel ich will.« Sie spürte, dass ihre Zunge schwer wurde, und sprach langsamer, um es zu verbergen.

»Na gut, auf eines mehr kommt es jetzt auch nicht mehr an.«

»Und trink du auch noch eins. Ich gebe eine Runde aus.«

Leo stand auf, und sie ließ sich langsam zurücksinken.

»Und schön kalt! Eins aus dem Eisfach.«

»Die hast du schon alle getrunken.«

»Dann leg noch mehr rein.«

»Nein. Nach diesem gehst du ins Bett.«

Cornelia wandte sich zu ihm um und richtete sich auf, bis sie über die Sofalehne blicken konnte. Von der raschen Bewegung wurde ihr schwindlig. Vielleicht hatte sie tatsächlich zu viel getrunken.

»Wer glaubst du denn, wer du bist?«

Leo kam zurück, die beiden Bierflaschen mit einer Hand am Hals gepackt, den Flaschenöffner in der anderen schwenkend.

»Ich bin Neptun, der Gott der Tiefseefische. Damit bin ich auch dein Gott, und ich befehle dir, nach dem Bier ins Bett zu gehen.«

Das brachte sie zum Lachen. Endlich konnte sie wieder lachen, zum ersten Mal, seit Kranichs Leiche gefunden worden war. Zwei Tage lang war sie vor Zorn und Selbstmitleid wie betäubt gewesen. Leo hatte das Wunder vollbracht.

»Lass sie zu. Für heute reicht es. Schließlich muss ich morgen arbeiten.«

***

Der Bürgersteig glitt unter ihren Füßen dahin wie ein Laufband, mit dessen Geschwindigkeit sie mithalten musste, um nicht umzufallen. Das war die Bewegung der Stadt. Nein. Es war die Erdumdrehung. Kopernikus war schuld. Warum musste sich alles bewegen? Sie sah auf den Boden, und ihre granatroten Schuhe schienen sehr weit weg zu sein. Hatte sie endlich den Wachstumsschub getan, der so lange auf sich hatte warten lassen, sodass sie bei einem Meter sechzig stehen geblieben war? Die Mindestgröße für den Polizeidienst. Nein. Es war das Bier vom

Vorabend, das machte, dass sie sich fremd in ihrem Körper fühlte. Seit sie keinen Alkohol mehr trank, hatte sie vergessen, wie sich ein Kater anfühlte. Sie betrachtete ihre Füße, stolz darauf, auf die letzte Flasche verzichtet zu haben. Ein gutes Zeichen. Genau! Wie hieß das Zauberwort? Kontrolle. Kontrolle. Das sind meine Füße, meine Beine, und sie sind nicht so lang. Sie schrumpfte auf ihre normale Gestalt zurück, das Laufband hielt an. Die Welt nicht, aber das war ihr egal.

Montag. Und sie hatte Ute Marx mitgeteilt, dass sie ab heute wieder arbeiten würde.

In all den Jahren bei der Polizei konnte sich nicht erinnern, dass es ihr je so schwer gefallen wäre, zum Präsidium zu fahren, das Gebäude zu betreten und zu Ockenfelds Büro hinaufzugehen. Doch Ockenfeld, den sie nie für einen besonders guten Vorgesetzten gehalten hatte, überraschte sie erneut. Anstatt ihre Schwäche auszunutzen, erwies er sich als ungewöhnlich nachsichtig.

»Ich freue mich, dass Sie wieder bei uns sind, und habe Sie rufen lassen, um Ihnen das zu sagen. Wenn Sie möchten, können Sie wieder anfangen zu arbeiten, wenn auch nicht am Fall Kranich.«

Aus einem Stapel am äußersten rechten Rand seines Schreibtischs zog er eine Mappe hervor. Entweder hatte er sie in Erwartung dieses Gesprächs schon vorbereitet oder die erstbeste genommen, die ihm in die Finger gekommen war, denn er hielt sie ihr hin, ohne einen Blick auf die Aufschrift zu werfen.

»Gehen Sie das hier durch.«

Ihr blieb nur noch, sich zu bedanken, und ihm, ihren Dank ohne weiteres zu akzeptieren. Dann ging jeder seiner Wege.

Sie war wieder im Dienst. Ihr Chef hatte ihr aufgetragen, einen alten Fall neu aufzurollen. Archive, Akten,

Schreibtischarbeit, damit würde sie sich in ihrem Büro vergraben und nicht so schnell wieder herauskommen.

Sie warf einen erneuten Blick auf das Etikett. 2003. Man hatte ihr einen seit zehn Jahren ungelösten Fall zugewiesen! »Kind, geh raus, Ballspielen, und lass uns eine Weile in Ruhe, wir haben Wichtiges zu tun.«

Reiner hingegen verließ das Büro, kurz nachdem sie es betreten hatte. Sitzung des Ermittlerteams. Beide hatten ihre hartnäckigen Verschwörungstheorien über eine vorgetäuschte Entführung mit keinem Wort mehr erwähnt. Sie war ihm dankbar, dass er feinfühlig genug war, sie nicht daran zu erinnern, nicht noch das Gefühl von Lächerlichkeit zu vertiefen, das sie jedes Mal überkam, wenn sie daran dachte, wie sicher sie gewesen war, mit welcher Überheblichkeit sie die wenigen Sekunden genossen hatte, in denen sie ihn fast überzeugt hatte.

Alles ging ohne sie weiter. Bestimmt wussten einige Kollegen schon, dass sie zurück war, und sie fürchtete, sie könnten nach der Sitzung zu ihr kommen.

Doch das taten sie nicht. Reiner kam zwei Stunden später zurück. Allein. Sie musste sich eingestehen, dass ihr das wehtat. Die Mappe lag noch immer ungeöffnet auf ihrem Tisch.

# BRACHLAND

Kranichs Leiche war, wie zu erwarten, auf einem Baugrundstück entdeckt worden. Ein Arbeiter hatte ihn auf einem Schutthaufen gefunden, und er war nur deshalb nicht vollständig unter einer weiteren Ladung Schutt begraben worden, weil der nächtliche Regen den Staub von der Armbanduhr des Toten gewaschen hatte und die Morgensonne sie gerade noch rechtzeitig hatte aufblitzen lassen wie ein Goldkörnchen in einem schlammigen Flussbett, als der Bagger wie eine schläfrige Raupe auf ihn zugekrochen kam. Der Baggerfahrer hatte gestoppt, und die Schaufel mit den Ziegeltrümmern dessen, was einmal ein Getränkelager in Berkersheim im Nordosten der Stadt gewesen war, war mitten in der Luft stehen geblieben. Dann war der Mann aus dem Führerhaus gestiegen und zu der Stelle gegangen, wo er das Funkeln und – sosehr er auch hoffte, sich zu täuschen – auch einen menschlichen Umriss wahrgenommen hatte.

Die Hoffnung, einer optischen Täuschung aufgesessen zu sein, schwand, je näher er kam: Was aus der Ferne ausgesehen hatte wie ein kleines vertrocknetes Grasbüschel, das sich im Winde wiegte, dann langsam wie das Fell eines toten Tieres, erwies sich aus nächster Nähe als der graue Haarschopf eines Mannes. Sie hatten ihn nicht unter dem Schutthaufen begraben, sondern darauf abgelegt und den Körper mit Steinen beschwert, als wäre er aus Papier und sie fürchteten, der Wind könne ihn davonwehen. Ansonsten hatten sie sich keine besondere Mühe gegeben, ihn zu verbergen.

Die Arbeiten wurden für einen ganzen Tag eingestellt, bis die Arbeit der Spurensicherung beendet war. Sie gestatteten dem Arbeiter nur, den Bagger in genau derselben Spur zurückzufahren, die er am Morgen gezogen hatte. Die Polizisten hatten keine Lust, unter dem drohenden Schatten mehrerer Kilo Schutt zu arbeiten, die die Schwerkraft dazu einzuladen schien, sich zu den Trümmern zu gesellen, mit denen sie jahrzehntelang eine Mauer gebildet hatten. Die Forensiker erkannten auf den ersten Blick, dass der Fundort der Leiche nicht identisch mit dem Tatort war. Die Identifizierung des Toten ging ebenso schnell, weil in seiner hinteren Hosentasche seine Brieftasche steckte.

»Da steckte sie normalerweise nicht«, sagte einer der Forensiker angesichts der Schwierigkeit, sie herauszuziehen. Das würde ein weiterer Forensiker bestätigen, nachdem sie ihm die Kleidung des Toten geschickt hatten.

»Es sieht ganz so aus, als hätten diejenigen, die ihn dort abgelegt haben, Wert darauf gelegt, dass man sofort erfährt, wer er war. Vielleicht war es nicht vorgesehen, dass wir ihn so schnell gefunden haben. Das Abrissunternehmen hat samstags gearbeitet, weil sie mit den Arbeiten in Verzug waren und das Grundstück am Montag geräumt sein muss. Vielleicht wussten sie das aber auch«, sagte Reiner zu Cornelia am Montagmorgen im Büro. Die Leiche dort abzulegen war relativ einfach gewesen, da man ohne weiteres Zutritt zu der Baustelle hatte; man musste nur eines der Metallgitter, von denen sie umgeben war, aus dem Betonsockel lösen, indem man es anhob, und zur Seite schieben. Die Baustelle war auch nicht besonders überwacht, da es sich um Abrissarbeiten handelte und nicht mehr viel Wertvolles zu holen war; alle Metallteile waren bereits entfernt worden, und die Wachleute für mehrere Baustellen in der Stadt zuständig. Üblicherweise leuchteten sie nur kurz mit ihren Taschenlampen hinein, während sie eine Zigarette rauchten, und stiegen dann wieder ins Auto. In der fraglichen Nacht hatten sie, wie Reiner bei der Befragung herausfand, nicht einmal das Auto verlassen, weil es, wie sie ihm sagten, »wie aus Kübeln geregnet hatte.«

Der Wetterdienst bestätigte ihnen, dass es zwischen drei und fünf Uhr morgens geregnet hatte.

»Die Arbeiter waren bis sechs Uhr abends beschäftigt. Um acht Uhr sechsundzwanzig ging die Sonne unter, in dieser Gegend wohnt kaum jemand, und die wenigen Autofahrer, die diese Straßen nutzen, sind nur tagsüber unterwegs. Nachts ist dort niemand. So hätten sie ihn zwischen neun Uhr abends und drei Uhr morgens ungestört ablegen können«, fasste Reiner zusammen.

Die Stimme des Oberkommissars drang wie aus weiter Ferne zu ihr, als spräche er zu ihr vom Rand des Brunnens aus, in den sie gefallen war, als sie vom Fund der Leiche erfahren hatte.

Das Schlimmste war passiert: Jemand war durch ihre Schuld gestorben. Und ihre Strafe, die allerdings nicht hart genug war, um ihre Schuld zu sühnen, würde darin bestehen, im Präsidium den tadelnden oder – was noch schlimmer war – mitleidigen Blicken ihrer Kollegen zu begegnen. Durch ihre Schuld, ja durch ihre Überheblichkeit, war Kranich gerichtet worden.

»Ein Schuss. In die Brust. Der andere«, erklärte Reiner in Gedenken an den Anruf, »ist wohl danebengegangen.«

»So wird es gewesen sein«, antwortete sie zerstreut.

»Er ist zweifelsfrei identifiziert«, fuhr Reiner fort.

Er sah sie fest an, als wolle er sich vergewissern, dass sie verstand.

»Soll ich dir das wirklich alles erzählen?«

»Ja. Bitte.«

»Aber diesmal hältst du dich raus.«

»Versprochen.«

Selbst wenn sie hätte aktiv werden wollen, wäre sie nicht sehr weit gekommen. Unsichtbare Fesseln schienen ihre Knöchel und Handgelenke zu umschließen. Wie konnte sie sich so sehr geirrt haben? In Gedanken ging sie noch einmal jeden einzelnen ihrer Schritte durch. Welcher war der falsche gewesen? Ab wann war alles schiefgegangen? Unablässig hörte sie Stimmen in ihrem Kopf: die des Entführers mit seinem beiläufigen, gnadenlosen Gruß am Telefon, seine Forderungen, sein Akzent, mexikanisch, wenn man Edelstein Glauben schenken durfte; Junckers Stimme, provozierend und herausfordernd. Provozierend? Das Schweigen Peschkes, der sie in den schwierigsten Momenten allein gelassen hatte. Alle diese Stimmen dröhnten wieder und wieder in ihrem Kopf, und über alle erhob sich die schlimmste, die dümmste, ihre eigene Stimme, strotzend vor Arroganz und Rechthaberei. Wie selbstbewusst hatte sie es gewagt, Anweisungen zu erteilen! »Bitten Sie darum, mit Ihrem Mann zu sprechen. Das sage ich Ihnen, die Klassenbeste.« »Frau Lehrerin, Frau Lehrerin, ich weiß es.« »Hören Sie auf mich, Frau Kranich. Wir werden uns nicht damit zufriedengeben, zu bitten; bitten ist zu wenig, das ist etwas für Schwächlinge.« »Wir werden Forderungen stellen.« »Dieses Mal werde ich handeln, werden wir handeln. Dieses Mal werde ich nicht warten.« »Wir werden nicht zulassen, dass es die Entführer sind, die bestimmen.« »Dieses Mal bestimme ich.«

Der letzte Satz klang wie ein Peitschenknall.

Überheblich!

»Verlangen Sie, mit Ihrem Mann zu sprechen.«

Dumm!

»Hast du etwas gesagt?«

»Nein, nichts.«

Reiner glaubte ihr nicht, schien aber auch nicht zu wissen, was er ihr sagen sollte. Übertrieben geschäftig wie ein schlechter Schauspieler kramte er in seinen Papieren.

## COLD CASE

Fast wäre sie in Hundescheiße getreten. Sie war noch nicht ganz wach. Am Abend zuvor hatte sie aus Angst vor der Schlaflosigkeit und dem, was sie mit sich bringen würde, eine Schlaftablette genommen; wohl aber auch deshalb, weil Schlaftabletten einen traumlosen Schlaf garantierten.

Als ein freies Taxi an ihr vorbeifuhr, hielt sie es an. Besser, jemand anderes konzentrierte sich auf den morgendlichen Verkehr, nutzte Lücken, schlängelte sich um Baustellen herum, wich selbstmörderischen Radfahrern aus und beschimpfte sie im besten Falle noch dazu.

Eine halbe Stunde später schlüpfte sie verstohlen ins Präsidium.

Ein weiterer Tag.

Sie öffnete die Bürotür. Reiner war noch nicht da.

Vielleicht würde sie sich heute dazu aufraffen können, die Akte mit dem Fall zu öffnen, die der Chef ihr zugewiesen hatte. Sie las das Datum auf dem Deckel, legte die Akte zurück auf den Tisch und verließ das Präsidium. Sie war nicht einmal dazu gekommen, ihre Tasche über die Stuhllehne zu hängen.

Auf der Straße wandte sie sich nach rechts und marschierte dann Richtung Norden. Die vier Autospuren waren nicht allein verantwortlich für die trostlose Hässlichkeit der Straße. Kurz hinter dem Polizeipräsidium kam die U-Bahn-Linie an der Haltestelle Dornbusch aus der Erde und bildete das harte eiserne Rückgrat der Eschersheimer Landstraße. Sie folgte den Schienen, der grausamen Narbe, die das Wohngebiet zerschnitt, durch das sie führte. Während sie an den Fußgängerampeln auf Grün wartete, las sie an einem Zeitungsstand die Schlagzeilen. Wie am Montag, an dem Kranichs Tod bekannt geworden war, beherrschte er auch heute die Titelseiten vieler Lokalzeitungen und, was noch schlimmer war, der Bild-Zeitung. Die zeigte ein großes Foto des Grundstücks, auf dem die Leiche gefunden worden war, ein kleines Porträt Kranichs, umrahmt von einem Trauerrand, und die riesige Schlagzeile: »Der Bauherr in Trümmern«. Zu ihrer eigenen Überraschung musste sie auflachen, kurz, hart und bitter. *¡Qué cabrones*!, dachte sie, ihre Beleidigungen waren immer noch auf Spanisch. Sie ging schneller.

Sie war nicht zum Vergnügen unterwegs, deshalb schritt sie rasch aus, als habe sie ein bestimmtes Ziel. Wann immer sie an einem Zeitungskiosk vorbeikam, wandte sie den Blick ab. Schließlich war sie an der Nidda angekommen, einem Zufluss des Mains. Hier ließ sie sich auf eine der Bänke am Ufer fallen. Eines Tages würde sie mal wieder einen Ausflug zu der Stelle in Nied unternehmen müssen. Während der Main ihre Lebensgeister weckte, die Schwimmerin und Ruderin in ihr, versank sie beim Anblick der schmalen, sanften Nidda mit ihren grasbewachsenen Ufern jedes Mal in eine leise, schwanengleiche Melancholie. Eine Zeitlang gab sie sich diesem kitschigen, aber idyllischen Bild hin, überließ sich ihrem plötzlichen Bedürfnis zu weinen, ohne sich um die Rentner zu scheren, die sie auf ihrem Spaziergang durch den Park mehr oder weniger unverhohlen musterten.

Sie wusste nicht mehr, wann sie sich das letzte Mal gestattet hatte zu weinen. Beim Verlassen der Rechtsanwaltskanzlei nach Unterzeichnung der Scheidungsurkunde hatte sie es jedenfalls nicht getan, und auch nach den Besuchen bei ihren Eltern in Offenbach hatte sie die Tränen zurückgehalten, wenn ihr Vater sie ansah und in seinem Gesicht die Frage »Wer bist du?« stand oder sie die zunehmende Schwäche ihrer Mutter bemerkte. Sie weinte nicht, wenn sie nach einem gnadenlos harten Arbeitstag nach Hause kam. Sie weinte nicht, wenn sie allein war, und erst recht nicht vor anderen Leuten, nicht einmal vor Leo. Und jetzt zerfloss sie auf einer Bank zwischen zwei grünenden Bäumen in Tränen, während sie den flussabwärts paddelnden Enten zusah.

Nichts schien den Tränenstrom aufhalten zu können – bis ihr privates Handy klingelte. Die Melodie der *Simpsons* war ihre Rettung.

Das glaubte sie zumindest.

Wieder war die Rufnummer unterdrückt.

»Wer ist da?«, fragte sie mit vom Schluchzen stammelnder Stimme.

Stille.

»Was wollen Sie?«

»Sagen Sie Ihren Namen.« Es war eine Frauenstimme, und sie flüsterte, um nicht erkannt zu werden.

»Das ist nicht witzig.« Nach und nach fand sie ihre Kraft wieder. »Was wollen Sie?«

»Sagen Sie Ihren Namen.«

Cornelia hängte auf.

Sofort klingelte das Telefon wieder. Diesmal verlangte Cornelia:

»Sagen Sie Ihren Namen.«

Sie glaubte zu spüren, wie die Person am anderen Ende zusammenzuckte. Dann sagte die Frau, wieder im Flüsterton:

»Vergessen Sie nicht, morgen die Zeitung zu lesen.«

Aber sosehr sie sich auch bemühte, ihre Stimme unkenntlich zu machen, ihr Dialekt verriet sie doch.

»Frau Kranich, warum rufen Sie mich an? Was ...«

»Die Bild-Zeitung.«

Sie hängte auf. Cornelias Tränen waren versiegt.

Sie stand auf. Das Weinen hatte sie erleichtert, sie fühlte sich ruhig und befreit. Auch hungrig und erschöpft, als hätte sie im Schwimmbad ihre Bahnen gezogen. »Das wird die Wirkung des Wassers sein«, sagte sie sich und lächelte wieder. Dann verließ sie den Park, kehrte zurück ins Häusergewirr. An einem Straßenstand kaufte sie sich einen Döner und schlang ihn gierig hinunter.

Sie kehrte nicht ins Präsidium zurück, sondern ging nach Hause. Morgen würde sie es wieder versuchen.

* * *

Ein neuer Arbeitstag. Dieses Mal würde sie nicht Reißaus nehmen, auch wenn die Dame am Empfang sie beim Betreten des Präsidiums mit Blicken durchbohrt hatte wie ein Insektenforscher, der seine Beute lebendig in seinen Schaukästen aufspießt. Die Blicke, mit denen sie einige der Angestellten in der Cafeteria bedachten, gefielen ihr ebenso wenig. Und aus den Augenwinkeln nahm sie wahr, wie ein uniformierter Kollege einen anderen, der die an seine Kaffeetasse gelehnte Zeitung las, mit dem Ellbogen anstieß. Auch wenn die letzten Nebelschwaden der Schlaftablette ihr Denken verlangsamten, verstand sie doch, worum es ging. Sicher hatten sie in der *Bild* etwas über den Fall Kranich gelesen. Der Anruf vom Vortag fiel ihr wieder ein. Nein, sie würde nicht Reißaus nehmen. Sie schlug die Akte auf.

Eine halbe Stunde später hatte sie sie gelesen.

In Gedanken versunken sah sie aus dem Fenster und verlor sich im Hin und Her der Autos auf der Miquelallee. Sie tat so, als dächte sie über den Inhalt der Seiten nach, die Ockenfeld ihr ausgehändigt hatte und deren Daten sie ebenso wenig interessierten wie die Anzahl der Fahrgäste in dem Bus, der gerade von links nach rechts fuhr, und noch weniger als die Wahrscheinlichkeit, dass dieser sich genau vor ihren Augen mit dem kreuzte, der in die Gegenrichtung fuhr. Es handelte sich um einen alten, ungelösten Fall, einen von denen, die jetzt dank amerikanischer Fernsehserien »Cold Case« genannt wurden. Die englische Bezeichnung verlieh ihnen einen Glanz, der genau so lange anhielt, bis man die Akte aufgeschlagen und sich an die Lektüre der Berichte, Gutachten und Anmerkungen gemacht hatte. Dann färbte die Stumpfsinnigkeit des Falls selbst das Papier grau.

Grommet, ein Kommissar, der mittlerweile im Ruhestand war, hatte damals die Ermittlungen geleitet. Zwei Tote, kleine Drogendealer, der eine Türke, der andere Deutscher, deren Leichen auf einem Brachgelände im Gallusviertel gefunden worden waren, dort, wo sich einmal der Güterbahnhof befunden hatte. Anfangs war man davon ausgegangen, dass sie an einer Überdosis Heroin gestorben waren. Dann ergab die Autopsie, dass die Droge mit Strychnin versetzt worden war. Die beiden Dealer waren die einzigen Todesopfer gewesen. Ihre Kollegen vermuteten, dass sie dic Ware testen wollten, bevor sie sie in Umlauf brachten, und es aufgrund dessen (im Bericht stand nicht »dank dessen«, aber es war zwischen den Zeilen zu lesen) keine weiteren Opfer gegeben hatte. Die ganze Geschichte hätte als ein weiterer Fall gepanschter Drogen durchgehen können, hätte Grommet nicht darauf beharrt, dass es kein Unfall, sondern eine absichtliche Vergiftung gewesen war. In der Folge hatte man unzählige polizeibekannte Dealer und Junkies verhört. Es gab seitenlange Transkriptionen dieser Verhöre, die sich manchmal wie ein Dialog unter Gehörlosen lasen, und Protokolle der Aussagen der Angehörigen: Die Eltern des deutschen Opfers Oliver Schultheis hatten sich über das Ende ihres Sohnes eher traurig als überrascht gezeigt. Es war herauszuhören, dass er für sie schon vor langer Zeit gestorben war, vor allem, als der Vater erwähnte, dass ja sein Sohn vielleicht beim Strecken der Ware den tödlichen Fehler begangen hätte. Doch seine langjährige Berufserfahrung, das unbestimmte Gefühl, dass irgendetwas nicht ins Bild passte, hinderten Grommet daran, das Ganze als versehentliche Vergiftung zu behandeln. Aus diesem Grund galt der Fall als nicht abgeschlossen. Und nachdem die Akte jahrelang im Archiv verstaubt war, sollte Cornelia nun frischen Wind in die Sache bringen.

Die Familie von Cem Bayraktar hatte den Tod ihres Sohnes nicht mit der gleichen Schicksalsergebenheit hingenommen wie die Familie Schultheis. Cornelia fand die Aussagen der Mutter, der Schwester und des kleinen Bruders Umit. Obwohl erst dreizehn, hing Umit bereits an der Nadel und drohte damit, Cems Mörder umzubringen. Einer Notiz nach zu schließen, hatte man ihn auf Bitten der Familie in einem Heim für minderjährige Drogenabhängige untergebracht. Außerdem fand sich eine formelle Beschwerde der Mutter, die sich enttäuscht über die Arbeit der Polizei zeigte: »Der Fall wird nicht näher untersucht, weil Cem Türke war.« Das ist nicht auszuschließen, gute Frau, entgegnete ihr Cornelia in Gedanken, aber auch deshalb, weil Ihr Kind, von dem Sie sicherlich behaupten, dass er im Grunde ein guter Junge war, ein Scheißdealer war.

Der seine Geschwister und sogar seine Mutter geschlagen hatte, wenn er high war. Das hatte sie in der Aussage seiner Schwester Verda gelesen.

Cornelia hob den Blick von den Unterlagen, um die Antwort der Mutter nicht hören zu müssen. Sie sah aus dem Fenster. Toll! Die beiden Busse trafen an der Ampel aufeinander. Von ihrem Beobachtungsposten aus konnte sie sehen, wie die Busfahrer sich grüßten. Wenn die Fahrt des Busses der Linie 32 vom Güterbahnhof bis zum Ostbahnhof anderthalb Stunden dauerte und alle zehn Minuten ein Bus kam, wie oft begegnete er dann auf seinem Weg einem Bus, der in die Gegenrichtung fuhr? Auf dem Papier nachrechnen gilt nicht. Im Kopf. Ein Geräusch riss sie aus ihren Berechnungen. Sie sah zu Reiners Tisch hinüber.

»Kann ich dir behilflich sein?«

»Hatten wir nicht ausgemacht, dass du dich raushalten würdest?«

»Du hast geschnaubt.«

»Wenn wir schon von Geräuschen reden: Du fluchst die ganze Zeit vor dich hin.«

»Und was heißt das?«

»Dass du total genervt bist. Dann machst du das immer.«

»Okay. Und du schnaubst, wenn du besorgt bist und nicht weißt, in welche Richtung du weitermachen sollst.«

Ein walartiges Schnauben gab ihr recht.

Das Telefon des Oberkommissars klingelte wieder. Das tat es ständig, ganz im Gegensatz zu dem ihren.

»Schick es mir. Ich sehe es mir an, sobald ich einen Moment habe«, sagte er in den Hörer. Dann folgte ein Schnauben, das er als Seufzer zu tarnen versuchte.

Cornelia wartete, bis Reiner fertig geschrieben hatte, dann zeigte sie ihm ihre Mappe:

»Das ist ein offener Fall von Grommet.«

»Grommet, aha. Ein feiner Kerl«, murmelte Reiner geistesabwesend.

»Was ist denn dein ungelöster Fall?«

»Mein Fall? Meine Fälle, meinst du wohl. Schließlich bin ich schon seit Jahren bei der Polizei.«

Mehr sagte er nicht. Cornelia wusste nicht, ob er an seine Fälle dachte oder nachrechnete, wie viele Jahre er schon bei der Polizei war. Aber als sie sah, dass er sich wieder seinen Notizen zuwandte, erkannte sie, dass er weder an das eine noch an das andere dachte.

Wieder sah sie aus dem Fenster. Wenn sie sich beeilte, würde sie den nächsten Bus zum alten Güterbahnhof noch erwischen. Aber warum? Warum nicht? Trotzdem brauchte sie einen Grund. Um hier rauszukommen, sich zu bewegen, sich treiben zu lassen. Nachzudenken. Das war keine Flucht, sagte sie sich. Sie würde die Stelle aufsuchen, an der die beiden Leichen gefunden worden waren. Vor zehn Jahren. Was hoffte sie dort zu finden? Nichts. Das Gleiche, das sie erwartete, wenn sie im Büro sitzen blieb. Sie steckte die Unterlagen in die Tasche, griff nach ihrer Jacke, verabschiedete sich von Reiner mit einem »Bin gleich zurück« und ging hinaus.

Sie trat auf die Straße, ohne auf den Verkehr zu achten – eine Schlagzeile der Bild-Zeitung am gegenüberliegenden Zeitungsstand hatte ihre gesamte Aufmerksamkeit beansprucht. Erst als sie das Hupen und des Geschrei des Fahrers hörte, der sie beinahe überfahren hätte, sprang sie auf den Bürgersteig.

»Blöde Kuh! Hast du denn keine Augen im Kopf?«

Sie gab seine Beleidigung nicht zurück und machte auch keine obszöne Geste, sondern schleuderte ihm den Text der Schlagzeile entgegen.

»Die Polizei ist schuld!«

Aber der Fahrer hörte sie schon nicht mehr, das Auto war weitergefahren. Zwei Jungen, die ihr entgegenkamen, nickten hingegen zustimmend, ohne die Hände aus den Jackentaschen zu nehmen, und musterten das massive Präsidiumsgebäude mit finsteren Blicken.

»Das sind alles Schweine.«

»Scheißbullen!«

Cornelia beachtete sie nicht. Sie blieb vor dem Exemplar

stehen, das im Schaufenster des Zeitungsstandes hing: »DIE POLIZEI IST SCHULD AM TOD MEINES MANNES, sagt die Witwe des Bauunternehmers Richard Kranich.«

Sogar aus dieser Entfernung, aus der sie den Rest des Textes nicht lesen konnte, erkannte sie, dass ihr Name im Artikel erwähnt war, ihr vollständiger Name, wie sie aus der Form der Buchstaben erahnen konnte. Die blonde Frau auf einem unscharfen Foto war nicht sie, sondern Sonja Kranich in ihrem Haus. Mit einem schmerzhaften Stich kam ihr wieder das blinde Vertrauen in den Sinn, das Sonja Kranich in sie gehabt hatte, und sie verstand, dass dieses Vertrauen zu Groll geworden war und dass ihre Erklärungen der Zeitung gegenüber ihre Form der Rache waren. Die Ankunft des Busses ersparte ihr die Entscheidung, ob sie die Zeitung kaufen solle oder nicht. Sie rannte zur Haltestelle, stieg ein und setzte sich auf die hinterste Bank, ohne sich um die wütenden Bemerkungen zweier Mädchen zu scheren, die diesen Platz bereits mit ihren Blicken für sich beansprucht hatten.

Wusste Reiner davon? Anscheinend nicht, sonst hätte er es ihr sicher erzählt. Er las keine Boulevardzeitungen, aber man konnte ihren Schlagzeilen, die einem von zahlreichen Zeitungsständen entgegenprangten, nicht entgehen. Cornelia wusste, dass die Empfangsdame und einige der Angestellten in der Cafeteria den Artikel gelesen hatten. Bestimmt auch einige ihrer Kollegen. Und mit Sicherheit auch einige der Fahrgäste im Bus, wenn diese auch nicht ahnen konnten, dass unter ihnen »Die Polizei ist schuld« saß. Cornelia sank tiefer in ihren Sitz.

Ein paar Haltestellen später stiegen die beiden Mädchen aus, denen sie ihren Sitzplatz streitig gemacht hatte. Eine von ihnen bedachte sie beim Aussteigen mit einer obszönen Geste, die sie nicht etwa noch stärker deprimierte, sondern ihr ganz im Gegenteil half, sich wieder zu fangen. Sie stand auf, sah die Mädchen, die sie aus der relativ sicheren Distanz der Straße aus beobachteten, spöttisch an und wechselte ihren Sitzplatz. Übertrieben genießerisch ließ sie sich dort nieder, als könne sie sich nichts Besseres vorstellen, dann winkte sie ihnen betont langsam mit der Rechten zu und zeigte ihnen ebenfalls den Stinkefinger. Den Rest der Fahrt legte sie unter den tadelnden Blicken einer älteren Frau mit Kopftuch zurück, deren Kleidung sie wieder an den alten Fall erinnerte, an dem sie arbeitete.

Noch vor dem Güterbahnhof stieg sie aus, weil sie sich dem Tatort langsamer nähern wollte. Sie lief zwischen Bürogebäuden und riesigen Messehallen hindurch, bis sie bei dem Neubaugebiet auf dem Gelände des ehemaligen Güterbahnhofs angekommen war. Die Gleise, Bahnsteige und Läden waren längst verschwunden, und von dem, was einmal der größte Wareneingang und -ausgang der Stadt gewesen war, waren nur noch klägliche Überreste wie das Signalhäuschen geblieben, das schicksalsergeben auf die Abrissbirne wartete.

Die Stelle, an der die Leichen der beiden Dealer gefunden worden waren, war unter den Fundamenten für ein zukünftiges Einkaufszentrum verschwunden. Allerdings war sie völlig orientierungslos, da sämtliche Anhaltspunkte verschwunden waren, und so war es auch gut möglich, dass die beiden dort gefunden worden waren, wo sich jetzt eine neue Messehalle erhob.

Cornelia schloss die Augen, um sich die Fotos von vor zehn Jahren ins Gedächtnis zu rufen, die Bilder der von Schmerzen und Todeskampf verkrümmten Körper. Wenn Kollege Grommet richtig vermutet hatte, deutete das Strychnin auf Hass hin. Es bewirkte heftige Krämpfe, Atemnot, Erbrechen, und die beiden waren mit völlig überdehnten Hälsen am Tatort gefunden worden. Die Mutter von Oliver Schultheis hatte die Polizisten gefragt, wie lange der Todeskampf gedauert hatte. Wie viel Hass und wie viel Angst hatte Umit empfunden, Cems kleiner Bruder? Er war doch noch ein Kind.

Inzwischen war sie am anderen Ende des von Baustellen übersäten Geländes angekommen und stieg dort in die Straßenbahnlinie 11. Ihre bislang eher dürftigen Nachforschungen hatten ergeben, dass beide Familien noch immer an den gleichen Adressen im als Brennpunkt verschrienen Stadtteil Gallus lebten. Die Schienen der Linie 11 führten sie zwangsweise jedes Mal am Fundort der Leichen vorbei, wenn sie ins Stadtzentrum oder zum Hauptbahnhof wollten. Nicht immer kann man die Schauplätze schrecklicher Ereignisse meiden.

Katis Familie hingegen war weggezogen. Im Gegensatz zu den Familien der beiden Dealer hatten sie beschlossen, die Stadt zu verlassen, und hatten sich das auch leisten können. Wo ihre Eltern jetzt wohl sein mochten? Wenn sie überhaupt noch am Leben waren. Katis Bruder hatte sich die Angst ins Gesicht gegraben, selbst nach der Beerdigung und der Verhaftung des Mörders. Cornelia fuhr sich mit der Hand über die Nase und fragte sich, ob ihm diese Angst immer noch anzusehen war. Seit die Familie aus Offenbach weggezogen war, hatte sie nie wieder etwas von ihm gehört. Eine Zeitlang war die Stelle im Wald, an der die Kiste mit Kati vergraben gewesen war, für die Jugendlichen des Viertels eine morbide Pilgerstätte und ein Ort für Mutproben gewesen.

Sie erinnerte sich an die nächtlichen Ängste ihres Bruders Manuel, an das Nachtlicht, das immer in seinem Zimmer brennen musste und zum Glück auch ein wenig in ihr Zimmer hineinschien und sie so davor bewahrte, im Entsetzen zu verharren, wenn sie aus einem ihrer häufigen Alpträume erwachte. »Bist du sicher, dass du kein Licht willst, *neniña*?«, hatte ihre Mutter ein ums andere Mal gefragt.

Und sie hatte es jedes Mal abgelehnt:

»Ich habe keine Angst.«

Aber Manuel hatte Angst gehabt. In manchen Nächten waren die Eltern von der Fabrikarbeit so erschöpft gewesen, dass sie sein Weinen nicht gehört hatten; also war sie aufgestanden und im Dunkeln in die Küche gegangen, um ihm ein Glas Wasser oder einen Keks zu holen. Dann war sie bei ihm geblieben, bis er wieder eingeschlafen war. Erst wenn sie wusste, dass sie ganz alleine war, hatte sie der Angst gestattet, sie dazu zu bringen, zu ihrem Bett zu rennen und die Decke bis zum Hals zu ziehen. Aber wenn Manuel noch in der gleichen Nacht wieder Angst bekam, ließ sie der Beschützerinstinkt der großen Schwester wieder aus dem Bett springen, um ihn zu beruhigen.

So sind Geschwister nun einmal.

Sie holte die Unterlagen zu dem Fall hervor, die sie hastig in ihre Tasche gestopft hatte, und korrigierte sich: So sind Schwestern nun einmal.

»Entschuldigen Sie bitte, Sie müssen aussteigen. Hier ist Schluss.«

In Gedanken versunken, war sie bis nach Höchst zur Endhaltestelle gefahren. Der Straßenbahnfahrer war aus seiner Kabine gekommen und zeigte nun auf die offene Tür.

»Ja, ja, klar.«

Geistesabwesend stieg sie aus, sah auf dem Fahrplan nach, wo die Haltestelle für die Rückfahrt war, und setzte sich dorthin, um auf die Bahn zu warten.

Derselbe Fahrer fuhr auch zurück. Er beachtete sie kaum, als er sie mit ein paar anderen Fahrgästen wieder einsteigen sah. Sicher hatte er schon weit merkwürdigere Dinge erlebt als eine Frau, die vor sich hin geträumt und ihre Haltestelle verpasst hatte. Cornelia hingegen war vollkommen in einen alten Fall vertieft, der sich an einem Ort ereignet hatte, auf den die Straßenbahn der Linie 11 nun wieder zukroch, schwerfällig wie ein chinesischer Drache.

# MARGARETHE

Für Altfälle, vor allem wenn man sie als Beschäftigungstherapie oder als Strafe aufgebrummt bekam – und Cornelia wusste nicht, wie sie es betrachten sollte –, war immer nur ein Einzelner zuständig. Keine Teams, keine Sitzungen. Nur die allernotwendigsten Mittel. Da alle verfügbaren Kräfte mit Kranichs Entführung (»und seinem Tod, sag's ruhig«) beschäftigt waren, wusste sie, dass sie niemanden um Hilfe bitten konnte.

Sie war allein im Büro. Reiners Jacke hing schlaff über der Rückenlehne seines Stuhls. Der Oberkommissar war mit den Kollegen im Sitzungsraum des Teams.

Cornelia ließ sich nicht von dem Gedanken zurückhalten, dass das, was zehn Jahre gewartet hat, auch zehn Jahre und einen Tag warten kann. Der Fall war nicht eilig, aber sie hatte es eilig, ihre These zu überprüfen. Der erste Schritt würde sein, Verda Bayraktar ausfindig zu machen, etwas, das sie mit einem einzigen Anruf glaubte erledigen zu können.

Doch bei der Familie zu Hause hob niemand ab, und es gab keinen Anrufbeantworter. Sie hatte aber sowieso nicht vorgehabt, eine Nachricht zu hinterlassen; die Stimme des Menschen zu hören, mit dem sie sprechen wollte, hätte ihr einfach nur das Gefühl gegeben, einen Schritt weiter zu sein. Sie war so nah dran ... Sie musste nur mit Verda Bayraktar sprechen.

Sie suchte im Internet nach dem Namen und fand zwei Personen. Eine von ihnen hatte ein Facebook-Profil, war aber dem Foto nach zu schließen höchstwahrscheinlich nicht die gesuchte Person, weil sie zu jung aussah. Oder besser gesagt, hoffte Cornelia das, denn die Frau wohnte in Bonn. Sie wollte sie aber in Frankfurt haben.

Die andere Frau fand sie auf einer Seite mit beruflichen Kontakten, einer Online-Arbeitsbörse, bei der sie vor vier Jahren ein Profil angelegt hatte, das dort einsam und vergessen stehen geblieben war. Eine der vielen ins Meer geworfenen Flaschen, die sich im Netz verfingen.

Dem Lebenslauf entnahm Cornelia, dass Verda Bayraktar als gelernte Fremdsprachensekretärin arbeitete, und ihr Name war auch auf der Seite eines internationalen Umzugsunternehmens zu finden, das seinen Sitz in Niederrad am Rand von Frankfurt hatte.

In diesem Augenblick ging die Bürotür auf. Als sie Krökel sah, dachte sie daran, wie die junge Polizistin ihnen den Fund von Kranichs Leiche mitgeteilt hatte. Krökel ging es anscheinend genauso, denn sie blickte ein wenig verlegen drein und sagte dann:

»Herr Oberkommissar Terletzki hat mich gebeten, ihm ein paar Papiere in den Sitzungsraum zu bringen.«

»Wie läuft's?«

»Wir hängen ziemlich fest. Ich glaube, wenn Sie ...«

Cornelia ließ sie nicht ausreden, vor allem, weil sie das Gefühl hatte, dass das, was Krökel sagen wollte, ehrlich gemeint war und vielleicht eine Kritik an Reiner beinhaltete.

»Bestimmt kommen Sie bald weiter.«

Die Beamtin nickte, wenig überzeugt, während sie die Papiere zusammensuchte.

»Wenn Sie Hilfe brauchen, Frau Weber-Tejedor, können Sie auf mich zählen.«

»Ich danke Ihnen.« Ihr Dank war aufrichtig, weil das Angebot es ebenfalls gewesen war. »Und lassen Sie es bei Weber, ich weiß, dass ›Tejedor‹ nicht leicht auszusprechen ist.« Im Stillen bat sie ihre Mutter um Verzeihung.

Die Beamtin verabschiedete sich, indem sie mit den Papieren wedelte, die sie mitnahm, als wolle sie sich dafür entschuldigen, dass sie sie wieder allein ließ.

Nun forschte Cornelia endlich nach, wie Krökel mit Vornamen hieß. Margarethe hieß sie. Margarethe Krökel.

Ein paar Minuten später rief sie bei der Firma an, bei der Verda Bayraktar arbeitete.

»Sie ist kurz weg, ein paar Erledigungen machen«, sagte die Frau am Telefon. »Und ich vermute, danach wird sie Mittagspause machen, und in der Zeit geht sie auch nicht ans Handy.«

Das erschien ihr eine sehr ausführliche Auskunft für den Anruf einer Unbekannten, bis die Frau ihr erklärte, dass Verda Bayraktar die Beschwerdestelle leitete. Cornelia verstand, dass sie Verdas Recht auf eine unbehelligte Pause verteidigte.

Sie hatte also noch Zeit, und so beschloss sie, etwas zu essen, bevor sie zu dem Umzugsunternehmen fuhr. Sie verließ das Präsidium und bog ein paar Mal in Seitenstraßen ein, um die Lokale zu meiden, die die Polizisten besuchten, wenn sie vom Kantinenessen genug hatten.

Schließlich entschied sie sich für einen Schnellimbiss: eine Portion Nürnberger. Sie fragte, ob sie sie auch mit Pommes haben könne statt mit dem traditionellen Kartoffelbrei. Der Koch, der zugleich als Kellner fungierte, sah sie beleidigt an.

»Mit Pommes! Wo gibt's denn so was?«, sagte er mit einem unüberhörbaren slawischen Akzent. Das Lokal war mit Fotos von Split und anderen Bildern der Adriaküste geschmückt.

»Na gut, dann nehme ich sie eben mit Kartoffelbrei«, gab Cornelia nach.

Während sie wartete, dachte sie, dass sie nicht allein zu diesem Treffen gehen wollte. Sie nahm ihr Handy.

»Einen Moment bitte«, hörte sie, als am anderen Ende abgehoben wurde.

Stimmen.

Stimmen, die gedämpfter klangen.
Eine Tür.
Schritte.
Eine andere Tür.
»Frau Weber?«
»Können wir sprechen, Krökel?«
»Jetzt ja. Ich war in einer Sitzung. Was gibt's?«
Die Stimme der jungen Polizistin klang angenehm verschwörerisch.
»Ich brauche Ihre Hilfe.«
»Sie können auf mich zählen.«
»Ich hätte gern, dass Sie mich zu einem Verhör im Rahmen meiner derzeitigen Ermittlungen begleiten. Ich kann Ihnen nicht allzu viel darüber erzählen, da ich mich an einem öffentlichen Ort befinde.«
»Das ist auch nicht nötig. Jetzt gleich?«
»Wenn es möglich ist.«
»In Ordnung, ich versuch's.«
»Nur wenn Herr Oberkommissar Terletzki damit einverstanden ist. Ich will nicht, dass Sie Ärger bekommen.«
»Ich rufe Sie gleich zurück.«
Der Kroate brachte ihr das Essen. Um ihr Erstaunen komplett zu machen, servierte er es ihr sogar auf dem traditionellen Zinnteller. Sechs kleine Würstchen, die sie in einem Countdown vom Teller verschwinden lassen würde.
Als sie beim dritten angelangt war, fürchtete sie, Krökel könne es nicht geschafft haben. Sie aß es auf. Als sie in das vorletzte biss, hatte ihr Handy immer noch nicht geklingelt. Noch anderthalb Würste. Der Anruf. Endlich.
»Alles in Ordnung, Frau Weber.«
»Er hat Ihnen die Erlaubnis ereilt?«
»Ich wollte nicht vor den anderen sagen, dass ich mit Ihnen unterwegs bin. Also habe ich gesagt, es handele sich um eine dringende Familienangelegenheit.«

Das war das Zauberwort, das weitere Fragen verhinderte, sei es aus Diskretion oder aus Mangel an Interesse. Sie würde sie hinterher schon bei Reiner entschuldigen.

»Wir treffen uns auf dem Parkplatz des Präsidiums. In zehn Minuten.«

Dann machte sie den Würstchen und dem Kartoffelbrei den Garaus.

## SCHWESTERN

Eine halbe Stunde später fuhren Cornelia und Margarethe Krökel mit dem Auto nach Niederrad im Süden der Stadt.

»Und was, wenn Ihre Annahme falsch ist? Das ist eine schwere Anschuldigung«, bemerkte Krökel, die am Steuer saß.

Auch deshalb hatte sie die Kollegin mitnehmen wollen, damit sie ihr alle diese Fragen stellte: Sollte sie auf eine von ihnen keine Antwort finden, würde sie umkehren und ins Präsidium zurückfahren. Ohne Wenn und Aber.

Aber viele Puzzleteile passten. Dem Bericht zufolge hatte Cem die Drogen zu Hause aufbewahrt – versteckt konnte man das nicht nennen, denn die ganze Familie hatte Bescheid gewusst. So hatte der kleine Bruder ebenfalls angefangen, Drogen zu nehmen, hatte die Schwester berichtet, und war sein Laufbursche geworden. Die beiden Frauen, Mutter und Schwester, hatte er durch Schläge gefügig gemacht. So weit der Bericht.

Der Rest war eine Theorie, besser gesagt, eine Vermutung: Die Schwester hatte den kleinen Bruder Umit schützen wollen, damit er nicht wie Cem endete.

»Sie wird alles abstreiten.«

»Wir haben den Überraschungseffekt auf unserer Seite. Es sind viele Jahre vergangen, und das Letzte, was Verda Bayraktar erwartet, ist, dass heute die Polizei zu ihr ins Büro kommt. Alles wird von ihrer Reaktion abhängen. Wenn sie alles abstreitet, sobald ich ihr meine Theorie präsentiere, und mich nicht weiterreden lässt, haben wir verloren. Wenn sie dagegen Genaueres wissen will, was auch immer, stehen die Chancen gut, dass wir gewinnen.«

An Krökels skeptischer Miene sah sie, dass auch sie das

für eine äußerst schwache Konstruktion hielt; es waren nichts weiter als Vermutungen, die sie Verda Bayraktar ins Gesicht schleudern würde, um sie zu überraschen, und die sie durch die Neugier der Verdächtigen zu bestätigen hoffte. Eine schwächere Konstruktion war kaum vorstellbar. Aber war das bei ihrer Arbeit nicht immer so? Mühsam erstellte Hypothesen, die sie unter der Last der Unsicherheiten zusammenbrechen sahen, um dann wieder von vorne anzufangen.

»Und selbst, wenn sie alles abstreiten sollte, wird sie wissen, dass wir ihr auf die Schliche gekommen sind und dass wir genauso, wie wir zehn Jahre später zu diesem Schluss gekommen sind, jeden Augenblick neue Beweise finden könnten, dass alles nur eine Frage der Zeit ist.«

»Haben wir denn neue Beweise?«

»Nein.«

Krökel lächelte bewundernd.

»Na, dann los.«

Einen Versuch war es wert. Sie würden Verda Bayraktar beschuldigen, ihren großen Bruder getötet zu haben, und darauf spekulieren, dass sie in ihrer Überraschung alles zugab. Und wenn sie sich wieder irrte und Verda Bayraktar sich bei ihrem Chef beschwerte? Sie stellte sich vor, wie sie wie in einer amerikanischen Fernsehserie an irgendeiner Kreuzung den Verkehr regelte, vielleicht an der Kreuzung Adickesallee und Eschersheimer Landstraße, an der das Polizeipräsidium lag, unter den Blicken sämtlicher Kollegen. »Die Uniform steht dir ausgezeichnet, Weber!« »Weber-Tejedor, wenn ich bitten darf.« Die Vorstellung war genauso erschreckend wie die Konsequenz, die ein Disziplinarverfahren in Deutschland üblicherweise nach sich zog: Verwaltungsarbeit.

Es musste einfach die Schwester gewesen sein.

Sie hatte Strychnin verwendet, Rattengift. Das war seit

2003 in Deutschland verboten, aber in anderen Ländern noch im Einsatz.

Ein Hausmittel.

Ein typisch weibliches Verbrechen. Es sind die Frauen, die die Ratten töten, wenn sie ins Haus eindringen. Sie legen das Gift aus und hoffen, dass die Ratten weit weg sterben, so wie Cem, der zum Sterben zum Güterbahnhof gefahren war.

Die Firma, bei der Verda Bayraktar arbeitete, lag in einem Industriekomplex in Niederrad, direkt an der Autobahn. Und genau das sah man von ihrem Bürofenster aus: die acht Spuren der A5.

Mit ihren siebenundzwanzig Jahren trug Verda Bayraktar ihr dunkles Haar zu einem dicken Zopf geflochten, der von bunten Haargummis und Spangen gehalten wurde. Er schlang sich um ihren Hals wie eine schläfrige Schlange, deren Kopf an einer der großen Blumen ruhte, mit denen ihre Bluse bedruckt war. Sie sah nicht so aus, wie man sich jemanden vorstellt, der eine Beschwerdestelle leitet, jemanden, der die Reklamationen entgegennimmt, sie abmildert oder an die Kollegen weitergibt, jemanden, der beschwichtigt, verhandelt, widerspricht. Cornelia war von der bunten, jugendlich wirkenden Gestalt überrascht, von dieser Verkörperung von Ruhe und Gelassenheit.

Verda Bayraktar begrüßte sie mit einem unermüdlichen Lächeln, kaum dass sie die Tür zu ihrem Büro geöffnet hatten. Sie hielt sie für Kunden.

Die Polizistinnen setzten sich nicht, und noch während sie auf den Schreibtisch zuging, stellte Cornelia sich vor.

Sie hatte darauf gehofft, Bayraktar so zu überraschen, dass diese ihre Tat gestand. Womit sie nicht gerechnet hatte, war, dass die Frau sie überraschte. Noch bevor sie dazu kam, Krökel vorzustellen, sagte Verda Bayraktar:

»Sie kommen wegen Cem. Da haben Sie aber lange gebraucht.« Sie stand auf und kam hinter dem Tisch hervor: »Darf ich Ihnen einen Kaffee anbieten?«

Sie ging auf die Tür zu. Krökel wollte ihr den Weg verstellen, aber Cornelia hielt sie mit einem Kopfschütteln davon ab. Verda Bayraktar ging hinaus.

»Das ist sehr merkwürdig, Frau Weber.«

»Mir passiert das auch zum ersten Mal.«

Sie hatte das Gefühl, als steckten ihr all die einleitenden Worte, die sie vorbereitet hatte, in der Kehle und sie könne sie weder ausspucken noch hinunterschlucken.

»Es kam mir fast so vor, als hätte sie mit unserem Besuch gerechnet.«

Cornelia dachte das Gleiche.

»Sind Sie sicher, dass sie nicht fliehen wird?«

In diesem Augenblick ging die Tür auf, und Verda Bayraktar kam mit einem Tablett herein, auf dem eine Kaffeekanne, drei Tassen, ein Milchkännchen und eine Zuckerdose standen. Sie stellte es auf ihrem Schreibtisch ab, nachdem sie Ordner und Papiere heruntergenommen und auf dem Boden gestapelt hatte.

»Jemand anderes wird sich darum kümmern.«

Sie bot ihnen zwei Stühle an, die vor ihrem Schreibtisch standen, und setzte sich ebenfalls.

»Sie scheinen kaum überrascht, uns zu sehen«, sagte Cornelia. »Als hätten Sie uns erwartet.«

»Irgendwann musste es mal passieren, auch wenn ich mir aus irgendwelchen unerfindlichen Gründen eingebildet habe, Sie wären in all den Jahren nicht gekommen, weil die Sache in Vergessenheit geraten war. Denn wissen Sie, in drei Monaten sind es zehn Jahre.«

Verda hatte also auf sie gewartet, wie ein zum Tode Verurteilter darauf wartet, dass ihm der Henkersstrick gedreht wird.

Durch die geschlossene Tür drangen Stimmen und Telefonklingeln zu ihnen herein. Verda Bayraktar schaltete ihr Handy aus. Dann erzählte sie ihnen, noch bevor sie fragen konnten, von ihrem Bruder Cem, von seiner Brutalität, seiner wachsenden Aggressivität, davon, wie ihr kleiner Bruder sich verändert hatte, von der Passivität ihrer Mutter, von Schlägen und Erniedrigungen.

»An dem Tag, an dem Umit unsere Mutter geschlagen hat, hatte ich genug. Diese halbe Portion verprügelte mit dreizehn Jahren seine eigene Mutter. Dann wollte er auf mich losgehen. Ich habe mich umgedreht und ihm eine Backpfeife verpasst, die er bestimmt bis heute nicht vergessen hat. Er hat es Cem nicht gepetzt, deshalb dachte ich, dass er noch nicht völlig unter seiner Fuchtel stand; aber irgendwann würde ein Tag kommen, an dem ich ihn nicht mehr würde stoppen können.«

Sie machte eine Pause, und alle drei beugten sich gleichzeitig vor, um sich Kaffee einzuschenken. Krökel tat Milch hinein, Verda Milch und Zucker. Cornelia, die ihren Kaffee schwarz trank, nutzte die Pause im Geständnis, um ihre Zweifel zu zerstreuen.

»Woher hatten Sie das Rattengift?«

»Rattengift?« Verda Bayraktar hielt inne, die weiße Porzellantasse wenige Zentimeter von ihren Lippen entfernt.

»Das Strychnin.«

»Rattengift besteht aus Strychnin?« Sie trank einen Schluck Kaffee und schüttelte ungläubig den Kopf. »Ich hoffe, das ist verboten.«

»Jetzt ja. Die neuen Rattengifte enthalten gerinnungshemmende Mittel, sodass die Ratten innerlich verbluten«, verkündete Krökel rundheraus, während sie die Milch in ihrer Tasse umrührte.

Cornelia sah sie verblüfft an und stellte den Kaffee unangerührt auf den Tisch zurück.

»Mich interessiert einfach alles, was mit Gift zu tun hat.« Krökel senkte bescheiden den Blick, sodass ihr Cornelias bewundernde Miene entging. Verda stellte die leere Tasse auf das Tablett zurück und fuhr fort:

»Also, ich hatte das Strychnin jedenfalls nicht aus einem Rattengift. Ich habe das genommen, was Cem zum Strecken des Heroins benutzte. So panschten wohl alle.«

Cornelia erinnerte sich dunkel daran, dass damals aus Holland die Mode gekommen war, eine Prise Strychnin ins Ecstasy zu mischen, weil das die Wirkung verstärkte; und beim Heroin verfuhr man bald genauso.

»Ich habe fast das ganze Strychnin in das Tütchen mit dem Heroinpulver gemischt und dann mit Milchpulver wieder aufgefüllt, damit er nicht merkte, dass etwas fehlte. Er war völlig paranoid.«

»Wussten Sie, dass er qualvoll sterben würde?«

»Unser Leben war auch eine Qual, und seine Qualen würden nur ein paar Minuten dauern.«

»Und der andere?«

Verda Bayraktars bisher so freundliches Gesicht verzog sich angewidert.

»Oliver? Für den gibt es nur ein Wort: ein Dreckskerl. Cem war ein Killer und Oliver der geifernde Gehilfe, der über alle seine Witze lachte. Und dafür belohnt wurde. Wetten, Sie erraten nicht, worin seine Belohnung bestand?«

Alle drei schwiegen.

»Und Sie hatten keine Sorge, dass sie das Zeug verkaufen und dadurch andere Personen sterben könnten?«

»Natürlich. Aber mein Bruder hatte feste Gewohnheiten und genehmigte sich vor dem Verkauf immer selbst eine Dosis. Für den Fall, dass es diesmal anders sein würde, war ich ihnen gefolgt. Wenn sie an jemanden vertickt hätten, wäre ich dazwischengegangen.«

»Also haben Sie sie sterben sehen?«, fragte Krökel.

»Aber klar doch.« Sie sah sie mit einem seligen Lächeln an. »Ich musste doch sichergehen.«

Zwei Stunden später wurde Verda Bayraktar dem Haftrichter vorgeführt. Die Ruhe, mit der sie alles hingenommen und zugegeben hatte, war erschreckend.

»Jeder Tag nach der Sache mit Cem war ein Geschenk. Und jetzt ist die Party eben vorbei«, hatte sie geantwortet, als Cornelia es sich nicht verkneifen konnte, ihr zu sagen, wie sehr ihre Gelassenheit sie verwunderte.

Danach wollte sie nur noch nach Hause. Aber sie hatte es sich zur Gewohnheit gemacht, jeden gelösten Fall zu feiern, und sie lud Krökel auf ein Bier ein.

Sie gingen in ein Lokal am Hauptbahnhof, in der Moselstraße, die runter zum Main verlief und in der sich Hotels und Sex-Shops, Spielhallen und Läden für Billigklamotten, Halal-Metzgereien und Münzwaschsalons aneinanderreihten. Hier befand sich auch die Bar, die eine kubanische Exprostituierte führte, die Cornelia noch aus ihrer Zeit bei der Abteilung für Jugendkriminalität kannte.

»*Hola, rubia*«, grüßte sie Verónica, die Schwarze, und verpasste ihr zwei schmatzende Küsse. »Lange nicht mehr gesehen.«

»Ich war eine Zeitlang abstinent, *negra*.«

»Dann bin ich ja froh, dass diese Phase vorbei ist. Ich habe dich schon vermisst, und du hättest auch so vorbeikommen können, *mi amol*, bei mir gibt's nämlich auch Kaffee. Aber was darf es jetzt sein?«

»Zwei Bier.«

Sie brachte sie ihnen in eiskalten Gläsern an einen Tisch neben dem Fenster zur Straße.

»Haben Sie sie *negra* genannt?«, fragte Krökel im Flüsterton, sobald die Barbesitzerin außer Hörweite war.

»Ja, so nenne ich sie immer, *negra.*«

»Aber das ist nicht korrekt.«

»Warum?«

»Na ja, weil sie schwarz ist.«

»Genau deshalb nenne ich sie ja so. Und sie nennt mich *rubia*, Blondine, weil ich eine bin. Nicht das Wort ist entscheidend, Krökel, sondern die Absicht, die dahintersteckt.«

Auf einem Nebentisch lag ein zerfleddertes Exemplar der Bild-Zeitung. Um diese Zeit hatten die bestimmt schon viele Gäste gelesen. Krökel betrachtete sie verstohlen. Sie wusste offenbar, was auf der Titelseite stand, sagte aber nichts. Sie stießen auf den Abschluss des Falls an, prosteten einander ernst zu, ohne die Freude oder Euphorie, die man hätte erwarten können. Und doch mussten sie feiern, denn sie hatte mit ihrer Vermutung richtig gelegen. Ihr einziger Fehler war gewesen, die Vorgehensweise für typisch weiblich zu halten. Sie hatte sich von der Annahme leiten lassen, dass das Gift Rattengift sei. Genau betrachtet, hatte sie sich von den gleichen Vorurteilen leiten lassen, die Kommissar Grommet, als er damals ermittelte, vermutlich daran gehindert hatten, Verda zu verdächtigen. Wie konnte dieses brave, unschuldig aussehende Mädchen eine solche Tat begangen haben? Verda Bayraktar hatte ihren Bruder mit seinen eigenen Drogen umgebracht. Mit derselben geistigen Klarheit, mit der sie das Verbrechen gestanden hatte.

Krökel ging die Geschichte auch im Kopf herum.

»Sie war bei der Tat siebzehn, also noch minderjährig.«

Daran hatte Cornelia auch schon gedacht, und sie wusste, dass dieser Umstand eine geringere Strafe bedeutete. Verdas jugendliches Aussehen bekam so eine neue Bedeutung, es war, als wäre für sie in dem Moment, in dem sie ihren Bruder umgebracht hatte, die Zeit stehen geblieben.

»Das ist Sache des Richters.«

»Aber Cem war ein Monster, und man könnte sagen, dass sie ihrem kleinen Bruder damit das Leben gerettet hat. Sicher wäre er sonst längst tot.«

»Wir sollten nicht urteilen, Krökel. Behalten Sie Ihre Meinung zu dieser Geschichte für sich.«

»Stellen Sie mich auf die Probe?«

»Nein.«

Das stimmte. Cornelia sah eine leise Enttäuschung in Margarethe Krökels Miene.

»Aber wenn ich es getan hätte, hätten Sie die Bestnote erzielt.«

»Danke. Manchmal frage ich mich, ob ich überhaupt geeignet bin für ...«

»Diese Zweifel sollten Sie ebenfalls für sich behalten. Äußern Sie sie niemals anderen gegenüber. Zumindest nicht vor Kollegen. Sie haben doch sicher gute Freunde.«

Krökel nickte eingeschüchtert.

»Wenn Ihnen diese Zweifel durch den Kopf gehen, sprechen Sie mit einem Freund darüber, niemals mit einem anderen Polizisten. Und leider muss ich Sie darauf hinweisen, dass Sie auch das, was heute passiert ist, Ihren Kollegen nicht erzählen dürfen. Denken Sie daran: Offiziell haben Sie nie mit mir zusammengearbeitet.«

»Ich weiß.«

»Prost, Krökel.«

»Prost.«

***

Zu Hause angekommen, erzählte sie Leo sofort alles. Zu ihrer Enttäuschung reagierte er eher wie ein Polizist auf die Tatsache, dass ihr der Verdacht gekommen war, weil sie sich in die Lage der Schwester versetzt hatte, die ihren kleinen Bruder schützen wollte.

»Diese Angewohnheit von dir, immer verstehen zu wollen, warum die Leute tun, was sie tun …«

»Andere nennen das Empathie.«

»Das ist das Gleiche, und es ist in unserem Beruf nicht gut. Du wärst die perfekte Kandidatin für das Stockholm-Syndrom. Vielleicht wirst du aber auch eines Tages daran zerbrechen, und dann wärst du die größte Zynikerin.«

Was er ihr sagte, gefiel ihr nicht. Seine Zweifel daran, dass ihre Empathie einer ihrer größten beruflichen und eigentlich auch privaten Vorzüge war, kränkten sie.

»Seit wann hast du etwas an meiner Arbeitsweise auszusetzen?«

»Und seit wann bist du so empfindlich? Sagst du nicht immer, dass du es magst, wenn man dir widerspricht?«

»Jetzt willst du mir wohl noch weismachen, dass du das nur tust, um mir eine Freude zu machen.« Sie wollte verärgert klingen, aber es gelang ihr nicht.

Kurz darauf landeten sie im Bett, auch wenn sie weniger zu lieben als zu kämpfen schienen – warum oder wogegen, wusste wohl nur jeder für sich allein. Danach saßen sie nebeneinander im Bett, die Köpfe an die Kissen gelehnt, die Decken bis zur Brust gezogen.

Wie im Film, dachte Cornelia.

Sie nahm den kleinen Papierlöwen in die Hand, der auf ihrem Nachttisch stand. Den hatte ihr ein spanischer Priester geschenkt, der mit Begeisterung Origami machte und den sie vor ein paar Jahren im Rahmen einer Ermittlung kennen gelernt hatte. Sie hatte ihn sorgfältig aufbewahrt und wegen Leo auf ihrem Nachttisch platziert. Bei diesen Ermittlungen hatten sie sich kennen gelernt.

Sie sah ihm zu, wie ihm neben ihr die Augen zufielen. Er trug sein Haar immer noch kurz, so wie sie ihn kennen gelernt hatte, aber sie hatte Fotos gesehen, auf denen er eine üppige blonde Lockenmähne hatte. »Der kleine Löwe Müller« hatten seine Kollegen ihn genannt, nicht nur wegen seiner Haare, sondern auch, weil er tief im Inneren eine Wildheit besaß, die er eisern unter Kontrolle hielt. Sie erahnte sie, wenn sie mit ihm im Bett war, und sie erahnte sie an seinen Blicken, wenn etwas ihn wütend machte.

Bevor er ganz eingeschlafen war, stieß sie ihn leicht mit dem Ellenbogen an und fragte:

»Hör mal, wieso bist du eigentlich zur Polizei gegangen?«

»Warum ich zur Polizei gegangen bin? Kurz gesagt: um meinem Vater Angst zu machen.

In meiner Familie erzählt man sich allerdings gern, dass ich in die Fußstapfen eines Onkels väterlicherseits getreten bin, der auch Polizist war. In Nürnberg, die Familie meines Vaters kommt aus Bayern.«

»Und warum wolltest du deinem Vater Angst machen?«

»Damit er aufhört, uns zu schlagen.«

Leo sprach, ohne sie anzusehen, den Blick auf die Wand vor ihm geheftet.

»Er hat dich geschlagen?«

»Mein Vater hat uns alle geschlagen. Mich, meine Schwestern, meine Mutter. Vor allem meine Mutter. Meine große Schwester ist auf einem Ohr taub von den Schlägen, die sie abbekommen hat, als sie einmal dazwischen gegangen ist, um zu verhindern, dass er mich verdrosch. Ich weiß nicht mal mehr, warum. Eigentlich brauchte es auch keinen besonderen Grund.«

»Und niemand hat etwas dagegen unternommen?«

»Was glaubst du denn? Na ja, wenn es richtig schlimm war, hat meine Mutter mich für ein paar Tage zu meiner Oma geschickt, der mit Edgar.«

Cornelia war schon ein paar Mal bei Leopolds Eltern zu Besuch gewesen, und es fiel ihr schwer, das Bild von dem weißhaarigen Mann mit dem alterskrummen Rücken, der sich um den Blattlausbefall seiner Rosenstöcke sorgte, mit dem zu vereinbaren, was Leo ihr soeben erzählt hatte. Er erriet ihre Gedanken.

»Das, was du jetzt siehst, ist ein alter Mann, der mit der Zeit weicher geworden ist; selbst Arschlöcher werden irgendwann mal alt.«

Seine Stimme war so voller Groll, dass sie ihn einfach fragen musste:

»Aber warum hast du ihn mir vorgestellt, wenn du ihn so sehr hasst? Warum besuchen wir ihn?«

»Weil er der einzige Vater ist, den ich habe. Weil ich auf diese Weise meine Mutter sehe, die bei ihm geblieben ist, warum, weiß der Geier. Und zu guter Letzt, um ihn daran zu erinnern, dass es mich gibt, falls es ihm noch einmal einfallen sollte, die Hand zu erheben.«

Cornelia wollte ihn nicht fragen, ob er einmal so weit gegangen war, seinen Vater zu schlagen; sie war sich nicht sicher, ob sie die Antwort wissen wollte.

Leos finstere Miene glättete sich; er lächelte sie an:

»Das klingt, als wäre ich aus einem Roman von Dennis Lehane entsprungen. Ich habe sie alle, falls du mal einen lesen willst.«

Obwohl sie keine Krimis las, sagte sie ihm, das würde sie sehr gerne, er solle ihr nur sagen, welcher sein Lieblingskrimi sei, dann würde sie nämlich mit dem anfangen und danach …

Leo antwortete nicht. Er war eingeschlafen. Ohne sie zu fragen, warum sie Polizistin geworden war. Cornelia war froh, dass sie es ihm nicht erzählen musste. Noch nicht. Irgendwann würde der richtige Augenblick schon kommen.

Der nächste Tag war ein Feiertag. Erster Mai. Ihr Vater würde zu der Demo gegen die Neonazis gehen. Und ihre

Mutter, die es eigentlich ängstlich vermied, sich zu politischen Themen zu äußern, würde ihn begleiten. Die Angst, er könne in der Menschenmenge verloren gehen, war größer als ihre Angst, sich »zu erkennen zu geben«, ein Begriff aus der Francozeit, der sich in ihrem Vokabular festgesetzt hatte wie eine Zecke. Am Nachmittag würden Leo und sie nach Offenbach fahren. Ihre Mutter hatte sie zu einem »deutschen« Nachmittagskaffee mit Kuchen eingeladen. Ob ihre Eltern schon wussten, dass sie im Fall Kranich versagt hatte? Sie lasen nicht die *Bild*, in der jeden Tag etwas über die Entführung stand, aber die Geschichte war inzwischen sogar in den Nachrichten gewesen. Ohne Nennung ihres Namens, den hatte die Öffentlichkeitsabteilung der Polizei geheim halten können. Aber es gab immer einen Nachbarn, Freund oder Bekannten, der nichts Besseres zu tun hatte, als mit der Zeitung in der Hand zu ihren Eltern zu laufen und es ihnen zu erzählen. »Ist das nicht eure Tochter?«

Cornelia lächelte bei der Vorstellung, wie ihre Mutter sie völlig ungerührt ansehen und dann sagen würde: »Ja. Und?«

Sie betrachtete Leo, wie er schlief, und streichelte ihm sanft übers Haar. Sie war weder aus Hass noch aus Angst Polizistin geworden.

»Zuerst müssen wir die Sache zwischen uns ausmachen, Kati. Ich weiß, dass du da bist.«

»Mach das Licht aus, damit ich rauskommen kann.«

»Ja, aber heute werde ich schlafen.«

Sie löschte das Licht.

## TAXI, TAXI

So etwas wie Glück gibt es nicht.

Glück ist reine Interpretationssache. Es ist das Ergebnis harter Arbeit, mit der man seine Umgebung formt, bis die Umstände einem gehorchen wie der Tiger der Peitsche des Dompteurs. Das hatte sie schon immer geglaubt.

An diesem Morgen sprang ihr Wagen nicht an. Sie würde zu spät zur Arbeit kommen.

Auf dem Weg zur U-Bahn-Station sah sie ein Taxi vorbeifahren und hielt es an.

»Wo soll es hingehen?«

»Zum Polizeipräsidium, zügig bitte.«

Der Taxifahrer, ein untersetzter Mittsechziger mit gewaltigen Tränensäcken, sah sie im Rückspiegel neugierig an.

»Arbeit oder Probleme?«

Cornelia fand die Frage amüsant.

»Arbeit.«

»Sind Sie Polizistin?«

»Kommissarin.«

»Und darf man fragen, für welche Fälle Sie zuständig sind?«

»Mord.«

Die Augen, die sie im Rückspiegel beobachteten, wurden rund wie Eulenaugen.

»Da haben Sie bestimmt schon jede Menge schreckliche Sachen gesehen! Sicher genug für ein Buch oder eine Fernsehserie. Aber täuschen Sie sich nicht, wir Taxifahrer können da mühelos mithalten. Wenn ich Ihnen erzählen würde, was wir alles so mitkriegen ...«

Das war der Moment, von dem an sie dem Mann nicht

länger zuhörte, auch wenn er es sicher nicht bemerkte, weil sie immer wieder zustimmend nickte. Während er weiterplauderte, nahm in ihrem Kopf eine Idee allmählich Form an. Ein paar Satzfetzen des Taxifahrers drangen bis in ihr Bewusstsein:

»... was die Leute uns alles erzählen ... die intimsten Sachen ... Geständnisse ... Unterhaltungen ...«

Bruchstücke, die ihre Eingebung nicht etwa verscheuchten, sondern bestätigten.

Sie holte ihr Handy hervor.

»Entschuldigen Sie bitte«, sagte sie, während sie die Nummer wählte. »Reiner, wir müssen reden. Natürlich geht es um die Entführungen. Ich bin auf dem Weg zum Präsidium. Wir sehen uns dort. In unserem Büro. Ich muss etwas unter vier Augen mit dir besprechen.«

So etwas wie Glück gibt es nicht.

Aber jemand, der bereit ist, sich seinen Gespenstern zu stellen, ist auch offen für Eingebungen, die sich jeder Vernunft entziehen. Wem sie ihren Einfall zu verdanken hatte, Glück oder Arbeit, darüber würde sie später nachdenken.

Denn wenn es auch das Glück nicht gab, so war sie doch soeben im Taxi seiner Zwillingsschwester begegnet.

* * *

»Was kostet dich das schon?« Cornelia stand vor Reiners Tisch, wippte von einem Fuß auf den anderen und starrte ihn durchdringend an. Der Oberkommissar hielt ihrem Blick stand.

»Abgesehen von der Zeit?«

»Seit wie vielen Tagen steht ihr nun ohne Ergebnisse da?« Sie legte den Kopf schief, beugte sich vor und stützte die Hände auf die Schreibtischplatte.

»Alle meine Leute sind beschäftigt.« Reiner zeigte ihr den Arbeitsplan des Teams.

Sie nahm ihn ihm aus der Hand.

»Ich sehe, du hast auch diese beiden Leuchten dabei, die das Gebäude überwacht haben, in dem Hagendorf eingesperrt war.«

Reiner sah sie misstrauisch an. Cornelia beharrte:

»Du wirst es kaum merken, wenn sie mit etwas anderem beschäftigt sind, und wenn sie ihren Job diesmal auch nur ansatzweise gut machen, werden sie höchstens einen, anderthalb Tage brauchen. Sollte sich die Sache als Sackgasse erweisen, kannst du im Bericht immer noch vermerken, dass du jede Möglichkeit in Betracht gezogen hast.«

Er brummte vor sich hin, griff aber zum Telefon. Cornelia verließ ihn und setzte sich an ihren Tisch. Reiner ließ sich zur Staatsanwaltschaft durchstellen. Und nach ein paar Minuten war klar, er bekäme die Genehmigung, bei den Taxizentralen der Stadt Informationen einzuholen. Dann rief er die beiden Beamten an und erteilte ihnen den neuen Auftrag. Cornelia beobachtete ihn schweigend, bis ihr bewusst wurde, dass sie eine völlig verzückte Miene aufgesetzt hatte. So darf man seine Kollegen nicht ansehen, mögen sie auch noch so sehr unsere Freunde sein und ihre Loyalität uns auch noch so sehr rühren. Obwohl Reiner es in der Zwischenzeit bestimmt erfahren hatte, hatte er kein Wort über die Schlagzeile der *Bild* verloren.

»Alles in die Wege geleitet«, sagte Reiner, nachdem er den letzten Anruf getätigt hatte.

»Wie kommst du mit Juncker klar?«

»Gut. Anfangs war er nicht begeistert, dass die Teamleitung mir übertragen wurde, aber dann ging's gut. Er ist sanft wie ein Lämmchen.«

Es gab nur wenige Bilder, die schwerer in Einklang zu bringen waren, als Junckers hünenhafte Gestalt mit dem

Wort »Lämmchen«. »Er versteht sich blendend mit Sauter. Im Team läuft alles gut. Aber wir haben immer noch keine Ergebnisse.«

»Was hältst du von Krökel?«

»Krökel? Wieso interessiert dich das? Hör mal, das warst doch nicht etwa du, die da während der Sitzung angerufen hat?«

»Ich habe das hier gelöst!«

Triumphierend zeigte sie ihm die Akte mit dem Fall der beiden Dealer.

»Du warst das familiäre Problem? Jetzt seid ihr am Ende noch verwandt. Verdammt, Cornelia! Du gehst zu weit: erst die Taxis, dann die Beamten, jetzt Krökel ...«

»Verzeih! Eigentlich wollte ich dir nur erklären, warum ich Krökel dabeihaben wollte. Das mit den Taxis ist mir ganz plötzlich eingefallen, und die Idee erschien mir gut, weil sie vielleicht erklären würde, wie ...«

Reiner wischte ihre Entschuldigungen mit einer Handbewegung beiseite.

»Ich habe keinerlei Rechtfertigung von dir verlangt. Ich bin einfach bloß fassungslos.«

## GPS

Da sie, wie in den letzten Tagen, immer noch von den Kollegen geschnitten wurde, hatte sie am Donnerstagmorgen den Bericht über die beiden vergifteten Dealer schon so gut wie fertiggestellt. Sie fragte sich, ob Ockenfeld ihr noch einen alten Fall zuweisen würde.

Reiner war seit einer halben Stunde im Büro nebenan. Manchmal drangen Stimmen oder ein Lachen zu ihr herüber. Telefonläuten. Sich öffnende und schließende Türen. Die Tür zu ihrem Büro war angelehnt. Sie schrieb noch ein paar Zeilen.

Plötzlich waren auf dem Flur hastige Schritte zu hören. Die Tür flog auf, und einer der Beamten, die die GPS-Geräte auswerteten, steckte den Kopf herein; hinter ihm war die unruhige Silhouette einer weiteren Person zu erkennen. Der Beamte betrachtete Reiners leeren Schreibtisch.

»Wo ist der Oberkommissar?«

»Nebenan.«

Der Kopf verschwand. Die Tür ließ er offen.

Cornelia hörte, wie die Tür zum benachbarten Büro geöffnet wurde.

»Wir haben was, wir haben was!«, riefen zwei aufgeregte Stimmen gleichzeitig.

Selbst aus der Entfernung vernahm sie den Singsang der beiden Stimmen, die ihre Sätze abwechselnd fast wortgleich wiederholten, wie die Kinder von San Ildefonso, die in Spanien an Weihnachten die Nummern der Lotterie vortragen.

»Die Daten stimmen überein.«

»Es ist der Weg von Hagendorf.«

»Die Strecke stimmt überein.«

»Es ist der Weg von Hagendorf.«

Sie stand auf, ging hinaus und steckte den Kopf durch die Tür des Nachbarbüros.

Die beiden Beamten standen vor dem Tisch, an dem Reiner mit einem Kollegen saß. Einer der beiden wedelte mit einem Blatt Papier. Der andere schwenkte triumphierend einen Kugelschreiber.

Als Reiner sie erblickte, reckte er den Daumen zu einer Siegesgeste.

Cornelia zog sich diskret in ihr Büro zurück.

* * *

»Was hast du denn da?«, fragte sie Reiner, als er hereinkam. Wie zuvor der Beamte, wedelte der Oberkommissar ein paar Seiten durch die Luft.

»Die Auswertung der GPS-Daten von der Firma Happy Cab. Wie sieht's bei dir aus?« Er ließ sich mit einem Ausdruck der Befriedigung an seinem Tisch nieder, der noch dadurch verstärkt wurde, dass er sich zurücklehnte und die Hände vor dem Bauch verschränkte wie ein glücklicher Banker.

»Ich habe meine Hausaufgaben schon gemacht.«

Cornelia rollte mit dem Bürostuhl weg von ihrem Tisch und zu Reiners Tisch hinüber. Er zeigte ihr ein paar Grafiken.

»Sieh dir das an.«

Vor ihr lag das Bewegungsprofil eines Wagens, der zwei Wochen lang immer wieder den gleichen Weg zurückgelegt hatte.

»Und das ist dem Chef nicht aufgefallen?«

»Nein. Es gibt Kunden, die immer die gleiche Strecke fahren. Und da die Kasse stimmte ...«

Es war der Weg von Hagendorfs Wohnung hin zu seiner Arbeit und wieder zurück. Und sie fanden auch die, die zu Murr und Karentzos passten, sowie zwei weitere, die auf Opfer hinwiesen, von denen sie nichts wussten.

Also hatte sie recht gehabt. Ihr Instinkt, oder was immer es war, hatte sie nicht getrogen, das bewiesen die Daten eindeutig.

»Warum bist du Polizist geworden, Reiner?«, fragte sie ihn, ohne den Blick von den Seiten zu wenden.

»Willst du arbeiten oder ein Kneipengespräch?«

»Arbeiten.«

»Gut, es fehlt nämlich einer.«

»Kranich?«

»Noch können wir die Daten nicht mit ihm in Verbindung bringen, aber vielleicht haben sie Fahrzeuge einer anderen Firma benutzt.«

»Oder es sind andere«, murmelte sie, mehr zu sich selbst als zu Reiner.

»Kann sein, das hier ist jetzt aber wichtiger. Sieh mal.«

Ein weiteres Profil: Seit fünf Tagen wiederholte sich eine Strecke auffallend häufig. Und wie in den anderen Fällen hielten sich die Fahrzeuge anschließend immer in der Nähe des Ausgangs- oder Zielpunkts der Strecke auf. Fast eine halbe Stunde lang hatte der Fahrer manchmal vor einem Bürogebäudekomplex im Industriehof im Stadtteil Hausen geparkt.

»Glaubst du, dass sie nach dem, was mit Kranich passiert ist, noch mal jemanden entführen werden?«

»Schon möglich.«

»Mir erscheint das wie ein Kamikazeeinsatz, nachdem sie eines ihrer Opfer getötet haben. Das wäre nur möglich, wenn …« Plötzlich verstand sie, warum Reiner ihren Gedankengang nicht unterbrach. »Oh! Du denkst also auch, dass es andere sind?«

»Es gibt zu vieles, was dagegen spricht. Aber der Zweifel bleibt bestehen.«

»Dann hättest du das ein bisschen deutlicher sagen können.«

»Also, was denn nun? Willst du arbeiten oder ein Kneipengespräch führen?«

»Das habe ich dir doch schon gesagt. Aber da wir gerade von Arbeiten reden: Hättest du nicht Lust auf …« Sie sah ihn mir einem verschwörerischen Lächeln an.

»Was?«

»Raus auf dic Straße, jemanden beschatten. Wir zwei in einem Auto.«

»Du, ich, das Auto und eine Packung Donuts. Ein echter Klassiker!« Reiner klatschte laut in die Hände.

»Na komm schon, Mann, lass uns ein bisschen Straßenluft schnuppern.« Reiners halbes Lächeln verriet ihr, dass sie ihn schon beinahe so weit hatte, er brauchte bloß noch einen kleinen Schubs. »Keiner wird was merken. A propos: Wo ist eigentlich Sven?«

»In Stuttgart. Er kommt erst morgen zurück. Er muss dort in einem Fall aussagen, den seine Abteilung gelöst hat und der jetzt vor Gericht verhandelt wird.«

»Besser geht's nicht. Gehen wir?« Sie sprang auf, hängte sich die Handtasche über die Schulter und scheuchte ihn mit den Händen hinaus.

»Wollen wir nicht erst mal essen?«

»Warum so lange warten? Zweimal ist eine relativ kurze Strecke zwischen Hausen und dem Westend um die Mittagszeit registriert. Vielleicht folgen sie ihrem potenziellen Opfer, wenn es zum Mittagessen geht. Wir brechen auf und essen unterwegs.«

»Du willst also das gesamte Paket, einschließlich Frittenduft?« Reiner war schon dabei, sein Handy in die Jackentasche zu stecken.

»Back to the roots.«

Kurz darauf saßen sie im Auto und aßen Pommes frites,

die sie an einem Straßenstand in der Nähe der Bürogebäude gekauft hatten, die sie beobachteten. Die Frittenbude bestand aus einem Anhänger, der schon von Weitem nach Frittierfett roch. Durch die ständige Wolke aus Fettpartikeln hindurch konnte man das grob gezeichnete Bild riesiger Fritten erahnen, die aus einer lächelnden Papiertüte lugten. Das Ganze hatte im Laufe der Jahre eine glänzend gelbe Patina angenommen. Wenigstens hatte der Maler nicht die Fritten dazu verdammt zu lächeln. Wer stellt sich eigentlich vor, dass Pommes frites, Hühner oder Schweine lächeln, bevor sie gegessen werden?

Auch der Mann mit der erstaunlich weißen Schürze, der ihnen die Fritten verkaufte, lächelte, aber es war mehr ein Zähnefletschen.

»Einmal Fritten für die Verteidiger von Recht und Ordnung.«

Immer wenn sie erkannt wurden, obwohl sie keine Uniform trugen, sagte sich Cornelia, dass es an Reiner lag, der von den Füßen bis hinauf zum Bürstenhaarschnitt Polizist war. Diesmal war die Erklärung allerdings einfacher.

»Exknacki«, sagte der Oberkommissar.

»Ein Kunde von dir?«

Misstrauisch beäugte sie das Tablett mit den Fritten, beschloss dann aber, dass der Mann unmöglich darauf gespuckt haben konnte; Ketchup und Mayo hatten sie sich selbst genommen.

»Ist schon eine Weile her.«

Sie waren erst halb fertig, als sie einen schwarzen BMW aus dem Hof des Bürokomplexes kommen sahen; ein Taxi mit einem Fahrgast folgte ihm. Cornelia hüpfte auf ihrem Platz auf und ab.

»Was sagen dir deine übersinnlichen Kräfte? Fahren wir ihnen hinterher?«

Reiner war in ihrer Abteilung berühmt für seine Fähigkeit, Ereignisse vorhersehen zu können. Einige Kollegen schrieben das seinem analytischen Geschick zu, andere einer Art sechstem Sinn. Reiner selbst hielt es einzig und allein für das Ergebnis seiner Erfahrung und seiner Menschenkenntnis. Ohne ein Wort wischte der Oberkommissar sich nun hastig die fettigen Hände sauber und legte sie ans Lenkrad. Cornelia nahm eine extra lange Fritte und wies ihm damit den Weg:

»Folgen Sie diesem Taxi!«

»Der Traum eines jeden Taxifahrers.«

Sie machten sich an die Verfolgung, wobei sie darauf achteten, dass immer ein oder zwei Autos zwischen ihnen waren.

So fuhren sie, bis der BMW auf dem Parkplatz eines Restaurants an einem kleinen Platz im Westend hielt. Das Taxi fuhr weiter, und sie taten es ihm nach, umrundeten allerdings den Häuserblock, fuhren wieder zurück und suchten eine Stelle, von der aus sie den BMW im Auge behalten konnten. Während sie warteten, sahen sie zwei Mal das Taxi vorbeifahren. Reiner rief Krökel an, damit sie so schnell wie möglich den Besitzer des BMW ermittelte.

»Jochen Pohlmann, Geschäftsführer eines Softwareunternehmens«, teilte sie ihnen kurz darauf mit.

Pohlmann nahm sich kaum Zeit fürs Mittagessen, obwohl er ein gutes Lokal gewählt hatte. Cornelia schaffte es gerade noch, einen der Donuts zu verdrücken, die sie bei einem Bäcker drei Straßen vom Restaurant entfernt geholt hatte.

»Den zweiten isst du dann halt vor seiner Firma«, sagte Reiner tröstend.

Jochen Pohlmanns Wagen fuhr vom Parkplatz und eine Straße entlang, die in die Mainzer Landstraße einmündete. Kurz darauf setzte sich das mit einem Fahrgast besetzte Taxi hinter ihn.

»Hast du das bemerkt, Reiner? Ich glaube, der hinten drin ist der Gleiche wie bei der Hinfahrt.«

Ihr Verdacht schien sich zu bestätigen, als Jochen Pohlmann nach der Ankunft bei seiner Firma den Wagen wieder im Hof des Gebäudekomplexes parkte und das Taxi sich an einer Straßenmündung postierte, von wo aus es die Ausfahrt im Blick hatte. Reiner fuhr an ihm vorbei und beide spähten so unauffällig wie möglich hinein. Dann fuhren sie einmal um alle vier Ecken herum und suchten sich ebenfalls einen Beobachtungsplatz. Weder der Fahrgast noch der Fahrer verließen den Wagen.

Reiner notierte sich das Kennzeichen und rief dann bei Krökel an, damit die herausfand, zu welchem Taxiunternehmen es gehörte. Während sie auf die Auskunft warteten, aß Cornelia den zweiten Donut.

»Wenn man zu lange wartet, gehen die Vitamine verloren.«

Sie war froh, dass sie das Angebot »drei zum Preis von zwei« ausgeschlagen und nur zwei Donuts gekauft hatte, denn sonst hätte sie den dritten auch noch vertilgt.

Kurz darauf klingelte das Handy. Reiner schaltete es wieder laut, damit Cornelia mithören konnte.

»Es ist ein Fahrzeug von Happy Cab.«

Auch wenn sie auf Krökels Verschwiegenheit rechnen konnte, blieb Cornelia still. Niemand sollte wissen, dass sie da war.

»Frau Oberkommissarin Sauter fragt, ob das mit unserem Fall zu tun hat«, fuhr Krökel fort.

»Sagen Sie ihr ja und dass ich Sie alle so bald wie möglich informieren werde. Im Augenblick geht das nicht.«

Krökel räusperte sich und sagte dann:

»Ich solle auch nachfragen, ob Sie wissen, wo Frau Weber ist.«

»Sagen Sie ihr, ich weiß es nicht.«

Reiner legte auf.

»Diese blöde Kuh!«, rief Cornelia aus, nachdem sie sich vergewissert hatte, dass das Gespräch tatsächlich beendet war. »Das ist die Paranoia des Ausgeschlossenen!«

»Und jetzt soll ich dich fragen, was das ist, richtig?«

»Das ist die Angst, dass die Party woanders stattfindet als dort, wo du bist.«

Ihre Unterhaltung im Auto war so sinnlos und neunmalklug wie immer, aber irgendwie auch aufregend, so, als säßen sie im Wägelchen einer Achterbahn kurz vor dem Start.

Wenige Minuten später stieg der Fahrgast aus, und das Taxi fuhr in Richtung Norden davon. Der Mann ging auf den Eingang des Gebäudekomplexes zu, setzte sich dort auf eine Bank und schlug eine Zeitung auf. Das wäre an und für sich nicht weiter ungewöhnlich gewesen – nur war die Bank wahrscheinlich die ungemütlichste von ganz Frankfurt. Vielleicht diente sie nachts dem einen oder anderen Obdachlosen als Schlafstätte, doch tagsüber war es unvorstellbar, dass jemand das Bedürfnis verspürte, sich auf ihr niederzulassen, auch wenn er noch so müde war oder ihm die Füße oder der Rücken wehtaten. Sie stand auf einem schmalen Grünstreifen zwischen den beiden Fahrspuren unter einem mageren Bäumchen, das im dichten Verkehr einzugehen drohte, auf einer Seite flankiert von einem Papierkorb, auf der anderen von dem metallenen Schaltkasten für die Ampel, den ein gelbes Gespenst zierte. Genau auf dieser Bank hatte es sich der Mann bequem gemacht. Er mochte um die vierzig sein und trug abgewetzte Jeans und ein graues Hemd. Er beobachtete den Eingang, durch den Pohlmann verschwunden war. Als das Taxi an dem Mann vorbeifuhr und der Fahrer ihn mit einem Kopfnicken grüßte, klatschten sich Cornelia und Reiner beinahe vor Freude in die Hände.

Krökel sollte den Namen des Fahrers in Erfahrung bringen.

Wieder fuhr das Taxi vorbei. Der Mann auf der Bank hob grüßend die Hand. Er hatte die Arme auf der Rückenlehne ausgebreitet, als atmete er tief imaginäre Waldluft ein.

»Welchen zuerst?«, fragte Reiner.

»Lass uns herausfinden, wohin der Taxifahrer fährt, dort kann ihn dann eine Streife in Empfang nehmen. Wir schnappen uns hier den Typen.«

## CRY ME A RIVER

Am nächsten Morgen wartete in einem Verhörraum das einzige Mitglied der Bande auf sie, das sie noch nicht kannten. Harald Sorg, der Taxifahrer, war ihnen eine halbe Stunde nach dem Mann von der Bank ins Netz gegangen. Der hieß Raúl Menotti, war mit seinen einundvierzig Jahren der Älteste des Trios und Argentinier. »Aus Rosario, nicht aus Buenos Aires.« Jeder Mensch führt seinen eigenen kleinen Kreuzzug. Menottis Kampf bestand offenbar darin, die Welt zu erinnern, dass es Argentinier gab, die nicht aus Buenos Aires kamen. Mit einem schmerzhaften Stich fiel Cornelia ihr Vater ein: Menotti kam aus Rosario »wie Messi«.

Die beiden Männer hatten nur kurz im anfänglichen Moment der Überraschung Widerstand geleistet. Um so heftiger stritten sie dann ihre Beteiligung an den Entführungen ab. Aber als Reiner ihnen die Indizien aufgezählt hatte, erkannten sie, dass das Spiel aus war, und nannten ihnen den Namen des dritten Beteiligten, Lutz Sorg, der mit vierunddreißig der Jüngste war, drei Jahre jünger als sein Cousin Harald.

»Reiner, darf ich Lutz Sorg verhören?«, bat Cornelia ihn, als sie allein im Teamraum waren.

»Klar doch, was für eine Frage«, erwiderte er, sichtlich irritiert von der Umkehr der Machtverhältnisse.

»Ich musste dich das fragen.«

Dem Chef würden sie es später erzählen, wenn sie ihm die Ergebnisse präsentierten. Gemeinsam betraten sie den Raum, in den Lutz Sorg nach seiner Verhaftung in seinem Haus in Eppstein, einer Kleinstadt bei Wiesbaden, gebracht worden war. Nach Aussage der anderen beiden war er der Kopf der Bande. Nun wollte sie sein Gesicht sehen.

Darauf musste sie allerdings eine ganze Weile warten. Der Verhaftete hielt den Kopf gesenkt und hob ihn weder, als sie den Raum betraten, noch, als Reiner und sie sich ihm gegenübersetzten und ihn grüßten. Sein dunkelblondes Haar stand wie Stroh um seinen Scheitel, sodass er an eine Vogelscheuche erinnerte, wie Kinder sie malen. Reiner stellte sich vor, sie tat das Gleiche und erklärte ihm den Grund für seine Verhaftung, ohne sich von der Apathie ihres Gegenübers einschüchtern zu lassen. Als Lutz Sorg endlich den Kopf hob, sah sie, dass seine Gesichtshaut straff gespannt wirkte, als hätte er sich einer Schönheitsoperation zu viel unterzogen. Sorg sah sie an, ohne dass ein Muskel in seinem Gesicht zuckte, dann füllten sich seine blauen Augen mit Tränen, die seine Wangen hinunterliefen.

Cornelia stellte ihm mehrere Fragen, doch die einzige Antwort war ein erneuter Tränenstrom. Die Tränen tropften auf den Tisch, aber Sorg griff nicht nach dem Taschentuch, das sie ihm hinhielt.

Irgendwann hörte sie auf, ihm Fragen zu stellen.

Sie sah ihn auch nicht mehr an.

Stattdessen schlug sie die Mappe auf, mit der sie hereingekommen war, und begann schweigend darin zu lesen.

Reiner machte sich Notizen auf seinem Block und sagte ebenfalls kein Wort.

Kurz darauf nahm Sorg das Taschentuch und tupfte sich die Augen.

Cornelia las weiter.

Reiners Kugelschreiber glitt unablässig über das Papier.

Sorg schnäuzte sich.

Cornelia hob den Kopf und sah ihn wortlos an.

Sorg brach nicht erneut in Tränen aus.

Sie wandte sich wieder ihren Unterlagen zu, Reiner den seinen.

Eine halbe Seite später vernahm sie endlich seine Stimme.

»Was wird aus mir?«

»Das entscheidet der Richter. Sind Sie bereit zu reden?«

»Ja.«

Cornelia schloss die Mappe. Lutz Sorg war Informatiker von Beruf.

Reiner blätterte um und wartete darauf, dass Sorg anfing zu reden, um sich neue Notizen zu machen.

» Sie arbeiten also in einem Copyshop?«

»Ich habe nichts Besseres gefunden.«

»Lutz ist ein Genie, aber der größte Faulpelz, den ich kenne«, hatte ihnen sein Cousin Harald erzählt. »Er macht lieber den ganzen Tag für einen Hungerlohn Fotokopien, als zu arbeiten. Er arbeitet gerade genug, um das Nötigste zu verdienen.«

»Ich habe eben gerne viel Freizeit.«

»Und wofür nutzen Sie die, wenn man fragen darf?«

»Für nichts Bestimmtes. Spazierengehen, Nachdenken.«

»Und beim Nachdenken sind Sie dann auf die Idee mit den Entführungen gekommen.«

»Täuschen Sie sich da nicht, Frau Kommissarin. Ursprünglich stammte die Idee von Menotti. In seinem Land ist das gang und gäbe, und da dachte ich mir, hier könnte das funktionieren, weil die Leute nicht damit rechnen. Er war der Lehrer meines Cousins Harald.«

»Sie waren der Lehrer von Harald Sorg?«, fragte Cornelia anschließend den Argentinier.

»Er war mein Schüler in einer Sprachenschule«, antwortete Menotti.

»Sie sind also Spanischlehrer?«

»Bis ich in das Geschäft der Sorgs eingestiegen bin. Aber der Sprachunterricht war sowieso nur ein Nebenjob, solange ich an meinem Roman schreibe.«

Im Gefängnis wirst du dafür viel Zeit haben, dachte Cornelia. Vielleicht erriet Menotti ihren Gedanken, denn er lächelte sie traurig an und sagte:

»Und ja, die Idee stammte ursprünglich von mir, aber Lutz hat die gesamte Logistik übernommen.« Menotti gestand das freimütig, sogar ein wenig stolz. »Blitzentführungen treffen die Leute völlig unerwartet, es ist etwas Neues, Unbekanntes, das sie mehr verunsichert als eine traditionelle Entführung. Der Trick dabei ist, der Erste zu sein, der so was macht, den Richtigen auszusuchen und dabei keine wirklich großen Tiere zu erwischen, zum Beispiel niemals jemanden, der Leibwächter hat.«

»Man darf sich nicht von der Habgier blenden lassen«, dozierte Lutz Sorg. »Harald und Menotti waren damit beauftragt, die Opfer auf der Straße zu verfolgen und zu beobachten. Dadurch, dass mein Cousin Taxifahrer ist, war es ganz leicht, den Kandidaten zu folgen, niemand beachtet ein Taxi. Menotti stieg zu ihm ins Auto, als ob er ein Fahrgast wäre, und setzte sich jedes Mal auf einen anderen Platz, um keine Aufmerksamkeit zu erregen. Außerdem hat er die Fahrten bezahlt, sodass in der Zentrale wegen der Kasse nichts auffiel.«

»Bei den ersten Leuten, die wir observiert haben, haben wir die Ausgaben für das Taxi als Investition betrachtet«, erklärte Menotti.

»Geduld, Beobachtungsgabe, systematisches Vorgehen, das hat uns mein Cousin immer wieder eingeschärft. Er mag ja ein fauler Hund sein, aber blöd ist er nicht«, sagte der Taxifahrer mit offener Bewunderung.

»Auf die Idee mit den Baustellen bin ich bei meinen Spaziergängen durch die Stadt gekommen«, gestand Lutz Sorg.

»Mein Cousin wirkt so seriös, deshalb vertrauen die Leute ihm. Und auf den Baustellen hat er einfach immer einen Arbeiter oder Anwohner ausgefragt und so alles in Erfahrung gebracht.«

»Meine Aufgabe war es zu entscheiden, ob die Kandidaten auch passten. Wir haben erst zugeschlagen, wenn wir uns vollkommen sicher waren.« Lutz Sorg ließ nicht den geringsten Zweifel daran, dass er seine Arbeit ernst genommen hatte.

»Wie sind Sie auf die Leute gekommen?«

»Das war mein Job«, brüstete sich der Taxifahrer. »Ich unterhalte mich immer mit meinen Fahrgästen oder höre zu, wenn sie mit anderen reden oder telefonieren. Außerdem achte ich darauf, wie sie angezogen sind und wo sie wohnen. Sie wissen schon, all so was.«

»Während einer Konversationsübung im Unterricht hat er uns erzählt, dass er seinen Beruf liebt, weil er da so viele interessante Dinge erfährt.«

»Wir Taxifahrer hören den Leuten zu, dann steigen sie aus, vergessen uns und denken, dass wir sie auch vergessen, weil wir uns nie wiedersehen werden. Aber ich mag diese Geschichten, ich unterhalte mich gern.«

»Und alle diese Geschichten haben Sie Ihrem Lehrer erzählt?«

»Na ja, immerhin ist er Schriftsteller.«

Menotti war nicht dazu gekommen, sie als literarische Inspiration zu nutzen. Einen Roman zu schreiben ist harte Arbeit.

»Mit den Entführungen ließ sich schneller Geld verdienen«, bemerkte Lutz Sorg.

»Und der Mexikaner?«

Sie wiederholten die Frage drei Mal und bekamen drei Mal die gleiche Antwort:

»Was für ein Mexikaner?«

Für die beiden Deutschen war das Thema damit erledigt; der Argentinier hingegen fügte hinzu:

»Ich kenne ein paar Mexikaner hier in Frankfurt, aber was haben die mit der Sache zu tun?«

»Die Fragen stellen wir, Herr Menotti. Warum haben Sie, der Ausländer der Gruppe, die Anrufe getätigt?«

»Na, eben deshalb, weil ich Ausländer bin und eine Stimme mit Akzent noch bedrohlicher wirkt. Ich bin müde; wie lange wird das hier noch dauern?«

»Bis es vorbei ist«, sagte Reiner.

Vielleicht in der Hoffnung, dass sie ihn dann in Ruhe lassen würden, gestand er ihnen ungefragt, dass es seine Idee gewesen war, die Leute am Telefon zuerst aufzufordern, ihren Namen zu nennen.

»Wissen Sie, wenn man Ausländer ist, ermahnen einen die Leute immer, dass man hier seinen Namen sagen muss, wenn man sich am Telefon meldet.«

Diese Bemerkung erinnerte Cornelia an ihre Mutter, die das nach vierzig Jahren immer noch nicht tat, sondern einfach bloß »Hallo?« sagte. Sofort verbannte sie ihre Mutter aus dem Verhörraum.

»Warum immer montags?«, fragte Reiner Lutz Sorg.

»Ah! Das haben Sie also bemerkt?«

Verärgert schüttelte er den Kopf.

»Ich habe gleich gesagt, dass das ein Fehler ist.«

»Warum immer montags?«, beharrte Cornelia.

»Weil mein Cousin da frei hat. Und wir mussten zu dritt sein, damit die Sache funktioniert. Wir konnten ja nie wissen, wie viel Widerstand unser Kandidat leisten würde.«

»Wie viele waren es?«

»Kandidaten? Kandidaten hatten wir viele, aber nur fünf kamen für uns in Frage.«

»Ich will alle Namen.«

Lutz Sorg zuckte die Achseln.

»Klar. Warum nicht?«

Sie schob ihm ein Blatt und einen Kuli zu und er schrieb in rascher, nervöser Schrift fünf Namen auf. Drei davon kannten sie schon: Karentzos, Hagendorf und Murr; dazu kamen ein Heinz Vogel und ein gewisser Carlo Tomasini.

»Und die Daten der Entführungen?«

»Darum hatten Sie mich nicht gebeten ... Geben Sie mir das Blatt noch mal.«

»Haben Sie nicht einen Namen vergessen?«

»Jochen Pohlmann zählt nicht, den haben wir ja nicht mehr entführen können.«

»Das macht nichts, der Letzte auf Ihrer Liste ist auch sehr interessant.«

## JAWS

Reiner und Cornelia standen im Sitzungsraum vor dem mit Notizen vollgeschriebenen Whiteboard und betrachteten die Liste der Berufe, bei denen der Montag Ruhctag ist und die ihnen damals ein wenig albern erschienen war: Verkäufer, Kranken- und Altenpfleger, Taxifahrer, Lieferanten, Kellner, Köche, Friseure, Polizisten. Jemand hatte das Wort »Polizist« mit einem dicken blauen Textmarker ausgestrichen. Reiner nahm den roten Marker und hielt ihn ihr gespielt feierlich hin, als ginge es darum, ein Straßenschild zu enthüllen oder ein Schiff zu taufen. Sie machte drei Kringel um das Wort »Taxifahrer«.

Sie hatten die drei Blitzentführer nicht nach Richard Kranich gefragt. Wenn die Namen und Daten stimmten, die Lutz Sorg ihnen aufgeschrieben hatte, hatten die drei nichts mit seiner Entführung zu tun, und die Polizisten fürchteten, dass sie sich weigern würden, über die anderen Entführungen zu reden, wenn sie sich in einem Fall beschuldigt sahen, der mit der Ermordung des Opfers geendet hatte.

»Seltsam, dass sie den Fall nicht von sich aus erwähnt haben«, bemerkte Reiner.

»Die sind vorsichtig, genau wie wir. Das mit Kranich müssen sie wissen. Es ist allgemein bekannt, die Presse berichtet ständig darüber.«

»Ja, ich weiß. Ist es schlimm für dich?«

»Ziemlich. Was sagen die Kollegen?«

»Vor mir nichts.«

»Und hinter deinem Rücken?«

Die Miene ihres Kollegen sprach Bände.

»Und du? Was denkst du?«

»Ehrlich gesagt, weiß ich nicht, was ich denken soll.«

»Schon gut. Gehen wir wieder rein?«

Sie dachte an Sven, der nun wohl gerade von Stuttgart aus über die Autobahn raste, immer näher kam. Noch waren nicht alle Fragen geklärt.

»Mit welchem machen wir weiter?«

Nach seiner anfänglichen Tränen war Lutz Sorg zunehmend härter geworden und schien das Verhör sogar zu genießen. Sein Cousin, der Taxifahrer, wirkte auch ziemlich ungerührt. Nur als er ihnen in allen Einzelheiten beschrieb, wie sie die Wagen der Opfer gereinigt hatten, hatten seine Augen aufgeleuchtet.

»Das habe ich gern gemacht. Blitzsauber habe ich sie geputzt, bis sie aussahen wie neu«, hatte er mit einem seligen Lächeln gesagt.

»Ein schlichtes Gemüt kommt mit schwierigen Situationen besser zurecht«, bemerkte Reiner philosophisch. Da hatte er recht. Harald Sorg legte einen resignierten, dumpfen Fatalismus an den Tag.

Also entschieden sie sich für Menotti, der ihnen am stärksten gebrochen schien und dem Druck des Verhörs am wenigsten standhielt, vielleicht, weil es nicht in seiner Muttersprache stattfand. Cornelia ließ zu keinem Zeitpunkt erkennen, dass sie Spanisch sprach, nicht einmal, wenn der Argentinier auf Spanisch fluchte oder abfällige Bemerkungen machte.

»Was wollen Sie denn noch alles wissen?«, fragte er mit müder Stimme, als er sie wieder hereinkommen sah. Er umklammerte seinen Kaffeebecher, als hätte er Angst, sie könnten ihn ihm entreißen.

»Warum haben Sie die Opfer so gequält?«, fragte Reiner.

»So schlimm war es auch wieder nicht. Sobald wir das Geld hatten, haben wir sie freigelassen.«

»Und die Fotos, die Sie mit den Entführten geschossen haben? Stand das so im Drehbuch?«

»Ich habe bloß die Kamera bedient.«

»Ach so! Na, dann ist ja alles in Ordnung«, sagte Cornelia.

Menotti lächelte.

»Sie wollen uns also erklären, dass es sich um Schnappschüsse handelt. Sie sind vorbeigekommen, hatten zufällig einen Fotoapparat dabei, und da haben Sie sich gedacht: ›Die sind ja hübsch. Von denen mache ich mal ein Foto für mein Album.«

Das Lächeln erlosch.

»Ein bisschen mehr Respekt, Frau Kommissarin. Machen Sie sich nicht lustig über mich.«

»Dann hören Sie auf mit dem Schwachsinn. Außerdem ist die Rechnung ganz einfach: Wenn Sie fotografiert haben, haben Ihre beiden Kollegen Modell gestanden. Nun müssen wir nur noch herausfinden, wer auf den Fotos was gemacht hat, denn einen erwartet eine Anklage wegen Vergewaltigung.«

»Erzählen Sie keinen Quatsch! Wir haben sie doch nicht wirklich von hinten gebumst!«

»Und was ist mit dem Penis, den die Opfer in den Mund nehmen mussten? War der etwa ein Sexspielzeug?«

»Das gilt auch als Vergewaltigung?«

»Jawohl.«

»Das wussten wir nicht.«

»Jetzt sind Sie derjenige, der es an Respekt mangeln lässt.«

Menotti ließ den Blick über die Tischplatte zwischen ihnen schweifen. Cornelia und Reiner warteten schweigend, bis er die Folgen ihrer Worte erwogen hatte. Als er schließlich wieder zu sprechen begann, war seine Stimme ernster:

»Das war Lutz, der ist pervers, ein Schwein. Sie wollen gar nicht wissen, was da vorgefallen ist, sobald die Kamera aus war.«

»Nein, eigentlich will ich es gar nicht wissen, wir müssen aber. Also erzählen Sie schon.«

So erfuhren sie, dass Lutz Sorg die entführten Männer gezwungen hatte, den Blowjob zu beenden, dass das nicht nur für die Kamera gestellt war.

Nachdem der Argentinier einmal angefangen hatte zu reden, schien nichts mehr ihn aufhalten zu können, bis er ihnen alle Einzelheiten geschildert hatte.

»Das ist das Einzige, was er mag. Ich glaube, im klassischen Sinne ist er noch Jungfrau«, schloss er seinen Bericht.

»Menotti, das Arschloch! Das hat er Ihnen erzählt?«, rief Lutz Sorg aus, als sie ihn mit dieser Aussage konfrontierten. »Aber ja, es stimmt. Und wenn schon! Das andere finde ich widerlich. So hingegen ist es mir schnuppe, ob es mir ein Kerl oder eine Tussi, eine Kuh oder ein Außerirdischer besorgt. Solange er nicht beißt.«

Während der Mittagspause schienen Reiner die Bilder nicht aus dem Kopf zu gehen. Als er vor ihr das Tablett mit dem Essen auf dem Tisch abstellte, fragte er sie:

»Weißt du, wie viele Zahnreihen ein Hai hat?«

Sie sollte die Antwort nie erfahren. In diesem Moment entdeckte sie Junckers Kopf, der sich zwischen den Tischen und den Körpern der Kollegen im Zickzackkurs den Weg zu ihnen bahnte wie die Rückenflosse des besagten Tiers.

Die Arme in die Hüften gestemmt, blieb er vor ihnen stehen. Wie immer, wenn er seine Statur ausspielte, kämpfte sie gegen den Impuls an aufzustehen. Auch Reiner stand nicht auf, sondern schenkte sich betont gelassen Wasser ein, während er fragte:

»Wie war's in Stuttgart?«

»In dem vorläufigen Bericht, den du verteilt hast, habe ich gelesen, dass ihr beiden die Verdächtigen vernommen habt. Wer hat ihr erlaubt, wieder an dem Fall mitzuarbeiten?«

»Das ist keine Frage, Sven, weil du die Antwort bereits kennst. Wer wohl? Ich selbst.«

»Aber nach allem, was …«

»Nach allem, was was? Warum setzt du dich nicht? Sich so zu unterhalten ist sehr unbequem, und außerdem werden meine Nudeln kalt. Warm sind sie schon ziemlich eklig, aber kalt schmecken sie wie Kleister.«

Juncker drehte sich um und ging.

»Na, dann mal los.« Mit diesen Worten machte sich Reiner über die mit einer zementartigen Béchamelsoße übergossenen Makkaroni her.

* * *

»Wir müssen sie mehr ausquetschen«, rief Andrea Sauter ihnen entgegen, kaum dass sie den Sitzungsraum betreten hatten. Sie hörte sich, den Kopfhörer im linken Ohr, gerade die Aufnahmen der Verhöre vom Morgen an. Den anderen Stöpsel hatte sie herausgenommen, um mit ihnen reden zu können. »Ich bin mir sicher, dass sie noch jede Menge zu erzählen haben.«

»Ist Sven nicht bei dir?«, wunderte sich Reiner.

»Er hat sich kurz angesehen, was es Neues gibt«, sie zeigte auf die Papiere auf dem Tisch des Kommissars, »und ist dann wieder gegangen. Er sah ziemlich wütend aus.« Sauters Tonfall und Blick sagten »Ihr wisst ja, warum«, aber im Augenblick schien ihr ein anderer Vorwurf wichtiger zu sein. »Warum habt ihr sie nicht nach Kranich gefragt?«

»Dazu kommen wir jetzt«, sagte Reiner in einem Ton, der in Cornelias Ohren zu versöhnlich klang für Sauters ungeschminkten Vorwurf.

Es war nicht zu übersehen, dass die Kommissarin sich zum Sprachrohr von Junckers Wut gemacht hatte.

»Weil sie es nämlich nicht waren«, fügte Cornelia hinzu und hielt ihr die Blätter mit den Verhörprotokollen hin. Sauter überhörte ihren Einwurf.

»Wunderbar. Jeder von uns knöpft sich einen vor«, sagte sie und nahm den Kopfhörer ab.

»Was glaubst du denn, dass sie dir über Kranich erzählen würden? Sie ...« Eine verächtliche Geste Sauters schnitt ihr das Wort ab. Statt ihren angefangenen Satz zu beenden, wiederholte Cornelia ihre Frage, diesmal hämisch: »Was glaubst du denn, dass sie dir über Kranich erzählen würden?«

»Na, dass ihnen die Sache außer Kontrolle geraten ist, dass das Opfer sich gewehrt hat, als sie es zwingen wollten, für die obszönen Fotos zu posieren, und dass sie daraufhin die Nerven verloren haben.«

»Andrea...«, begann Reiner.

»Vielleicht hat er einem die Skimaske heruntergerissen und sie haben gefürchtet, er könne sie identifizieren.«

Cornelia lächelte.

»Andrea ...«

»Unterbrich mich nicht, Reiner. Das passt alles zusammen. Der Erfolg hat die Kerle übermütig gemacht, und dann haben sie sich einen dicken Fisch geangelt, aber ...«

Reiner hielt es nicht länger aus.

»Nein, Andrea! Willst du jetzt endlich mal still sein? Du ziehst irgendwelche Schlüsse, ohne über alle Informationen zu verfügen.«

Sauter starrte ihn mit offenem Mund an, sah von Reiners ernster zu Cornelias erheiterter Miene. Diese sagte:

»Sie können es nicht gewesen sein.«

»Warum?«

»Das wüsstest du, wenn du die Namen und die Daten gelesen hättest, die Lutz Sorg uns aufgeschrieben hat. Es steht alles in dem vorläufigen Bericht. Ihr alle habt eine Kopie.«

»Hat Sven dir das nicht gesagt? Er hat ihn gelesen.«

Am 22. April, dem Tag, an dem irgendjemand Richard Kranich entführte, hatten die Cousins Sorg und Raúl Menotti ihrerseits den jungen Unternehmer Carlo Tomasini entführt und ihn wieder freigelassen, nachdem sie ihn sechs Stunden lang im Hinterraum eines leerstehenden Cafés gefangen gehalten, pornographische Fotos von ihm gemacht und ein großzügiges Lösegeld kassiert hatten. Cornelia konnte sich nicht erinnern, jemals einen Verdächtigen nach einem Geständnis so breit lächeln gesehen zu haben wie diese drei. Menotti hatte erleichtert gelächelt, Harald Sorg fast entschuldigend und Lutz Sorg hatte spöttisch bemerkt: »Nein, diesen Toten können Sie uns nicht anhängen.« Somit waren die Blitzentführer im Fall Kranich nicht länger verdächtig.

»Vielleicht haben sie diese Entführung erfunden, um ein Alibi zu haben«, vermutete Sauter.

Womit sie nicht gerechnet hatte, war Margarete Krökel, von der Cornelia allmählich vermutete, dass sie die Gabe besaß, stets im richtigen Augenblick zu erscheinen.

»Wir haben ihn«, rief sie freudig aus, als sie den Kopf durch die Tür steckte.

»Phantastisch«, antwortete Cornelia.

»Hat er unsere Informationen bestätigt?«, fragte Reiner.

»Ja. Er wartet im Sitzungsraum auf Sie, um mit Ihnen zu reden.«

»Wer denn?«, wollte Sauter wissen.

»Carlo Tomasini, der Mann, den sich unser Trio am 22. April vorgenommen hat. Am Tag von Kranichs Entführung.«

Margarethe Krökel besaß in der Tat die Gabe, stets im rechten Moment zu erscheinen.

Die Entführer hatten das perfekte Alibi.

Der Fall Kranich musste wieder ganz von vorn aufgerollt werden.

# GANZ VON VORN

Am Montag fand sie in ihrem Büro eine Nachricht von Ockenfeld, der sie für ihre gute Arbeit bei der Lösung des Falls der beiden ermordeten Dealer beglückwünschte. Cornelia fürchtete, dass seine Belohnung in einem weiteren staubigen Aktenordner bestehen würde. Sie sah sich schon für den Rest ihres Lebens dazu verdammt, alte Fälle aufzuarbeiten, die sie, einen nach dem anderen, mit der unfehlbaren Effizienz eines Lemmings lösen würde. Mit ihrer überschäumende Phantasie für Horrorszenarien, die sie ihrem spanischen Erbe zuschrieb, malte sie sich aus, wie sie in zehn Jahren eine Akte mit der Aufschrift »Richard Kranich. Entführung und Ermordung« aufschlagen würde.

Reiner, der fünf Minuten später das Büro betrat, hatte ebenfalls eine Mail von Ockenfeld erhalten.

»Der Chef will mich sprechen. Ich soll sofort zu ihm kommen.« Er steckte seinen Kopf hinter dem Computerbildschirm hervor. Mit seinen aufgerissenen Augen und dem strubbeligen Haarschopf sah er aus wie ein erschrockener Igel. »Es geht auch um dich. Offenbar hat sich bei ihm jemand über deine ›Einmischung‹ im Fall Kranich beschwert.«

Reiner verschwand so schnell, wie er gekommen war. Cornelia stand auf und stellte sich mit verschränkten Armen ans Fenster. Sie hatte keinen Zweifel daran, wer sie verraten hatte. Dass er es getan hatte, machte sie nicht etwa wütend, sondern erfüllte sie mit einer seltsamen Scham für ihn, wie man sie petzenden Klassenkameraden gegenüber empfand. Eine Scham, in die sich Mitleid mischte, weil man für traurige Gestalten wie ihn nichts weiter als Mitleid empfinden konnte. Obwohl: Mitleid mit Juncker?

Das musste nun wirklich nicht sein, auch wenn sein Privatleben alles andere als einfach war. Ohne es wissen zu wollen, hatte sie doch die eine oder andere Bemerkung von Kollegen über seine Lage aufgeschnappt, über die Depressionen, an denen seine Frau seit der Geburt ihrer Tochter litt, dass sie sogar manchmal in die Psychiatrie eingeliefert werden musste, über seine Einsamkeit. Sie konnte verstehen, dass seine persönliche Situation … Nein. Deshalb musste sie noch lange nicht seine Aggressivität akzeptieren, und sie erinnerte sich nur allzu gut an seine frauenfeindlichen und rassistischen Kommentare während ihrer Zusammenarbeit …

»Andrea hat sich bei Ockenfeld über dich beschwert«, sagte Reiner, als er zurück ins Büro kam.

Andrea Sauter. Die Rache dafür, dass sie sie mit Tomasini hatte auflaufen lassen.

»Und weißt du, was die Folge ist? Ockenfeld ist total sauer. Auf mich.«

»Das tut mir leid. Ich wollte nicht …«

»Warte, warte. Was eigentlich zählt, sind nämlich Ergebnisse. Und was dich betrifft, so hast du zwei Fälle in zwei Tagen gelöst. Das kann niemand bestreiten. Also kann ich dir hiermit schon mal inoffiziell mitteilen, dass du ab heute wieder das Ermittlungsteam leitest. Was ist los? Freust du dich gar nicht?«

»Doch, klar.«

»Warum ziehst du dann so ein Gesicht?«

»Und du?«

»Mir geht es gut.« Reiner sagte die Wahrheit, sie kannte ihn lange genug. »Und jetzt will er dich sehen.«

Kurz darauf stand sie in Ockenfelds Büro. Sie vermisste es, vorher mit Lukas spielen zu können. Ute Marx war noch nicht da. Der Chef gratulierte ihr nicht noch einmal. Ockenfeld wiederholte sich nicht gern. Immerhin lobte er sie für die kluge Idee mit den Taxis.

»Trotzdem möchte ich Sie daran erinnern, dass es Richtlinien gibt, die zu befolgen sind, und dass Sie von dem Fall abgezogen waren«, sagte er, aber seiner Stimme fehlte die Härte. Er sagte, was unter den gegebenen Umständen der Form halber zu sagen war.

»Ich habe Herrn Oberkommissar Terletzki um Erlaubnis gebeten.« Auch Cornelia wusste, was von ihr erwartet wurde.

»Das bezweifle ich nicht.« Er sah sie über sein Brillengestell hinweg an, und sie bemerkte einen gewissen spöttischen Glanz in seinen Augen. »Da das, was zählt, der Erfolg Ihrer Initiative ist, teile ich Ihnen hiermit mit, dass Sie ab sofort wieder die Ermittlungen leiten.«

»Und Reiner, ich meine, Oberkommissar Terletzki?«

»Was ist mit ihm? Ah! Ich verstehe.« Ockenfeld stützte die Ellbogen auf den Tisch und sein Gesicht in die Hände. Einen Moment lang kostete er die erwartungsvolle Stille aus, dann sagte er gnädig: »Das, was vorgefallen ist, wird keine weiteren Konsequenzen haben. Er ist Ihnen wieder unterstellt. Ich vermute, damit sind Sie beide einverstanden. Oder täusche ich mich?«

Sie dankte ihm.

Es war also wieder so etwas wie Normalität eingekehrt.

Nur dass Kranich tot war.

Und dass sie wieder von vorn anfingen.

»Sitzung um elf«, entschied sie, kaum dass sie wieder in ihrem Büro war.

Dann vier Gespräche und immer die gleiche Frage. Zuerst an die Entführer, danach an ein Mitglied ihres Teams.

***

Sie rief sie in ihr Büro, weil sie unter vier Augen mit ihr reden wollte. Reiner war schon im Sitzungsraum. Da sie ihr den Grund für das Gespräch nicht genannt hatte, nahm Andrea Sauter an, dass es um ihre Beschwerden bei Ockenfeld ging.

»Ich fand es nicht richtig«, setzte sie an, kaum dass ihr massiger Körper halb durch die Tür war, »dass du dich an den Ermittlungen beteiligst, ohne uns vorher zu fragen. Das solltest du wissen.«

»Verzeihung, wovon redest du überhaupt?«

Cornelia war so verärgert über diesen Auftritt, dass sie sie weder mit einer beschwichtigenden Geste noch mit einem freundlichen Wort unterbrach, sondern sie zwang auszusprechen, was ihr offenbar schwer auf dem Gewissen lastete.

Sauters Stimme klang verzagt, als sie antwortete:

»Von meiner Beschwerde. Bei Ockenfeld. Am Freitag.«

Sie ließ sich auf den Stuhl vor Cornelias Schreibtisch fallen. Die sagte nichts, starrte sie nur an, bis Andrea noch ein wenig tiefer in ihrem Stuhl versunken und Cornelia zufrieden war.

»Deshalb habe ich dich nicht gerufen. Es geht um etwas wirklich Wichtiges.« Diese letzte Spitze konnte sie sich nicht verkneifen. »Wir wissen, dass die drei Verhafteten Kranich nicht entführt haben.«

»Richtig.«

»Die Parallelen in der Vorgehensweise lassen darauf schließen, dass es sich bei Kranich um Nachahmungstäter handelt.«

Sauter nickte leicht zu ihren Worten.

»Ja.«

»Die, um das zu tun, zuerst mal von den Expressentführungen wissen mussten, und überdies die Einzelheiten kennen. Und nun frage ich dich: Du hast mit einigen Informanten gesprochen. Wie viel hast du den Leuten erzählt?«

»Auf keinen Fall! Ich habe mich nicht verplappert,

wenn es das ist, was du wissen willst. Ich bin schon lange dabei, ich …«

»Reg dich ab, Andrea. Hör zu: Die Entführer von Kranich haben die anderen nachgeahmt. So viel steht fest, oder?« Sie sprach langsam, denn sie wollte nicht, dass Andrea Sauter sich ihr gegenüber völlig verschloss.

»Ja«, bestätigte die Polizistin widerwillig.

»Ich versuche nur herauszufinden, woher sie das mit den Expressentführungen wussten. Weiter nichts.«

»Aber du hast angedeutet, dass …«

»Pass auf«, unterbrach sie sie, »das Letzte, was wir uns vorstellen konnten, war doch, dass irgendjemand auf die Idee kommen könnte, diese Typen nachzuahmen. Kannst du mir folgen? Und wir wissen, dass man, um an Informationen zu gelangen, auch welche geben muss. Denn wenn du nur sagst ›Wir suchen jemanden wegen einer Sache‹, findest du alle oder keinen. Das wäre auch keine schlechte Strategie: zuerst alle verhaften und dann sehen, was jeder einzelne angestellt hat.«

Sauter lächelte.

»Wenn diese Typen durch einen deiner Informanten von den Entführungen erfahren haben, wissen wir, wo wir mit der Suche anfangen können. Das ist alles.«

»Das ist alles«, wiederholte Sauter, immer noch misstrauisch. »Aber trotzdem wäre es ziemlich dämlich gewesen, sich zu verplappern, oder?«

»Extrem dämlich. Aber jetzt kommt es darauf an, zu wissen, in welche Richtung wir weiterermitteln. Weißt du noch, wie du dich deinen Informanten gegenüber ausgedrückt hast?«

Sauter berichtete ihr, dass sie sich erkundigt hatte, ob es innerhalb der lateinamerikanischen Kreise Aktivitäten oder neue Gesichter gab, dass sie hatte wissen wollen, ob jemand mehr Geld ausgab als sonst und dass sie Kontakt zu einem Informanten aufgenommen hatte, der ihr sagen konnte, ob verschiedene Hehler neue Ankäufe getätigt hatten.

»Das ist alles.«

»Und das ist nicht wenig. Hast du allein gearbeitet?«

»Ja. Es war niemand aus meinen Team dabei.«

»In Ordnung. Eine letzte Frage: Du hast auch mit niemandem aus deinem privaten Umfeld darüber geredet, oder?«

»Mit niemandem. Ich bin sehr diskret.«

Cornelia war da durchaus anderer Meinung, aber das behielt sie für sich, denn es war nicht mehr als das: eine Meinung.

»Na gut, dann sehen wir uns in einer Stunde in der Teamsitzung.«

»Aber du glaubst mir, oder?«

»Klar. Warum sollte ich das nicht tun?«

Keine von beiden hatte die andere vollkommen überzeugen können.

»Na schön, wir sehen uns dann in der Sitzung.«

Sie ging.

Cornelia musste noch nachlesen, was das Team während ihrer Abwesenheit alles zusammengetragen hatte. Dann würde sie, ganz gegen ihre Gewohnheit, als Letzte zur Sitzung erscheinen.

* * *

Sie atmete tief durch.

Tief durchatmen ist wichtig. Es ist das Erste, was man tun muss. Atmen. Ein Mal. Zwei Mal. Beim dritten Mal den linken Arm ausstrecken und die Hand an die Klinke legen. So. Fest zupacken und die Klinke nach unten drücken. Jetzt die Tür aufstoßen. Schon ist sie offen. Noch einmal tief durchatmen. Ein Schritt nach vorn, und man ist drinnen.

Wie konnte sie das Vertrauen ihrer Leute zurückgewinnen? Obwohl sie verschiedene Möglichkeiten durchgespielt hatte, war sie zu dem Schluss gelangt, dass sie erst wissen würde, was zu tun wäre, wenn sie im Sitzungsraum vor ihnen stand. Mit Reiner und Andrea hatte sie kurz zuvor gesprochen, aber jetzt stand sie der Gruppe gegenüber und nicht Einzelpersonen. Einer fehlte. Peschke hatte darum gebeten, von dem Fall abgezogen zu werden. Er empfand Kranichs Tod als neuerliches persönliches Versagen.

Cornelia nahm all ihren Mut zusammen und begann:

»Nun gut, ich nehme an, während meiner Abwesenheit hattet ihr genug Gelegenheit, euch über mein Verhalten zu beschweren und mich zu kritisieren. Jetzt müssen wir weitermachen.«

Ihre Mienen blieben unbewegt, aber unter der Reglosigkeit nahm sie eine leichte Neugier wahr, die sie befriedigte, indem sie ihnen erzählte, wie sie auf die Idee mit den Taxis und von da – auch wenn sie das sicher längst wussten – auf das Entführertrio gekommen war. Es gibt Geschichten, die man öfter als einmal hören kann, und diese gehörte dazu.

»Könnt ihr euch vorstellen, wie es gewesen wäre, wenn wir bei der Suche nach Kranich plötzlich auf Tomasini gestoßen wären?«, bemerkte Sonnenberg und zupfte dabei an seiner rechten Kotelette.

Natürlich konnten sie es sich vorstellen. Aber da keiner so richtig wusste, ob das lustig gewesen wäre oder nicht, ging seine Bemerkung ins Leere.

»Jetzt, da der Fall der Blitzentführungen gelöst ist«, stellte Cornelia fest, »müssen wir den Fall Kranich neu aufrollen.«

»Heißt das, dass wir wieder bei null anfangen?«, fragte

Sauter. Vielleicht war es Zufall, aber während sie die Frage stellte, hatte sie ihren Notizblock umgeblättert, sodass jetzt ein weißes Blatt vor ihr lag.

»Nein. Wir haben viele Informationen, aber die müssen wir nun unter einer anderen Prämisse betrachten. Der Fall Kranich war eine Nachahmungstat. Die Frage ist nur: Wir sind die Entführer an ihr Wissen gelangt?«

»Die Blitzentführer. Vielleicht haben sie sich verplappert?«, schlug Sauter vor.

Aus dem Nachdruck, mit dem sie sprach, schloss Cornelia, dass sie immer noch über das vorhergehende Gespräch gekränkt war.

Ihr Gespräch mit der Oberkommissarin war allerdings nicht das erste zu diesem Thema gewesen. Zuvor hatte Cornelia schon drei Mal die gleiche Frage gestellt.

»Wem haben Sie davon erzählt, Harald?« Mit dem schlichtesten Gemüt hatte sie angefangen.

»Wovon erzählt?«

»Von den Entführungen. Der Erfolg hat Sie verleitet, von ihnen zu erzählen, ist es nicht so?«

»Nein!«

Sie hatte einen Blick in die Akte geworfen.

»Auch nicht Ihrer Frau?«

»Nein. Die wäre ausgerastet.«

»Wie wollten Sie ihr erklären, wo auf einmal das ganze Geld herkam?«

Im Lotto gewonnen, hatte sie spöttisch bei sich gedacht.

»Im Lotto gewonnen«, hatte Lutz Sorg kurz angebunden erklärt.

»Eine Erbschaft.« Menotti merkte man den Dichter an.

»Diskretion war das Allerwichtigste. Wir haben nicht einen Euro der Beute ausgegeben, um keinen Verdacht zu erregen«, hatte Lutz Sorg hinzugefügt. »Zu schade!«

»Sie sind doch hoffentlich nicht dem alten Vorurteil

aufgesessen, alle Argentinier seien schwatzhaft?«, hatte Menotti noch gesagt.

»Natürlich nicht«, hatte Cornelia ihm eilig versichert.

Die drei hatten keinen Grund zu lügen. Nicht in ihrer Lage. Wenn sich also nicht die Blitzentführer verplappert hatten – wer dann?

Pause.

»Wie geht es dir?«, fragte Reiner sie leise, während sie hinausgingen, Juncker und Sauter, um zu rauchen, Sonnenberg, um sich die Beine zu vertreten, und Reiner, um einen Happen zu essen, bevor die Sitzung weiterging.

Eine höfliche Frage, die aber echtem Interesse entsprang und auf die sie nicht antworten wollte. Sie grunzte etwas, das wie ein »Gut« klang, und machte sich auf die Suche nach einem Päckchen Kaffee, weil ihnen der Kaffee ausgegangen war. Leo hatte sie das gleiche gefragt. Zwei Mal: einmal beim Frühstück und dann wieder, als sie aufbrach. Zu viel Sorge um ihre emotionale Verfassung.

Sie betrat die Küche in diesem Stockwerk, einen fensterlosen Raum voller grauer Schränke, in denen sich eine bunte Mischung von Tassen angesammelt hatte, die aus den Haushalten der Kollegen verbannt worden waren, weil sie alt, hässlich oder angeschlagen waren. Hier erlebten sie einen zweiten Frühling, wurden mit Filterkaffee gefüllt, waren häufig schlecht gespült und hinterließen deshalb einen Nachgeschmack, der regelmäßig die Fraktion der Teetrinker auf den Plan rief; eine Fraktion, die in der Minderheit war und vielleicht deshalb besonders aktiv im Verfassen kleiner Notizen, die zu mehr Sauberkeit aufriefen. Cornelia sah, dass schon jemand Kaffee gekocht hat. Die Kanne war ziemlich voll, was darauf schließen ließ, dass der Kaffee frisch war. Trotzdem roch sie sicherheitshalber daran, bevor sie sich eine Tasse einschenkte. Er war genießbar. Als sie mit der Tasse hinausging, klingelte ihr Handy.

»Wie geht es dir, Mädchen?,« fragte eine Stimme mit

den langgezogenen, nasalen Vokalen des Wiener Dialekts.

Wie es ihr ging? Im Augenblick hatte sie vor allem Lust, jeden anzubrüllen, der sie das noch einmal fragte. Den nächsten, irgendjemanden, alle. Alle außer Winfried Pfisterer vom Zentrum für Rechtsmedizin in Frankfurt. Von ihm ließ sie sich sogar »Mädchen« nennen. Pfisterer, dessen melancholisches Naturell sich nach dem Tod seiner Frau zu einer tiefen, wenn auch verhaltenen Traurigkeit gewandelt hatte und der sich in seinem Kummer eingerichtet zu haben schien wie in einer Kellerwohnung. Klein, mit einem von der stundenlangen Arbeit an den Autopsietischen gekrümmten Rücken und einem Gesicht, dessen fliehendes Kinn die Nase noch größer erscheinen ließ, war der Forensiker einer der unattraktivsten Männer, die sie jemals kennengelernt hatte und zugleich einer der liebenswürdigsten Menschen, die sie kannte.

»Garantiert frühkindliche Prägung«, spekulierte Reiner, dem die Wirkung des kleinen Wiener Doktors auf seine Kollegin nicht entgangen war. »War der Sänger der Titelmelodie von *Biene Maja* nicht Österreicher?«

»Karel Gott ist Tscheche, du Ignorant. Kaum zu glauben, dass du Kinder hast.«

»Wir sehen eben modernere Sendungen.«

»Ganz schlecht. Kinder sollten die Klassiker kennenlernen.«

Es war nicht Pfisterers Sprechweise – die Reiner mit seinem außergewöhnlichen Talent für die verschiedenen Dialekte der deutschen Sprache perfekt nachahmen konnte –, es war seine Person, seine Würde, seine feine Ironie, die Cornelia stets besänftigte.

Jetzt fragte Pfisterers Stimme am anderen Ende der Leitung: »Wie geht es dir, Mädchen?«

Und Cornelia verstand, dass er wissen wollte, wie sie

mit der Last der Anschuldigungen von Kranichs Witwe und dem Zweifel leben konnte, ob sie nicht doch am Tod des Bauunternehmers schuld war.

»Besser«, antwortete sie.

Ein »Gut« hätte er ihr nicht abgenommen, und ein »Schlecht« erforderte immer Erklärungen.

»Das freut mich.« Noch dazu war Pfisterer diskret. »Ich habe mit Reiner gesprochen und er hat mir erzählt, dass du wieder das Team leitest. Ich rufe dich an, weil ich dir gerade per E-Mail den Autopsiebericht des Entführten, Richard Kranich, geschickt habe und dir etwas dazu sagen wollte: Ich konnte ihn dir nicht vorher schicken, weil …«

»Du musst dich nicht entschuldigen, Winfried.«

»Das wollte ich auch gar nicht. Es hat nur so lange gedauert, weil ich vollkommen sicher sein wollte. Es war nicht ganz einfach.«

»Warum? Wurde er nicht erschossen?«

»Das war der leichte Teil. Das Problem war, den Todeszeitpunkt zu bestimmen. Und ich sage dir eins: Da war jemand zugange, der sein Handwerk versteht.«

»Welches Handwerk?«

»Wie man einen Todeszeitpunkt verschleiert. Zum Glück ist mir etwas aufgefallen, eine feine Linie am linken Knöchel. Das war eine Verbrennung, die daher rührte, dass eine der Socken des Opfers angeschmort war. Diese Verletzung sah postmortal aus, weil sie kein Anzeichen für eine Entzündung aufwies, wie sie bei einem lebenden Körper entstanden wäre. Also habe ich eine Probe des verbrannten Gewebes untersucht und …«

»Winfried, bitte«, unterbrach sie ihn und versuchte, ihre Ungeduld hinter einem scherzhaften Tonfall zu verbergen, »du bringst mich noch um, wenn du mir nicht bald sagst, was das bedeutet.«

»Dass das Opfer am 22. April gestorben ist. Nicht am 23.«

»Das heißt, noch am Tag der Entführung.«

»Jemand hat sich große Mühe gegeben, es so aussehen zu lassen, als wäre es einen Tag später gewesen. Aber ich glaube nicht, dass das ihr ursprünglicher Plan war, ich denke, sie wollten so tun, als wäre er noch später gestorben. Nachdem ich die Verbrennung entdeckt hatte, ist mir nämlich aufgefallen, dass die Leiche Anzeichen von Frosteinwirkung aufwies. Als sie dann ihren Plan geändert haben, haben sie die Leiche vermutlich in die Nähe einer Wärmequelle gelegt, zum Beispiel an eine Heizung, und ein Fuß ist dieser Heizquelle zu nah gekommen, sodass einer der Socken verschmort ist und diese kleine Wunde hinterlassen hat. Ich weiß nicht, wie weit ihr mit euren Ermittlungen seid, aber ich hoffe, ich konnte dir helfen, mein Mädchen.«

»Das tust du immer, Winfried. Grüß Frau Weidenbrock von mir.«

»Warum?«

»Warum nicht?«, erwiderte sie erstaunt. Im selben Augenblick wurde ihr bewusst, wie verschämt der Forensiker auf ihren unschuldigen Gruß an die Frau reagiert hatte, die seit seiner Ankunft in Deutschland seine Sekretärin am Institut für Rechtsmedizin war. Und dann verstand sie, warum. Beinahe jedermann wusste, dass die elegante, resolute Ruth Weidenbrock heimlich in Pfisterer verliebt war, ohne dass er es merkte. Anscheinend war das jetzt nicht mehr so.

Cornelia beschloss, nichts zu sagen. Sie verabschiedeten sich und legten auf. Da sie wusste, wie schüchtern der Forensiker war, stellte sie sich vor, wie er errötet war.

Während sie die Kaffeetasse spülte, lächelte sie in sich hinein. Ihr gefiel die Vorstellung, dass Pfisterer möglicherweise verliebt war. Sie glaubte nicht, dass er deshalb eine seiner Gewohnheiten ablegen würde, die jeden erstaunte, der das erste Mal mit ihm zusammenarbeitete: die Gewohnheit nämlich, am Tatort Gedichte zu verfassen, während er über das nachdachte, was er gesehen hatte. Jeder im Polizeipräsidium kannte seine Leidenschaft für die deutschen Expressionisten, und so gab es keine einzige Ausgabe von Benn, Trakl oder Heym, die der Forensiker nicht mindestens zweimal besaß, da er sie zu jeder Gelegenheit geschenkt bekam.

Auf dem Weg zu ihrem Büro, wo sie seine E-Mail lesen wollte, überlegte sie, dass Pfisterer nun, da er verliebt war, vielleicht sein Repertoire an Autoren erweiterte. Ob wohl die *Veinte poemas de amor y una canción desesperada* von Neruda ins Deutsche übersetzt waren?, fragte sie sich. Sicher würde der Forensiker als Erstes das »verzweifelte Lied« lesen. Vielleicht aber auch nicht, sagte sie sich, als sie ihr Büro betrat.

Sie öffnete Pfisterers detaillierten Bericht im Anhang und las ihn mehrmals durch.

Dieser eine Tag änderte alles.

* * *

»Soeben habe ich das hier bekommen«, sagte sie ihren Kollegen als Erstes und schwenkte den Bericht des Forensikers.

Sofort vier aufmerksame Gesichter. Sie erläuterte ihnen die Daten, das Todesdatum und den Versuch, Manipulationen an der Leiche vorzunehmen. Dann gab sie ihnen Zeit, die neue Information zu verdauen, bevor sie ihre Schlüsse daraus zogen. Den ersten, wichtigsten, formulierte Reiner:

»Also war Kranich schon tot, als sie die Nummer mit den Schüssen am Telefon abgezogen haben.«

Wieder schwiegen alle, bis Sauter dazwischenfuhr:

»Vielleicht hat er sich gewehrt, und die Entführer haben die Kontrolle über die Situation verloren.«

»Oder es gab Probleme, nachdem sie ihn eingesperrt hatten. Das können wir nicht wissen«, entgegnete Reiner rasch.

»Es bedeutet, dass wir auch die Möglichkeit erwägen sollten, dass sie ihn sogar schon getötet hatten, bevor sie bei seiner Frau anriefen, um das Lösegeld zu fordern,« meinte Sonnenberg.

»Genau. Deshalb das ›Halt sie hin‹, als sie mit ihrem Mann sprechen wollte.« Cornelia sah sie mit leuchtenden Augen an.

Die Telefongespräche mit den Entführern bekamen auf einmal einen neuen Sinn.

»Wir haben das schon vor Tagen gesagt«, sagte Reiner. »Eine Entführung geschieht niemals spontan. Diese Typen, sosehr sie auch sonst die Blitzentführer imitierten, konnten sich bei einem Zielobjekt wie Kranich nicht mit dem zufrieden geben, was seine Frau ihnen anbieten konnte. Von Anfang an wollten sie die Million, vielleicht sogar die anderthalb Millionen, die sie beim nächsten Anruf gefordert haben. Kranich war ein dicker Fisch, ein sehr dicker sogar.«

»Aber sie wussten nicht, dass er Zahlungsschwierigkeiten hatte«, fuhr Cornelia fort. »Seine Frau musste um eine Fristverlängerung bitten, um das Geld zusammenzubekommen.«

»Und das Geld kam zu spät«, vervollständigte Sonnenberg.

»Vergessen wir nicht, dass er nicht nur Zahlungsschwierigkeiten, sondern sogar Schulden hatte.« Cornelia fasste noch einmal zusammen, was sie in der Detektei erfahren hatte, allerdings offiziell erst später, nach dem von Reiner erwirkten Gerichtsbeschluss.

»Wir sollten seine Gläubiger unter die Lupe nehmen«, schlug Sauter vor und wies mit ihrem Bleistift auf Cornelia.

»Die Gläubiger?« Sonnenberg sah Cornelia fragend an.

»Es könnte sein, dass einer von ihnen Kranich entführt hat, um an sein Geld zu kommen. Aus dem Unternehmen konnte er kein Geld abziehen, und offenbar hatte er auch keines auf seinen privaten Konten, aber seine Frau hat anderthalb Millionen Euro zusammengebracht, um das Lösegeld für ihn zu zahlen.«

»Von seinem Kompagnon. Es war Kolbergs Privatvermögen«, stellte Reiner klar.

»Das haben wir noch nicht überprüft. Wir haben nur das Wort von Frau Kranich«, warf Sonnenberg ein. »Die Typen, die ihn von der Detektei überwachen ließen, schienen eher zu glauben, dass Kranich über andere Geldquellen verfügte.«

»Das stimmt. So zumindest hat es Uhland angedeutet, der Chef der Detektei.« Im gleichen Augenblick hätte Cornelia sich die Zunge abbeißen können. Reiner starrte sie mit aufgerissenen Augen an. Zum Glück waren die anderen drei zu sehr in ihre Spekulationen verstrickt, um sich zu fragen, wann Uhland das ihr gegenüber hatte andeuten können.

»Schwarzgeld«, sagte Sauter und sah Sonnenberg an.

»Ja. Und um da ranzukommen, haben sie seine Frau mit der Entführung ihres Mannes erpresst«, schloss dieser.

Das war eine gute Hypothese. Eine plausible Erklärung. Auch ihr war sie schon durch den Kopf gegangen, aber sie hatte sie verworfen, als sie vermutete, dass Kranich selbst seine Entführung und seinen Tod hatte vortäuschen wollen.

»Sehr gute Theorie«, erwiderte sie ein wenig zerstreut. Sie hatte es eilig, eine andere vorzubringen: »Aber vielleicht verzetteln wir uns zu sehr. Kehren wir zu den Ergebnissen von Pfisterer zurück: Wozu haben sie sich diese Mühe gemacht, den Todeszeitpunkt zu verschleiern?«

»Damit wir nicht erfahren, dass er bereits am ersten Tag getötet wurde«, sagte Sonnenberg.

»Offensichtlich. Aber wozu?«

Cornelia fühlte, wie eine Idee in ihrem Inneren zaghaft versuchte, Form anzunehmen. Reiner sah sie fest an.

»Du hast sogar geglaubt, dass Richard Kranich seine Entführung vorgetäuscht haben könnte, um seinen Gläubigern zu entgehen.«

»Eine fingierte Entführung«, wiederholte Sonneberg langsam. Seine linke Kotelette wurde schwer strapaziert. »Glaubst du wirklich?«

Alle Blicke richteten sich auf sie.

»Ja, das glaube ich«, sagte Cornelia und nickte.

»Das ist aber reine Spekulation«, sagte Juncker, der bis jetzt mit gekreuzten Armen in seinem Stuhl zurückgelehnt gesessen und schweigend zugehört hatte. Sonnenberg beachtete ihn gar nicht, sondern versuchte, dem Faden zu folgen, den er gesponnen hatte.

»Du glaubst also, dass …«

»Dass sie von Anfang an vorhatten, ihn zu töten«, beendete Cornelia den Satz für ihn.

»Und das ganze Theater mit dem Anruf und den Schüssen hat nur dazu gedient, es wie eine gescheiterte Verhandlung aussehen zu lassen. Doktor Peschke hatte recht, als er sagte, die Entführer seien ganz ruhig gewesen. Natürlich waren sie das! Sie hatten alles von Anfang an geplant.«

»Aber … aber .. Jetzt warte mal, Jörg.« Protestierend wandte sich Juncker an Sonnenberg zu seiner Linken. »Lässt du dich wirklich von so einer verrückten Idee mitreißen? Denk doch mal ein bisschen nach. Sie haben ihn gleich am ersten Tag umgelegt. Na und?«

»Das ändert alles«, warf Cornelia ein.

»Was soll das schon ändern! Es wäre nicht das erste Mal, dass einem Entführer die Situation entgleitet. Das Opfer setzt sich zur Wehr. Kranich war kein kleiner Angestellter mit einem ordentlichen Gehalt wie die anderen, er kam aus einer anderen Welt, war härter.«

»Aber die Entführer hatten es gar nicht nötig, das Todesdatum zu verschleiern.«

»Wer weiß, was in deren Kopf vorgegangen ist! Du bringst alles durcheinander, führst hier eine Idee ein, die nichts als Verwirrung bringt. Sie haben ihn umgelegt. Punkt.« Wieder lehnte er sich in seinem Stuhl zurück. »Und weil sie nicht wussten, wie lange das Ganze dauern würde, haben sie versucht, die Leiche zu konservieren. Dann haben sie es sich anders überlegt und sich der Leiche entledigt. Was ist daran so seltsam?«

»Alles ist möglich, Sven«, erwiderte sie, »und wir werden auch in diese Richtung ermitteln.«

»Na super! Danke für deine Großzügigkeit.«

Anscheinend konnte sie es Juncker mit nichts recht machen.

»Hör mal, Sven, was zum Teufel willst du eigentlich?«

»Ich kann dir sagen, was ich nicht will: Ich will nicht, dass du diesen Fall leitest.«

Alle fuhren zusammen, und die Luft schien aus dem Raum zu entweichen.

Sie hätte ihn anschreien, zum Teufel jagen, rauswerfen können, und tatsächlich brannte sie darauf, eines davon zu tun, aber ihre Position erforderte Vernunft, gewürzt mit ein paar Tropfen Strenge.

»Erstens«, sie hob den Zeigefinger, »hast das nicht du zu entscheiden. Zweitens«, sie hob den Ringfinger, »kannst immer darum bitten, zu einem anderen Fall versetzt zu werden. Du bist hier, um uns zu unterstützen. Wir nehmen gerne auch jeden anderen Kollegen aus deiner Abteilung.«

»Drittens: Es war Cornelia, die den Fall mit den Blitzentführungen gelöst hat und auch diesen Fall lösen wird«, sagte Reiner.

»Das hat uns gerade noch gefehlt: der Beschützer der Witwen und Waisen.« Juncker wartete Reiners Erwiderung nicht ab, sondern wandte sich gleich wieder an Cornelia: »Das mit den Blitzentführungen war sehr gut. Dazu gratuliere ich dir. Aber im Fall Kranich hast du alles vermasselt. Du und dieser Scheißpsychologe mit seinen Verhandlungen und Bedingungen ...«

»Sven, es ist nicht nötig, ausfallend zu werden. Wir suchen nach Erklärungen, und dazu müssen wir spekulieren können, Theorien aufstellen, selbst wenn das anderen ...«

»... absurd erscheint«, beendete Juncker den Satz für sie.

Offenbar war er nicht bereit, ihr eine Feuerpause zu gönnen. Trotzdem merkte er, dass sein unangemessener Tonfall zwei seiner Kollegen verärgert hatte und selbst Sauter, bis zu diesem Augenblick seine Verbündete, hatte verstummen lassen, und so musste er sich damit begnügen, seinem Unmut wortlos, dafür aber durch diverse Geräusche Luft zu machen, die an Cornelias Nerven zerrten wie Fingernägel auf einer Tafel. Trotzdem ertrug sie sie.

Sie ertrug es, dass er mit dem Stuhl rückte, als sie vorschlug:

»Wir müssen Kranichs Biografie genau durchforsten. Wenn sie es wirklich darauf angelegt haben, ihn zu töten – warum?«

Sie ertrug es, dass er ungeduldig aufstöhnte, als sie bat:

»Reiner, du solltest mit Frau Kranich reden. Versuch herauszufinden, wo sie das Geld wirklich herhat. Wenn es ihr der Geschäftspartner ihrer Mannes geliehen hat, warum hat es dann so lang gedauert? Außerdem sollten wir Zugang zu Kranichs Bilanzen erhalten.«

»Ich werde heute noch eine Erlaubnis bei der Staatsanwaltschaft einholen.«

Sie ertrug sein protestierendes Gemurmel, als sie sagte:

»Wir müssen noch mal mit den Informanten reden. Die Blitzentführer waren ein unbeschriebenes Blatt, aber das hier riecht nach der Arbeit von Auftragskillern. Jörg, du wirst versuchen, den Mexikaner aufzutreiben.«

»Andrea, wie weit ist die Suche nach Zeugen gediehen?«

Sauter hatte nicht viel Neues beizusteuern, schilderte das Wenige aber in aller Ausführlichkeit. Sie hatte ihre Nachforschungen anstellen müssen, obwohl ihr eine wesentliche Information fehlte, nämlich wo genau Kranich entführt worden war. Es schien ihr sehr wichtig zu sein hervorzuheben, dass das Fehlen von Ergebnissen nicht ihre Schuld war.

»Wir haben Richard Kranichs üblichen Weg von zu Hause bis zur Firma zurückverfolgt. Ich möchte betonen, dass er nach Aussage seiner Frau immer den gleichen Weg nahm und keinerlei Sicherheitsvorkehrungen getroffen hatte.«

»Wenn das so ist, könnte es bedeuten, dass er sich nicht bedroht fühlte«, warf Juncker unerwartet ein.

Cornelia unternahm einen Versuch, die gereizte Stimmung im Raum ein wenig zu entspannen.

»Ich vermute, wenn wir ein bisschen tiefer graben, werden wir auf Leute stoßen, die keine besonderen Sympathien für ihn hegten. Du hast es selbst gesagt, Sven: Er war aus einem anderen Holz geschnitzt als die Opfer der Blitzentführungen. Mit dieser Bemerkung hattest du vollkommen recht.«

Nein. Nicht einmal verdientes Lob konnte ihn mit ihr

versöhnen. Ganz im Gegenteil. Aus irgendeinem Grund schien ihn diese Bemerkung zu ärgern.

»Weiter, Andrea, weiter.« Juncker wedelte ungeduldig mit der Hand.

Sauter warf ihr einen verstohlenen Seitenblick zu, und Cornelia nickte leicht.

»Wir haben in den Geschäften nachgefragt, die zu der Zeit geöffnet waren, als er mit dem Auto vorbeifuhr. Nichts. Außerdem in zwei Cafés, die um diese Zeit Tische und Stühle auf die Straße stellen, aber niemandem ist etwas Ungewöhnliches aufgefallen, nichts, das auf Gewalt hätte schließen lassen können.«

Mit der monotonen Stimme einer Tagesschausprecherin zählte sie jeden einzelnen ihrer Schritte auf und schloss in vorwurfsvollem Ton:

»Und wir haben nicht mal seinen Wagen gefunden.«

»Dann müssen wir eben weitersuchen«, erwiderte Cornelia ungeduldig und wandte sich dann an Reiner: »In den Unterlagen über den Fall habe ich eine Notiz gefunden, dass Thomas Edelstein versuchen würde, die Waffe anhand des Geräuschs zu identifizieren. Hat er dir schon etwas dazu gesagt?«

»Noch nicht. Ich rufe ihn nachher an.«

Sie gingen noch einmal die Abschriften der Anrufe durch. Die Befehle im Hintergrund »Halt sie hin, halt sie hin«. Alles war nur Theater gewesen; grausames Theater, falls Sonja Kranich nicht eingeweiht gewesen war; falls doch, großartiges Theater von ihrer Seite. Das Durchlesen der Abschrift brachte Cornelia wieder die Szene vor Augen, und sie sagte sich, dass das, was sie sah, echt gewesen war. Sonja Kranich hatte nicht gespielt. Doch auch wenn sie es noch so deutlich empfand, war das nur ein Eindruck, ihr Eindruck. Sie sagte aber nichts; wenn noch einmal irgendjemand das Wort »Spekulation« erwähnte, würde sie explodieren.

Während Sonnenberg mit weniger eintöniger Stimme als Sauter, aber mit dem gleichen Mangel an Neuigkeiten von den letzten Durchsuchungen der Baustellen berichtete, dachte Cornelia an ihre Begegnungen mit Sonja Kranich, an das blinde Vertrauen, das diese Frau in sie gehabt hatte und das in gleichfalls blinden Hass umgeschlagen war. Was sie jetzt wussten, sprach sie möglicherweise von der Verantwortung an Richard Kranichs Tod frei. Sie fragte sich, ob die Witwe das eines Tages, wenn diese Informationen öffentlich wurden, auch so würde sehen können.

Ein heikles Thema musste sie noch ansprechen:

»Noch eine letzte Sache. Ganz gleich, ob die Entführung nun vorgetäuscht war oder nicht, es steht außer Zweifel, dass die Täter die Vorgehensweise der Blitzentführer imitiert haben. Wir gehen davon aus, dass sie nicht von den drei Verhafteten und auch von keinem von uns davon erfahren haben.« Andrea Sauter öffnete den Mund zu einer Entgegnung, aber Cornelia hielt sie mit einer Handbewegung zurück und fuhr fort: »Wir müssen noch einmal die früheren Entführungsopfer befragen. Es ist überaus wichtig, dass wir herausfinden, wie die Entführer an die Informationen gelangt sind. Wir werden mit ihnen und ihren Frauen sprechen. Andrea, setz dich noch mal mit deinen Informanten in Verbindung. Was erzählt man sich im Milieu? Wie du es machst, überlasse ich dir.«

Damit hatte sie ihr einen Vertrauensvorschuss gegeben. Gleichzeitig hoffte sie, dass sich Sauter, sollte sie sich tatsächlich verplappert haben, dazu aufraffen könnte, es ihr zu beichten. Das Gespräch vor der Sitzung hatte ihre Zweifel nicht vollständig ausräumen können.

Kurz darauf verließen sie den Raum.

Kaum stand sie im Gang, brach sich der Zorn, den ihre Konzentration mühsam im Zaum gehalten hatte, in ihr

Bahn. Sie spürte Junckers Anwesenheit in ihrem Rücken, seine knapp zwei Meter ragten bedrohlich hinter ihr auf.

Eine Feuerkugel stieg von ihrem Magen hoch und wollte hinaus, ließ sich kaum noch zurückhalten. Das Einzige, was sie tun konnte, war, sie einzufrieren. Sie drehte sich zu Juncker um. Von ihren gut ein Meter und sechzig aus hob sie den Kopf und sagte, eisig wie der Nordwind:

»Bevor ich es vergesse, Sven: Leck mich am Arsch.«

Juncker blieb wie angewurzelt stehen. Hinter seiner massigen Gestalt schaute Andrea Sauters empörtes Gesicht hervor.

Reiner packte sie am Arm und zog sie mit sich zur Treppe.

## WER WARST DU?

»Wie konntest du dich bloß so gehen lassen?«

»Muss ich dir das wirklich erklären?«

Sie setzte sich an ihren Schreibtisch und schaltete den Computer ein. Während das Gerät mit nervtötender Langsamkeit hochfuhr, starrte sie auf den schwarzen Bildschirm.

»Eine fingierte Entführung …«, sagte Reiner nachdenklich. »Aber warum?«

Vielleicht würde ihnen Richard Kranich selbst die Antwort liefern.

»Hast du eine ausgedruckte Kopie von Kranichs Profil?«

»Hier müsste irgendwo eine dicke Mappe sein.« Reiner kramte sie auf seinem Schreibtisch hervor, schlug sie auf und nahm ein paar zusammengeheftete Blätter heraus. »Wenn du willst, können wir zusammen lesen.«

Das taten sie oft. Einer von ihnen las vor, der andere hörte zu und kommentierte das Gelesene in einer Art freier Gedankenassoziation. Das hatte schon öfter zu guten Resultaten geführt, und wenn nicht, »behielt man wenigstens die Informationen im Gedächtnis«, wie Reiner sagte.

Er nahm die Blätter und setzte sich Cornelia gegenüber. In seiner Haltung – geschlossene Beine, kerzengerader Rücken – sah er aus wie ein fleißiger Schüler, der gerade abgefragt wird.

»Fangen wir ganz vorne an: Richard Kranich, geboren am 24. Mai 1953 in Frankfurt«, las er vor.

»Tja, es sind halt nicht alle Eingeplackte wie wir.«

»1984 stieg er als Partner bei Rudolph Kolbergs Unternehmen ein.«

»Kolberg muss viel älter sein als er. Arbeitet er immer noch in der Firma?«

»Soviel ich weiß, ist er weit über achtzig.« Reiner suchte in den Unterlagen. »Er ist im Ruhestand, aber immer noch Ehrenpräsident des Unternehmens.«

»Was für eine Nummer, dieser Kolberg.«

Man musste nicht aus Frankfurt sein, um von den vielen schmutzigen Geschäften der Immobilienspekulanten zu wissen, die in den sechziger Jahren die von den Bomben des Zweiten Weltkriegs begonnene Zerstörungsarbeit vollendet hatten. In den von ihnen zum Tode verurteilten Gebäuden wurden keine Reparaturen mehr ausgeführt, Leitungen und Installationen gingen auf mysteriöse Weise kaputt, die Heizung funktionierte nicht mehr, und es gab unerklärliche Rattenplagen. Alles, um die Mieter loszuwerden.

»Und wenn eine Wohnung dann leer war«, berichtete Cornelia Reiner das, was ihr Vater von den Demonstrationen erzählt hatte, die Anfang der Siebziger gegen die Wohnungsspekulation stattgefunden hatten, »vermieteten sie sie befristet an Gastarbeiterfamilien. Und das unter so unwürdigen Bedingungen, dass der Lärm und die Gerüche die noch verbliebenen Bewohner vertrieben. Mein Vater und seine Kollegen von der Gewerkschaft haben mehreren Familien geholfen, die auf diese Weise benutzt worden waren. Später haben sie auch die Ausländer rausgeworfen, klar. Dann wurde abgerissen und ein Bürokomplex an seine Stelle gesetzt.«

Genau so hatte es auch Kolberg gemacht, einer der gierigsten Bauunternehmer. Er war nicht zu stoppen gewesen, bis es 1969 zu den ersten Hausbesetzungen kam. Doch selbst die hatten die Zerstörung des architektonischen Erbes der Stadt nur teilweise aufhalten können.

Gemeinsam mit Kolberg war Kranich zu einem sehr mächtigen Mann geworden.

»Seinem Kronprinzen«, schloss Reiner.
»Ja. Der Kronprinz eines Immobilientycoons.«
»Aber was hat Kranichs Frau gesagt? Er liegt in Heidelberg in einer Palliativklinik.«
Also führte Kranich in letzter Zeit das Unternehmen allein.
Cornelia musste an ihr langes Gespräch mit Sonja Kranich denken, daran, wie diese den sagenhaften Aufstieg ihres Mannes verklärt hatte. Reiners Stimme brachte sie zurück zu der Version der Geschichte, die sie zusammengetragen hatten.
»Darüber hinaus saß Kranich im Aufsichtsrat mehrerer Unternehmen und hat anscheinend mit dem Gedanken gespielt, sich einen Fußballverein zuzulegen, einen Drittligisten oder einen Verein aus der Regionalliga.«
»Wie ein russischer Oligarch.« Cornelia lehnte sich zurück und reckte ihr Kreuz und ihre Arme.
»Das ist keine russische Spezialität. Hier passiert das auch. Anscheinend gehört das einfach dazu, wenn man einmal diese Größe erreicht hat.«
Eine fiktive Größe.
»Und wenn sie ein so hohes Lösegeld verlangt haben, weil sie wussten, dass Sonja Kranich es nicht auftreiben konnte, um so den Mord zu rechtfertigen?«
»Erscheint dir das nicht zu weit hergeholt?« Plötzlich sprang Reiner auf. Noch bevor Cornelia etwas sagen konnte, erklärte er: »Nein, ich hau nicht ab, bevor du mich nicht zur Hölle schickst, sieh mich nicht so an. Mir tut einfach nur der Rücken weh. Ich gehe ein bisschen auf dem Gang hin und her.«
Er legte die Blätter auf den Tisch und ging zur Tür, sichtlich um aufrechte Haltung bemüht, obwohl er sich sicher am liebsten gekrümmt hätte. Aber Cornelia wusste nur zu gut, dass er niemals zulassen würde, dass sie ihn so

sah. Sie waren Kollegen und Freunde, aber sie war eben auch eine Frau und er war ein Mann. Deshalb tat sie so, als konzentriere sie sich vollkommen auf ihren Bildschirm, damit Reiner sich wenigstens ein leichtes Humpeln erlauben konnte.

Ein Hexenschuss, kein Zweifel. Reiner schloss die Tür.

Seinen Schmerzensschrei hörte sie trotzdem.

Sie nahm sich die Papiere und las den Bericht über Kranich weiter.

Nachdem er in Kolbergs Unternehmen eingestiegen war, hatte er die Firmenpolitik geändert. Während Kolberg hauptsächlich Häuser abriss, spezialisierte sich Kranich auf Neubau und Sanierung. Die Zeiten hatten sich gewandelt. Vielleicht brachte aber auch er den Wandel.

Sein Geschäftsmodell schien simpel, wenn auch nicht sonderlich originell: Er kaufte gut erhaltene Gebäude in begehrten Vierteln verschiedener Großstädte, unterzog sie einer Luxussanierung und verkaufte sie dann zu einem wesentlich höheren Preis. Mit dieser neuen Methode hatte er sich offensichtlich das Vertrauen zahlreicher Investoren gesichert. Wenn Richard Kranich ein Auge auf ein »Objekt« in Frankfurt, Köln, Berlin, Leipzig oder Hamburg warf, entdeckten plötzlich alle den Wert dieses Objekts, auch wenn stets die Rede von seiner »Schönheit« war. Anfangs hatte er kein großes Eigenkapital besessen, aber seit seiner Partnerschaft mit Kolberg schien sein Aufstieg unaufhaltsam. Und trotzdem war er in Zahlungsschwierigkeiten, sagte sich Cornelia, während sie einen Prospekt anlässlich des zwanzigjährigen Jubiläums von Ku.K im Jahr 2004 durchblätterte, den sie in der Mappe gefunden hatte.

Natürlich war in dem Hochglanzprospekt keine Rede von den Projekten, die Kranich in den Sand gesetzt hatte. Er war nicht der Einzige gewesen, der glaubte, mit der deutschen Wiedervereinigung sei ein goldenes Zeitalter für Immobiliengeschäfte in den neuen Bundesländern angebrochen.

Die neuesten Informationen verrieten, dass K u. K. derzeit mehrere Großprojekte in Angriff genommen hatte. Cornelia hörte wieder Sonja Kranichs Stimme, ihren entschuldigenden, besorgten Tonfall: »Wir sind zurzeit ein kleines bisschen klamm.«

Reiner kam wieder herein.

»Alles gut?«

»Ja, viel besser.« Er nahm wieder ihr gegenüber Platz.

»Sind die Schmerzen vorbei?«

»Klar.« Sein Lächeln wirkte erleichtert, die Stimme noch etwas angespannt. »Wir sollten nicht nur die Konten von Kranich und K u. K überprüfen«, sagte Cornelia, um ihren Kollegen nicht durch übertriebene Sorge zu demütigen, »sondern auch herausfinden, wo die anderthalb Millionen für das Lösegeld hergekommen sind. Ob es stimmt, dass sie von Kolberg stammen. War es Geld aus dem Unternehmen oder sein Privatvermögen?«

»Ich werde versuchen, mehr über diese ›Leihgabe‹ zu erfahren, wenn ich mit Sonja Kranich spreche. Ich werde gleich einen Termin für ein persönliches Gespräch ausmachen.«

»Gib ihr zu verstehen, dass wir die ganze Angelegenheit bald vollständig aufgeklärt haben werden.«

Kranichs Todeszeitpunkt gehörte zu dem Teil ihrer Ermittlungen, der vorerst geheim bleiben musste. Sie konnten es der Witwe nicht erzählen. Noch nicht.

»Du willst, dass ich ihr irgendwie zu verstehen gebe, dass es nicht deine Schuld war, nicht wahr?«

Cornelia lief tiefrot an. Sie hatte Reiner mit dieser Aufgabe betraut, weil sie darauf gerechnet hatte, dass er genau das tun würde, aber dass er es nun so offen aussprach, beschämte sie.

»Natürlich müssen unsere bisherigen Ermittlungen geheim bleiben. Nein, besser, du unternimmst nichts in dieser Richtung. Die Frau hat einen zu guten Draht zur Presse.«

Der Öffentlichkeit hatte man mitgeteilt, dass die drei Festgenommenen eine Reihe von Blitzentführungen verübt hatten, und dabei, wenn auch implizit, den Verdacht geäußert, dass sie auch für die Entführung von Richard Kranich verantwortlich waren.

»Das kannst du ihr erzählen, wenn der Fall gelöst ist.«

Cornelia sah ihren Kollegen dankbar an. Wie lautete noch einmal der Satz aus dem Gedicht über El Cid, das sie in der spanischen Schule hatte auswendig lernen müssen? *Qué buen vasallo si tuviera buen señor* – Was für ein guter Vasall wäre er, hätte er nur einen guten Herrn. Sie musste ihrem Untergebenen gerecht werden, durfte ihn nicht enttäuschen. Reiner, der keine Ahnung hatte, was ihr durch den Kopf ging, suchte in seinen Unterlagen nach Sonja Kranichs Telefonnummer, während er mit der anderen Hand seinen Lendenwirbel massierte.

»Frag sie auch, wann Kranich beerdigt wird.«

Eigentlich hätten die Aufgaben genau anders herum verteilt sein müssen. Reiner machte der Papierkram nicht nur nichts aus, er schien ihn sogar zu mögen, weil er in den Berichten seiner Liebe zum sorgfältig gewählten Wort frönen konnte, wie mehrere abgenutzte Wörterbücher auf seinem Tisch bewiesen. Das gesprochene Wort hingegen war Cornelias Domäne, sie fand im Gespräch schneller die passende Entgegnung. Aber sie war nicht bereit für ein Gespräch mit Sonja Kranich, nicht einmal am Telefon. Noch nicht.

Ihr fiel ein, dass sie Markus Peschke die Neuigkeiten noch mitteilen musste. Der Autopsiebericht sprach auch ihn von der Verantwortung am Tod des Bauunternehmers frei. Befreite es ihn auch von seinem Gefühl der Schuld? Das bezweifelte sie. Die Schuld befleckt selbst denjenigen, den sie nur zufällig trifft.

Sie machte sich daran, ihm eine E-Mail zu schreiben, während Reiner telefonierte. »Verstehe«, hörte sie ihren Kollegen verdrossen sagen. »Machen Sie sich keine Sorgen. Könnten Sie mir noch sagen, wann die Beerdigung ist? Gut. Danke.« Er legte auf, stand auf und begann, hinter seinem Schreibtisch langsam mit den Hüften zu kreisen. »Ich konnte nicht mit Frau Kranich sprechen. Sie ist nicht in Frankfurt und nimmt keine Anrufe entgegen. Die Beerdigung ist nächsten Donnerstag. Gehen wir hin?«

»Einer von uns sollte gehen.«

»Aber das musst nicht du sein.« Reiner stellte seinen virtuellen Hula-Hoop ein und setzte sich wieder. Er hatte recht. Nicht nur, weil alle Trauergäste sie nach der Medienkampagne, die Sonja Kranich gegen sie losgetreten hatte, erkennen würden und das bei der Beerdigung für unnötige Spannungen sorgen würde, sondern auch, weil sie es nicht wagte, der Witwe unter die Augen zu treten.

»Besser, du gehst mit Andrea hin.«

## GENETIK

Cornelia rieb sich die Schläfen; die Nacht war zu kurz gewesen. An diesem Morgen war sie früh aufgestanden. Die Kälte an ihren Füßen hatte sie geweckt, aber sosehr sie sich auch umsah, sie konnte Kati nirgends finden. Vielleicht, weil es schon Tag wurde, vielleicht, weil ein Satz sich nach und nach in ihre Hirnwindungen gegraben hatte: Es war nicht meine Schuld.

Sie war vorsichtig aufgestanden, um Leo nicht zu wecken, auch wenn sie seinen tiefen Schlaf nutzte, um mit dem Finger vorsichtig die perfekte Linie seiner Nase nachzuziehen, ohne sie zu berühren, und danach über ihre eigene, krumme Nase zu streichen. Dann hatte sie kurz geduscht und in der Küche im Stehen gefrühstückt. Einen Moment lang hatte sie aus den Augenwinkeln eine Bewegung im Fenster des gegenüberliegenden Hauses wahrgenommen; es war die Nachbarin, die sie einige Nächte zuvor gesehen hatte. Wir sind Schwestern in der Schlaflosigkeit. Sie hatte so getan, als sähe sie sie nicht, für den Fall, dass die Nachbarin sich gerade eine weitere Keksorgie gestattete. Mit dem Rücken zum Fenster hatte sie ihren Kaffee ausgetrunken. Bevor sie zum Präsidium aufgebrochen war, hatte sie Leo gut zugedeckt – noch war es morgens kalt – und ihm eine kurze Nachricht hinterlassen.

Nun saß sie bereits seit zwei Stunden in ihrem Büro und ging Unterlagen durch. Sie legte die Arme auf den Tisch, um sie als Kissen zu nutzen, und bettete den Kopf darauf.

Ein Klopfen an der Tür weckte sie auf. Wie lange hatte sie geschlafen? Sie sah auf die Uhr. Fast eine Stunde!

»Guten Morgen!« Reiner kam rückwärts zur Tür herein, ein Wägelchen mit Ordnern und Akten hinter sich herziehend. »Mit freundlichen Grüßen von der Staatsanwältin.«

»Was ist das?«, fragte sie gähnend.

»Alles, was ich über Richard Kranich auftreiben konnte. Gerichtsakten und ein paar Polizeiberichte. Du hast vielleicht geschlafen!«

»Warst du schon mal hier?«

Ihr Kollege zeigte auf die Aktentasche, die an einem Bein seines Schreibtischs lehnte.

»Du hast dich nicht mal gerührt.«

»Das macht die Büroarbeit.«

»Na, dann hast du hier noch mehr Material zum Träumen.«

»Wir beide, Reiner, wir beide.« Sie reckte sich. Ihr rechter Arm war eingeschlafen.

Kein weiteres Nickerchen. In den folgenden Stunden studierte sie Akten, machte sich Notizen, tätigte Anrufe, verglich Daten. Es überraschte sie, dass es so viel gedrucktes Material gab. Normalerweise wurden Akten nach zehn Jahren vernichtet, und hier hatte sie Unterlagen, die bis in die Achtziger zurückreichten. Sie hatten ihnen auch die Bankunterlagen von Richard Kranich zukommen lassen. Seine Frau hatte nicht gelogen: Sie hatten kein Geld. Die Konten waren seit Monaten in den roten Zahlen. Kranich und seine Firma lebten von Krediten. Das, was sie in der Detektei in Erfahrung gebracht hatte, umfasste die finanzielle Lage des Unternehmens nur zum Teil.

Das makellose Gebäude, die glänzende Oberfläche, das leuchtende Gesicht Richard Kranichs, des Selfmademans, stützte sich auf Pfeiler, die immer brüchiger wurden, je tiefer sie im Fundament versanken. Je mehr sie in dem Morast wühlten, der zwischen den Aktendeckeln verborgen lag, desto übler wurde der Geruch, der ihnen in die Nase stieg.

»Man liest so viel von Schwarzarbeitern, dass es einen irgendwann nicht mehr überrascht und man es zuletzt sogar normal findet«, bemerkte Reiner.

Sitten und Gebräuche im Baugewerbe. Zwar hatten sie auch früher schon damit zu tun gehabt, aber nun zeigten ihnen die Akten, wie diese Gebräuche aussahen, von der Anzeige bis hin zur Bußgeldzahlung. Ein erzwungenes Schuldeingeständnis, weil ihnen jemand auf die Schliche gekommen war, danach ein ebenfalls erzwungener Akt der Buße. Das Geständnis wurde fast immer von irgendeinem Untergebenen abgelegt. Die Strafe bestand üblicherweise in einer Bußgeldzahlung, und die damit einhergehende Absolution ermöglichte es ihnen weiterzuarbeiten. Und dann begann das Ganze wieder von vorn.

Eine Akte schließen. Und auch für sie begann das Ganze wieder von vorn.

»Hör mal, Reiner, warum bist du eigentlich Polizist geworden?«

Diesmal war die Arbeit sehr viel eintöniger als beim letzten Mal, als sie ihm diese Frage gestellt hatte. Ihr Kollege stützte die Arme auf den Papierstapel, in dem er gerade las, rieb sich die müden Augen und antwortete:

»Ehrlich gesagt, weiß ich das nicht. Es ist schon so lange her, dass ich mich nicht erinnere. Und jetzt bin ich eben ganz und gar Polizist.«

»Hm?«

»Ja. Wusstest du nicht, dass sich auch die Gene verändern können?«

»Und zu Polizeigenen werden?« Cornelia gab sich keine Mühe, den Spott in ihrer Stimme zu verbergen.

»Na ja, so gesagt klingt es bisschen lächerlich.« Reiner stand auf, vertrat sich ein wenig die Beine und ging ans Fenster, um die Pflanzen zu inspizieren.

»So gesagt und überhaupt. Wo hast du denn das her?«

Auch Cornelia stand auf, allerdings, um das Fenster zu öffnen.

»Das habe ich in einem Artikel gelesen.« Er zupfte vorsichtig ein paar trockene Blätter ab.

»Du hast es gelesen und geglaubt?« Während sie zu ihrem Tisch zurückging, ließ Cornelia den Kopf kreisen, um ihren Nacken zu entspannen.

»Eigentlich nicht, aber mir gefiel die Vorstellung, dass man etwas gegen seine genetische Veranlagung unternehmen könnte.« Er sah sie an, während er zum Papierkorb ging, um die Blätter hineinzuwerfen. »Ich fand es einfach schön, dass man auch seine Natur ändern kann.«

Cornelia kam in den Sinn, dass Reiner, wenn die Gene sich tatsächlich veränderten, vielleicht mutiert war und seine Kinder das Polizeigen geerbt hatten, aber sie antwortete bloß:

»Ja, da hast du recht. Das ist ein schöner Gedanke.«

Sie vertieften sich wieder in ihre Unterlagen. Dabei gingen sie chronologisch vor. Cornelia schlug eine Akte aus den späten Neunzigern auf. Die Angelegenheit wurde immer schmutziger, die Beteiligung von Ku.K an einigen Projekten immer undurchsichtiger. Finanzierungen, die immer wieder zu ergebnislosen Untersuchungen geführt hatten, obwohl mehrere Inspektoren Hinweise auf Manipulationen gefunden hatten. Von diesen Niederlagen der Justiz legten die Akten Zeugnis ab, aber wie im Fall des Hotels in der Hanauer Landstraße, das praktischerweise abgebrannt war, waren alle Prozesse eingestellt worden. Aus einigen war die Firma schadlos hervorgegangen, die meisten hatten mit kleineren Strafzahlungen geendet. Wenn etwas ungeklärt geblieben war, so hatten sie dies gut vertuschen können.

* * *

»Kolberg war schon immer ein schlauer Fuchs«, bemerkte Reiner beim Mittagessen. Er schnitt ein Stück Fleisch ab und tunkte es genussvoll in die Soße.

»Mal sehen, ob ich einen sechsten Sinn habe. Beobachtet mich jemand?«

Die Gabel ihres Kollegen, der ihr gegenübersaß, blieb einige Zentimeter über dem Teller stehen. Die Soße drohte abzustürzen wie ein über dem Abgrund hängender Bergsteiger, und der Oberkommissar beschloss, dass ihre Rettung Vorrang hatte. Er schob das Essen in den Mund und sah Cornelia mit fragend gehobenen Augenbrauen an.

»Ob mich jemand beobachtet. Ich spüre etwas im Nacken.«

»Vielleicht beobachten sie mich.«

Cornelia hielt es nicht länger aus, drehte sich um und sah in die Augen von Sven Juncker, der drei Tische hinter ihnen mit einigen Kollegen aus seiner Abteilung zusammensaß. Sie grüßte ihn mit einem Nicken. Juncker nickte zurück. Dann stand er auf, nahm sein Tablett und ging in Richtung Ausgang.

»Er hat nichts vorzuweisen«, sagte Cornelia zu ihrem Kollegen, immer noch zu Juncker gewandt. »Obwohl er am Anfang angekündigt hat, mehrere Spezialisten auf verdächtige Bewegungen international operierender Banden anzusetzen, hat er immer noch keine Ergebnisse. Jetzt ist er abgehauen, weil er Schiss hatte, dass wir ihn darauf ansprechen.«

»Oder weil er fertig war mit Essen, Cornelia.«

»Nicht mal eine Vermutung hat er uns geliefert.«

Damit war er nicht allein.

Die Ermittler schwärmten in alle Richtungen aus wie hyperaktive Ameisen auf der Suche nach Essen, mussten aber mit leeren Händen zur Königin zurückkehren. Es gab keine Zeugen, sie hatten Kranichs Wagen nicht gefunden, sie wussten nicht, wo er festgehalten und vermutlich auch ermordet worden war.

»Nichts, nichts, nichts. Er hat nichts«, sagte sie.

Juncker verschwand aus ihrem Gesichtsfeld.

»Nicht verzweifeln. Soll ich dir zum Kaffee einen Donut bringen?«

Angesichts der Perspektive, den Nachmittag mit der Lektüre weiterer Akten und Berichte zu verbringen, zogen beide den Nachtisch unmerklich in die Länge: Reiner, indem er seinen Kaffee mit winzigen Schlucken trank, Cornelia, indem sie an ihrem Donut knabberte wie ein altjüngferliches Fräulein. Aber schließlich war die Tasse leer und der Donut aufgegessen. Also gingen sie zurück an die Arbeit.

Kurz vor dem Büro trafen sie auf Margarethe Krökel, die ihnen eiligen Schrittes entgegenkam. Ihr Zopf war einem Pferdeschwanz gewichen.

»Ich wollte Sie gerade in der Cafeteria suchen gehen. Kommissar Juncker hat mir gesagt, dass Sie dort sind«, sagte sie. »Ich wollte mich nämlich bei Ihnen bedanken, weil Sie Herrn Ockenfeld erzählt haben, dass ich Ihnen bei dem Fall mit den ermordeten Dealern geholfen habe.«

»Nicht nötig. Das war doch das Mindeste.«

Cornelia bemerkte, dass das dicke Gummiband im Pferdeschwanz der Polizistin dieselbe Farbe hatte wie ihr Uniformhemd. Sie fragte sich, ob es offizielle Haargummis gab. Wenn dem so war, wollte sie einen haben, auch wenn sie die Uniform nur zu offiziellen Anlässen trug.

»Ach, und noch was: Ich glaube, Kommissar Juncker hat Sie gesucht.«

»Ja?«

»Er kam gerade aus Ihrem Büro, als ich ankam.«

Schon standen sie davor.

»Hat er Ihnen nicht gesagt, was er will?«

»Mir doch nicht.« Krökel lächelte verschwörerisch und ging davon.

Cornelia und Reiner gingen hinein.

»Sieht aus, als hättest du einen neuen Fan«, sagte Reiner scherzend und schloss das Fenster, das sie offen gelassen hatten. Dann hob er ein paar Blätter vom Boden auf, die in ihrer Abwesenheit hinuntergeweht waren.

Cornelia antwortete nicht.

Sie hatte ihre Handys im Büro gelassen. Auf beiden waren unbeantwortete Anrufe. Sie betrachtete das Display ihres Privathandys und ahnte Böses: zwei Anrufe von ihrer Mutter, zwei von ihrem Bruder Manuel und einer von Leo. Den rief sie an.

»Es geht um deinen Vater.«

Sie stieß einen erstickten Schrei aus. Reiner sprang von seinem Stuhl auf.

»Was ist passiert?«, fragten er und Cornelia gleichzeitig.

»Er ist auf der Straße ohnmächtig geworden«, erklärte Leo. »Er war mit deiner Mutter unterwegs und ist auf dem Bürgersteig zusammengebrochen.«

»Wo?« Die Polizistin stellte die technischen Fragen, während es die Tochter nicht übers Herz brachte, das zu fragen, was ihr auf den Lippen brannte: Wie geht es ihm?

»In der Fußgängerzone in Offenbach. Zum Glück war der Krankenwagen gleich da.«

»Wohin haben sie ihn gebracht?«, fragte die Polizistin wieder.

»Ins Stadtkrankenhaus von Offenbach.«

»Und wie geht es ihm?«, brachte sie schließlich hervor.

»Anscheinend besser. Er ist wieder bei Bewusstsein.«

»Ich mache mich sofort auf den Weg.«

Sie legte auf.

»Dein Vater?«

Cornelia nickte. Ihre Augen brannten, und sie wandte sich ab, damit er es nicht sah. Sie griff nach ihrer Jacke und ihrer Handtasche, merkte, dass sie die Tränen nicht länger zurückhalten konnte. Während sie sich mit dem Handrücken die Augen trocknete, schloss sie mit der anderen Hand den Ordner, den sie offen hatte liegen lassen, als sie zum Mittagessen gegangen war, und klemmte ihn sich unter den Arm.

»Lass ihn hier. Ich mache alleine weiter.«

»So habe ich wenigstens etwas zu tun, wenn ich warten muss.«

Sie verbarg ihr Gesicht hinter ihren Haaren und wollte hinausgehen, aber ihr Kollege packte sie am Arm und hielt sie fest. Er streckte ihr ein Päckchen Taschentücher hin.

»Stell dich nicht so an. Ich habe dich schon mal weinen gesehen.«

Sie schenkte ihm ein dankbares Lächeln und schmeckte dabei das Salz in ihren Mundwinkeln. Bevor sie hinausging, nahm sie ein Taschentuch und wischte sich die Augen.

»Ruf mich an, wenn du mich brauchst.«

»Klar.«

## IN DER STILLE DER NACHT

Leo wartete an der Anmeldung der Station, auf die ihr Vater gebracht worden war.

»Ich bin gleich hierher, weil ich dich nicht erreichen konnte und Manuel erst morgen aus Zürich kommt.«

»Und?«, fragte sie kaum hörbar.

»Es geht ihm gut. Deiner Mutter auch. Sie haben ihn stabilisiert und deiner Mutter ein leichtes Beruhigungsmittel gegeben.« Leo nahm ihre Hand, und obwohl sie ihren Vater noch nicht gesehen hatte, fühlte sie sich gleich besser. »Komm. Ich begleite dich. Danach muss ich wieder weg.«

Er führte sie zu dem Zimmer, in dem Horst als einziger Patient lag. Er schlief. Leo reichte Celsa schüchtern zum Abschied die Hand. Sie fiel ihm um den Hals und gab ihm zwei Küsse.

»*Gracias, hijo*«, sagte sie.

Er ließ sie allein.

»Es war eine Reaktion auf das Medikament, das sie ihm kürzlich für den Kopf verschrieben haben«, erklärte Celsa. Dann umarmte sie sie und weinte, leise, um ihren Mann nicht zu wecken. »Lass uns rausgehen, dein Vater braucht Ruhe.«

Im Krankenhaus ist die Zeit ein unfähiger Anästhesist, der einen benebelt, ohne einen zu betäuben. Im Aufenthaltsraum erzählte ihre Mutter alle zwanzig bis dreißig Minuten aufs Neue, wie ihr Vater ohnmächtig geworden war. Dann stand sie auf, ging ins Zimmer und sah nach, ob er noch schlief. Wenn Cornelia alleine war – die anderen Patienten schienen keine Besucher zu haben –, tätigte sie Anrufe, Leo, Manuel, Reiner. Neben ihr stand ihre offene Tasche, aus deren gewölbtem Bauch die Mappe mit dem vergilbten blauen Einband hervorlugte. Ihr Inhalt und ein paar Zeitschriften, die sich neben ihr auf einem Ecktisch stapelten, würden ihr in dieser langen Nacht als Lesestoff dienen.

Leo rief sie an, sobald er zu Hause war. Cornelia berichtete ihm, was der Arzt gesagt hatte: dass Horst die Nacht über zur Beobachtung dableiben sollte. Als er nach der kurzen Visite gegangen war, hatte die Krankenschwester ihrer Mutter geraten, nach Hause zu gehen, aber Celsa hatte nichts davon wissen wollen.

»Soll ich kommen?«, bot Leo an.

Vielleicht bildete sie sich das nur ein, aber Cornelia glaubte seine Furcht vor ihrer Antwort herauszuhören, und so sagte sie wahrheitsgemäß:

»Das wäre schön, aber eigentlich darf nur ein Angehöriger über Nacht bleiben, und es hat mich schon viel Mühe gekostet, sie zu überzeugen, mich auch dazulassen.«

»Soll ich dir ein paar Bücher oder etwas zu essen bringen?«

»Ich brauche nur eins.« In der Stille des Krankenhausflurs sprach sie sehr leise, die Hand über das Mikrofon gelegt. »Behalte das Telefon heute Nacht in deiner Nähe, okay?«

»Klar doch. Ruf mich an, wann immer du willst, egal um welche Uhrzeit.«

Wieder betrat sie das Zimmer. Ihre Mutter döste in einem Stuhl mit metallenen Armlehnen neben dem Bett. Als Cornelia hereinkam, schrak sie auf.

»Ich werde die Krankenschwester bitten, dir ein Bett zu bringen, Mamá. Ich schlafe hier auf dem Stuhl.«

»Lass nur, Kind, behellige sie nicht.«

»Mamá, Leute um etwas bitten, das zu ihrer Arbeit gehört, heißt nicht, sie zu behelligen.« Trotzdem verstand sie die Zurückhaltung ihrer Mutter, ihre Furcht, die Krankenhausangestellten könnten genervt sein und sich deshalb schlechter um Horst kümmern.

»Ich weiß gar nicht, ob ich schlafen kann, Kind.«

»Aber auch wenn du nicht schläfst, liegst du wenigstens, und dein Körper kann sich erholen.«

Das hatte ihre Mutter immer in ihrem Heimatdorf gesagt, um Manuel und sie zur Siesta zu bewegen. Es war einer dieser mit mütterlicher Überzeugung vorgetragenen Sätze, die für die Kinder zur absoluten Wahrheit werden.

Es waren zähe Verhandlungen, und Cornelia war froh, dass ihre Mutter nicht dabei war, aber nachdem sie mit mehreren Krankenschwestern und einer Stationschefin gesprochen hatte, wurde endlich eines der Betten, die in einem Seitengang standen, in das Zimmer ihres Vaters gerollt.

»Wie? Getrennte Betten?«, sagte ihr Vater und nahm die Sauerstoffmaske ab.

»Ich weiß nicht, was sie ihm gegeben haben«, flüsterte ihre Mutter, »aber er ist sehr gut gelaunt. Seit er aufgewacht ist, macht er ständig Witze. Wer weiß, ob sie dir irgendeine Droge verpasst haben, Horstito.« Sie beugte sich über ihren Mann, küsste ihn auf die Lippen, rückte die Sauerstoffmaske zurecht und küsste ihn wieder, diesmal auf die Stirn. »Jetzt ruh dich aus.«

Das galt auch für sie. Sie war blass. Sie zog sich die Schuhe aus und zögerte einen Moment, bevor sie es wagte, die Füße aufs Bett zu legen.

»Wenn du willst, geh nach Hause, *neniña*. Ich bin ja hier.«

»Ich lese noch ein bisschen.«

»Einen Roman?«

Ihre Mutter sah sie vom Bett aus an. Sie saß immer noch aufrecht.

»Leg dich hin, Mamá. So kannst du besser ausruhen. Nein, es sind Akten, von der Arbeit.«

Draußen wurde es dunkel. Zuerst schlief ihr Vater ein und kurz darauf, als müsse sie seinen tiefen Atem hören, um entspannen zu können, auch ihre Mutter. Cornelia las sich gemächlich durch die Unterlagen. Von Zeit zu Zeit schickte sie eine SMS an Manuel oder Leo. Ihr Bruder würde am nächsten Tag nach Frankfurt kommen und den ganzen Tag über bei ihnen bleiben. Auch auf den Krankenhausfluren war Ruhe eingekehrt.

Gegen halb zwölf betrat eine Krankenschwester, eine Frau um die dreißig, das Zimmer. Sie betrachtete die beiden Schlafenden und fragte Cornelia mit leicht slawischem Akzent, ob sie noch etwas brauche.

»Ein Kaffee wäre phantastisch.«

Sie folgte der Krankenschwester auf den Flur hinaus. Als sie vor dem Kaffeeautomaten für die Patienten und Besucher stehen bleiben wollte, winkte die Frau sie weiter. Sie betraten den Aufenthaltsraum für das Pflegepersonal, und die Schwester wies auf eine funkelnagelneue italienische Kaffeemaschine.

»Wir haben alle zusammengelegt. Bei so langen Schichten muss man nicht auch noch schlechten Kaffee trinken.«

»Mal sehen, ob ich meine Kollegen davon überzeugen kann.«

»Arbeiten Sie auch Schicht?«

»Ja. Ich bin Polizistin.«

Vielleicht, weil beide täglich so viel Schmerz sahen, war das folgende Gespräch eines der am wenigsten morbiden, die Cornelia jemals nach der Aussage »Ich bin Polizistin« geführt hatte. Sie sprachen über Schichtarbeit, Schlafmangel, die Schwierigkeiten einzuschlafen, guten und schlechten Kaffee.

Schließlich musste die Krankenschwester ihren Rundgang durch die Zimmer antreten.

»Wenn Sie noch einen Kaffee wollen, bedienen Sie sich ruhig, aber sagen Sie es bitte niemandem weiter«, sagte sie von der Tür aus. Dann ging sie mit dem festen und zugleich lautlosen Schritt davon, den sie sich bei ihren jahrelangen Runden durch die Krankenhausflure angeeignet hatte.

Cornelia brauchte keinen weiteren Kaffee. Der, den sie getrunken hatte, erschien ihr im Nachhinein wie ein Zaubertrank, denn jetzt las sie die Seiten, die sie zuvor eher überflogen hatte, noch einmal und nahm die Informationen viel bewusster auf. Es war, als hebe ein Licht in ihrem Inneren die entscheidenden Wörter hervor. Es ging um einen Fall von 2004, um die Einschüchterung von Mietern eines Wohnblocks, um sie zum Auszug zu bewegen. Die Bewohner hatten geklagt, dass sie von Schlägertrupps bedroht worden waren, einer Bikergang, die vermutlich die Baufirma K u. K geschickt hatte, der seit ein paar Monaten das Gebäude und das Grundstück gehörten. Einen Monat später waren die Anzeigen zurückgezogen worden. Die Rücknahme der Anzeigen konnte zwei Gründe haben: Entweder hatten die Drohungen Wirkung gezeigt oder sie waren verstärkt worden. Das würden sie wohl nie erfahren. Nach Rücknahme der Anzeigen hatte es keinen Grund gegeben, die Angelegenheit weiter zu verfolgen. Aber der mit dem Fall betraute Kommissar hatte noch einen Querverweis notiert. In einem Absatz wurde erwähnt, dass einer der Schläger in den Fall »Golden River« verwickelt sei. Der hatte mit dem gleichnamigen Bauprojekt von K u. K am Mainufer zu tun, bei dem es eine Anzeige wegen der Anstellung und Misshandlung von Schwarzarbeitern gegeben hatte. Der Bericht war von einem Kommissar Holger Knapp unterzeichnet. Und in diesem kurzen Absatz stand noch ein Name: Einer der Ermittler im Fall Golden River war der damalige Oberkommissar Sven Juncker gewesen.

## DER FRÜHLING IST DA

Trotz des Schocks, Junckers Namen in den Akten gelesen zu haben, überwältigte sie gegen zwei Uhr morgens die Müdigkeit. Sie legte die Papiere auf den Boden, ging zum Bett und legte sich neben ihre Mutter.

Sie war schon fast eingeschlafen, als sie plötzlich die schmerzhafte Kälte an ihren Füßen spürte. Warum musste sie in diesem Augenblick an Kati denken? Die hatte doch nichts mit ihrem Vater zu tun.

»Deck deine Füße gut zu, *neniña*, die sind das Thermostat des Körpers«, sagte ihre Mutter.

»Ja, Mamá.«

Sie schlief ein.

Um sechs Uhr morgens weckte sie die Nachtschwester, damit sie sich vor der Morgenvisite anziehen konnten. Ihr Vater war schon wach und sah sie an. Auf seinem Gesicht waren noch die Abdrücke von den Gummibändern der Sauerstoffmaske zu erkennen. Cornelia hoffte, dass sein verwirrter Ausdruck auf den ungewohnten Ort zurückzuführen war und nicht darauf, dass er sie nicht erkannte.

Der Morgen verging in Ein-Stunden-Intervallen. Um halb sieben frühstückten sie. Um halb acht kam der Arzt. Nach der Untersuchung wurde ihr Vater entlassen. Um halb neun kam Manuel an, der das erste Flugzeug genommen hatte, das er bekommen konnte. Horst wartete schon angezogen darauf, nach Hause gehen zu dürfen.

»Von euch allen sieht Papa am besten aus«, sagte Manuel, als er das Zimmer betrat. Er war unrasiert und hatte tiefe Ringe unter den Augen.

Er würde die Eltern nach Hause bringen und bei ihnen bleiben.

Um halb zehn verließen sie das Krankenhaus.

Draußen zwang die Maisonne Cornelia, die müden Augen zusammenzukneifen.

Sie fuhr direkt ins Präsidium, denn sie hatte Angst, wenn sie nach Hause ginge, würde sie dort die Müdigkeit überwältigen. Sie fuhr langsam, mit heruntergelassenen Fenstern, weil dies ihre einzige Möglichkeit war, die Pracht dieses Frühlingstags zu genießen. Die Terrassen der Cafés waren voller Leute, die Kaffee tranken und ausgiebig frühstückten, so, als wäre es Sonntag und nicht Mittwoch. Selbst in den kümmerlichsten Beeten zwischen zwei Fahrspuren blühten Blumen. Wann war das passiert? Ab wann hatte sie nichts mehr davon mitbekommen? An einer roten Ampel holte sie ihr Handy hervor, um noch einmal Leo anzurufen. Sie hatte schon ein paar Mal mit ihm telefoniert: nach dem Aufstehen, nach der Visite des Arztes und nachdem Manuel angekommen war. Zwar hatte sie ihm nichts Neues zu berichten, aber sie sehnte sich danach, seine Stimme zu hören. Doch dazu kam es nicht. Noch während sie die Nummer wählte, hupte es, und sie ließ das Handy fallen. Es war Grün geworden, und eine Frau hinter ihr in einem riesigen Geländewagen schien es kaum erwarten zu können, sich in den Dschungel zu stürzen. Der Schreck und der anschließende Ärger machten sie vollends wach.

Im Bad machte sie sich frisch, dann ging sie ins Büro, wo Reiner schon auf sie wartete. Während sie morgens auf den Arzt gewartet hatte, hatte sie ihm schon kurz von ihrer Entdeckung und dem, was sie bedeutete, berichtet.

»Hast du die Akte über den Fall Golden River gefunden?«

»Hast du die nicht?«

»Nein, nur einen Querverweis. Und die Aktennummer.«

Reiner suchte seinen Tisch und das Wägelchen ab – vergebens.

»In der Liste des Archivmaterials, das sie uns ausgehändigt haben, ist sie aber aufgeführt. Vielleicht ist sie im Archiv liegen geblieben. Ich werde sie noch mal anfordern.«

Ein paar Minuten später kam der Rückruf.

»Die sagen, sie hätten die Liste noch mal durchgesehen, und wir müssten sie haben.«

Wieder machten sie sich an die Suche, drehten beinahe Blatt für Blatt um, falls die Akten durcheinandergeraten waren, öffneten Schubladen, hoben Ordner an.

»Wieso siehst du denn im Schrank nach, Reiner?«

»Was weiß ich! Vielleicht hat einer von uns sie da abgelegt, als wir etwas in den Schrank gestellt haben.« Er strich sich mit der Hand durch den Bart. »Sieh an! Hier steckt also mein karierter Schal!« Er zog ein wirres Knäuel hervor. »Den hatte ich überall gesucht!«

»Was beweist, wie lange wir schon nicht mehr an diesem Schrank waren«, erwiderte Cornelia ungeduldig, während sie, eine nach der anderen, die Akten in einem Hängeregister durchging. Sie suchten immer hektischer, doch die Akte blieb verschwunden.

»Wenn du willst, frage ich mal bei den Kollegen herum«, bot Reiner an. »Vielleicht hat jemand sie mitgenommen, um einen Blick hineinzuwerfen.«

»Das hättest du gerne, was?«

Seiner Miene nach zu schließen, begann Reiner zu fürchten, was für sie schon Gewissheit war: dass sie nur einen einzigen Kollegen zu fragen brauchten. Beide erinnerten sich noch an ihre Begegnung mit Krökel am Nachmittag zuvor.

»Ich mache das«, sagte Cornelia.

»Und ich suche solange weiter.«

Trotz all seiner Jahre im Polizeidienst, trotz allem, was

er gesehen hatte, glaubte Reiner weiterhin hartnäckig an das Gute im Menschen. Sie hingegen hatte, wie alle Optimisten, paradoxerweise eine immer düsterere Sicht der Welt, in der die lichten Momente ihr allmählich wie Ausnahmen erschienen.

Langsam ging sie zu dem Gebäudeflügel hinüber, in dem Juncker arbeitete. Wenn jemand die Akte hatte mitgehen lassen, dann er.

Aber ihre Frage würde warten müssen. Juncker hatte Besuch.

»Peter! Was machst du denn hier?«

Peter Gerstenkorn war bis vor knapp einem Jahr Polizeibeamter gewesen und hatte jahrelang mit Juncker das Büro geteilt.

Nach einer Tat, die ihm Glückwünsche von allen Kollegen und Lob seitens seiner Vorgesetzten eingetragen hatte, hatte er den Dienst quittiert. Was seine Vorgesetzten nicht wussten: Die Heldentat des Oberkommissars war, zumindest teilweise, Folge eines schäbigen Streichs gewesen, den seine Kollegen ihm gespielt hatten. Nachdem bekannt geworden war, dass Gerstenkorn homosexuell war, hatten einige angefangen, seine Eignung für den Job in Frage zu stellen. Natürlich nicht laut und erst recht nicht in seiner Anwesenheit, aber in den Büros und auf den Fluren, in der Kantine, den Streifenwagen und – wie Cornelia vermutete – in den Männerumkleiden wurde heftig getuschelt. Gerstenkorns Heldentat ereignete sich, als ein Tatverdächtiger während einer Verhaftung durchdrehte und Gerstenkorn und seine beiden Kollegen mit einem Messer bedrohte. Die beiden Polizisten hatten Gerstenkorn allein mit den Worten vorgeschickt, jetzt werde sich ja zeigen, »ob er kämpfen könne wie ein Mann«. Das hatte er getan, und seine Kollegen hatten ihm gratuliert, aber am nächsten Tag hatte er seinen Abschied eingereicht.

Jetzt arbeitete er, wie es hieß, für einen privaten Sicherheitsdienst. Und er kaute immer noch Kaugummi, eine Gewohnheit, die Cornelia gründlich verabscheute. Sie blieb nicht lange

Im Hinausgehen fragte sie Juncker noch:

»Sven, hast du die Akte zu dem Fall Golden River?«

»Nein.«

Cornelia schien es, als wäre die Verneinung eine Spur zu hastig gekommen.

»Da du an diesen Ermittlungen beteiligt warst, könntest du uns später, wenn du einen Moment Zeit hast, etwas darüber berichten, während wir die Akte weiter suchen.«

Damit ging sie.

***

»Und er sagt, er hätte sie nicht?« Reiner hatte die Suche aufgegeben.

Der frisch aus seiner Gefangenschaft befreite Schal hing schlaff am Kleiderhaken neben der Tür.

»Das behauptet er.«

»Aber du glaubst ihm nicht.«

»Nein.« Cornelia stand vor ihrem Schreibtisch, die Hände über der Tischplatte in der Luft wie ein Magier, der kurz davor steht, einen Gegenstand herbeizuzaubern. »Gibt es eine digitale Kopie?«

Der Fall war von 2004, also sollte eigentlich eine vorhanden sein.

»Ich habe schon mit dem zuständigen Archivar gesprochen. Nein, es gibt keine.«

»Es gibt keine?«

»Offenbar nicht. Er hat danach gesucht. Nichts. Der Archivar war selbst ganz überrascht.«

Sie war weniger überrascht als empört.

»Hat es nie eine gegeben, oder ist sie auch verschwunden?«

»Ich fürchte, das lässt sich nicht mehr feststellen.«

Es war wie ein Hindernislauf. Man springt über die Hürde, landet im Graben und muss weiterlaufen, mit müden Beinen und nassen Füßen.

Sie ließ sich schwer auf ihren Stuhl fallen.

»Weißt du, wer hier ist? Peter. Ich habe ihn in Svens Büro getroffen. Ich dachte, er hätte den Kontakt zu ihm abgebrochen, so, wie Sven reagiert hat, als herauskam, dass Peter schwul ist.«

»Gerstenkorn? Als ich ihn das erste Mal hier bei Sven gesehen habe, war ich auch überrascht.«

»Er war schon öfter da?«

»Ja. Er kommt manchmal vorbei, um seinen alten Kollegen Guten Tag zu sagen. Anscheinend haben Sven und er sich ausgesöhnt. Vor allem nach diesem üblen Streich, den die anderen ihm gespielt haben, du weißt schon, der Typ mit dem Messer. Ich glaube, Sven hat ihm sogar geholfen, einen Job zu finden. Wenn du nichts dagegen hast, gehe ich mal rüber und sage hallo.«

»Geh nur, wenn du willst. Wenn Sven dich fragt, was wir gerade machen …«

»Stelle ich mich dumm, keine Angst.«

Unter anderen Umständen hätte es ihr vielleicht einen leichten Stich versetzt, sich von einem Treffen unter Kollegen ausgeschlossen zu sehen. Doch nicht in diesem Fall. Möglicherweise aufgrund der Abneigung, die sie gegenüber Juncker empfand, war ihr auch Peter Gerstenkorn nie sonderlich sympathisch gewesen. Sie nutzte die Gelegenheit, dass sie allein war, um Manuel anzurufen. Er sagte, ihrem Vater gehe es gut, er sitze schon an seinem Schreibtisch und mache sich seine Notizen über die letzten Schlachten des Dreißigjährigen Kriegs.

»Wie laufen die Vorbereitungen für die Hochzeit deines Freundes?«

Den Hörer zwischen Schulter und Ohr geklemmt, lauschte sie seinen begeisterten Schilderungen und zeichnete dabei Wellenlinien auf ein Blatt Papier; dann malte sie ein paar lächelnde Fischlein hinein und schrieb auf die oberste Linie »Golden River«.

Manuel erklärte ihr, wie er den Junggesellenabschied geplant hatte.

»Du bist vielleicht ein super Trauzeuge!«

»Man könnte es auch Kompensation nennen. Seit ich wieder auf dem rechten Pfad wandele …«

Nach zwei Jahren Pause (die ihre Mutter immer »simpático« statt »sabbatical« nannte), in denen er versucht hatte, als Bühnenbildner Fuß zu fassen, arbeitete Manuel wieder bei einer Rechtsanwaltskanzlei. Das Theater war eine seiner Leidenschaften, aber er war bis zuletzt nie über halbprofessionelle Theatergruppen hinausgelangt. Und die Stelle in der Kanzlei aufzugeben, hatte er sich nicht getraut.

»Jetzt bin ich einer dieser Freizeitkünstler, die mit Hingabe Weihnachtskarten und Tischdekorationen kreieren.«

»Seit wann so negativ?«

»Vielleicht seit mir klargeworden ist, dass ich Ahmet nicht mit zu unseren Geschäftsessen bringen kann, weil er Nordafrikaner und schwul ist.«

Komm schon, große Schwester, tu was, bat sie eine Stimme, von der sie nicht wusste, ob sie von ihr kam oder sich hinter den Worten ihres Bruders verbarg. Tu was, tu was … Bring ihn zum Lachen.

»Ich dachte, das läge daran, dass er Friseur ist.«

Sie hatte es geschafft. Und nutzte die Gelegenheit, um ihn zu fragen:

»Weißt du, ob Patrick Urban bei der Hochzeit dabei sein wird?«

»Der Bruder von Kati? Ja, der ist eingeladen.«

»Was weißt du über ihn?«

»Dass er verheiratet ist, in Hannover lebt und zwei Töchter hat. Die Geschichte mit seiner Schwester hat er hinter sich gelassen. Patrick hat inzwischen sein eigenes Leben.«

»Glaubst du?«

»Klar! Erzähl mir nicht, dass dir die Geschichte nach all der Zeit noch im Kopf herumspukt!«

»Nein, nein, ich muss nur ab und zu mal daran denken, das ist alles«, log sie.

Große Schwester ist man ein Leben lang, und niemals würde man den kleinen Bruder mit seinen Sorgen behelligen, auch wenn der inzwischen fünfunddreißig und in einer Kanzlei für Internationales Recht ist.

»Mamá hat nach mir gerufen. Ich muss auflegen«, sagte Manuel.

»Nur eine Kleinigkeit noch: Rasier dich nicht, Lolo. Der Zweitagebart steht dir ausgezeichnet.«

»Zu Befehl.«

Reiner war noch nicht zurück. Sicher war er mit Peter Gerstenkorn einen Kaffee trinken gegangen.

Genau wie beim Hürdenlauf ist Anhalten das Schlimmste, was man tun kann. Auch mit müden Beinen und nassen Füßen muss man immer weiterlaufen. Es gab keine Akte, weder auf Papier noch digital, aber sie hatten einen Namen, den Namen des Mannes, der den Querverweis notiert hatte: Kommissar Holger Knapp. Sie gab seinen Namen ins Intranet der hessischen Polizei ein. Hoffentlich arbeitete er noch im selben Bundesland, sonst würde es aufwendiger, denn ein zentrales Bundesregister gab es nicht.

Sie fand Holger Knapp dem Polizeipräsidium Darmstadt zugeordnet und griff zum Hörer. Zu ihrer Freude erwischte sie ihn an seinem Arbeitsplatz und in Plauderlaune.

»An den Fall Golden River erinnere ich mich nur noch dunkel, weil ich damals nicht viel damit zu tun hatte. Es ging um Menschenhandel.«

Knapps Stimme war volltönend und nasal wie eine alte Oboe.

»Es gab eine Anzeige.«

»Ja, von einem der Arbeiter. Aber darüber weiß der Kollege, der den Fall bearbeitet hat, besser Bescheid.«

»Sven Juncker?«

»Genau der.«

»Und Sie sagen, es gab eine Anzeige?«

»Von einem der Arbeiter, einem Polen oder Bulgaren, das weiß ich nicht mehr. Ich weiß aber noch, dass man danach anscheinend nie wieder was von ihm gehört hat. Ich erinnere mich wirklich nicht mehr besonders gut an die Einzelheiten. Ich nehme an, der Kollege Juncker kann Sie da besser informieren.«

»Ganz bestimmt. Und inwiefern waren Sie an den Ermittlungen beteiligt?«

»Das Bauunternehmen hatte ein paar Schläger angeheuert, um die Mieter eines Wohnblocks einzuschüchtern. Eine Bikergang. Die Kellerräume waren an sie vermietet, und sie kurvten den ganzen Tag auf ihren Motorrädern in der Nachbarschaft herum und gaben sich entsprechend. Es war eindeutig, dass sie nur dazu da waren, die Bewohner zu verängstigen, damit sie auszogen. Ein Großteil zog dann auch tatsächlich einfach aus, um dieser Hölle aus Lärm, Gestank und Schlägereien zu entrinnen. Und diejenigen, die am längsten aushielten, wurden dann direkt bedroht. Können Sie sich vorstellen, wie das ist, wenn Sie mit Einkaufstüten beladen die Treppe hochsteigen und plötzlich von zwei Typen bedrängt werden, wahren Kleiderschränken in Lederjacken, die Ihnen den Weg versperren? Und das Tag für Tag ...«

»Und was hatte das mit Golden River zu tun?«

»Einer aus der Gang, ein gewisser Bräutigam, war damals – und ich vermute, bis heute – darauf spezialisiert, ›Transporte‹ von Arbeitskräften, Bauarbeiter wie Prostituierte, zu überwachen und zu schützen. Bei Golden River waren viele Bulgaren und Polen ohne Arbeitserlaubnis beschäftigt.«

»Und deshalb hat jemand Anzeige erstattet.«

»Ein Pole! Jetzt fällt es mir wieder ein, es war einer von den Polen. Der hat Anzeige erstattet, weil man ihm den versprochenen Lohn vorenthielt. Er bat um Zeugenschutz und eine Aufenthaltserlaubnis.«

»Aber die bekam er nicht.«

Wahrscheinlich nicht. Die Ausweisung illegaler Ausländer hatte nach deutschem Recht Vorrang vor dem Schutz potenzieller Opfer.

»Ehrlich gesagt, weiß ich nicht mehr darüber. Nur dass er zur Zeugenaussage nicht erschienen ist. Den Querverweis habe ich gemacht, weil in der Polizeiakte von diesem Bräutigam stand, dass er bei einer Razzia geschnappt wurde, als er Schwarzarbeiter zu der Baustelle von Golden River brachte. Er ist ein Riesenkerl, fast zwei Meter groß, mit Armen wie Schiffstaue. Wie es mit dem Fall weiterging, kann Ihnen der Kollege Juncker besser berichten. Ich habe ihn seit Jahren nicht mehr gesehen, aber ich weiß noch, wie ich damals dachte, was für ein Glück es war, dass ein Kerl wie er einem Tier wie Bräutigam gegenüberstand.« Bei diesem Satz schrumpfte Holger Knapps Gestalt in Cornelias Vorstellung um mehrere Zentimeter.

Eine halbe Stunde später – Reiner war immer noch nicht zurück – studierte Cornelia Bräutigams Polizeiakte.

In der oberen Ecke war ein finsteres Gesicht zu sehen; sein Blick aus halb geschlossenen Lidern, so, als langweile ihn, was er sehe, hatte sicher selbst den Fotografen eingeschüchtert; darunter legte eine platte Nase Zeugnis von einem bewegten Leben ab, und die breiten Lippen waren zu einem halben Lächeln verzogen, das die spitzen Raubtierzähne freilegte. Mehrere Strafen wegen schwerer Körperverletzung, Waffenbesitz und Raub, eine Gefängnisstrafe abgesessen. Es war eine dicke Akte, in der auch seine Beteiligung an Knapps Fall erwähnt wurde. Aber Cornelia fand keinen Hinweis auf Golden River. Und das war keine Nachlässigkeit. Jemand hatte alle Hinweise getilgt.

Eigentlich hätte sie diese Auffälligkeiten der Abteilung für Interne Ermittlungen melden müssen, aber sie entschied sich dagegen. Sie wollte einem Kollegen gegenüber nicht illoyal erscheinen, und sie wollte selbst herausfinden, was da los war. Ein paar Minuten später tauchte endlich ihr Kollege wieder auf.

»Hi, Reiner. Und? Wie war der Kaffee?«

## ERSTE WARNUNG

Mittwochnachmittags hatte sie mehrmals bei Juncker angerufen, sowohl auf dem Festnetz als auch auf dem Handy, aber er war nicht drangegangen. Sie hatte ihm Mails und SMS mit stets dem gleichen Text geschickt: »Ich muss dringend mit dir reden.« Doch auch darauf antwortete er nicht. Drei Mal schaute sie in seinem Büro vorbei, aber er war nicht da.

Abends ging sie nach Hause, ohne mit ihm geredet zu haben.

Am Donnerstag wurde Kranich beerdigt. Reiner und Sauter würden hingehen, um sich umzusehen. Wie am Tag zuvor versuchte sie wieder, Juncker zu erreichen. Als sie ihn wieder nicht antraf, versuchte sie es mit einem uralten Kniff. Sie ging ins Büro einer Kollegin.

»Dürfte ich mal kurz dein Telefon benutzen?«

»Klar doch.«

Sie wählte Junckers Nummer.

»Sven Juncker«, meldete sich die Stimme des Kommissars am anderen Ende.

Cornelia legte auf und lief rasch zu seinem Büro hinüber.

Sie traf ihn auf dem Gang. Er hatte ihren Trick durchschaut und versuchte nun, sich aus dem Staub zu machen, doch sie versperrte ihm den Weg und hielt sich nicht lange mit einleitenden Worten auf.

»Sven, was hast du in meinem Büro gesucht?«

»Was sollte ich dort schon suchen?« Er rückte seinen Krawattenknoten zurecht. »Euch.«

»Warum?«

»Um euch etwas zu sagen.«

»Und was?« Sie legte den Kopf schief und verschränkte die Arme vor der Brust.

»Cornelia, mir gefällt dein Ton nicht. Was dachtest du denn, was ich wollte?«

»Eine Akte, zum Beispiel.«

Juncker sah über Cornelias Schulter hinweg den Gang entlang. Er wollte vermeiden, dass andere Zeugen dieser Unterhaltung wurden.

»Golden River«, fügte sie hinzu.

»Und warum sollte ich Interesse an dieser verdammten Akte haben?«

»Eben das möchte ich von dir wissen.«

»Wozu?«

»Sven, stell dich nicht dumm. Du warst an diesen Ermittlungen beteiligt.«

»Was willst du denn von mir?« Junckers massiger Hals ruckte drohend in Cornelias Richtung.

»Warum hast du uns verheimlicht, dass du Kranich kanntest?« Sie nahm sich zusammen, um nicht einen Schritt zurückzuweichen, denn der Oberkörper des Kommissars beugte sich wie ein gespannter Bogen immer weiter auf sie zu.

»Wie kommst du denn darauf?«

»Ich bitte dich, Sven. Du bist einer Anzeige wegen illegaler Beschäftigung auf einer Baustelle von Kranich nachgegangen. Wenn sich unsere Arbeitsweise seither nicht entscheidend geändert hat, musst du damals irgendwann mit ihm gesprochen haben, schließlich war er der Bauherr. Ob das so war, wüsste ich schon, hätte ich die Akte lesen können. Nun muss ich warten, bis ich eine Kopie habe.«

»Beschuldigst du mich etwa, die Akte gestohlen zu haben?«

»Von Stehlen war nicht die Rede.« Sie hob beschwichtigend die Hände. »Aber ich stelle fest, dass eine Akte fehlt, die uns laut der Liste aus dem Archiv ausgehändigt wurde. Ich weiß, dass du in meinem Büro warst. Und dass du uns Informationen vorenthalten hast. Andererseits hast du natürlich recht: So geht das nicht. Wo bleibt die Unschuldsvermutung? Vielleicht warst du nur Zeuge. Ist dir in meinem Büro etwas Verdächtiges aufgefallen? Oder jemand, der mit einer Akte unter dem Arm herauskam?«

»Fahr zur Hölle.« Junckers Augen waren zwei dunkelblaue Schlitze aus Eis.

»Warum hast du uns verschwiegen, dass du Kranich kanntest?«

»Fahr zur Hölle, verdammt noch mal! Und du – was glotzt du so blöd?«, schrie Juncker einen Kollegen an, der aus seinem Büro gekommen war. »Hast du nichts Besseres zu tun?« Er drehte sich um und ging. Bevor er um die Ecke bog, versetzte er einem Papierkorb einen kräftigen Tritt.

Ihr Handy vibrierte, eine neue Nachricht. Obwohl das nach so kurzer Zeit unwahrscheinlich war, dachte sie zuerst, sie sei von Juncker.

Die Nachricht war von Reiner.

»Habe soeben mit Frau Kranich gesprochen. Sie hat mir bestätigt, dass das Geld von Kolberg stammte. Sie hat ihn in Heidelberg angerufen, um ihn darum zu bitten.«

»Wir haben Kolberg vergessen«, schrieb sie zurück.

»Er liegt im Sterben, in dieser Klinik. Er konnte nicht mal zur Beerdigung seines Kompagnons kommen.«

»Du sagst es: Er liegt im Sterben. Noch ist er nicht tot.«

# LACHSSTERBEN

K u. K.

Das zweite K war tot.

Das erste K, Rudolph Kolberg, lag in einer Luxusklinik in Heidelberg am Ufer des Neckars im Sterben.

Der Mann, der mitverantwortlich für den Abriss einiger der schönsten Villen entlang der Bockenheimer Landstraße war – einst eine wunderschöne Allee, die heute von einer Reihe gesichtsloser Bürogebäude gesäumt wurde –, hatte sich zum Sterben ein romantisches weißes Haus ausgesucht, ein Märchenschloss, das die japanischen und amerikanischen Touristen verzückt fotografierten, ohne zu ahnen, dass hinter den neugotischen Fenstern Todkranke von ihren Betten aus den Fluss betrachteten.

Es war Freitag, als Cornelia unangekündigt und außerhalb der Besuchszeiten in der Klinik vorstellig wurde, aber mit einem Polizeiausweis überwindet man fast alle Sicherheitsschranken, und die Langeweile des Patienten und seine Hoffnung auf ein bisschen Abwechslung öffneten ihr auch noch die letzte Tür.

Und so betrat sie ein weitläufiges Zimmer mit hohen Decken und breiten Fenstern mit Blick auf den Neckar. Das Krankenbett, in dem Rudolph Kolberg lag, wirkte darin wie ein Flaschenschiff in einer viel zu großen Flasche. Die Möbel im Raum stammten vermutlich aus Kolbergs Wohnung: zierliche, mit teuren Stoffen bezogene Sessel, ein Regal aus edlem Holz voller Bücher, kostbare Teppiche, die den Boden bedeckten, Statuen und ein Teeservice auf einem Beistelltisch mit geschwungenen Beinen. Cornelia entdeckte auch einen riesigen Fernsehbildschirm und an einer Wand eine edle kleine Stereoanlage, umgeben von einer Sammlung ausgewählter CDs. Aber das Bett hatte einen metallenen Rahmen und Räder und war so schmal, dass der Patient im Notfall von beiden Seiten versorgt werden konnte.

Dieser Patient, dessen ausgemergelter Körper nur noch schemenhaft an die einst imposante Gestalt Rudolph Kolbergs erinnerte, befahl seinen Pflegern mit Blicken, ihn aufzurichten, und wies sie gleichzeitig mit einer herrischen Handbewegung an, zu warten. Mit knappen Gesten regelte er alles, ließ seiner Besucherin einen Stuhl bringen, verlangte nach einem Glas Wasser, entließ seine Pfleger und gab Cornelia schließlich zu verstehen, dass sie sich neben ihn setzen solle.

Kolberg hing an mehreren Apparaten und an einem Tropf, was Cornelia leichte Übelkeit verursachte. Er bemerkte, dass sie sich angestrengt bemühte, nicht zu der Kanüle hinzusehen, die in seinem Handrücken steckte, und zog das Laken darüber. Dann nahm er die Sauerstoffmaske ab.

»Als ich jung war, hat mir das auch was ausgemacht«, sagte er mit rauer, tonloser Stimme, »aber wenn man alt ist, wird man zu einem menschlichen Nadelkissen. Und das mit dem ›menschlich‹ bezweifle ich manchmal. Sie sehen ja.«

Cornelia erklärte ihm den Grund ihres Besuchs, obwohl sie sicher war, dass Kolberg ihn bereits kannte. Während sie sprach, hatte er die Sauerstoffmaske wieder aufgesetzt.

»Armer Richard!«, rief er aus, ohne die Maske abzunehmen. »Du warst so gerissen – und gleichzeitig so dumm! Für mich ist es, als hätte ich einen Sohn verloren. Und nicht einmal bei der Beerdigung konnte ich dabei sein.«

Kolbergs Augen wurden feucht. Mit der Hand, die nicht unter den Laken lag, bedeutete er ihr, ihm ein Papiertaschentuch zu reichen.

»Wenn Sie gestatten …«, sagte Cornelia, das Taschentuch in der Hand.

Vorsichtig tupfte sie ihm die Tränen ab.

»Wer hätte gedacht, dass mir eines Tages mal eine Polizeikommissarin die Tränen trocknen würde! Wenn mir das vor zehn Jahren passiert wäre, weiß ich nicht, wie ich reagiert hätte.«

»Zehn?« Cornelia lächelte ihn an.

Kolberg erwiderte ihr Lächeln und nahm die Maske ab.

»Na gut, sagen wir zwanzig.«

In den darauffolgenden Minuten erzählte er ihr, wie er Kranich kennengelernt hatte, von ihrer Zusammenarbeit und wie aus der Vater-Sohn-Beziehung aufgrund seiner wachsenden Bewunderung für das Geschick seines neuen Geschäftspartners eine Freundschaft unter Gleichgestellten geworden war. Von Zeit zu Zeit musste er seine Erzählung unterbrechen, um eine Dosis Sauerstoff zu nehmen. Dann wartete Cornelia schweigend, ohne zu fragen oder ihn zu bedrängen.

Aber sie ließ sich nicht von dem ausgezehrten Körper, dem schütteren weißen Haar und der gebrochenen Stimme ihres Gegenübers täuschen. Sie wusste, wen sie vor sich hatte. Rudolph Kolberg mochte ein todkranker Hai sein, aber er war immer noch ein Hai und rief ihr das in Erinnerung, als er ihr genussvoll, als erzähle er heitere kleine Anekdoten, berichtete, wie es ihnen gelungen war, die Leute aus ihren Häusern zu vertreiben:

»Und wenn dann eine Wohnung frei wurde, haben wir Ausländer hineingesetzt, je mehr, desto besser. Jugoslawen, Italiener und vor allem Türken. Viele dunkelhäutige, stinkende Türken, die die Wohnung verpestet haben. Und wir haben dafür gesorgt, dass der Müll nicht abgeholt wurde. Ein Fest für Ratten. Türken, Müll und Ratten. Damit haben wir viele vertrieben.«

Cornelia fühlte sich wie bei einer Achterbahnfahrt, erklomm Höhen des Widerwillens, um gleich darauf fast senkrecht ins Mitleid hinunterzurasen, als er ausrief:

»Wie mühsam ist es doch, zu sterben, Frau Weber! Und ich habe auch gar keine Lust dazu. Aber wenn das Unausweichliche dann kommt, muss man es machen wie die Lachse, die zum Sterben den Fluss aufsuchen, in dem sie geboren sind.«

Sie wollte ihm nicht widersprechen, dass das nur die Weibchen taten, um ihre Eier abzulegen, denn aus irgendeinem Grund schien ihn die Vorstellung zu trösten.

»Woher kommen Sie, Frau Weber?«

»Aus Offenbach.«

»Dann versuchen Sie, am Main zu sterben.«

»Ich werde daran denken, wenn es so weit ist.«

»Wenigstens ist Richard in seinem Fluss gestorben. Und dabei hat er ihn gehasst, müssen Sie wissen. Alles, was mit Wasser zu tun hatte. Weil seine Eltern Fischhändler waren, nehme ich an. Das war ihm immer peinlich. Sie können sich nicht vorstellen, wie aufgebracht er war, als er herausfand, dass er in der vornehmen Gesellschaft von Frankfurt nur der ›Stockfisch‹ hieß. Der alte Geldadel ist manchmal so. Dabei haben diese Leute oft gar nicht so viel Geld, dafür aber einen ausgeprägten Klassendünkel. Wahrscheinlich ist das so bei diesem Homöopathiescheiß.«

»Wie bitte?«

Sie hoffte, dass Kolbergs Geist nicht schon ein wenig eingetrübt war.

»Na ja, wie bei diesem ›Gedächtnis des Wassers‹: Die Substanzen werden so stark verdünnt, dass von ihnen nichts mehr übrig ist, aber es wird angenommen, dass das Wasser ein Gedächtnis für das hat, was einmal darin war.« Kolberg musste sich sichtlich zusammenreißen, um nicht laut loszulachen, denn vom Lachen musste er husten, und das tat ihm weh. »Na ja, und bei einigen Mitgliedern der so genannten feinen Gesellschaft ist es das Gleiche, die haben nicht einen Euro, aber das Gedächtnis daran, einmal Geld gehabt zu haben. Homöopathische Euro.«

Nun konnte er sich das Lachen nicht länger verkneifen. Sein Gesicht verzog sich vor Schmerzen. Während er mit schmerzverzerrter Miene weiterhustete, drückte er mit zitternder Hand einen Knopf. Sofort kam ein Krankenpfleger herein, nickte Cornelia kurz zu, lief zu Kolberg hin, richtete ihn auf, stoppte den Hustenanfall mit einem Inhalierspray und legte den Patienten sanft auf die Kissen zurück. Dann ging er zu einem der Geräte, an denen Kolberg hing, und gab etwas ein.

»In weniger als einer Minute werden Sie sich besser fühlen.«

Kolberg winkte ihn hinaus.

»Morphium«, erklärte er Cornelia, als der Pfleger die Tür hinter sich geschlossen hatte. Während des gesamten Vorfalls hatte er darauf geachtet, dass die Hand mit der Kanüle verdeckt blieb.

»Wo waren wir stehen geblieben? Ja, der arme Richard, der Stockfisch. Es mag dumm für Sie klingen, nach Küchenpsychologie, aber ich glaube, als er herausfand, dass sie sich trotz aller seiner Erfolge heimlich mit diesem Spitznamen über ihn lustig machten, war er zutiefst gekränkt, und das hat ihn mir verdorben.«

Jetzt klang er wie ein Vater, der die Geschichte seines irregeleiteten Sohns erzählte.

Cornelia fragte sich, ob für die Zärtlichkeit, die durch Kolbergs Tadel hindurchklang, das Morphium mitverantwortlich war. Aber das Wichtigste war nun, das Gespräch auf die Bauprojekte zu lenken. Und auf den Fluss, den Richard Kranich offenbar gehasst und zugleich geliebt hatte. Als Kolberg wieder die Sauerstoffmaske aufsetzte, nutzte sie die Pause zu der Frage:

»Sie meinen, er habe angefangen, Umgang mit wenig ratsamen Leuten zu pflegen.« Ihr Wissen, dass auch Kolberg mit bekannten Zuhältern, Betrügern und Erpressern zusammengearbeitet hatte, behielt sie für sich. »So wie mit den Leuten, die an dem Projekt Golden River beteiligt waren, nicht wahr?«

»Daran hat er sich die Finger verbrannt. Irgendetwas ist schiefgelaufen, denn eigentlich besaß er ein untrügliches Gespür für heikle Projekte und sprang rechtzeitig ab. Aber mit Golden River war es wie verhext. Ständig gab es Probleme, angefangen mit dem Kauf des Grundstücks bis hin zum Verkauf der Wohnungen: Mal stellte sich heraus, dass der Grund nicht komplett bebaubar war, dann wurde das falsche Material geliefert, oder ein Architekt fand heraus, dass die Strom- oder Wasserleitungen falsch verlegt worden waren – und was weiß ich noch alles! Sind Sie deswegen hier? Weil Sie denken, dass Richards Tod etwas mit dem zu tun haben könnte, was damals bei Golden River passiert ist?«

»Was ist damals passiert, Herr Kolberg?«

»Ich fürchte, einiges von dem, was ich Ihnen erzählen könnte, würde Ihnen nicht gefallen.«

»Ich bin nicht zum Vergnügen hier.«

»So was! Und ich dachte, Sie haben Spaß an unserer Unterhaltung …«

»Wer sagt, dass es nicht so ist?«

»Ich habe das nur aus Koketterie gesagt. Die einzigen beiden hübschen Frauen, die sich in den letzten Monaten für mich interessiert haben, wollten irgendwas von mir: Sie wollen Informationen, und Sonja hat mich angerufen, um mich um das Lösegeld für Richard zu bitten. Können Sie sich vorstellen, dass eine Firma wie die unsere keine anderthalb Millionen Euro hat? So was haben wir früher aus der Portokasse bezahlt. Das Schlimme ist, dass die Firma mittlerweile völlig verschuldet ist, weil Richard sich übernommen hat. Irgendwann musste er Kredite aufnehmen, um die Löcher zu stopfen. Dann konnte er die Kredite nicht mehr bedienen, weil er sich mit einigen Projekten, vor allem in Ostdeutschland, verkalkuliert hatte. Und als die Banken anfingen, ihm die Geldhähne zuzudrehen, die vorher so munter gesprudelt hatten, bediente er sich aus weniger trinkbaren Quellen. Schwarzgeld, aus Prostitution und Drogenhandel, nehme ich an. Da war ich schon aus der Firma ausgestiegen. Ich habe ihn zur Rede gestellt, aber er sagte, die Zeiten hätten sich geändert und dies sei das neue Geschäftsmodell.«

»Geschäfte mit der Mafia also? Können Sie mir Namen nennen?«

»Nein, ich bin an einem Punkt angelangt – einem Tiefpunkt, wenn Sie so wollen –, an dem einen die Buchführung nicht mehr interessiert. Jetzt leisten mir Boëtius und Pascal Gesellschaft. Kennen Sie die Wette, die Pascal über die Existenz Gottes abgeschlossen hat? An Gott zu glauben, ist ein Einsatz, bei dem man immer gewinnt: Gewinnst du, so gewinnst du alles; verlierst du, so verlierst du nichts. Also muss man darauf wetten, dass er existiert.«

Man sollte die Angst eines Menschen vor dem Tod sehr ernst nehmen, vor allem, wenn der Tod nur höflich darauf zu warten scheint, bis die Besucher gegangen sind, um anzuklopfen. Deshalb wartete Cornelia, bis Kolberg ausgeredet und ein paar Minuten lang unter der Sauerstoffmaske geatmet hatte, bevor sie fragte:

»Was ist bei Golden River passiert?«

»Nun, es ist ja kein Geheimnis, dass auf vielen deutschen Baustellen Schwarzarbeiter beschäftigt werden. Wir waren da keine Ausnahme. Die Arbeiten bei Golden

River waren aufgrund der Bodenbeschaffenheit stark in Verzug geraten, und dadurch drohte das Projekt viel zu teuer zu werden, zumal ein fester Übergabetermin vereinbart war. Also beschloss Richard, noch mehr ausländische Bauarbeiter einzustellen. Er beauftragte eine Gruppe von, sagen wir mal, Lieferanten damit, ein großes Kontingent an Arbeitern aus Bulgarien und Polen herbeizuschaffen. Aber dann wollte einer der Polen unbedingt den heldenhaften Gewerkschafter spielen. Sie wissen schon, Solidarność und so.«

»Sie erinnern sich nicht zufällig an seinen Namen?«

»Was weiß denn ich, wie dieser Pole hieß! Fragen Sie mich bloß nicht nach Namen, ich versuche, sie alle zu vergessen. Jedenfalls hat er versucht, sich über die Arbeitsbedingungen auf der Baustelle zu beschweren. Ich sage ja nicht, dass sie großartig gewesen wären, die Leute mussten viele Stunden schuften, waren in Baracken untergebracht und konnten nicht einfach gehen, weil sie keine Papiere hatten. Aber auch wenn wir ihnen weniger zahlten als den Deutschen, müssen sie sich doch gedacht haben, dass wir sie genau deshalb beschäftigten, weil sie billig waren, und dass sie hinterher mit vollen Taschen nach Hause zurückkehren konnten.«

Wieder unterbrach er sich, um die Sauerstoffmaske anzulegen. Es hatte ihn aufgeregt, über das, was damals bei dem Projekt vorgefallen war, zu sprechen. Sein Atem ging laut, noch verstärkt durch die Maske. Cornelia stand auf und trat an eines der großen Fenster, die auf den Fluss hinausgingen, an den Kolberg zum Sterben zurückgekehrt war. Auf diese Weise wollte sie ihm Zeit geben, sich zu erholen, ohne sich von ihr gedrängt zu fühlen. Er hingegen musste die Pause genutzt haben, um zu läuten, denn kurz darauf erschien der Krankenpfleger, der ihm bei seinem Hustenanfall beigestanden hatte. Cornelia fürchtete,

Kolberg habe keine Lust mehr, das Gespräch fortzusetzen, und werde sie nun, da sie aufgestanden war, hinauswerfen lassen.

»Bitte bringen Sie der Dame einen Kaffee oder Tee«, befahl er, ohne die Maske abzusetzen.

Der Krankenpfleger sah sie fragend an.

»Kaffee, danke schön. Schwarz und ohne Zucker.«

Sie verstand, dass Kolberg das Gespräch erst fortsetzen würde, nachdem der Krankenpfleger den Kaffee gebracht hatte.

Als sie ein paar Minuten später wieder neben seinem Bett Platz nahm, die Untertasse in der Hand, nahm er die Maske ab und sah sie flehend an.

»Würden Sie mir einen Löffel voll davon abgeben?« Er fuhr sich mit der Zunge über die trockenen Lippen. »Sie geben mir hier keinen Kaffee. Morphin bekomme ich, aber Kaffee ist verboten. Das verstehe, wer will.«

Cornelia nahm einen letzten Schluck, dann stand sie auf und setzte ihm die Tasse an die Lippen. Während der Mann den ersten Schluck nahm und den Kaffee im Mund hin und her bewegte, um den Geschmack möglichst lange auszukosten, holte sie ein paar Papiertücher, klemmte sie ihm unters Kinn und wischte die Tropfen ab, die ihm aus den Mundwinkeln rannen.

»So beseitigen wir sämtliche Spuren unserer Tat.«

Kolberg sah sie halb misstrauisch, halb amüsiert an, leerte die Tasse und fragte:

»Ist das eine Anspielung?«

»Nein, aber meinetwegen könnten wir weitermachen.«

Sie setzte sich wieder.

»Nun gut. Wie gesagt: Der Pole wollte uns anzeigen, und Richard gab die Angelegenheit in die Hände der Leute, die sich um die Fremdarbeiter kümmerten.«

»Und was haben die gemacht?«

»Das können Sie sich doch sicher denken.«

»Ich würde es aber gerne von Ihnen hören.«

»Wenn dem so ist, erzähle ich es Ihnen. Sie haben den Polen mehrmals schmerzhaft verwarnt. Aber der ließ sich nicht von seinem Vorhaben abbringen, uns anzuzeigen. Er hat um Zeugenschutz gebeten, aber Sie wissen ja wahrscheinlich besser als ich, wie das läuft. Und dann ist er eines Tages nicht mehr zur Arbeit erschienen. Da er Anzeige erstattet hatte, ist der Polizei irgendwann ein Licht aufgegangen, und sie haben angefangen, nach ihm zu suchen.«

»Ohne Erfolg.«

»Genau.«

Jetzt fehlte nur noch die letzte Frage, von der Kolberg ihr schon gesagt hatte, dass die Antwort schmerzlich für sie sein würde:

»Und die Ermittlungen?«

»Wurden kurz darauf eingestellt. Man nahm an, der Pole sei in sein Heimatland zurückgekehrt. Richard hatte Glück: Der Polizist, der die Ermittlungen leitete, war hoch verschuldet. Und Richard war immer äußerst großzügig Leuten gegenüber, die ihm geholfen hatten.«

»Den Namen des Polizisten wissen Sie nicht mehr zufällig?«

»Nein. Ich habe Ihnen ja schon gesagt, dass ich die Namen vergessen habe. Aber diesen Namen habe ich nicht vergessen, den habe ich nie wissen wollen. Nach dieser Geschichte ist mir Richard zunehmend entglitten. Es tut mir leid für Sie. Ich hoffe, dass sich der betreffende Polizist nicht als ein Freund von Ihnen erweist. Denken Sie wirklich, dass Richards Entführung mit dieser alten Geschichte zusammenhängt?«

»Ich weiß es nicht. Es ist nur eine von vielen Möglichkeiten.«

Kolberg glaubte ihr nicht. Er schloss die Augen und seufzte traurig.

»Ich möchte wissen, was jetzt aus unserer Firma wird.«

Cornelia brauchte ihm nicht zu sagen, wie wenig sie das interessierte, denn Kolberg begann zu husten, und sie setzte ihm die Sauerstoffmaske auf.

## ZWEITE WARNUNG

»Versuch mal, wenigstens ansatzweise zu vergessen, dass du auch Polizist bist.«

Das war die Bedingung, die sie Leo gestellt hatte, bevor sie ihm erzählte, was nach der letzten Teamsitzung geschehen war. Sie wusste, dass ihre Bitte nur schwer zu erfüllen war, und musste daran denken, was Reiner über seine Polizeigene gesagt hatte. Sie stand an einem Scheideweg.

Gelogen.

Vor ihr lagen nicht mal zwei Wege, sondern nur einer. Die Alternative wäre gewesen, nichts zu unternehmen. Aber welchen Sinn hätte ihr Beruf dann noch gehabt? Sobald sie jedoch einen Schritt weiterging, würde sie das verletzen, was unter Polizisten am wichtigsten war: die Loyalität. Sie saßen auf dem Sofa, sie mit dem Rücken zur Armlehne, die Beine in der Lotushaltung gekreuzt, Leo ihr gegenüber, zurückgelehnt, die Beine auf dem Couchtisch. Sie hatten sich zwei Bier aus dem Kühlschrank geholt. Ihm war es ein bisschen zu warm, sie hätte es ruhig noch ein paar Minuten im Kühlfach lassen können. Nachdem sie ihm von ihrem Verdacht berichtet hatte, nahm sie einen Schluck. Sie hoffte, Leo werde sie in ihrem Entschluss bestärken, deshalb war sie ihm dankbar für seine Fragen. Für alle seine Fragen:

»Bist du sicher, dass jemand sich an der Akte zu schaffen gemacht hat?«

»Ganz sicher. Jemand hat sämtliche Hinweise auf den Fall getilgt, und den einzigen Verweis haben wir nur gefunden, weil er sich in einer Gerichtsakte verbarg. Er muss es einfach gewesen sein.«

Aber einen Teil ihres Wissens behielt sie für sich. Schmutziges, verdorbenes Wissen, dessen Gestank sich nicht unter den Kollegen ausbreiten sollte. Deshalb erzählte sie Leo nur von der verschwundenen Akte. Vorläufig. Sie wollte, dass Juncker entschied, wann was ans Licht kam. Das war ihr Angebot, ihr Zugeständnis an die Loyalität: dass sie nicht mehr aufdecken würde, als nötig war, um den Fall zu lösen. Wenn Kolbergs Andeutungen stimmten, hatte Juncker sich von Kranich schmieren lassen. Natürlich wollte er dann um jeden Preis verhindern, dass der Fall Golden River ins Spiel kam, und sei es nur nebenbei. Aber wenn er ihr berichten würde, was damals vorgefallen war ... Vielleicht würde er nach so langer Zeit ... Vielleicht war das, was er vertuschte, gar nicht so schwerwiegend ... Vielleicht könnte sie sogar verstehen ... Und schweigen? Sie wusste es nicht. Sie wusste nicht, wie sie entscheiden würde, bevor Juncker es ihr nicht persönlich erklärt hatte. Bevor er sich ihr gestellt hatte. Aber die Erklärung ließ auf sich warten.

»Hat er es wieder abgestritten?«

Das konnte man so nicht sagen: Nicht einmal das hatte er getan.

Es war ihr zweiter Versuch gewesen. Und sie hatte ihn genauso direkt darauf angesprochen wie beim ersten Mal, sogar noch härter und brutaler, noch erbarmungsloser.

Gleich nach ihrer Rückkehr aus Heidelberg hatte sie ihn zur Rede gestellt, in der Teamsitzung am Freitagnachmittag, als alle in Gedanken bereits halb im Wochenende waren. Juncker hatte der Begegnung mit ihr nicht ausweichen können; vielleicht hatte er sich mitten unter den Kollegen auch sicher gefühlt. Seine Nervosität war nur am Zucken seines rechten Auges zu erkennen.

Sie begannen mit einem kurzen, weil nicht weiter wichtigen Bericht von Kranichs Beerdigung. Es war nichts Erwähnenswertes vorgefallen, außer dass sich die beiden Polizisten, nachdem sie von ein paar Journalisten erkannt worden waren, einer Reihe kritischer Fragen hatten stellen müssen. Wie in solchen Fällen üblich, hatten sie geschwiegen und sich nicht anmerken lassen, wie unangenehm und angespannt die Situation für sie war. Für Sauter aus Mangel an Erfahrung im Umgang mit solchen Situationen, für Reiner, weil die Anschuldigungen gegen Cornelia ihn sehr belasteten. Trotzdem war es ihnen gelungen, eisernes Schweigen zu wahren, das der Oberkommissar nun in der Sitzung mit einem lakonischen »Keine Informationen an die Presse« zusammenfasste.

Dann gab es endlich interessante Neuigkeiten zu vermelden. Die erste war, dass Kranichs Wagen in einem Parkhaus am Flughafen gefunden worden war.

»Allerdings nicht gewaschen«, hatte Sonnenberg gesagt.

»Klar. Nun müssen sie ja auch nicht länger so tun, als wären sie die Gleichen wie bei den vorherigen Entführungen«, schloss Reiner.

Der Wagen war der Spurensicherung übergeben worden, ebenso wie die Aufzeichnungen der Überwachungskameras.

Sauter rutschte unruhig auf ihrem Stuhl hin und her. Sie hatte mit einer noch bedeutenderen Neuigkeit aufzuwarten: einem Namen, der überdies auf das mögliche Motiv für diese Entführung verwies:

»Wir wissen jetzt, wer Kranich durch die Detektei Fiat Lux überwachen ließ. Niemand Geringeres als Kolja Schmidt«, verkündete sie triumphierend.

Kolja Schmidt. Der Name des Deutsch-Kasachen, eines großen Tiers in der Frankfurter Unterwelt, war allen nur zu gut bekannt. Seine Geschäfte und seine Methoden ebenfalls.

»Er war derjenige, dem Kranich Geld schuldete, und offenbar wollte er es wiederhaben, ganz gleich, wie.«

»Sogar durch Entführung?«, fragte Sonnenberg.

»Ich glaube nicht, dass Kolja Schmidt und seine Leute vor solchen Maßnahmen zurückschrecken, wenn es um ihr Geld geht.« Reiner sprach langsam, als wisse er noch nicht so recht, wo er dieses neue Puzzleteil einfügen solle.

Cornelia hingegen hatte schon zwei und zwei zusammengezählt.

»Gleichzeitig wissen wir, dass Kranich nicht nur Schulden hatte, sondern auch schon mehrfach wegen der Beschäftigung von Schwarzarbeitern ins Visier der Justiz geraten war.«

Sven Juncker hatte sie die ganze Zeit über angestarrt. Er war auf der Hut, als wisse er, dass sie ihm jeden Augenblick die entscheidende Frage stellen könne. Und nun war der Augenblick da.

»Bei einem dieser Fälle gab es ein schwerwiegenderes Vorkommnis. Bei dem Großprojekt Golden River.«

Wort für Wort hatte sie Leo von dieser Sitzung berichtet. Nun leerte sie mit einem letzten Zug die Bierflasche.

»Willst du noch eins?«

»Ist das ein Test?«

»Nein.« Er versetzte ihr einen zärtlichen Klaps. »Red keinen Blödsinn.«

»Nur dass das klar ist: Ich trinke keineswegs, um zu vergessen.«

Um Junckers Blick bei der Erwähnung dieses Namens zu vergessen. Zuerst hatte Furcht darin aufgeblitzt, doch die war von Hass ausgelöscht worden. Einem nie gesehenen tödlichen Hass.

»Was hattest du denn erwartet?«, fragte Leo.

Cornelias Bericht schien ihn nicht nur zu überraschen, sondern auch zu besorgen, sosehr er sich auch bemühte, ihr zuliebe objektiv zu klingen.

»Ich wollte ihm die Chance geben, uns selbst zu erzählen, was er über den Fall weiß. Ich wollte nicht, dass er ein öffentliches Geständnis ablegt, er sollte nur erzählen, was er wusste. Diesen einen Schritt tun.«

Aber Juncker hatte geschwiegen. Er war stumm geblieben. Cornelia hatte halb damit gerechnet, dass er explodierte; stattdessen schien der Kommissar zu implodieren, innerlich zu verbrennen.

»Die anderen haben von alledem gar nichts mitbekommen. Außer Reiner, der uns nicht einen Moment lang aus den Augen gelassen hat.«

Nach der Sitzung hatte sie Juncker gebeten, noch kurz dazubleiben, während die anderen hinausgingen. Damit saß er in der Falle, denn das konnte er ihr nicht abschlagen. Nicht vor den anderen.

»Was willst du?«, hatte er sie angeherrscht, kaum dass der Letzte die Tür hinter sich geschlossen hatte.

»Dass du mir etwas über Golden River erzählst.«

»Ich weiß nicht, was du von mir hören willst.« Das Zittern seines Augenlids schien sich auf seine Stimme übertragen zu haben.

»Warum hast du uns nicht gesagt, dass du mit Richard Kranich zu tun hattest? Was ist damals geschehen? Damals ist ein Arbeiter verschwunden. Und jetzt merkwürdigerweise die Akte. Warum? Was hast du mit der ganzen Sache zu tun?«

»Nichts. Kapiert? Nichts.«

»Wenn du es mir nicht erklärst, werde ich mich an die Abteilung für Interne Ermittlungen wenden müssen, Sven. Glaubst du nicht, es wäre besser …?«

Die Augen des Kommissars schienen in ihren Höhlen zu versinken, seine Gesichtsmuskeln waren so angespannt, dass sie zu Schlitzen wurden, aus denen er sie bösartig und wild anstarrte. Sein Blick war dumpf, verschreckt wie der eines über seine eigene Raserei erschreckten Tieres.

»Nichts, habe ich dir gesagt. Nichts. Hör gefälligst auf, mich zu belästigen.«

Juncker reckte ihr drohend seinen Zeigefinger entgegen, während er langsam vor ihr zurückwich. Er stolperte über einen Stuhl, wandte sich wütend um und versetzte dem Stuhl einen kräftigen Tritt. Mit einer Handbewegung fegte er die Papiere vom Tisch, dann stieß er einen rauen, wilden Schrei aus wie ein in die Enge getriebenes Tier und stürmte hinaus.

»Zum ersten Mal hatte ich Angst vor ihm«, erzählte sie Leo und griff nach dem zweiten Bier. »Und ich fürchte, Andrea Sauter hat alles mit angehört.«

Als Juncker den Raum verlassen hatte, hatte sie durch die halb geöffnete Tür die Stimme der Kommissarin rufen hören: »Sven!«

## WIR MÜSSEN REDEN

Am Montag ging sie früher zur Arbeit als sonst. Noch war niemand im Sitzungszimmer. Die Stühle standen ordentlich aufgereiht hinter den Tischen, wie sie die Putzkolonne hinterlassen hatte, die Papierkörbe waren geleert, die Computer kalt.

Um zu verhindern, dass Sauter zu oft im Milieu gesehen wurde und sich dadurch verschliss, hatte Cornelia Reiner und Sonnenberg dazu abgestellt, mit möglichen Informanten zu sprechen. Falls Kolja Schmidt an Kranichs Entführung beteiligt gewesen war, hatte er es bestimmt nicht persönlich getan. Von den Anrufen wussten sie, dass die Entführer Anweisungen erhalten hatten. Vielleicht hatte er sie unter den Leuten ausgewählt, die für ihn arbeiteten. Er besaß eine ganze Anzahl von Wettbüros überall in der Stadt. Außerdem war er Geschäftsführer mehrerer Nobelrestaurants und -hotels, die ihm einen gewissen ehrbaren Anstrich verliehen, aber bestimmt war es vielversprechender, bei der Suche ganz unten anzufangen.

Reiner und Sonnenberg hatten ihre Aufgabe ernst genommen und sich gleich auf den Weg gemacht. Juncker würde sich höchstwahrscheinlich nicht blicken lassen, nach dem würde sie suchen müssen. Noch gab sie sich nicht geschlagen. Sie wollte eine Erklärung von ihm hören.

Sie schaltete einen Computer an, um ihre Mails abzurufen.

Gerade wollte sie Reiner anrufen, als die Tür aufging. Es war Andrea Sauter. Sie ging nicht zu dem Schreibtisch, an dem sie sonst saß, sondern blieb mit übereinandergelegten Händen vor Cornelias Tisch stehen.

»Dürfte ich dich kurz sprechen?«

Cornelia lud sie mit einer Handbewegung ein, Platz zu nehmen.

Einen Augenblick lang sah es so aus, als würde die Oberkommissarin ihre Einladung ausschlagen, aber nach kurzem Zögern setzte sie sich. Sie war nie eine Freundin langer Einleitungen und umständlicher Höflichkeitsfloskeln gewesen, und das war diesmal nicht anders.

»Ich wollte mit dir über Sven reden.«

»Das dachte ich mir.«

Sie hatte sich nicht geirrt. Andrea hatte ihren Streit mit Juncker mit angehört.

»Ich wollte dir nur sagen, dass ich mit deinem Vorgehen ganz und gar nicht einverstanden bin. Du kannst doch nicht einfach eigenmächtig in der Vergangenheit eines Kollegen herumwühlen.« Sie sprach schnell, den mächtigen Oberkörper vorgeneigt.

»Ich könnte ihn auch direkt der Abteilung für Interne Ermittlungen übergeben.« Nun lehnte sie sich ebenfalls nach vorn, ließ sich aber von Sauters Schnelligkeit nicht anstecken, sondern sprach ganz im Gegenteil betont langsam.

»Das meine ich ja gar nicht, aber ich sehe nicht ein, welchen Sinn es haben soll, Sven unter Druck zu setzen.«

»Ganz einfach, um herauszufinden, warum er sich weigert, mir gewisse Dinge zu erklären.«

»Vielleicht weil er nicht verpflichtet ist, dir …«

»Er schuldet mir keine Erklärungen über sein Privatleben«, unterbrach Cornelia sie. Es fiel ihr schwer, ihre Gereiztheit über Sauters vorwurfsvollen Tonfall im Zaum zu halten. »Aber natürlich schuldet er mir eine Erklärung, wenn es um einen Fall geht, an dem ich arbeite – an dem wir arbeiten. Außerdem ermittele ich nicht gegen Sven, sondern im Fall Kranich, wenn ich daran erinnern darf.«

»Klar! Und genau das glaube ich dir nicht. Du spielst nicht fair.«

»Fair Play«. Das war unter den Kollegen ehernes Gesetz. Solange es von Nutzen war. Ein Gesetz, auf das sich vor allem diejenigen gerne beriefen, die es am ehesten brachen. Manchmal war es ein versteckter Vorwurf, weil ein Kollege ihnen ein Bein gestellt hatte, bevor sie das Gleiche mit ihm hatten tun können. Ausgerechnet von Sauter kam nun der Vorwurf, nachdem diese versucht hatte, sie mit ihrer Beschwerde bei Ockenfeld kaltzustellen.

»Was willst du von mir, Andrea?«

»Hör auf damit. Zieh nicht den Namen eines Kollegen in den Schmutz. Das spricht sich in der ganzen Abteilung herum.«

»Du willst also, dass ich ein Auge zudrücke, weil wir uns hier alle ganz doll lieb haben?« Spöttisch hob sie den linken Daumen.

»So formuliert, klingt das nicht sauber.«

»Weil es nicht sauber ist und hässlich noch dazu. Wie fast alles, was wir bei unserer Arbeit aufdecken.«

»Und wo bleibt die Loyalität?« Beinahe flehentlich legte Sauter die Hände zusammen, dann bemerkte sie es selbst und nahm sie wieder auseinander, wusste aber nicht so recht, was sie mit ihnen anfangen sollte. Also ließ sie sie mit einem satten Klatschen auf die Oberschenkel fallen. »Sven ist ein guter Polizist.«

»Ich fürchte, nein.«

»Wie kannst du dir anmaßen, so über ihn zu urteilen?«

»Da wir gerade von anmaßen reden: Du urteilst doch genauso über ihn, wenn du behauptest, er sei gut.«

»Du weißt, dass ihm das, was du tust, das Genick brechen kann.«

»Nicht das, was ich tue, sondern das, was er getan hat.«

»Wir alle machen Fehler, du …«

Cornelia ließ sie nicht ausreden:

»Es geht hier nicht um Fehler. Sven hat nicht etwa eine

Situation verkehrt eingeschätzt oder eine Information falsch bewertet, er hat sich nicht auf eine falsche Hypothese versteift …«

»Du scheinst ja eine Spezialistin für Fehler zu sein.«

Cornelia ließ sich auch von Sauters Sarkasmus nicht beirren. Ganz im Gegenteil.

»Er hat keinen Bericht falsch interpretiert und auch keinen Hinweis übersehen. Was er getan hat, hat er in voller Absicht getan.«

»Du leidest ja wohl unter Wahnvorstellungen!« Sauter riss empört die Arme hoch. »Nur weil ihr ein persönliches Problem miteinander habt.«

»Wenn du das noch mal sagst, haben wir beide gleich auch ein persönliches Problem miteinander, Andrea. Mach die Tür zu, wenn du hinausgehst.«

Sauter sprang auf und ging hinaus, ohne sich noch einmal umzudrehen. Ihre einzige Antwort war, die Tür aufzulassen.

Der diplomatische Weg hingegen hatte sich geschlossen.

***

Cornelia wartete noch eine Stunde, dann rief sie an.

»Wo bist du, Reiner?«

»Ich statte zusammen mit Jörg ein paar Informanten einen Besuch ab.«

»Und müsst ihr für eure Gespräche mit den Plaudertaschen unbedingt zu zweit sein?«

»Na, du hast ja eine Laune!«

»Ich hatte Besuch.«

Reiner fragte nicht, von wem. Die hässliche Fratze des Verdachts, dass er mit Sonnenberg verschwunden sein könnte, um sie mit Andrea allein zu lassen, lugte hinter einer Ecke hervor wie der Teufel im Kasperletheater.

»Wenn du so super gelaunt bist, fallen mir genau zwei Leute ein, die dafür verantwortlich sein könnten: Ockenfeld und deine Mutter.«

Kasperle war mit seiner Klatsche aufgetaucht und hatte den Teufel vertrieben, noch bevor der weit genug hervorgelugt hatte, dass sein zweites Horn zu sehen war.

»Wie läuft's bei euch?«

»Im Augenblick machen wir ein bisschen Lärm. Die Buschtrommeln sind schon in Betrieb.«

Reiner hatte sich dafür entschieden, ganz offen nach den Entführern zu fragen. Er vertraute darauf, dass irgendjemand den Mund nicht würde halten können.

»Wetten, du errätst nie, wo wir sind? In der Bar deiner kubanischen Freundin in der Moselstraße.«

»*La Negra*? Ist sie da?«

»Ja. Aber hör mal, diese Bezeichnung …«

»Ihre Freunde dürfen sie so nennen, nun sei mal nicht so politisch korrekt.«

»Vielleicht solltest du mir sagen, wer dein Besucher war, dem du deine miese Laune verdankst.«

»Das erzähle ich dir später.«

Die nasale Stimme von Verónica unterbrach sie.

»*Rubia*! Danke, dass du mir neue Kundschaft besorgst!«

»*Hola, negra*!«, grüßte Cornelia zurück. »Hör mal, wir sind hinter einem Typen her, einem Mexikaner, der in letzter Zeit ein bisschen nervös sein dürfte.«

»Mexikaner! *Jesús*! Mit denen hat man nur Ärger.«

»Hör mir zu, *mujer*.«

Nicht zum ersten Mal dachte Cornelia, dass Rassismus das Einzige auf der Welt war, das unterschiedslos alle Menschen verband.

»Na, das hört sich aber ernst an. Okay, erzähl schon.«

Cornelia berichtete Verónica so detailliert, wie ihr vertretbar erschien, warum sie hinter diesem Mann her waren.

»*Es un mal bicho*«, schloss sie.

»*Mi amol*, so was sagt man doch nicht. Genauso wenig, wie man auf Kuba …«

Und dann ratterte Verónica eine ganze Liste von Wörtern aus dem europäischen Spanisch herunter, die in der Karibik als unanständig galten, und hatte einen Heidenspaß dabei. Cornelia errötete, mehr darüber, dass sie, wie das bei Gastarbeiterkindern häufig der Fall war, ihre eigene Sprache so wenig beherrschte, als über die Wörter, die letztendlich doch immer die gleiche Bedeutung hatten und die die Kubanerin ihr mit einem schallenden Lachen aufzählte.

»Deine Kollegen hier wissen nicht, was für ein Gesicht sie ziehen sollen. Ich gebe sie dir mal.«

»Keine Ahnung, worüber ihr geredet habt, aber deine Freundin hat sich köstlich amüsiert«, sagte Reiner.

»Frauenangelegenheiten. Vielleicht weiß eines der Mädchen vom Hauptbahnhof, die regelmäßig bei Verónica zu Gast sind, etwas über den Mexikaner.«

Reiner sagte, er werde heute nicht mehr ins Präsidium kommen.

»Hat dir unser Ausflug mit den Taxifahrern wieder Lust auf den Außendienst gemacht?«

Ihr Kollege lachte nur.

Den ganzen restlichen Tag war sie beschäftigt, allerdings mit solchen Lappalien, dass sie hinterher kaum hätte sagen können, was sie eigentlich getan hatte. Der Bericht der Männer von der Spurensicherung, die ihr die Auswertung der Fingerabdrücke in Kranichs Wagen vorlegten, endete mit einem wenig befriedigenden »Keine Übereinstimmung in den Datenbanken«.

»Für die Überwachungskameras im Parkhaus des Flughafens brauchen wir noch ein, zwei Tage.«

»In Ordnung. Aber meldet euch sofort, wenn euch auch nur die geringste Kleinigkeit auffällt.«

»Selbstverständlich.«

Später versuchte sie, Juncker ausfindig zu machen. Ohne Tricks. Von ihrem eigenen Telefon aus. Wieder vergeblich. Sie schrieb ihm eine E-Mail, kurz und ohne Höflichkeitsfloskeln. Ihre Kollegen umgaben sich mit Höflichkeit wie mit einem Schutzdeich; sie sah in diesem Fall keinen Anlass dazu. »Sven, ich will nur wissen, warum du uns verheimlicht hast, dass du Kranich kanntest. Wenn du geglaubt hast, dass es für diesen Fall ohne Belang sei – was ich kaum glauben kann –, wüsste ich gerne, was dich zu dieser Annahme bewogen hat. Und dann belassen wir es dabei. Noch habe ich keine weiteren Schritte unternommen.«

Sie las die Mail noch einmal durch. »Und dann belassen wir es dabei«? Und was war mit dem Material, das er hatte verschwinden lassen?

Sie formulierte die Mail um.

»Sven, ich will nur wissen, warum du uns verheimlicht hast, dass du Kranich kanntest. Wenn du geglaubt hast, dass es für diesen Fall ohne Belang sei, wüsste ich gerne, was dich zu dieser Annahme bewogen hat. Noch habe ich keine weiteren Schritte unternommen.«

Sie schickte sie ab und arbeitete weiter.

Als sie Feierabend machte, hatte sie noch keine Antwort erhalten.

Aber die Buschtrommeln waren anscheinend auch bei einigen Kollegen im Gange. Sie wusste nicht, inwieweit sie über ihr Problem mit Juncker im Bilde waren, aber es dauerte nicht lange, bis ihr klar wurde, welche Gerüchte die Runde machten und wer ihre Zielscheibe war. Loyalität, die verdammte Loyalität.

Im Parkhaus entdeckte sie, dass irgendwer ihre Vordertür mit einem langen wellenförmigen Kratzer verunstaltet hatte.

Auf ihrem Weg durch die Stadt spürte sie diese Wellenlinie an ihrer linken Seite, als wäre sie durch die Tür gedrungen. Gebrandmarkt. Wie ein Stück Vieh, wie eine Verbrecherin. Sie parkte den Wagen in der Nähe ihrer Wohnung, beschloss aber, noch ein bisschen am Fluss entlang zu spazieren. Jetzt, da sie die Seite gewechselt hatte und am anderen Mainufer lebte, betrachtete sie die Wolkenkratzer, die typische Skyline der Stadt, wie die Hintergrundkulissen einer Theaterbühne. Zu Füßen der Wolkenkratzer lag die Stadt, kleiner, als viele Fremde glaubten, und weniger urban, als ihre Einwohner behaupteten. Sie ging am Ufer entlang. Der Fluss strömte friedlich dahin, durchschnitten von den letzten Lastkähnen. Ein Kanu mit vier erschöpften Paddlern ließ sich flussabwärts treiben. Endlich war sie an der Alten Brücke angekommen, der ältesten Brücke Frankfurts. Irgendjemand hatte ihr mal aufgezählt, wie oft sie schon zerstört und wieder aufgebaut worden war. Siebzehn oder achtzehn Mal, sie wusste es nicht mehr genau. Ein sanfter, schläfriger Flussarm bildete eine kleine Insel, auf der einer der Brückenpfeiler und die Kunstgalerie Portikus standen. Sie ging weiter, an der Brücke vorbei. Bis heute war es die Brücke von Marcelino Soto gewesen, einem spanischen Gastarbeiter aus der Generation ihrer Mutter, dessen gewaltsamen Tod sie vor einigen Jahren aufgeklärt hatte. Bei diesem Fall hatte sie Leopold kennen gelernt. Tatsächlich war er es gewesen, der die Leiche gefunden hatte, erinnerte sie sich. Von nun an würde Marcelino Soto die Brücke mit Richard Kranich teilen müssen. Einem lächelnden Kranich, der im Main nach silbernen Fischlein angelte. Sie warf einen Blick auf die Stelle, an der die Leiche des Spaniers angespült worden war; wenn ihr Gedächtnis sie nicht trog, war das am Sockel des Pfeilers mit dem Aussichtspunkt gewesen, auf dem Kranich fotografiert worden war. Im Dämmerlicht war es leicht, sich den bäuchlings im Fluss treibenden Körper vorzustellen wie eine flache, dunkle Boje. Noch ein Toter. Wie viele mochten es mittlerweile sein? Sie fragte sich, ob irgendwann einmal der Moment kommen würde, in dem sie mehr Namen von Toten als von lebenden Bekannten hier in der Stadt aufzählen konnte. Reiners Stimme, dem sie manchmal von solchen Gedanken erzählte, kam ihr zu Hilfe: Meine Güte, du bist vielleicht morbid! Ja. Und manchmal höre ich Stimmen.

Sie machte sich auf den Rückweg.

Auch die Schwäne und Gänse, die auf der Maininsel lebten, zogen sich allmählich zurück, schwammen gemächlich, Wellenlinien hinter sich herziehend, auf das Inselchen zu.

»Und was ist so wichtig daran, dass es Wellenlinien waren?«, fragte Leopold sie am Abend zu Hause.

»Weil die Linie gerade oder unterbrochen gewesen wäre, wenn ich sie mir zufällig beim Einparken oder Ausladen zugezogen hätte. Aber es ist eine tiefe, fortlaufende Wellenlinie. So eine Linie zieht man mit Absicht, mit böser Absicht und – was noch schlimmer ist –, damit sie gesehen wird.«

»Eine Drohung?«

»Vielleicht ist das schon die Strafe.«

Beide lächelten. Sie mit geheuchelter Ruhe, er betont selbstbewusst.

»Soll ich ein paar Tage zu Hause bleiben? Ich könnte die Fortbildung canceln.«

»Aber es ist die gleiche, die du schon einmal abgebrochen hast. Kommt nicht in Frage. Außerdem: Was soll mir schon geschehen? Andererseits habe ich natürlich noch drei Türen, die man zerkratzen könnte, Scheinwerfer und

Rücklichter, die man einschlagen, Seitenspiegel, die man abbrechen und vier Reifen, die man aufschlitzen …«

»Über so was macht man keine Witze.«

# KRANKMELDUNG

»Er ist krank.«

»Juncker? Krank?«

»Jedenfalls ist er bis nächsten Montag krankgeschrieben«, erklärte ihr Reiner im Sitzungsraum. An einem anderen Schreibtisch saß Andrea Sauter. Sie hob den Blick vom Bildschirm und sah Cornelia zornig an. Nur kurz, dann wandte sie sich wieder ihrer Arbeit zu. Cornelia war nicht beeindruckt. Nichts ließ sich mit den Augen Junckers vergleichen, als sie ihn nach Kranich und der Akte gefragt hatte.

»Wer übernimmt seinen Teil? Jetzt, da wir wissen, dass der Fall im Zusammenhang mit international operierenden Banden stehen könnte, brauchen wir die Leute in seiner Abteilung mehr denn je.«

»Neururer«, sagte Reiner. »Ich habe schon mit ihm gesprochen. Er ist auch hinter Schmidt und seinen Leuten her.«

»Neururer? Den kenne ich nicht. In welchem Büro sitzt er denn? Dann gehe ich mal hin und rede mit ihm.«

»Nicht nötig, ich sage dir doch, das habe ich schon getan.«

Cornelia verstand, dass Reiner sie davon abhalten wollte, mit Junckers Kollegen zu reden, ihr das aber vor Andrea nicht sagen wollte.

Zwei Beamte aus ihrem Team kamen herein. Ihre Stimmen, das Stühlerücken, das sie verursachten, und das Rascheln der Papiere schufen eine Schutzwand aus Geräuschen.

»Du bist dort nicht willkommen. Die beiden sind gute Freunde.«

»Aber …«

»Komm mit, wir gehen mal kurz in unser Büro rüber.«

Dort konnte sie ihren Satz beenden.

»Aber glaubst du denn wirklich, alle finden es richtig, ein Auge zuzudrücken?«

»Nein. Ich nicht. Und andere auch nicht. Außerdem finde ich, dass Sven völlig falsch reagiert. Es war falsch von ihm, uns zu verschweigen, dass er Kranich kannte. Ich verstehe nicht, warum er das nicht zugibt.«

»Und warum hat er die Akte von Golden River verschwinden lassen?«

»Du solltest die Angelegenheit der Abteilung für Interne Ermittlungen übergeben. Aber so weit bist du noch nicht, oder?«

»Gib mir noch eine Woche. Vielleicht hat Sven ja eine plausible Erklärung. Ich bin jedenfalls nicht hinter ihm her, falls du das meinst.«

»Das habe ich nicht gesagt. Nicht mal gedacht. Er wird schon seine Gründe haben.«

Sie hatte ihrem Kollegen nichts von dem Verdacht auf Korruption berichtet. Und nun verätzte ihr dieses giftige Geheimnis die Innereien. Und bewirkte, dass sie sich im Ton vergriff.

»Na, hör mal, Reiner! Daran zweifle ich doch gar nicht. Aber fällt dir ein Grund ein, warum die Akten verschwunden sein könnten?«

Ein wenig eingeschnappt, erwiderte Reiner:

»Nein. Das müssen wir melden, egal welche Erklärung es dafür gibt.«

»Also werde ich wohl damit leben müssen, dass man mich für eine schlechte Kollegin hält.«

Das mit dem Auto erzählte sie ihm nicht.

* * *

Als sie am nächsten Tag ins Parkhaus hinunterging, hatte sie ein flaues Gefühl in der Magengrube, und auch am Donnerstag ging sie nach einem fruchtlosen Arbeitstag und Seitenblicken auf den Korridoren ein paar Mal um ihr Auto herum, um nachzusehen, ob etwas nicht stimmte. Doch alles schien in Ordnung zu sein. Die Wellenlinie schlängelte sich einsam an ihrer Wagentür entlang. Die Schranke des Parkhauses hob sich, eigentlich hatte sie keine Lust, jetzt schon nach Hause zu fahren. Andererseits wollte sie sich auch mit niemandem treffen. Sie würde sich kaum auf ein Gespräch konzentrieren können. Die Geschichte beschäftigte sie zu sehr. Sie sprach mit ihren Freunden nie über ihre aktuellen Fälle, wollte sich aber auch nicht ablenken lassen.

Also fuhr sie nach Hause.

Ihr Glück bei der Parkplatzsuche hatte sie verlassen. Mehr als eine halbe Stunde lang musste sie durch die Straßen kurven, bis sie ihr Auto abstellen konnte. Als sie zu Hause ankam, war sie heißhungrig, hatte aber keine Lust zu kochen. Sie überlegte sich, ob sie telefonisch etwas bestellen solle, aber der Gedanke, mindestens eine halbe Stunde auf das Essen warten zu müssen, erschien ihr unerträglich. Zur Erschöpfung kam der nagende Hunger. Heute Abend war sie allein. Leo war am Morgen nach Potsdam gefahren und würde über Nacht dort bleiben. Und so fiel sie in alte Essgewohnheiten zurück, nicht in die ihrer Kindheit – das Nutellaglas ließ sie unberührt –, sondern in die Monate, die sie nach der Trennung von ihrem Mann allein verbracht hatte.

Sie veranstaltete eine Erdnussbutterorgie, nahm Vollkornscheiben, »der Gesundheit wegen«, und tat nicht etwa eine dünne Schicht Erdnussbutter darauf, sondern einen dicken Klacks. Zum Nachtisch gönnte sie sich dann eine ganze Tafel Schokolade, guten Gewissens, da sie laut Verpackung aus Biokakao gemacht war.

Gegen zehn klingelte das Telefon. Wie immer, wenn nach neun jemand anrief, fürchtete sie, es könne ihre Mutter sein, weil wieder etwas passiert war. Es war aber nur Leo, der wissen wollte, wie es ihr ging.

»Ich bin überreizt«, sagte sie sich. Nicht die beste Stimmungslage in einer Situation, die kühle Nerven erfordert. Sie zwang sich, die Mappe mit dem Fall zuzuschlagen, und stellte Edgar darauf.

»Sollte ich sie auch nur anrühren, hackst du mit dem Schnabel nach mir.«

In den nächsten paar Minuten vernichtete sie die Spuren ihres Fressanfalls, indem sie das leere Erdnussbutterglas und das Schokoladenpapier in den Müll warf. Dann knotete sie den Müllbeutel zu und stellte ihn neben die Eingangstür, um ihn auf jeden Fall am darauffolgenden Tag wegzuwerfen. Auf diese Weise würde Leo keine Beweise für ihre Ernährungssünden finden. Sie schnappte sich ein Buch und eine Tüte Gummibärchen und ließ Wasser in die Badewanne ein. Solange das Wasser einlief, sortierte sie die Bärchen nach Farben und stapelte sie zu sechs gleichfarbigen Häufchen am Badewannenrand. Dann stieg sie in die Wanne. Fast eine Stunde lang lag sie im Wasser, den Kopf auf ein zusammengefaltetes Handtuch gestützt, und vertilgte zu jeder Seite, die sie umblätterte, ein Gummibärchen. Wenn das Wasser zu kalt wurde, hob sie mit dem Fuß den Warmwasserhebel und ließ mehr heißes Wasser ein. Als die Gummibärchen alle waren, stieg sie aus der Wanne, mit verschrumpelten Füßen und im Geiste weit, weit vom Fall Kranich, von den Problemen mit Juncker und der mehr oder weniger offenen Ablehnung ihrer Kollegen entfernt.

Umgeben von einer Dampfwolke, hüllte sie sich in einen Bademantel und begann, sich die Beine zu rasieren, als sie im Flur ein Rascheln vernahm. Sie blieb stocksteif stehen, den Rasierer in der erhobenen Hand, hielt den

Atem an und spitzte die Ohren. Da war es wieder: ein leises Geräusch, ein vorsichtiges Knistern. Auf Zehenspitzen schlich sie zur angelehnten Tür. Wieder raschelte es. Das Geräusch kam aus dem Flur, von der Haustür. Sie konnte nicht länger tatenlos im Bad bleiben. Sie packte den Griff des Rasiermessers fester. Er war aus Holz und ihre einzige Waffe. Abgesehen vom Überraschungsmoment.

Sie wickelte sich ein Handtuch um den rechten Arm und atmete zwei Mal tief durch, dann trat sie mit erhobenem Rasiermesser auf den Flur hinaus. Mit zwei raschen Schritten war sie an der Wohnungstür, entschlossen, sich auf den Eindringling zu stürzen. Als sie sah, wer ihr Feind war, erstarrte sie: In der Mülltüte versank langsam das Erdnussbutterglas und brachte dabei das Plastik zum Rascheln. Immer noch in Angriffshaltung, zuckte sie zusammen, als sie aus den Augenwinkeln eine Bewegung wahrnahm. Sie fuhr herum und sah ihr Gesicht im Garderobenspiegel. Die obere Gesichtshälfte wurde von den überraschten Augen beherrscht, die untere von den angespannten Kiefermuskeln eines Menschen, der bereit ist, sich seinem Schicksal mit einem orangefarbenen Handtuch und einer Rasierklinge bewaffnet zu stellen. Sie musste lachen.

»Das erzählen wir besser niemandem«, sagte sie zu Edgar.

Das konnte ja wohl nicht wahr sein. Sie konnte nicht fassen, dass sie Angst hatte. Nein, es war keine Angst, sagte sie sich. Sie war einfach nur erschrocken, und ihre Müdigkeit hatte ein Übriges dazu getan.

* * *

Am Freitag warteten Sonnenberg und Reiner schon im Sitzungsraum auf sie.

Sonnenberg konnte es kaum erwarten, die Neuigkeiten loszuwerden:

»Wir haben den Mexikaner identifiziert.«

»Sogar mit Adresse«, fügte Reiner hinzu. »Er war nicht zu Hause, aber wir haben Leute zur Überwachung dort gelassen.«

Gerardo Zepeda, ein kleiner Dealer, der in den Lokalen rund um den Hauptbahnhof allgemein bekannt war, weil er sich gelegentlich was dazuverdiente, indem er dort in ein paar Puffs Gitarre spielte.

»Wie seid ihr auf ihn gekommen?«

»Die Straßen im Viertel sind eng, und irgendeiner hört immer mit. Anscheinend hat er irgendwo losgelassen, er würde bald ein großes Ding drehen, und dann würde er alle seine Schulden bei seinem Lieferanten begleichen und selbst zum Großdealer werden. Aber er ist seinen Teil immer noch schuldig, die Gründe dafür kennen wir ja, und die Leute vom Lieferanten machen ihm langsam Druck.«

»Deine Freundin, die aus der Bar, die ...«

»... die Schwarze«, half sie ihm aus der Verlegenheit und verkniff sich ein Lachen.

»Genau die. Ohne die hätten wir das nicht rausgekriegt.«

»Wissen wir, woher sie das weiß?«, fragte Cornelia.

»Nein. Aber es passt alles. Der Typ muss es einfach sein.«

Sonnenberg war enthusiastisch.

»Ja, wir haben ihn«, sagte Reiner entschlossen.

Die Schlinge zog sich zu.

## DRITTE WARNUNG

»Es tut mir leid für Sie. Ich hoffe, dass sich der betreffende Polizist nicht als ein Freund von Ihnen erweist«, hatte Rudolph Kolberg gesagt.

Nein, der Polizist war kein Freund von ihr, und die ganze Angelegenheit wurde ihr allmählich zu finster. Sie hatte nicht die Absicht, die Hand in dieses Loch zu stecken, aber sie wollte hineinsehen, um zu entdecken, was sich darin verbarg.

Noch ein Mal, ein letztes Mal, würde sie versuchen, Juncker zu finden. Wenn sie ihn wieder nicht antraf, würde sie am Montag gleich die Abteilung für Interne Ermittlungen informieren. Und dann?

»Sie werden dir das Leben zur Hölle machen«, sagte Leo.

Als er aus Potsdam zurückkam, waren die Spuren von Cornelias Fressorgie restlos beseitigt.

»Dann beantrage ich einfach meine Versetzung zu dir nach Wiesbaden. Sieh mich nicht so an, das war nur ein Witz.«

Als sie an diesem Sonntag aufstand, war ihr schwindelig. Seit sie vor gut einer Woche in Heidelberg gewesen war, ging es ihr nicht besonders gut. Die Hypochonderin, die sie tief in sich eingesperrt hatte, hatte für einen Augenblick ihren Knebel abgestreift und sie an multiresistente Krankenhauskeime erinnert. Aber das war die banale Erklärung. In Wirklichkeit war ihr das, was sie über Juncker erfahren hatte, auf den Magen geschlagen. Zwar glauben wir, wie im Krieg, von unserem Gegner am liebsten das, was uns in unserem Feindbild bestätigt, doch in diesem Fall wünschte sie, sie läge falsch. Sie hätte sich lieber weiter mit ihm herumgestritten, sich über ihn aufgeregt, weil er aggressiv und ein Faschist war, aus den gleichen Gründen wie immer. Aber sie hätte lieber nicht herausgefunden, dass er korrupt war. Auf diese Entdeckung reagierte ihr Körper offenbar mit heftiger Abwehr, mit einer Übelkeit, die von ihrem Magen aufstieg.

Am späten Vormittag schrieb sie Juncker.

Bevor sie die Nachricht abschickte, verfasste sie in ihrem Notizbuch mehrere handschriftliche Entwürfe; sie wollte sich nicht von der Unüberlegtheit mitreißen lassen, mit der man normalerweise eine SMS schreibt. »Sven, ich habe dich die ganze Woche lang gesucht.« Gesucht. Klang das nicht vielleicht zu aggressiv? Doch keines der Synonyme, die ihr für »suchen« einfielen, erschien ihr passender, weder »gejagt« noch »verfolgt« oder »hinter dir her gewesen«. War das wirklich so unpassend? Klar war sie hinter ihm her, weil sie eine Erklärung wollte. Aber so wollte sie das nicht formulieren. Sie schrieb weiter.

»Ich weiß, was im Fall Golden River passiert ist. Ich weiß, welche Rolle du dabei gespielt hast. Mir bleibt nichts anderes übrig, als die Abteilung für Interne Ermitttlungen zu benachrichtigen, aber vorher würde ich mir gerne deine Version anhören. Ich denke, du schuldest mir eine Erklärung. Findest du nicht? Ruf mich an.«

Sie schickte die Nachricht ab.

Im nächsten Augenblick bereute sie es. Aber nun war es zu spät.

Kurz darauf fuhren sie zu ihren Eltern, wo sie zum Essen eingeladen waren.

Das Familienessen, die Unterhaltung mit ihrer Mutter, die Blicke, die sie wechselten, wenn ihr Vater mal wieder einen Aussetzer hatte, die Witze, die ihr Bruder erzählte, der wieder mal allein gekommen war, obwohl ihre Mutter ihm schon ein paar Mal gesagt hatte, er solle doch seinen

Freund mitbringen, Leos Schüchternheit, all das war überschattet von Junckers fehlender Reaktion. Warum meldete er sich nicht? Vielleicht hatte er sein Handy ausgeschaltet.

»Du warst die ganze Zeit über so abwesend«, bemerkte Leo, als sie wieder zu Hause waren. »Ist es wegen deines Vaters?«

Es war ihr ein wenig peinlich, eingestehen zu müssen, dass es mit ihrem Warten auf Junckers Antwort zu tun hatte.

»Vergiss es. Es ist Sonntag. Vielleicht schaltet er sein Handy bis morgen nicht wieder ein. Dann wird er dich anrufen.«

Trotzdem ließ sie das Telefon nicht aus den Augen, bis es Zeit war, ins Bett zu gehen.

Der Montag würde ein harter Tag werden, Anruf hin oder her. Aber sie hätte lieber vorher mit ihm geredet. Sie legte ihr Handy auf den Nachttisch.

»Du glaubst doch nicht im Ernst, dass er dich mitten in der Nacht anrufen wird?«

Mitten in der Nacht klingelte das Telefon.

Es war Reiner.

»Cornelia, komm morgen nicht zur Arbeit.«

»Wieso?«

»Wegen Sven. Der Nachtdienst hat mich soeben angerufen. Er wurde tot in seinem Haus gefunden. Offenbar hat er sich umgebracht.«

## UNTER UNS

Laut Statistik nehmen sich viele Familienväter sonntags das Leben. Die gleichen Statistiken zeigen, dass sie sich vorzugsweise vor den Zug werfen. Deshalb sind die Lokführer sonntags immer nervös. Viele Männer wählen den Zug, weil sie keine Pistole haben wie Sven Juncker, der sich mit seiner Dienstwaffe in den Kopf geschossen hatte. Dazu hatte er sich auf den Fahrersitz des Familienautos gesetzt, das in der Garage seines Hauses stand, hatte das Garagentor geschlossen, das Licht ausgeschaltet und den Abzug gedrückt.

Sonntagnachmittags.

Also einige Stunden nachdem sie ihm die Nachricht geschickt hatte.

Das erzählte ihr Reiner am Telefon, als sie ihn montags anrief, um Genaueres zu erfahren. Sie war dem Rat ihres Kollegen gefolgt und nicht zur Arbeit gegangen.

Sie hatte nicht die Kraft, sich den stummen oder ausgesprochenen Vorwürfen auszusetzen, die sie erwarteten. Ein Tag, an dem sie nicht Zielscheibe sein würde. Es war nur ein Aufschub, aber er gab ihr Zeit, sich vorzubereiten. Um am Dienstag Gesicht zu zeigen.

Leo blieb am Montag ebenfalls zu Hause. Wie sie schwankte auch er zwischen Überraschung und Entsetzen. Er hatte Juncker kennengelernt, als er beim Morddezernat angefangen hatte, und war mit ihm wesentlich besser klargekommen als Cornelia. Freunde waren sie zwar nicht gewesen, aber Kollegen. Wenn ein Polizist starb, spürten alle anderen, unabhängig von Sympathien oder Antipathien, die Erschütterungen des zarten Gespinstes, das sie verband.

Am Dienstag bot Reiner ihr an, sie abzuholen, und sie nahm an. Ihr war klar, dass er sie schützen wollte, und zu jedem anderen Zeitpunkt hätte sie aus Stolz abgelehnt. Aber sie wollte nicht allein ins Parkhaus fahren, nicht allein das Gebäude betreten, die Treppe hinaufgehen und durch die Flure bis zu ihrem Büro laufen. Sie konnte es nicht.

»Bleib heute bei mir.«

»Sei unbesorgt.«

Sie arbeitete oder tat zumindest so, bis Ockenfeld ihr ausrichten ließ, er warte in seinem Büro auf sie.

»Soll ich mitkommen?«

»Nein, ich gehe allein.«

Sie verließ das Büro. Es war ein warmer Tag und fast alle Bürotüren standen offen. Cornelia schritt rasch aus und vermied es, in die Zimmer hineinzusehen. Mehrere Kollegen, denen sie unterwegs begegnete, drehten ihr ostentativ den Rücken zu. Sie standen in Grüppchen beisammen und bemühten sich nicht, ihre Stimmen zu dämpfen.

»Da hat sie sich ganz schön in die Scheiße geritten. Ich sag euch, die wird noch ihr blaues Wunder erleben.«

Endlich war sie im Vorzimmer des Chefs.

In seiner Ahnungslosigkeit rannte Lukas begeistert auf sie zu, um sie zu begrüßen. Ute Marx gab ihr bedauernd die Hand.

»Es tut mir so leid, Frau Weber.«

Cornelia bückte sich, um Lukas zu streicheln und vor der Sekretärin zu verbergen, dass sie den Tränen nahe war.

»Danke, Frau Marx.«

Sie richtete sich auf. Ockenfelds Sekretärin, diese freundliche aber distanzierte Dame, nahm Cornelias Hand zwischen ihre beiden.

»Nur Mut.«

In diesem Augenblick fragte sie sich zum ersten Mal, warum Ute Marx so besorgt um sie zu sein schien, doch das Überlegen erübrigte sich. Die Antwort würde sie hinter der Tür ihres Chefs finden.

Sie ging hinein.

Ockenfeld war nicht allein. Zwei Männer waren bei ihm, Wiese, Junckers Chef in der Abteilung für organisiertes Verbrechen, und ein weiterer Mann, den sie nicht kannte.

»Finkemeyer, Abteilung für Interne Ermittlungen.« Er reichte ihr die Hand, die genauso knochig war wie sein Gesicht. Er war es auch, der das Wort ergriff, nachdem sie sich vorgestellt hatte.

»Ich glaube, Sie haben uns etwas mitzuteilen.«

Ockenfeld fügte hinzu:

»Bei der Suche nach einem Abschiedsbrief haben wir das Mobiltelefon des Kollegen Juncker überprüft. Dabei sind wir auf Ihre wiederholten Anrufe und Nachrichten gestoßen, Frau Weber.«

Er zeigte ihr eine Liste mit den ein- und ausgegangenen Anrufe von Sven Junckers Handy und der Transkription der Textnachrichten von dem Augenblick an, als der Kommissar in die Ermittlungen zu den Expressentführungen eingestiegen war, bis zum Sonntag, an dem er gestorben war.

»Besonders die letzte Nachricht hat unsere Aufmerksamkeit erregt«, sagte der Mann von der Abteilung für Interne Ermittlungen. »Die, die Sie diesen Sonntag geschickt haben. Was haben Sie dazu zu sagen?«

»Nicht in diesem Tonfall, Finkemeyer«, sagte Ockenfeld.

Der interne Ermittler entschuldigte sich widerwillig. Ockenfeld fühlte sich sichtlich unwohl, er sah immer wieder heimlich zu der Anrufliste hinüber, die jetzt Cornelia in den Händen hielt. Daten, Uhrzeiten, Telefonnummern. Darunter die ihre. Und ihre letzte Nachricht.

»Ich weiß, was im Fall Golden River passiert ist. Ich weiß, welche Rolle du dabei gespielt hast. Mir bleibt nichts anderes übrig, als die Abteilung für Interne Ermitttlungen zu benachrichtigen, aber vorher würde ich mir gerne deine Version anhören. Ich denke, du schuldest mir eine Erklärung. Findest du nicht? Ruf mich an.«

Ihr fiel auf, dass sie »Ermittlungen« mit drei t geschrieben hatte. Wenn sie in den letzten drei Tagen auch nur den kleinsten Fehler begangen hatte, dann diesen, und es juckte sie in den Fingern, den überflüssigen Konsonanten zu tilgen.

Sie erzählte ihnen, was sie wusste. Als säße sie vor Gericht, machte sie die Aussage, die sie eine ganze Woche lang hinausgezögert hatte. Eine Woche zu viel. Eine Stunde später ließen sie sie gehen. Zurück blieben drei Herren, deren Mienen auf unterschiedlichste Weise Empörung widerspiegelten.

Der Rückweg ins Büro war nicht viel angenehmer als der Hinweg. Ohne es zu bemerken, hatte sie die Liste mit Junckers Anrufen mitgenommen und lief nun mit der Papierrolle in der Hand die Flure entlang, den Blick starr geradeaus gerichtet, als hoffte sie, vor sich den Rücken des Läufers zu sehen, dem sie den Stab für die zweite Stafette übergeben müsse.

Endlich war sie im Büro.

»Wie geht's?« Reiner musterte sie von seinem Schreibtisch aus von Kopf bis Fuß, als fürchtete er, man hätte sie geschlagen.

»Beschissen, aber ehrlich gesagt, bin ich auch erleichtert.« Sie legte die Liste auf den Tisch.

Die Last, die sie in den letzten Tagen ganz allein getragen hatte, war sehr schwer gewesen.

»Und jetzt an die Arbeit, Reiner. Trotz allem, was passiert ist, stecken wir nach wie vor mitten in den Ermittlungen zu einem Mordfall.«

Das war das Einzige, was sie tun konnte, um den Schmerz zu lindern, der ihr die Luft abzuschnüren drohte, seit sie die Nachricht von Junckers Selbstmord erhalten hatte. Arbeiten. Um nicht ständig daran denken zu müssen, dass sie einen Kollegen in den Tod getrieben hatte.

Reiner starrte auf seinen Bildschirm und begann zu schreiben, sie nahm sich einen Stapel Papiere vor. Nach ein paar Minuten warf sie einen verstohlenen Blick auf ihren Kollegen. Er sah erschöpft aus, seine Haut wirkte grau.

»Und wenn ich gleich zur Abteilung für Interne Ermittlungen gegangen wäre, als ich es erfahren habe?«

»Zerbrich dir nicht den Kopf, Cornelia.« Reiner hielt mit dem Tippen inne und lächelte sie aufmunternd an.

»Aber wenn ich ...«

»Dann hätte er sich vielleicht früher das Leben genommen. Oder er hätte dich umgebracht. Wer kann das schon wissen? Aber eines darfst du nicht vergessen: Er selbst, und nur er allein hat sich in diesen Schlamassel geritten.«

»Aber wenn ich nicht so darauf beharrt hätte zu erfahren ...«

»Das war völlig normal. Schließlich hat es mit unserem Fall zu tun.«

»War ich illoyal?«

»Nein. Denk nicht weiter darüber nach.«

»Scheiß Loyalität.«

»Genau. Sollen wir was trinken gehen oder draußen eine Runde drehen?«

»Nein. Das Arbeiten wird mir guttun. Wird uns guttun. Fangen wir noch mal von vorne an.«

Reiner stand auf und schob seinen Stuhl vor ihren Tisch. Dann holte er Notizblock und Kugelschreiber.

Sie gingen zwei Thesen durch. Dass es eine gescheiterte Entführung gewesen war oder dass es sich um Mord handelte, der hinterher als Entführung kaschiert worden war.

»Beide weisen in dieselbe Richtung, zu Kranichs Gläubigern in der Frankfurter Unterwelt, den Besitzern des Schwarzgeldes, das er nicht zurückzahlen konnte«, sagte der Oberkommissar.

»Aber wir haben nichts weiter als Indizien: der Beschattungsauftrag an die Detektei, die Schulden, die schwarzen Kassen, von denen einige seiner Gläubiger überzeugt waren …« Bei jedem Punkt ihrer Aufzählung hob sie einen Finger. »Alles Indizien.«

»Vielleicht wollten sie ihn mit der Entführung zwingen, seiner Frau zu sagen, wo dieses angebliche Schwarzgeld steckte.«

»Dann hätte es keinen Sinn, dass sie ihn vorher töten. Was wäre besser dazu geeignet, sie zu überzeugen, als die Stimme ihres Mannes, der sie anfleht, das Lösegeld zu zahlen?«

»Und seine Frau musste sich an Kolberg wenden; das hätte sie nicht getan, wenn sie von einer schwarzen Kasse gewusst hätte.« Reiner zeichnete eine Schatztruhe auf seinen Block, versah sie mit einem Schloss und umgab sie mit mehreren Dollarzeichen.

»Vielleicht war die schwarze Kasse leer.« Er kreuzte die Dollarzeichen wieder durch.

»Oder es gab sie gar nicht.« Er strich die Zeichnung ganz aus. »Aber wenn eine solche Information einmal in der Welt ist, wird jeder Versuch, sie zu dementieren, sie nur noch verstärken. Wie auch immer, wir müssen uns auf den konzentrieren, der Fiat Lux mit der Überwachung beauftragt hat. Kolja Schmidt.«

»Wenn von Anfang an geplant gewesen war, Kranich zu ermorden, war der Rest sowieso nur Blendwerk«, bemerkte sie.

»Das ist die schwächere Hypothese.« Jetzt zeichnete Reiner Spiralen, und Cornelia sah ihm wie hypnotisiert dabei zu. »Meiner Meinung nach deutet alles auf eine gescheiterte Entführung hin. Wer hätte was davon, die Entführung vorzutäuschen? Das ist die Frage aus dem Polizeihandbuch. Wem nutzt es?«

»Du hast recht.«

Sie musste es akzeptieren, Reiners Argumentation war fundiert und überzeugend. Plötzlich fühlte sie, dass ihre Kräfte sie verließen. Es war zu viel für einen Tag gewesen. Sie konnte nicht mehr.

»Tust du mir einen Gefallen, Reiner? Rufst du das Team zusammen und verteilst die Aufgaben?«

Ihrem Kollegen musste ihre plötzliche Blässe aufgefallen sein.

»Ich kümmere mich um alles. Warum gehst du nicht einfach nach Hause? Für heute ist es genug.«

Cornelia nickte nur.

***

Sie hatte ihr Auto auf dem Parkplatz an der Rückseite des Präsidiums abgestellt, weil sie weitere Racheakte fürchtete. Sie erinnerte sich an die Liste, die sie Leo im Spaß aufgezählt hatte: noch drei Türen, die man zerkratzen könnte, Scheinwerfer und Rücklichter, die man kaputt machen, Seitenspiegel, die man abbrechen, vier Reifen, die man aufschlitzen kann. … Schon von Weitem sah sie, dass kein Reifen platt war, die Rücklichter waren ganz, die Rückspiegel waren noch dran, und der Scheibenwischer … Er war intakt, aber jemand hatte einen Zettel daruntergeklemmt. Die beiden Erklärungen, die andernorts möglich gewesen wären, kamen hier nicht in Frage: Es konnte weder ein Strafzettel noch Werbung sein. Was auch immer da stand, sie hatte nicht vor, es zu lesen, nicht ein Wort.

Das brauchte sie auch nicht. Es war nur ein Bild. Das Gesicht von Sven Juncker mit halbgeschlossenen, geradeaus starrenden Augen, der Mund zu einer spöttischen Grimasse verzogen, das rechte Ohr eine Masse rohen Fleischs, schwarz vom Blut, das nach dem Schuss ausgeströmt war.

Das Foto in der Hand, stand sie da wie angewurzelt, ohne den Blick von Sven Junckers Augen wenden zu können, von dem metallischen Blau, das sie ansah, für immer ansehen würde.

Sie wusste nicht, wie lange sie reglos dagestanden hatte, bis sie das Krächzen eines Raben aufschreckte, der über den Parkplatz hinwegflog. Edgar. Dieser absurde Gedanke befreite sie von der womöglich noch absurderen Überzeugung, dass Juncker sie ansah. Er sah sie nicht an, es war ein Foto, das der Polizeifotograf zusammen mit Dutzenden weiteren gemacht hatte. Er sah auch nicht den Fotografen an. Sven sah nichts und niemanden an, und sie würden auch nie erfahren, was er angesehen hatte, bevor er sich das Leben nahm. Plötzlich wusste sie, dass sie von anderen Augen beobachtet wurde. Von den Augen desjenigen, der dieses Foto unter ihren Scheibenwischer geklemmt hatte. Von einem der Fenster aus, die auf den Parkplatz gingen, beobachtete sie jemand. Langsam drehte sie sich um, das Foto in der linken Hand, und ließ den Blick mit einer gemächlichen Kopfbewegung über sämtliche Fenster der sechs Stockwerke gleiten. Dann reckte sie herausfordernd die rechte Faust, drehte sich wieder zu ihrem Wagen und stieg ein. Sie fuhr los.

Zwei Straßen weiter musste sie am Straßenrand halten. Ihr war übel. Sie öffnete die Fahrertür und übergab sich auf den Bürgersteig.

* * *

Zu Hause angekommen, fühlte sie sich viel besser. Nach einer raschen Dusche zog sie sich eine weite Hose und ein altes Hemd von Leo an. Sie öffnete die Schublade einer Schlafzimmerkommode und holte das Garn und den kleinen Stickrahmen hervor. Handarbeiten würde ihr guttun. Aus einem der Stoffreste, die sie in einem türkischen Geschäft in der Innenstadt kaufte, schnitt sie ein Rechteck aus. Obwohl sie das schon seit Jahren tat, fiel ihr jetzt zum ersten Mal auf, dass sie immer die Größe eines Blatts Papier hatten. Unter den Vorlagen, die ihr die Großmutter geschenkt hatte, suchte sie ein kleines Blumenmuster heraus. Sie hatte Lust auf etwas Kleines, Überschaubares, zu Bewältigendes. Mit einem Bleistift pauste sie das Muster ab und übertrug es dann auf den Stoff, indem sie mit dem Zeigefinger, über den sie einen Fingerhut gezogen hatte, über die Rückseite des Papiers rieb. Sie zog den Stoff über den kleineren Rahmen und spannte ihn, indem sie einen zweiten Ring über den ersten legte und festschraubte, bis der Stoff so straff war wie eine Trommelhaut. *El tambor*, die Trommel, so hatte ihre Großmutter in Allariz das Ganze immer genannt. Cornelia machte es sich auf dem Sofa am Fenster bequem, den Rahmen auf den Beinen, fädelte rotes Garn in die Nadel und begann, minuziös und konzentriert zu arbeiten.

So fand Leo sie zwei Stunden später.

»Scheißtag gehabt, was?«

Er küsste sie auf den Scheitel. Sie nickte und stickte weiter. Leo zog sich in ein anderes Zimmer zurück, er wusste, dass sie allein sein musste und nicht reden konnte, bis sie die kleine Handarbeit beendet hatte. Schließlich nahm sie sie aus dem Rahmen, strich sie mit der Hand glatt und legte sie nach einem zufriedenen Blick zu den anderen.

»Ich habe Hunger«, sagte sie und umarmte Leo von hinten. »Lass uns essen gehen.«

Beim Abendessen sprach weder sie über den Fall Kranich, noch stellte er Fragen. Sie hätte ihm auch gar nicht erklären können, worum es ging, aber es gab da etwas, ein Teil, das nicht passte, in ihrem Kopf herumschwirrte wie eine wild gewordene Flipperkugel und immer wieder an das Gerüst stieß, das ihr Team und sie so mühsam errichtet hatten. Noch wusste sie nicht, was es war, aber sie ahnte schon, dass es das Gerüst in seinen Fundamenten erschüttern oder sogar zum Einsturz bringen würde.

In dem kleinen italienischen Restaurant brachte Leo sie in Verlegenheit, indem er sie an eine Anekdote während ihres ersten Besuchs bei seinen Eltern erinnerte, nachdem er ein paar große Pfannen entdeckt hatte, die zur Zierde über dem Tresen hingen.

»Meine Mutter hat es immer noch nicht verwunden«, sagte er, sich nur mit Mühe das Lachen verbeißend. Es war nach dem Essen gewesen, das angespannt verlaufen war, weil sie unbedingt einen guten Eindruck machen wollte und zugleich wusste, dass Leos Eltern sie eher skeptisch beobachteten. Sie glaubte sogar, einen gewissen Vorwurf ihrem Sohn gegenüber zu erkennen, weil er sich eine fünf Jahre ältere Frau ausgesucht hatte, die noch dazu damals kurz vor der Scheidung stand. Nach dem zweiten Gang hatte sie sich höflich erboten, beim Tischabräumen zu helfen. Da schrie Leos Mutter in der Küche entsetzt auf, weil eine Wespe durchs Fenster gekommen war.

»Ich bin allergisch gegen Wespenstiche!«

Ohne auch nur eine Sekunde nachzudenken, hatte Cornelia sich eine Pfanne geschnappt, die auf dem Herd stand.

»Und dann hast du die Wespe wie eine Tennisspielerin beim Matchball mit einem gezielten Schlag erledigt.«

Jetzt musste sie auch lachen. Sie musste zugeben, dass sie mit dieser Rettungsaktion Leos Mutter für sich gewonnen hatte. Der Vater dagegen war ihr egal, seit sie wusste, wie sehr er seine Familie misshandelt hatte.

»Hör mal«, fiel ihr in diesem Augenblick ein, »warum haben sie dich eigentlich Leopold genannt?«

»Warum sie mich Leopold genannt haben? Keine Ahnung. Warum? Findest du den Namen etwa seltsam?«, fragte er in gespielter Entrüstung.

»Ja. Nein. Also, seltsam nicht gerade. Aber ungewöhnlich für Frankfurt und unsere Generation ...« Sie trank einen Schluck Bier, um sich nicht noch mehr zu verheddern.

»Dann werde ich mal meine Mutter danach fragen.«

»Vielleicht wollte sie ja nicht gerade, dass du Kaiser wirst, aber zumindest ...« Sie ging im Geiste verschiedene Berufe durch, zu denen der Namen passte, »... Koch. Chez Leopold. Oder Modedesigner. Oder Musiker. Dirigent!«

»Oder Autor von Kitschromanen. Na, das hätte sie mir aber deutlicher sagen können. Wie Indianer in den Western mit ihren Namen: Kaiser-der-Töpfe-Müller oder Allegro-ma-non-troppo-Müller.«

Wie wohl es ihr tat, hier mit ihm zu sitzen und herumzublödeln! Solange fühlte sie sich leicht, befreit von Kranich und Juncker, ihren beiden neuen Gespenstern. Warum tauchten sie für einen kurzen Moment auf, als sie Leos Scherz kopierte?

»Bei meinem Stamm würden sie mich ›Die-mit-dem-krummen-Zinken-Weber‹ nennen.«

Leos Lachen verscheuchte die beiden Geister wie jemand, der lästigen Rauch mit der Hand wegwedelt. In dieser Nacht fiel ihr das Einschlafen leicht, und sie versank in einen friedlichen Schlummer, aus dem sie jäh ein Kältegefühl riss. Ihre nackten Füße waren bis hinauf zu den Knöcheln eiskalt.

»Was machst du hier, Kati? Ich dachte, du wärst schon verschwunden.«

»Mit deinem kleinen Scherz über deine Nase hast du

mich gerufen. Es war Onkel Hans, nicht wahr? Wer hätte das gedacht? Jemand, der ihr so nahestand … Es gibt gewisse Dinge, die will niemand glauben. Und deine Nase, warum hast du sie dir nicht richten lassen? Meinetwegen?«

»Das weißt du doch, Kati.«

»Du weißt es auch.«

»Was soll ich wissen?«

## ANRUFE

Gerardo Zepeda ahnte nicht im Mindesten, dass die Polizei sein Haus überwachte; dass er sich erst nach einigen Tagen dort blicken ließ, lag daran, dass er sich für gewöhnlich dort schlafen legte, wo der Alkohol ihn niedersteckte. Als er endlich erschien, trafen die beiden Beamten, die ihn verhafteten, auf ein dürres kleines Kerlchen, das aber durchaus in der Lage war, eine Gitarrenhülle in eine gewaltige Waffe zu verwandeln, während er das Messer zückte, das in seiner hinteren Hosentasche stak. Es gelang ihnen trotzdem, ihn zu überwältigen.

»Diesen Herrn Kranich habe ich gar nicht zu Gesicht bekommen. Ich sollte bloß anrufen und am Telefon sagen, was mir die anderen vorgegeben hatten«, beteuerte er ein ums andere Mal.

Cornelia und Reiner hatten das Verhör übernommen. Andere Kollegen aus dem Team verfolgten das Gespräch vom Nebenraum aus. Zepeda gab erst zu, der Anrufer gewesen zu sein, als man ihm eine Aufnahme seiner Stimme vorspielte.

»Und die anderen haben ihre Anweisungen per Telefon erhalten.«

»Wer?« Cornelia leitete das Verhör, während Reiner ungerührt schwieg und das Männlein, das vor ihnen saß, keine Sekunde lang aus den Augen ließ.

»Was weiß denn ich!« Zepeda sprach zu ihr, warf jedoch unwillkürlich immer wieder nervöse Blicke zu dem Oberkommissar hinüber, dessen Ungerührtheit ihn sichtlich irritierte. »Ich war bei der ganzen Geschichte nur so was wie die Stimme.«

»Von wo aus haben Sie angerufen?«

»Von einem Zimmer im *Oriental Nights* am Baseler Platz. Die sind gut isoliert, damit man nicht hört, was da drinnen abgeht. Sie wissen schon …« Er lächelte sie schief an.

»Und das Opfer?«

»Ich sagte Ihnen doch schon, ich habe den Typen nie gesehen.«

»Und auf wen haben Sie dann geschossen?«

»Na, auf ein Kissen.« Er sah sie dümmlich an.

»Wie viele waren es?«

»Wie viele es insgesamt waren, weiß ich nicht. Dort waren ein tätowierter Deutscher und ich.«

»Und das war derjenige, der die Anweisungen erhielt?«

»Ja, der Deutsche.«

»Wie hieß der?« Sobald Zepeda antwortete, schleuderte ihm Cornelia schon die nächste Frage entgegen wie einen Badmintonball, den man zurückschlägt, sobald er von der Wand abprallt.

»Keine Ahnung.«

»Wie haben Sie sich untereinander genannt?«

»Na ja, er hat mich immer ›He, Mexikaner‹ genannt. Und ich habe zu ihm ›He, du da‹ gesagt.«

»Versuchen Sie etwa, witzig zu sein?«

»Nein.« Die Härte in Cornelias Stimme hatte ihn eingeschüchtert. Er sah hilfesuchend zu Reiner hinüber, traf jedoch auf dieselbe gleichgültige Miene. »Ich schwöre Ihnen, wir haben uns wirklich so genannt!«

»War das einer von Kolja Schmidts Männern?«, fragte sie, ohne ihm Zeit zum Luftholen zu lassen.

»Von wem?«

Sie antwortete nicht. Zepeda sah sie an und wartete auf die nächste Frage. Ein Musiker, der ungeduldig wurde, weil das Orchester den Einsatz verpasste.

»Woher kannten Sie den Deutschen?«

»Ich kannte ihn überhaupt nicht, aber anscheinend suchte er jemanden mit spanischem Akzent, und jemand muss ihm von mir erzählt haben.«

»Aber Sie sind doch Mexikaner«, entfuhr es ihr.

»Ja. Und was ist so schlimm daran?«

Sie würde Zepeda nicht erklären, warum sie die Entscheidung seines Komplizen verwunderte. Ob sie keinen Argentinier gefunden hatten?

»Was ist schiefgelaufen?«, fragte Reiner in diesem Augenblick. Beim Klang seiner Stimme fuhr Zepeda zusammen.

»Wenn Sie so fragen, alles. Ich habe nämlich meinen versprochenen Lohn nicht kassiert.«

»Wie überaus bedauerlich. Aber eigentlich wollte ich wissen, was bei Richard Kranichs Entführung schiefgelaufen ist. Warum wurde er getötet?«

»Ah! Nein! Damit habe ich nichts zu tun. Ich habe Ihnen ja schon gesagt, dass ich diesen Herrn gar nicht zu Gesicht bekommen habe. Weder lebendig noch tot. Ich war nur der Anrufer.«

»Und der tätowierte Deutsche hat Ihnen nicht erzählt, was da lief.«

»Nein. Mir hat er nur erklärt, ich müsse am Telefon mit der Frau reden und ihr sagen, dass wir ihren Mann entführt hätten. Aber ›wir‹ sage ich bloß, weil man das eben so sagt. Stellen Sie sich vor, ich hätte angerufen und gesagt, guten Tag, ich rufe im Auftrag von jemandem an, der sagt, er hätte Ihren Mann entführt.« Er grinste sie an.

»Waren Sie schon immer so ein Witzbold, Herr Zepeda?«

Reiners Tonfall wischte das Grinsen aus seinem Gesicht.

»Wann haben Sie erfahren, dass Richard Kranich tot war?«

Zepeda dachte einen Augenblick lang nach:

»Als ich es in den Nachrichten gesehen habe.«

»Vorher nicht?«

»Nein. Das schwöre ich Ihnen. Ich schwöre es bei meiner Gitarre.«

»Werden Sie nicht folkloristisch. Sie stellen sich schon viel zu lange dumm«, sagte Cornelia. »Ich nehme Ihnen die Nummer vom beschränkten Ausländer, der ungewollt in Schwierigkeiten gerät, nicht ab.«

»Bisher ist sie mir aber ziemlich nützlich gewesen.« Der dümmliche Gesichtsausdruck, mit dem er bis jetzt auf alle ihre Fragen geantwortet hatte, war verschwunden.

»Ich versichere Ihnen, dass es Ihnen mehr nützen würde, mit uns zusammenzuarbeiten.«

»Hier vielleicht. Aber anschließend komme ich in Untersuchungshaft, wo alle alles erfahren, was direkt von der Straße hereinkommt. Und dann schickt mich der Richter in irgendein Gefängnis, und dort sollte besser von Anfang an klar sein, dass ich der Mexikaner mit der Gitarre bin, der auf der Wache nicht gesungen hat.« Auch seine Stimme klang jetzt anders, entschlossener. »Deshalb lassen Sie sich gesagt sein: Ich war nur der Anrufer und habe Richard Kranich kein einziges Mal zu Gesicht bekommen. Ich weiß nicht, wie der andere heißt und wer uns am Telefon gesagt hat, was wir der Frau sagen sollten.«

»Wann bekamen Sie denn die Anweisungen?«

»Kurz vor meinen Anrufen.«

»Und der Anrufer hat Ihnen auch gesagt, Sie sollten die Schüsse vortäuschen?«

»Ja.« Zepeda schien sich damit abgefunden zu haben, dass die Fragen auch nach seinem letzten Versuch, seine Aussage zusammenzufassen, nicht aufhörten. »Als die Frau uns am ersten Tag mit ihrer Forderung überrascht hat, sie wolle mit ihrem Mann reden, und irgendwelche

Bedingungen stellen wollte und gefragt hat, wie es ihrem Mann geht und so weiter und so weiter, habe ich aufgelegt, weil ich nicht wusste, was ich sagen sollte. Da standen wir beide dann und wussten nicht, was tun. Aber dann hat der Boss angerufen und uns gesagt, wir sollten die Bedingungen akzeptieren.«

»Mal sehen, ob ich das richtig verstanden habe«, sagte Cornelia. »Sie haben nicht angerufen, um zu fragen, was Sie tun sollten?«

»Nein. Er hat uns angerufen, als wüsste er, dass wir in Schwierigkeiten steckten.«

Eine Kinderstimme erklang in ihrem Kopf: Wer hätte das gedacht? Jemand, der ihr so nahestand …

»Und bei den vorgetäuschten Schüssen war es genauso.«

Im Gegensatz zu der Kinderstimme schien ihre eigene Stimme von weit her zu kommen.

»Nein, das war schon vorher abgesprochen. Einmal anrufen. Auflegen. Wieder anrufen und böse werden, bevor ich dann auf das Kissen schieße. Ich dachte, das wäre, um die Frau noch mehr einzuschüchtern.«

Wer hätte das gedacht? Jemand, der ihr so nahestand … Du weißt es auch.

»Was wurde aus dem Lösegeld, das sie Ihnen an der Universität ausgehändigt hat?«

Reiners Worte mussten sich mühsam einen Weg durch das Hämmern des Blutes in ihren Ohren bahnen. Was wusste sie? Jemand, der ihr so nahestand …

»Was für ein Lösegeld?«, fragte Zepeda.

»Sind Sie nicht hingegangen, um das Lösegeld in Empfang zu nehmen?«

»Nein. Das war der andere. Ich war nur der Sprecher, das habe ich Ihnen doch schon gesagt. Und ich dachte, das sei eine ganz gewöhnliche Entführung. Das Lösegeld kassieren, es verteilen und …« Zepeda verstummte. »Diese Vollidioten! Anschließend muss man das Opfer doch freilassen.«

»Na so was. Da hat wohl jemand Ihre Berufsehre verletzt«, sagte Reiner spöttisch.

Cornelia folgte ihrem Kollegen nicht auf dem Weg, den er einschlug, wohin auch immer er führen sollte.

Du weißt es auch. Du hast es vermutet, aber dich nicht einmal getraut, es zu denken. Es gibt Dinge, die will man einfach nicht glauben. »Noch einmal, bitte; Sie sagten, er sei derjenige gewesen, der angerufen hat, um neue Anweisungen zu erteilen?«

»Ja. Warum?«

»Reiner, ich muss mal kurz ein Datum überprüfen. Mach ohne mich weiter.«

Sie verließ den Verhörraum und rannte den ganzen Weg bis zu ihrem Büro.

* * *

Auf ihrem Tisch lag die Liste mit Anrufen, die Juncker von seinem Handy aus getätigt hatte.

Sie griff so schwungvoll danach, dass sie zu Boden segelte.

Cornelia ging auf die Knie, um die heruntergefallenen Blätter einzusammeln. Noch nie hatte sie sich so ehrfurchtsvoll, beinahe furchtsam, einer einfachen Anrufliste genähert. Sie sammelte die verstreuten Blätter ein. Da war das schicksalhafte Datum: der 22. April.

»Was machst du denn da?« Reiner stand auf der Türschwelle und sah ihr verwundert zu. Als er sie so eilig hatte davonstürzen sehen, hatte er offenbar beschlossen, Zepeda ebenfalls für einen Moment zu verlassen.

»Wo haben wir die Protokolle der Anrufe bei Sonja Kranich?«

Das war keine Frage, sondern eine Bitte. Reiner hatte sie schnell gefunden.

Cornelia suchte die Seite mit den Anrufen vom 22. April.

»Sieh dir das an.«

Sie zeigte Reiner, um welche Uhrzeit die beiden Anrufe der Entführer erfolgt waren: Der erste um 12:01. Der zweite um 12:10.

»Wo war Sven da?«

»Mit uns bei den Kranichs.«

»Denk nach. Wo genau?«

»Ihr habt euch gestritten, und er ist hinausgestürmt. Ein paar Minuten später ist er wiedergekommen, noch vor dem Anruf.«

»Wen hat Sven in diesem kurzen Zeitraum angerufen?«

Sie zeigte ihm die Nummer in der Liste.

»Wir müssen herausfinden, wer das ist. Ich bin mir sicher, dass es die Nummer des Mannes ist, der die Entführung organisiert hat.«

»Du glaubst also ...?«

Der Verdacht war so entsetzlich, dass Reiner es nicht über sich brachte, ihn in Worte zu fassen. Sie tat es:

»Es war Sven, der die Anweisungen erteilt hat.«

»Und jetzt?«

»Lass uns vorläufig niemandem etwas davon sagen, Reiner.«

»Was wollt ihr niemandem sagen?«

Erschrocken drehten sie sich um. Andrea Sauter kam hereingestürmt. Hinter ihr tauchte Sonnenbergs Kopf auf.

»Andrea, um Gottes willen, was machst du denn hier? Jörg! Was macht ihr alle hier? Ist überhaupt noch irgendjemand bei Zepeda geblieben, oder spaziert der gleich auch noch hier herein?«

»Na ja, wenn die zwei leitenden Ermittler mitten im Verhör weglaufen ...« Sauter trat näher.

»Dann warten die übrigen Kollegen, bis man sie über die Neuigkeiten informiert.«

»Über irgendeine neue absurde Theorie, willst du wohl sagen.«

»Sag jetzt nicht, du hättest an der Tür gelauscht, Andrea. Ich meine, schließlich sind wir erwachsen«, versuchte Reiner zu scherzen.

Sauter beachtete ihn gar nicht. Sie wollte etwas sagen, und das würde sie auch tun.

»Ich bin mir nicht ganz sicher, was du gerade ausheckst, aber ich hoffe, es ist nicht schon wieder irgendein Hirngespinst, falsche Entführungen oder falsche Irgendwas. Du würdest es sogar fertigbringen zu behaupten, Svens Selbstmord sei nur vorgetäuscht. Merkst du nicht, dass das langsam zur Manie wird? Für dich ist nichts, wie es scheint.«

»Ist es ja auch nicht.«

»Weil es dir nicht in den Kram passt. Weil du nicht akzeptieren willst, dass du Sven in den Selbstmord getrieben hast, indem du ihn so sehr unter Druck gesetzt hast, dass er keinen anderen Ausweg mehr sah.«

»Wenn das, was ich glaube, wahr ist …«

»Was du glaubst, ist mir scheißegal!«, fiel ihr Sauter, heftig gestikulierend, ins Wort. Einen Augenblick lang sah es so aus, als wolle sie sich auf sie stürzen. »Er war einer von uns, ein Kollege, ein Familienvater mit einem behinderten Kind. Wusstest du, dass seine Frau unter Depressionen leidet und in der Psychiatrie ist? Kannst du da noch ruhig schlafen? Ich hoffe, nein.«

»Es ist nicht meine Schuld, wenn alles gefälscht ist, wenn wir von falschen Entführungen und falschen Kollegen umgeben sind. Und jetzt entschuldige mich bitte. Es geht mir nicht besonders.«

Sie schob Andrea zur Seite, die zwar protestierte, aber auswich. Cornelias Gesichtsausdruck ließ keinen Zweifel daran, dass ihr wirklich übel war. Sonnenberg, der sich nicht getraut hatte hereinzukommen, gab die Tür frei. Cornelia rannte ins Bad, schloss sich in einer Kabine ein und übergab sich.

Sie hatte nicht mitbekommen, dass die Oberkommissarin ihr gefolgt war.

»Bist du okay?«

»Ich bitte dich, Andrea, lass mich fünf Minuten in Ruhe«, bat sie, die Stimme rau vom Erbrochenen.

»In Ordnung.«

Kurze Zeit später setzten Reiner und sie ihr Verhör mit Zepeda fort. Es erbrachte nicht mehr viel Neues, aber wenigstens lenkte es die Kollegen ab, während Margarethe Krökel im Stillen die Telefonnummer nachverfolgte.

»Gib Krökel eine Telefonnummer, und sie hebt die Welt aus den Angeln«, sagte Cornelia zu Reiner zur Freude der jungen Polizistin, die sich in ihrer Rolle als Geheimwaffe der Kommissarin sichtlich wohlfühlte.

Cornelia täuschte sich nicht. Ein paar Stunden später erschien die Beamtin mit strahlender Miene in ihrem Büro.

»Ich habe ihn.«

Es war die Telefonnummer von Marco Bräutigam.

Bräutigam. Schon wieder dieser Name. Der Menschenhändler, der brutale Schläger im Fall Golden River.

»Hier ist seine Akte.« Krökel hielt sie ihr hin.

Cornelia reichte sie an Reiner weiter. Sie kannte sie bereits.

Die Liste von Bräutigams Vergehen war lang, aber nicht sehr abwechslungsreich, sodass man sie auf zwei Delikte zusammenfassen konnte. Seine Spezialitäten waren Erpressung und Handel. Mit Menschen. Das erste Mal war er verhaftet worden, als er einen Konvoi von – so stand es in der Akte – »bulgarischen Arbeitern zum Schlachthof brachte«. Die Bulgaren waren quer durch Deutschland gekarrt worden wie das Vieh, das sie schlachten und zerlegen sollten.

Und diesen Kerl hatte Sven mitten in der Entführung angerufen. Wenn sie noch irgendeinen Zweifel gehegt hatten, so war dieser nun zerstreut.

»Sofort finden und verhaften.«

Als sie zu Hause ankam, war es schon spät.

Sie schloss die Haustür auf und drückte auf den Lichtschalter, doch das Licht ging nicht an. So etwas war in dem Haus, in dem sie früher gewohnt hatte, nie passiert. Topitsch, der Hausmeister aus dem Erdgeschoss, hätte das niemals zugelassen. Seltsam, dachte sie bei sich, als die Haustür mit einem dumpfen, in der Dunkelheit widerhallenden Knall hinter ihr ins Schloss fiel, dass sie diesen Kerl vermisste, der seine Nase in alles gesteckt hatte. Selbst die Haare, die aus seinen Ohren sprossen und aussahen, als versteckten sich zwei verängstigte Ratten in seinen Gehörgängen, erschienen ihr im Nachhinein lustig. Wenn das so weiterging, würde Topitsch am Ende in ihrer Erinnerung noch zu einem wohltätigen Heinzelmännchen.

Erschöpft von der Wucht der Erkenntnisse dieses Tages, nahm sie die ersten Stufen im Licht einer Straßenlaterne. Es fiel durch das Fenster auf dem Treppenabsatz herein, sodass sie wenigstens die Umrisse des Geländers erkennen konnte.

Auf dem ersten Treppenabsatz angekommen, warf sie einen Blick zur Deckenleuchte hinauf. Im Licht der Straßenlaterne konnte sie den gewölbten Bauch der Glasabdeckung ausmachen, glücklicherweise aber nicht die Insekten, die er verschlungen hatte, nur deren geisterhafte Schatten am Grund des Glases. Auch das hätte Topitsch nicht zugelassen. Cornelia lächelte, als sie den nächsten Absatz in Angriff nahm.

Plötzlich glaubte sie, über sich ein Knarren zu vernehmen. Das war bei einer alten Holztreppe nicht außergewöhnlich; trotzdem hielt sie an und lauschte.

Es war nichts zu hören. Dennoch wurde in ihr das Gefühl stärker, dass da jemand war, ein Gewicht auf den Stufen nur einen Stock über ihr.

Auf das Geländer gestützt, sah sie durch den Treppenschacht nach oben. Trotz der Dunkelheit erkannte sie schemenhaft einen Kopf, der auf sie herabsah.

»Wer ist da?«, rief sie.

Der Kopf verschwand, dann hörte sie schnelle Schritte auf sich zukommen, nicht nur von oben; jemand, der sich im Kellereingang versteckt haben musste, näherte sich auch von unten.

Ihr Körper reagierte in Erinnerung an die Schläge, die sie zwei Jahre zuvor hatte einstecken müssen, als sie unter Drogenschmugglern am Frankfurter Flughafen ermittelt hatte. Wie bei einer Inventur ging ihr Gehirn noch einmal sämtliche Schmerzen von oben bis unten durch, angefangen bei den Schlägen an die Schläfen über das Veilchen, die blutige Lippe und den schmerzenden Kiefer bis hin zum Magen, der eine Reihe brutaler Fausthiebe hatte einstecken müssen. Sie ging in Verteidigungsstellung.

Zum Glück glitt der von unten Kommende auf einer Stufe aus.

»Mist!«, rief eine Männerstimme.

Der, der von oben kam, war ebenfalls ein Mann. Die Hand, die Cornelia abblocken konnte, mehr aus Instinkt, als weil sie die Faust hätte kommen sehen, war eine Männerhand; und es war das Keuchen eines Mannes, als sie ihn mitten im Schwung mit einem Kopfstoß bremste, der ihr Genick knacken ließ. Im selben Augenblick war der zweite schon bei ihr. Er hatte sich beim Stolpern wehgetan und fluchte leise vor sich hin. Cornelia verstand, dass sie keinen Lärm verursachen wollten, und fing an zu schreien:

»Wer seid ihr? Was wollt ihr von mir?«

Die Männer versuchten, lautlos auf sie einzuschlagen, und landeten auch ein paar Treffer, aber nur auf ihren Armen. Im Durcheinander gelang es ihr, den zweiten zu umrunden und die Treppe hinunterzurennen. Die Männer rannten ihr nach, holten sie aber nicht ein, und sie riss die Haustür auf. Auf der Straße blieb sie im Licht der Laternen stehen und wartete herausfordernd. Die beiden Männer blieben unschlüssig auf den beiden Stufen stehen, die zum Eingang hinaufführten. Der eine war ziemlich groß, der andere wirkte, obwohl mindestens zwanzig Zentimeter kleiner, kräftiger und kam ihr irgendwie bekannt vor. Beide waren dunkel gekleidet und hatten sich Skimasken übers Gesicht gezogen.

Aus einigen Metern Entfernung schrie sie ihnen entgegen:

»Wer seid ihr? Was wollt ihr von mir?«

Die Männer wechselten einen Blick. Offenbar wartete der Größere auf Anweisungen des anderen. In diesem Augenblick öffnete sich geräuschvoll ein Fenster. Der Kräftige ruckte mit dem Kopf, der andere nickte. Mit einem Satz nahmen sie die beiden Stufen, rempelten Cornelia an und rannten nach beiden Seiten davon. Das überraschte sie, und im ersten Impuls ging sie in Abwehrstellung. Dann erkannte sie, dass die Kerle sich aus dem Staub machen wollten, sprang nach links und packte den Kleineren an seiner Kleidung, während der andere hinkend nach rechts verschwand. Ihre Hand bekam einen Stoffzipfel zu fassen und zog daran. Er gab mühelos nach, bis sie spürte, dass sie etwas in den Händen hielt. Es war die Skimaske, die reglos wie ein toter Rabe in ihrer Hand lag. Dahinter hatte sich das verzerrte Gesicht Peter Gerstenkorns verborgen. Er hatte immer noch die Fäuste geballt, und sein Mund stand offen vor Überraschung. Dieselbe Überraschung spiegelte sich auf Cornelias Gesicht.

»Peter!«

Gerstenkorn starrte wütend nicht etwa Cornelia an, sondern dem anderen Maskierten nach, der schon die Straße hinunter verschwunden war.

»Warum, Peter?«

»Sven war mein Freund«, brachte er stammelnd hervor. Seine Stimme zitterte, nicht vor Wut, wie Cornelia annahm, bis sie sah, dass ihm Tränen in den Augen standen.

»Verdammt, Peter! Sven war ein Mörder.«

Gerstenkorn stürzte auf sie zu. Cornelia spannte sich an, bereit, den Hieb abzufangen und zurückzugeben, aber Gerstenkorn fiel ihr schwer um den Hals und brach in Tränen aus.

»Es tut mir leid, es tut mir so leid.«

Da sie kein Taschentuch parat hatte, gab sie ihm die Skimaske zurück, damit er sich die Augen trocknen konnte. Und ohne dass sie gewusst hätte, wie, saß sie mit einem Mal auf den Stufen, die zur Eingangstür hinaufführten, und strich dem Mann übers Haar, der sie ein paar Minuten zuvor noch hatte schlagen wollen.

»Du benutzt immer noch zu viel Haargel, Peter.«

Gerstenkorn lachte auf.

»Der Höflichkeit halber müsste ich dich reinbitten, aber du verstehst sicher, dass ich niemanden in meine Wohnung lasse, der hierhergekommen ist, um mir eine Abreibung zu verpassen, oder?«

»Nein, nein, bloß nicht. Das würde ich an deiner Stelle auch nicht tun. Verzeih, ich weiß nicht, was in mich gefahren ist. Ich kann mich einfach nicht an den Gedanken gewöhnen, dass jemand wie Sven sich das Leben genommen hat. Er war eher der Typ, der sich den Schwierigkeiten stellte.«

»Na ja. Er hat es so viele Jahre geheim gehalten.«

»Aber nicht aus Geldgier. Er hat das für seine Tochter getan. Für Iris, um eine Schule für Kinder mit ... mit ... mit diesem Problem bezahlen zu können. Er hat sich ganz allein um sie gekümmert.«

»Ich dachte, er war verheiratet.«

»War er auch, aber seiner Frau geht es nicht gut. Seit sie das Kind bekommen hat. Eine Depression. Sie fühlt sich schuldig, weil ihre Tochter das Down-Syndrom hat, sie glaubt, sie hätte was falsch gemacht. So hat Sven mir das erzählt. Er brauchte Geld für eine gute Schule, eine Privatschule, und die Therapiesitzungen seiner Frau. Das ist alles sehr teuer. Zuerst hat er es auf eigene Faust versucht.«

»Was?«

»Mehr Geld zu verdienen. Aber er hat den falschen Weg gewählt.«

Sie unterbrach ihn nicht, um ihm zu sagen, dass der Weg, den Sven später gewählt hatte, auch nicht besser gewesen war. Sie wollte ihn reden lassen.

»Er hat es mit Glücksspiel versucht und ist dabei immer tiefer in Kreise geraten, die keinen Spaß verstehen und denen es völlig egal ist, ob derjenige, der ihnen Geld schuldet, Polizist oder Buchhalter ist. Deshalb hat er das Geld angenommen, das Kranich ihm anbot, wenn er beide Augen zudrückte. Er hat den Bericht gefälscht, und die Ermittlungen wurden eingestellt.«

»Also wusstest du Bescheid?«

»Ich war auch an dem Fall beteiligt.«

»Das hätte ich sehen können, wenn Sven nicht sämtliche Hinweise vernichtet hätte.«

»Ich weiß. Darum habe ich mich gekümmert. Ich habe auch die Daten im Computer gelöscht. Aber ich wusste nicht, dass es bei Gericht noch eine Kopie gab.«

»Warum musste er ihn umbringen?«

»Weil es nicht bei der einen Sache geblieben ist. Sven arbeitete von da an öfter für Kranich, und der bezahlte sehr gut. Aber der Typ hatte sich wirklich richtig Ärger eingehandelt und verlangte immer öfter von Sven, ihm den Rücken freizuhalten.«

»Da hat Sven beschlossen, Kranich aus dem Weg zu räumen.«

»Es war ein Fass ohne Boden. Ständig musste er was für Kranich tun.«

»Und du hast ihm geholfen?«

»Von Zeit zu Zeit.«

Cornelia schüttelte den Kopf. Sie konnte nicht glauben, was er ihr erzählte.

»Sven war mein Freund«, versuchte Gerstenkorn, sich zu verteidigen.

»Aber er hat dich fallenlassen, als er herausfand, dass du schwul bist.«

»Du irrst dich, er hat sich vor allem darüber aufgeregt, dass ich es ihm verschwiegen hatte.«

»Denk doch mal an seine permanenten schwulenfeindlichen Bemerkungen, Peter.«

»Sven war schwer zu verstehen. Manchmal hatte das, was er sagte, nichts zu tun mit dem, was er tat.«

»Wie bei vielen Leuten.«

»Ja, aber bei ihm war es umgekehrt. Viele Leute tun liberal, aber wenn es dann hart auf hart kommt, ist davon nichts mehr übrig. Wenn der Sohn plötzlich einen Mann nach Hause bringt, zeigt sich ihr wahres Gesicht. Bei Sven war das andersherum. Theoretisch war er erzreaktionär, ein Faschist. Aber Leute, die ihm nahestanden, behandelte er ganz anders.«

»Das mag ja sein, Peter. Aber er hat Kranich entführen und ermorden lassen.«

Darauf hatte Gerstenkorn keine Antwort. Cornelia hatte noch eine letzte Frage:

»Mit wem warst du heute Abend hier?«

»Den kennst du nicht.«

Sie glaubte ihm nicht. Vielleicht war es besser, nicht zu wissen, wer es war, ebenso wenig wie sie wissen wollte, wer ihr Auto zerkratzt oder das Foto des toten Sven unter ihren Scheibenwischer geklemmt hatte.

»Geh nach Hause, Peter.«

## KONSEQUENZEN

Nachdem sie am Vorabend so viel Kaltblütigkeit bewiesen hatte, forderte ihr Körper am nächsten Morgen seinen Tribut. Als sie aufstand, war ihr schwindelig und übel. Die Schläge, die sie kassiert hatte, taten schrecklich weh. Unter der Dusche entdeckte sie einen blauen, tauben Fleck am rechten Arm und einen Bluterguss an der linken Schulter.

Ganz gegen ihre Gewohnheit hatte sie die Badezimmertür verriegelt, damit Leo ihre Blessuren nicht sah. Im Augenblick hatte sie nicht vor, irgendetwas gegen Peter zu unternehmen. Und sie wollte nicht, dass Leo erfuhr, was vorgefallen war, weil sie seine Reaktion fürchtete.

Durch die Stimmen im Radio hindurch hörte sie ihn fragen:

»Warum hast du abgeschlossen? Ich weiß schon, dass du zur Musik tanzt, wenn du dich abtrocknest.«

In einen Bademantel gehüllt, kam sie heraus und zog sich rasch an. Sie würde die blauen Flecken nicht lange vor ihm geheim halten können. Zwar hatte sie kaltes Wasser darüberlaufen lassen und sie mit kreisförmigen Bewegungen massiert, weil sie gelesen hatte, dass sie so schneller verschwanden, aber bis es so weit war, würde es eine gute Woche dauern.

Hingegen dauerte es nur zwei Tage, bis Bräutigam geschnappt war; die Kollegen aus Darmstadt hatten ihn in einem der »Casinos« verhaftet, die er beschützte. Da hatte Leo die blauen Flecken schon entdeckt und zähneknirschend akzeptiert, dass Cornelia ihm sagte, sie werde ihm später erzählen, woher sie kamen.

»Lass mich vorher noch ein, zwei Sachen klären«, bat sie ihn.

»Bild dir bloß nicht ein, ich würde das vergessen, sobald sich deine blauen Flecken ebenfalls geklärt haben.«

Sie würde nicht lange brauchen, in Kürze würde sie Bräutigam in einem der Verhörräume gegenübersitzen. Um zwei Uhr.

»Zum Nachtisch«, sagte Reiner.

»Ich hätte lieber noch einen von denen«, sagte sie und wischte sich mit der Serviette die letzten Zuckerkrümel des Donuts ab.

»Noch einen?«

»Ja. Mit Schokolade.«

Dann würden sie gespannt auf die Überstellung des Gefangenen warten.

Doch vorher musste sie noch mit jemandem reden.

* * *

»Was willst du?«

Andrea Sauter verschränkte die Arme vor der Brust. Ihre Stimme klang schneidend.

»Mit dir reden.«

»Das dachte ich mir. Warum?«

Cornelia lehnte sich an die geschlossene Tür.

»Damit du mir die Chance gibst, dir alles zu erzählen.«

»Was? Noch eine Lüge über Sven?«

»Wie wäre es mit der Wahrheit?«

»Versuch's mal.«

»Bietest du mir keinen Platz an?«

Das tat Sauter widerwillig.

Cornelia sah ihr in die Augen, während sie sprach. Sie erzählte Sauter alles, was sie über die Beziehung zwischen Juncker und Kranich wusste. Andrea Sauter hörte mit verschränkten Armen zu, mit der linken Hand strich sie über den Trauerflor an ihrem rechten Jackenärmel.

»Ein guter Freund von Sven hat mir erzählt, dass er bis über beide Ohren verschuldet war. Seine Gläubiger bedrängten ihn, und gleichzeitig wollte er seiner Frau und seiner Tochter die besten Möglichkeiten bieten. Also hat er Kranichs Angebot angenommen, und damit saß er für alle Zeiten in der Falle. Bis hierher die Fakten. Willst du jetzt noch meine Theorie hören?«

Noch vor ein paar Minuten hätte Sauter Nein gesagt, aber jetzt war ihre Neugier geweckt.

»Als er in unsere Ermittlungen einstieg, kam ihm die Idee, eine Entführung vorzutäuschen. Ich bin mir sicher, dass er von Anfang an vorhatte, Kranich zu töten. Mit dem Lösegeld wollte er seine Schulden zurückzahlen und würde für eine ganze Weile seine Unkosten begleichen können.«

»Wie kommst du darauf?« Aus Sauters Stimme war jegliche Angriffslust verschwunden. Sie stützte sich mit den Armen schwer auf den Tisch.

»Irgendwann im Laufe unserer Ermittlungen kam uns der Verdacht, dass Kranichs Entführung aufgrund ihrer Besonderheiten eine Nachahmungstat sein könnte. Dann haben wir aber, wenn du dich erinnerst, diese Idee wieder verworfen, weil es uns zu unwahrscheinlich erschien, dass es zwei Banden geben könnte, die zeitgleich in Frankfurt aktiv sind.«

Cornelia wiederholte fast wörtlich, was Reiner gesagt hatte.

»Und?«

»Heute wissen wir, dass es wirklich eine Nachahmungstat war und dass derjenige, der sie verübt hat, die Vorgehensweise der ursprünglichen Entführer kennen musste. Er ließ einen Südamerikaner, wenn auch in diesem Fall einen Mexikaner, die Telefonate machen, denn er glaubte, sich darauf verlassen zu können, dass keine Aufzeichnungen von den Anrufen der Expressentführer existierten.«

»Aber wir hätten ihm irgendwann auf die Schliche kommen können.«

»Ich weiß nicht, was er sich dabei gedacht hat. Vielleicht glaubte er, ihm würde im entscheidenden Moment schon was einfallen, oder vielleicht hatte er vor, unsere Arbeit zu sabotieren. Das wäre nicht das erste Mal. Er ahmte auch die Eigenheit der Entführer nach, die Leute am Telefon ihren Namen nennen zu lassen. Etwas, das nur ein Insider wissen konnte.«

»Aber es gab Abweichungen.«

»Weil er improvisieren musste. Da kam ihm unsere Strategie, über die Lösegeldübergabe zu verhandeln, wie gelegen. Deshalb hat er so getan, als wäre er völlig gegen unsere Strategie, mit den Entführern zu verhandeln. Es musste so aussehen, als wäre es unsere Schuld, als hätten ich und Peschke die Entführer provoziert, Kranich zu töten.«

Sauter war entsetzt.

»Was du da sagst, klingt monströs.«

»Das finde ich auch. Und weißt du, was das Problem ist?«

Die Oberkommissarin schüttelte stumm den Kopf, als hätte es ihr die Sprache verschlagen.

»Mein Problem ist, dass ich Beweise habe. Ich besitze eine Liste mit den Anrufen, die von Sven Junckers Handy aus erfolgt sind, und darauf erscheint ein Anruf, den er am 22. April um zwölf Uhr sechs getätigt hat. Du weißt, was da war?«

»Die Anrufe.«

»Du sagst es: die Anrufe. Zwischen dem ersten und dem zweiten hat Sven das Haus der Kranichs verlassen. Er führt ein Telefonat, das fünf Sekunden dauert. Dann betritt er wieder das Haus. Was danach passiert ist, weißt du.«

»Willst du damit sagen, dass er die Entführer angerufen hat, um ihnen zu sagen …?«

»Um ihnen zu sagen, sie könnten mit der Show beginnen.«

»Und jetzt?«

»Jetzt haben wir den Besitzer dieser Telefonnummer gefunden. Er wird jeden Augenblick hier sein, und ich würde ihn gerne mit dir gemeinsam verhören. Sollte ich mich geirrt haben, wirst du dabei sein, wenn ich meinen Abschied einreiche. Sollte ich recht haben, möchte ich nur, dass du dich bei mir entschuldigst. Das ist mein Deal. Nimmst du an?«

# DUO

Bräutigam empfing sie mit einer Miene, als wollte er das Foto in seiner Akte imitieren: derselbe gleichgültige Blick, dasselbe schiefe Lächeln, das einen Eckzahn freilegte. Die zehn Jahre, die seither vergangen waren, hatten seine Züge erschlaffen lassen, nicht aber seine gewaltigen nackten Oberarme. Bei ihrem Anblick überkam Cornelia ein heftiges Gefühl physischer Unterlegenheit, das auch die beiden Polizisten, die ihn bewachten, nicht vertreiben konnten. Erst als sich Sauters kräftige Gestalt zu ihrer Rechten aufbaute, fühlte sie sich endlich gegen die schiere Masse von Bräutigams Körper abgeschirmt.

Er hatte den Beistand eines Anwalts abgelehnt und während der Belehrung über seine Rechte auf seine auf dem Tisch gefalteten Hände gestarrt, deren Daumen unablässig umeinanderkreisten.

Dann stritt er mit gelangweilter Miene alles ab. Er war schon so oft in dieser Situation gewesen, dass er seine Sätze lustlos herunterspulte wie ein abgehalfterter Schauspieler, der vor einem Provinzpublikum seine Paraderolle spielen muss. Zwischendurch sah er immer wieder ungeduldig auf die Uhr.

»Ganz gleich, wie oft Sie auf die Uhr sehen, Sie sind hier nicht derjenige, der entscheidet, wann das Verhör beendet ist und Sie gehen können«, sagte Cornelia mit ausdrucksloser Stimme.

Weder Ungeduld noch Unruhe fochten sie an. Die Zeit gehörte ihr, nicht dem Verhafteten, auch wenn der sie ansah, als sei er des Ganzen unendlich überdrüssig. Ansonsten zeigte er keinerlei Regung und ließ sich nicht einmal zu den abfälligen Äußerungen hinreißen, die andere Häftlinge oft machten, wenn sie sahen, dass sie von zwei Frauen verhört werden sollten. Cornelia fragte sich, ob das Sauter auch aufgefallen war.

Sie begann von Neuem:

»Herr Bräutigam, wir wissen, dass Sie gemeinsam mit Gerardo Zepeda am 22. April den Bauunternehmer Richard Kranich entführt haben.«

Der Mann schnaubte.

Cornelia fuhr fort:

»Und dass Sie ihn noch am selben Tag ermordet haben.«

Jetzt schlug sie, um nicht selbst angesichts von Bräutigams Schweigen der Langeweile zu verfallen, einen leichteren Tonfall an, als plauderten sie über irgendwelche Nebensächlichkeiten:

»Eigentlich brauchen wir von Ihnen nur noch ein paar klitzekleine Details. Ist doch so, Andrea, oder?« Sie lächelte ihre Kollegin an.

Obwohl Cornelias neue Taktik sie überraschte, stieg Sauter sofort darauf ein.

»Genau. Den Rest haben wir eigentlich zusammen.«

»Wann.«

»Wen Sie nachgeahmt haben.«

»Von wo aus Sie angerufen haben.«

»Was für eine Waffe Sie benutzt haben.«

»Das haben Sie geschickt angestellt, gleiches Kaliber bei der Wunde wie beim Schuss am Telefon.«

»Klar, weil Sie ja wussten, dass wir zuhörten.«

»Und das Telefonat aufzeichnen würden.«

»Und dass wir ausgezeichnete Techniker haben. Stimmt's, Cornelia?«

Cornelia war verblüfft darüber, wie rasch Sauter erfasst hatte, worauf sie hinauswollte, und mit welcher Leichtigkeit sie in ihr Spiel eingestiegen war.

»Stimmt, Andrea. Sie haben so sorgfältig auf die Details geachtet – aber eben nicht auf alle.«

Cornelia lachte laut auf. Zum Glück halfen ihr die verdutzten Gesichter der beiden Beamten, die im Raum geblieben waren und nun an der Wand lehnten, sodass das Lachen fast natürlich klang. Bräutigam konnte sie nicht sehen und bemerkte offenbar auch nicht, dass seine eigene bisher so unbewegte Miene sich zu verdüstern begann.

Sie fuhr fort:

»Zum Beispiel beim Anrufer. Da haben Sie doch tatsächlich einen Mexikaner genommen statt eines Argentiniers.«

»Wie doof ist das denn!«, kreischte Sauter und schien sich vor Lachen kaum halten zu können.

»Das ist so, als würde man einen Deutschen mit einem Österreicher verwechseln.«

»Oder mit einem Schweizer.«

»Oder einem Bayern.«

Wieder prusteten beide los. Und diesmal war es nicht gespielt.

»Es reicht!«

Endlich hatte Bräutigam das Däumchendrehen aufgegeben. Er schlug auf den Tisch. Die beiden Polizisten traten einen Schritt vor. Er spürte sie in seinem Rücken und hielt wieder still.

»Ich sehe schon, Ihnen gefällt's bei uns nicht.«

»Ich mag es nicht, wenn man mich verarscht.«

»Ich noch weniger. Und in den ganzen letzten Tagen haben Sie und Ihre Leute nichts anderes getan, als uns zu verarschen.«

Sie verließ den Verhörraum, Sauter hinter ihr.

»Wir lassen ihn erst mal ein Stündchen schmoren. Ich gehe einen Kaffee trinken und was essen. Besser noch, wir treffen uns erst in anderthalb Stunden wieder.«

Sauter wollte etwas erwidern, doch Cornelia ließ ihr keine Zeit dazu, sondern drehte sich um und ging. Allerdings nicht in die Kantine, sondern aus dem Präsidium hinaus ins Café eines nahe gelegenen großen Supermarkts. Unter lauter einsamen Rentnern trank sie einen halbwegs passablen Kaffee und aß ein Stück Kuchen.

»Nein, Donut haben wir leider nicht.«

Sie musste eine Weile allein sein.

Zur vereinbarten Zeit erschien sie wieder im Präsidium. Andrea Sauter wartete schon auf sie.

»Bist du bereit?«

Sauter nickte. Ihr Kiefermuskel war so angespannt, dass Cornelia glaubte, ihn knirschen zu hören.

»Dieses Mal rede ich. Und du beobachtest ihn genau und tust so, als würdest du dir Notizen über seine Reaktionen machen.«

Sie gingen hinein. Der Raum stank nach altem Schweiß. Cornelia nickte den beiden Beamten, die den Verhafteten bewachten, grüßend zu.

»Sieh an! Die beiden Spaßvögel sind zurück.«

Sie nahmen vor dem Tisch Platz, an dem Bräutigam saß.

»Wollen Sie immer noch keinen Anwalt?«

»Ich scheiß auf die Anwälte!«

»Fürs Protokoll.« Cornelia drehte sich zu Sauter. »Der Angeklagte sagt nein.« Dann wandte sie sich in neutralem Tonfall an ihn:

»Haben Sie etwas zu trinken bekommen? Hat man Sie die Toilette aufsuchen lassen, als Sie darum gebeten haben? Alles in Ordnung? Dann machen wir weiter.«

Mit kalter Stimme fasste sie alles zusammen, was sie wussten und gegen ihn verwenden konnten. Sie zählte es Punkt für Punkt auf, um Bräutigam klarzumachen, dass sie nicht spielte, dass es nicht von ihm abhing, ob sie ihn verhafteten oder nicht, sondern dass er festgenommen worden war, weil sie genügend Beweise gegen ihn zusammengetragen hatten. Er hörte ihr zu, ohne den Blick von Sauter zu wenden. Ihr konzentriertes Schweigen, die Notizen, die sie sich machte, das Rascheln des Papiers, wenn sie umblätterte, machten ihn nervös.

»Eigentlich haben wir alle Informationen, die wir benötigen«, schloss Cornelia.

»Und was wollen Sie dann von mir?«

»Das haben wir Ihnen doch schon gesagt: ein paar Einzelheiten.«

»Wie zum Beispiel?«

»Ich habe drei Fragen.«

»Super! Da fühle ich mich gleich wie der Geist aus der Lampe.« Er lachte lustlos.

»Werden Sie mir meine Fragen beantworten?«

»Kommt drauf an.«

Sie stand auf und berührte Sauter an der Schulter.

»Gehen wir.«

Sie standen auf. Cornelia verabschiedete sich mit einem Nicken von den beiden Beamten. Bräutigam würdigte sie keines Blickes.

Als sie aus der Tür waren, sah Sauter sie fragend an.

»Und jetzt?«

»Warten wir wieder. Wir lassen ihn noch eine Stunde im eigenen Saft schmoren.«

Sie wollte gehen, doch Sauter legte ihr eine Hand auf die Schulter, um sie zurückzuhalten.

»Willst du nicht wissen, was ich notiert habe?«

»Hast du dir wirklich Notizen gemacht?« Sie ignorierte Sauters enttäuschte Miene. »Das war nicht nötig, ich habe dir doch gesagt, du solltest nur so tun, als würdest du dir Notizen machen. Hat auf jeden Fall funktioniert, du hast ihn beinahe so nervös gemacht wie meine Ausführungen.«

»Aber …«

»Schon gut. Lass sehen.« Sie nahm den Notizblock.

Sie glaubte es zwar nicht, aber vielleicht hatte Sauter etwas beobachtet, was ihnen helfen könnte, dem Mann die fehlenden Informationen zu entlocken.

»Du wirst das nicht lesen können.« Die leise Stimme der Oberkommissarin hatte einen fast kindlichen Klang. »Ich habe eine sehr eigene Handschrift.«

»Also gut«, Cornelia seufzte genervt, »liest du es mir vor?«

»Hier auf dem Gang?«

»Na schön, gehen wir in unseren Raum.«

Schweigend legten sie den Weg bis dorthin zurück. Unterwegs begegneten sie mehreren Kollegen. Einer von ihnen, der in ihrer Abteilung arbeitete, wandte den Kopf ab, als sie an ihm vorbeigingen. Sauter zuckte zusammen. Cornelia blieb ungerührt.

Im Sitzungsraum trafen sie auf Reiner, Sonnenberg und Krökel. Als hätten sie auf sie gewartet, standen die drei bei ihrer Ankunft von ihren Schreibtischen auf und setzten sich an den Gruppentisch. Ganz automatisch nahm Cornelia ihren üblichen Platz am Kopfende ein und gab eine kurze Zusammenfassung von dem Verhör mit Bräutigam. Sauter sagte nichts, hielt nur ihren Block umklammert wie ein unerfahrener Solist, der ängstlich auf seinen Einsatz wartet, ohne auf den Rest des Stücks zu hören. Schließlich gab Cornelia ihr den Einsatz. Sauter las vor, Seite um Seite. Alle lauschten aufmerksam ihrer mit protokollarischer Eintönigkeit vorgetragenen Lektüre. Erst gegen Ende schlug sie einen anderen Tonfall an.

»Wisst ihr, was mir aufgefallen ist? Dass er beim zweiten Mal gelassener war als beim ersten Mal.«

»Warum habt ihr ihn zwei Mal befragt?«, fragte Sonnenberg.

»Aus eurer Schilderung wird jedenfalls deutlich, dass es ihn unglaublich ärgert, von zwei Frauen verhört zu werden«, setzte Reiner an. Sauter wollte etwas sagen, doch Cornelia stoppte sie mit einer Handbewegung; sie sah, dass ihr Kollege laut nachdachte.

»Anscheinend hat ihn das beim ersten Mal viel mehr gestört. Der Unterschied ist in der Tat augenfällig. Beim zweiten Verhör hatte er sich schon daran gewöhnt.«

»Ja, inzwischen hat er Erfahrung«, unterbrach ihn Sonnenberg.

»Sprich weiter, Reiner«, drängte ihn Cornelia, obwohl sie schon wusste, worauf er hinauswollte.

»Dass es zwei Frauen waren, die ihn verhört haben, hat ihn weniger geärgert als das Gefühl, von ihnen nicht ernst genommen zu werden.«

Eine halbe Stunde später saßen Cornelia und Sauter erneut Bräutigam gegenüber. Wieder ein grüßendes Kopfnicken zu den Kollegen und dem Verhafteten. Wieder die Frage, ob er einen Rechtsanwalt wolle, ob er ordnungsgemäß behandelt worden sei. Dabei tat sie so, als müsse sie gähnen, und sah verstohlen auf ihre Uhr. Sauter tat es ihr nach.

»Nun gut, ein letzter kleiner Plausch, dann ist meine Schicht zu Ende und ich kann nach Hause. Reden wir noch mal über Ihren Patzer.«

»Den mit dem Mexikaner«, fügte Sauter spöttisch hinzu, »damit er überhaupt weiß, von welchem seiner Patzer wir reden.«

»Stimmt. Manchmal drücke ich mich etwas ungenau aus.«

»Keine Sorge, dafür hat man schließlich Kolleginnen.«

»Ach, du bist so gut zu mir!« Sie schenkte Sauter ein dankbares Lächeln.

»Schon gut, meine Liebe.«

»Nein, ehrlich, ich wüsste nicht, was ich ohne dich täte.«

»He!«, rief Bräutigam sich in Erinnerung. »Seid ihr Lesben, oder was?«

»Wo waren wir stehengeblieben?« Cornelia ignorierte seinen Einwurf.

»Bei dem Patzer.«

»Ah, ja. Danke.«

»Gern geschehen.«

Bräutigam verdrehte die Augen.

»Dem Patzer mit den Akzenten. Einen Mexikaner mit einem Argentinier zu verwechseln, ist schon ziemlich dämlich.«

»Als ob es in Frankfurt keine Argentinier gäbe.«

»Stimmt. Sind Sie Musikliebhaber, Herr Bräutigam?«

Bräutigam hob die Augenbrauen.

»Hören Sie mal.«

Cornelia sang die ersten Takte des Tangos »Mi Buenos Aires querido«, wobei sie den Akzent von Buenos Aires imitierte, so gut sie konnte.

Sie fühlte, wie Sauter neben ihr vor unterdrücktem Lachen bebte.

»Argentinien«, sagte Cornelia, dann stimmte sie »El preso número 9« an und ahmte dabei Chavela Vargas nach, wie sie sie von einer alten Schallplatte ihres Vaters her in Erinnerung hatte. »Mexiko. Finden Sie nicht auch, dass sich das ganz unterschiedlich anhört?«

»Du singst gut«, sagte Sauter.

Cornelia zuckte in gespielter Bescheidenheit die Schultern.

»Ich kann Frauen, die versuchen, witzig zu sein, nicht ausstehen.« Bräutigam sah sie hasserfüllt an.

»Das ist natürlich ein schwerwiegendes Problem. Aber ehrlich gesagt raubt mir das nicht den Schlaf. Wie ich bereits sagte, haben wir alle notwendigen Beweise gegen Sie zusammen. Und ich habe nur drei Fragen. Wenn Sie sie mir jetzt beantworten, ersparen Sie es sich, mich morgen – und vielleicht übermorgen – noch mal wiederzusehen. Und ich glaube, darüber freuen wir uns beide. Die Chemie zwischen uns stimmt einfach nicht.«

Bräutigam grunzte bloß.

»Würden Sie mir jetzt die Fragen beantworten? Wenn Sie noch mal ›Kommt drauf an‹ sagen, stehen wir auf und gehen. Dann machen wir eben morgen weiter.«

Sie hatte gesehen, wie Bräutigam den Mund öffnete, um das Wort »Kommt« zu formen, nun hielt er sich gerade noch rechtzeitig zurück.

»Mal sehen: Was sind denn das für drei Scheißfragen?« Er seufzte resigniert.

»Erstens: Es ging nie um eine Entführung, oder? Es ging darum, einen Mord zu vertuschen.«

»Korrekt.«

»Es war ein Polizist, der Kommissar Sven Juncker, der Sie gebeten hat, Richard Kranich zu entführen und ermorden, richtig?«

»Klar, wer denn sonst?«

Bei dieser Antwort begannen Andrea Sauters Lippen zu zittern. Trotzdem brachte sie noch die Frage hervor:

»Warum?«

»Weil Kranich ihn bei den Eiern hatte, seit er ihn bezahlt hatte, um eine Ermittlung zu behindern. Er bezahlte ihn auch weiter. Haben Sie mal sein Haus gesehen? Was glauben Sie denn, wovon er die Sonderschule für seine Tochter und die Therapien für seine Frau bezahlt hat? Na? Da vergeht euch das Lachen, was? Dann hört gut zu, die Geschichte geht nämlich lustig weiter: Irgendwann fand Kranich, dass seine Schuld beglichen sei, und fing an, ihn um kleine Gefälligkeiten zu bitten.«

»Welcher Art?«, fragte Cornelia.

Sauter war verstummt.

»Beweise vertuschen, lästige Gläubiger einschüchtern … Aber offenbar hatte der Typ keine Lust, sich länger erpressen zu lassen, und hat beschlossen, Kranich loszuwerden.«

»Aber die Sache ist schiefgegangen. Sie und Ihr Komplize haben nicht kassiert. Die anderthalb Millionen.«

»Mit dem Inhalt der Tasche, die die Frau uns gebracht hat, war mein Anteil und der des Mexikaners schon mehr als bezahlt. Wir hatten nicht gedacht, dass sie so viel zusammenbringen würde. Die neue Forderung haben wir dann nur gestellt, um einen Vorwand dafür zu haben, den Typen kaltzumachen. Eigentlich wollten wir noch weiter erhöhen und das Ganze hinauszögern, aber als die Frau verlangt hat, mit ihrem Mann zu sprechen, dachte Juncker, wir könnten die Sache rasch beenden und der Polizei die Schuld in die Schuhe schieben. Und das hat ja auch alles bestens funktioniert. Blöderweise ist er dann nervös geworden, als seine Kollegen – ich nehme an, ihr wart es – angefangen haben, den Braten zu riechen und ihn in die Mangel zu nehmen. Warum lacht ihr denn nicht? Ist das nicht lustig?«

»Entschuldigt mich bitte.«

Andrea Sauter sprang auf und stürzte hinaus.

So verpasste sie Bräutigams letzten Satz:

»Schlimmer als ein Arschloch ist nur ein Arschloch, das Angst hat. Deshalb musste ich ihn beseitigen.«

## POSITIV

Zum ersten Mal, seit sie bei der Polizei war, feierte sie nicht, dass sie einen Fall gelöst hatte. Kaum war Bräutigam abgeführt, zog sich jede von ihnen zurück, um die Wunde zu lecken, die Bräutigams Aussage gerissen hatte.

Cornelia fuhr nach Hause. Leo war noch nicht da, also rief sie ihn an und erzählte ihm, was vorgefallen war.

»Warum wartest du nicht, bis ich zu Hause bin, und wir reden in Ruhe?«

»Weil ich jetzt in die Badewanne und anschließend ins Bett gehen werde. Aber vorher musste ich dir das einfach noch erzählen.«

Sie musste einfach ihr Herz ausschütten, die ganze Geschichte loswerden, um sie nicht alleine tragen zu müssen. Nach dem Gespräch mit Leo fühlte sie sich ein wenig gelöster. Das Bad tat ein Übriges. Sie schmückte den gesamten Badewannenrand mit Gummibärchen und hob dieses Mal die roten bis zuletzt auf. Den Mund noch voll von dem süßen Geschmack, legte sie sich anschließend ins Bett, ohne sich die Zähne zu putzen. Sie konnte sich nicht mehr erinnern, den Kopf auf das Kissen gelegt oder sich zugedeckt zu haben. Auch von Leos Ankunft bekam sie nichts mit.

Um vier Uhr morgens wachte sie auf. Sie war sehr durstig, und so stand sie leise auf und schlich im Dunkeln in die Küche. Während sie trank, erspähte sie aus den Augenwinkeln eine Gestalt, die sich im Küchenfenster spiegelte.

Kati. Aber nein. Kati war verschwunden. Schon seit einigen Tagen. Vielleicht würde sie sie irgendwann einmal wieder besuchen. Die Mappe mit den Zeitungsausschnitten hatte sie aufgehoben, aber sie musste sie nicht ansehen, um sich an ihre Freundin zu erinnern. Kati, Kranich, Sven. Diese Namen befleckten sie mit Schuld. Sie wusste, dass das nicht stimmte, doch Schuld und Angst scheren sich nicht um die Vernunft.

Die Schuld war eine chronische Krankheit, aber sie hatte gelernt, ihre Symptome zu mildern. Und das war nicht wenig.

Sie sah das Fenster direkt an. Es war nicht die schlaflose Nachbarin. Dieses Mal war es nur sie mit einem Wasserglas in der Hand.

Sie ging zurück ins Bett und schmiegte sich an Leo.

»Mein Gott, hast du eiskalte Füße!«

»Manchmal ...«

»Nein. Nicht manchmal. Sie sind immer eiskalt.«

Sie schliefen ein. Zwei Tage später war ihr beim Aufstehen wieder übel. Jetzt konnte sie es nicht länger auf Müdigkeit oder Stress schieben.

Sie zog sich an und ging in die erste Apotheke, die sie fand.

***

Wieso hatte sie das nicht schon früher vermutet?

Sie legte sich die Hand auf den Bauch.

Wie viele Bier hatte sie in den letzten Tagen getrunken?

Auf einer Internetseite las sie: »Es ist erwiesen, dass Alkoholkonsum während der Schwangerschaft die Entwicklung des Fötus im Mutterleib beeinträchtigt. Wer während der Schwangerschaft Alkohol trinkt, nimmt chronische Gesundheitsschäden und Missbildungen in Kauf.«

Wieder betrachtete sie den Schwangerschaftstest. Dem Gerät nach zu schließen, war sie erst im zweiten Monat.

Sie hatte den Test im Präsidium durchgeführt und war beim Betreten des Büros so nervös gewesen, dass sie sich nicht einmal fragte, wie die Kollegen die Nachricht von Sven Junckers Ermordung aufgenommen hatten. Inzwischen mussten alle mitbekommen haben, dass er von seinem Komplizen Bräutigam umgebracht worden war.

Sie setzte sich an ihren Schreibtisch und begann, den Bericht zu schreiben. Sie hatte gehofft, dass Reiner bald auftauchen würde, dann könnte sie ihm das übertragen und auf die Toilette verschwinden, um den Test durchzuführen. Aber dann hielt sie das Warten nicht aus. Nach zwei Absätzen rannte sie schon ins Bad.

Positiv.

Sie war so überwältigt, dass sie beschloss, die Neuigkeit noch eine Weile für sich zu behalten – wie sie es mit allem tat, was ihr wirklich wichtig war. Sie wartete, bis die Freude sich in ihr ausbreitete, jeden Winkel ihres Körpers und ihrer Seele erfüllte, bis sie beinahe platzte.

Aber auch in ihrem Magen rührte sich etwas, das sie zwang, noch einmal zur Toilette zu stürzen.

Bei ihrer Rückkehr fand sie Reiner im Büro. Nachdenklich betrachtete er den Schwangerschaftstest, den sie in der Eile auf ihrem Schreibtisch vergessen hatte.

Ihr Kollege starrte sie aus tellergroßen Augen an. Vergessen waren Juncker und Bräutigam, vergessen war alles.

»Aber ... wie ist das passiert?«

»Auf die übliche Weise.«

»Du meinst, ihr wolltet es? Oder war es ein Unfall? Ich will ja nicht indiskret sein, aber ...«

»Natürlich war es gewollt. Ich dachte nur nicht, dass es klappen könnte, weil ich wegen der Entführungen so angespannt war.«

Reiner ließ sie nicht weiterreden, sondern umarmte sie fest.

»Was sagt Leo dazu?«

»Er weiß es noch nicht. Ich rufe ihn gleich an.«

»Warum sagst du es ihm nicht persönlich?«

»Wir haben zu tun.«

»Ich übernehme den Bericht. Oder ist das etwa ein Trick, um dich vor dem Papierkram zu drücken?«

Damit warf er sie hinaus.

Sie wartete bis zum Wochenende, um es ihren Eltern zu erzählen. Das Essen verlief genau so, wie sie es sich vorgestellt hatte. Ihre Mutter vergoss Freudentränen, ihr Vater umarmte sie und tätschelte dann Leo schüchtern den Arm.

Geduldig ließ sie die lange Liste mütterlicher Ratschläge über sich ergehen. Celsa füllte ihr immer wieder den Teller und sagte dazu »Du musst ordentlich essen, *neniña*«, und Cornelia wusste, dass dies von nun an bei sämtlichen Familienbesuchen das Leitmotiv sein würde. Ihr Vater erging sich in ausführlichen Erklärungen von allen möglichen Namensbedeutungen. Beim Kaffee erzählte er Leo die Geschichte von Messi und der Serviette, während ihre Mutter eine Schublade nach alten Babysachen von ihr durchwühlte. »Das hat doch noch Zeit, Mamá.« »Lass mich nur suchen, Kind, dann kannst du wenigstens schon mal was mitnehmen.« Sie wollte ihrer Mutter nicht sagen, dass eine erste Schwangerschaft mit fast vierzig nicht ohne Risiko war und man besser die ersten drei Monate abwarten sollte, und nahm schließlich ein Mützchen für Neugeborene mit nach Hause. Ihr schwindelte bei der Vorstellung, dass ihr Kopf einmal da hineingepasst hatte, aber auch, dass in ihr ein neuer Kopf heranwuchs, der dieses Mützchen einmal ausfüllen würde.

Dann lieferte sie auf Leos Betreiben ihren Eltern einen stark verkürzten Bericht über den Fall Kranich. Ihre Mutter fragte nach, während sie erzählte, von ihr kamen die Zwischenbemerkungen und Ausrufe. Ihr Vater musterte